Von Andreas Eschbach sind in der Verlagsgruppe Lübbe folgende Titel erschienen:

Bd. 14912 Exponentialdrift
Bd. 15040 Eine Billion Dollar
Bd. 15305 Der Letzte seiner Art
Bd. 15763 Der Nobelpreis
Bd. 24259 Solarstation
Bd. 23232 Kelwitts Stern
Bd. 24332 Das Marsprojekt
Bd. 24337 Die Haarteppichknüpfer
Bd. 24343 Perfect Copy – Die zweite Schöpfung
Bd. 24348 Die seltene Gabe

978-3-7857-2274-9 Ausgebrannt

Sowie als Herausgeber:
Bd. 24326 Eine Trillion Euro

Über den Autor:

Andreas Eschbach, 1959 in Ulm geboren, studierte Luft- und Raumfahrttechnik und arbeitete zunächst als Softwareentwickler. Als Stipendiat der Arno-Schmidt-Stiftung »für schriftstellerisch hoch begabten Nachwuchs« schrieb er seinen ersten Roman DIE HAARTEPPICHKNÜPFER. Bekannt wurde er durch den Thriller DAS JESUS VIDEO. Mit EINE BILLION DOLLAR (2001), DER LETZTE SEINER ART (2003), DER NOBELPREIS (2005) und zuletzt AUSGEBRANNT stieg er endgültig in die Riege der deutschen Top-Autoren auf. Andreas Eschbach lebt heute als freier Schriftsteller in der Bretagne.

Andreas Eschbach

Eine unberührte Welt

BASTEI LÜBBE TASCHENBUCH
Band 15859

1. Auflage: September 2008

Vollständige Taschenbuchausgabe

Bastei Lübbe Taschenbücher in der Verlagsgruppe Lübbe

Originalausgabe
© 2008 by Andreas Eschbach
und der Verlagsgruppe Lübbe GmbH & Co. KG, Bergisch Gladbach
Copyright-Einzelnachweis am Ende der jeweiligen Geschichte
Dieses Werk wurde vermittelt durch die
Literarische Agentur Thomas Schlück GmbH; 30827 Garbsen
Lektorat: Stefan Bauer
Titelabbildung: getty-images/Scott Kleinman
Umschlaggestaltung: Gisela Kullowatz
Satz: hanseatenSatz-bremen, Bremen
Gesetzt aus der Adobe Garamond
Druck und Verarbeitung: Nørhaven Paperback
Printed in Denmark
ISBN 978-3-404-15859-1

Sie finden uns im Internet unter
www.luebbe.de
Bitte beachten Sie auch: www.lesejury.de

Der Preis dieses Bandes versteht sich einschließlich
der gesetzlichen Mehrwertsteuer.

Inhalt

Quantenmüll	7
Humanic Park	25
Well done	31
Die grässliche Geschichte vom Goethe-Pfennig	36
Sprachschnittstelle	53
Die Wunder des Universums	58
Die Wiederentdeckung	76
Al-Qaida™	99
Hindukusch	115
Halloween	127
Der Mann aus der Zukunft	142
Jenseits der Berge	155
Der Supermarkt im Nebel	163
Rain Song	168
Garten Eden	175
Der Amaryllis-Virus	189
Ein Fest der Liebe	201
Die Liebe der Jeng	223
Das fliegende Auge	230
Die Fußballfans von Ross 780	235
Zeit ist Geld	241
Unerlaubte Werbung	244
Survival-Training	256
Der Albtraummann	271
Das Wort	292
Mutters Blumen	296
Eine unberührte Welt	302

Quantenmüll

Es gibt das Phänomen der »verschränkten Quanten« – zwei Teilchen, die über beliebige Entfernungen hinweg miteinander verbunden sind. Nimmt man Einfluss auf das eine, verändert sich zugleich auch das andere, ohne dass man bereits genau verstünde, wie das möglich ist.

Eine seltsame Ironie will es, dass es rund um die folgende Geschichte, die »Quanten« im Titel trägt, ebenfalls zu bizarren Gleichzeitigkeiten kam.

Die Grundidee kam mir schon vor vielen Jahren, und sie ruhte zunächst, wie üblich, in einem meiner Notizbücher. Bei deren Durchblättern blieb mein Blick immer wieder sinnend daran hängen, und im Dezember 2001 kritzelte ich dazu: Vielleicht als Hörspiel? Kurz darauf, im Januar 2002, meldete sich der DRS bei mir, der Schweizer Rundfunk, und fragte an, ob ich nicht zufällig auch ein Hörspiel in der Schublade liegen hätte. Womöglich eines, das zu einer Sendereihe passte, die damals geplant wurde.

Hatte ich nicht, aber, schlug ich vor, ich könnte ja eines schreiben. Ich hatte schon Hörspiele geschrieben, allerdings war ich damals 14 Jahre alt gewesen und frischgebackener Besitzer eines sogenannten »Radiorekorders«. Damals verfolgte ich die diversen Hörspielreihen der Radiosender, und eine Zeit lang vergnügte ich mich damit, eigene Hörspiele zu schreiben und mit verstellten Stimmen – und selbstproduzierten Geräuschen; es gibt da tolle Tricks! – auf Cassetten zu sprechen, die ich dann im Freundeskreis kursieren ließ.

Es war also eine Art Rückkehr zu den Wurzeln, ein Hörspiel mit dem Titel »Quantenmüll« zu schreiben. Nach besonders gründlicher Überarbeitung schickte ich es an die Leute vom DRS.

Doch die wollten es nicht. Es gefiele ihnen im Grundsatz, passe aber nicht in die Reihe. Vielleicht ein andermal.

Gut, es kann nicht alles klappen. So ruhte dieses Hörspiel auf meiner

Festplatte, bis mir im Frühjahr 2004 ein gewisser Helmuth Mommers schrieb, Urgestein der deutschen SF-Szene und in letzter Zeit umtriebiger Herausgeber diverser Kurzgeschichtenmagazine. Er fragte an, ob ich nicht etwas hätte für ein neues Storymagazin-Projekt, VISIONEN. Hatte ich eigentlich nicht – mein Storypool war seit Jahren leer bis auf den Grund –, aber mir fiel dieses Hörspiel wieder ein. Warum sollte das verschimmeln? Ich würde eine Story draus machen. Gedacht, getan, und diesmal gefiel sie und wurde angenommen.

Und wie das Leben so spielt: Am nächsten Tag meldete sich der DRS! Man wolle nun doch gern das Hörspiel »Quantenmüll« produzieren, ob es noch zu haben sei. (Und das ist jetzt nicht übertrieben, ich habe nachgeguckt: Die Story habe ich abgeschickt am 6.7.04 um 18:50, die Mail vom DRS kam am 7.7.04 um 14:48. Hier waltete das Schicksal. Oder eine Quantenverschränkung. Falls das nicht dasselbe ist, wer weiß.)

Natürlich war das Hörspiel noch zu haben, und so kam es im Herbst 2004 zum quantenmülltechnischen Dopplereffekt: Zunächst erlebte die Hörspielfassung im DRS1 am 17. September 2004 um 20 Uhr ihre Erstausstrahlung. (Die ich, meines fernen Wohnsitzes wegen, natürlich nicht miterlebte, aber ich erhielt einen Mitschnitt auf CD, der mir außerordentlich gut gefiel.) Und im November 2004 erschien die Storyfassung in dem Band »Der Atem Gottes und andere Visionen«, einer Anthologie, die in der Folge mit Nominierungen und Preisen geradezu überhäuft wurde. Dass meine Geschichte den Deutschen Fantastik Preis erhielt, ist da eher eine Randnotiz.

Ich habe mir den Luxus erlaubt, den Kamin anzufeuern. Ich werfe einen Scheit nach dem anderen in die Flammen, sehe zu, wie er verbrennt, stelle mir bildlich vor, wie oben der Rauch schwarz aus dem Schornstein quillt und sich in der Atmosphäre verteilt, und trinke meinen besten Rotwein dazu.

Die Flasche, mit der ich mich im Moment befasse, hat einmal viertausend Euro gekostet. Eines der edelsten Stücke meines Kellers, abgesehen von der ersten, die ich bereits verkostet habe und die, ich glaube, zehn- oder elftausend Euro kostete. Damals. Und sie war es wert, muss ich sagen.

Mal sehen, wie weit ich noch komme. Ansonsten habe ich nichts mehr vor. Ich habe Zeit, wie man so sagt.

Zeit, ja. Sie vergeht, und das ist wohl das Einzige, was man mit Bestimmtheit über sie sagen kann. Sekunde um Sekunde verrinnt sie, und mit ihr unser Leben.

Unaufhaltsam. Es macht Tick, es macht Tack, und wieder ist ein Augenblick dahin, unwiderruflich, unwiederbringlich.

Ist das nicht das größte Rätsel überhaupt – die Zeit? Was für eine Anmaßung von uns, etwas über sie aussagen zu wollen. Zeit: das Baumaterial unseres Lebens. Unser Leben ist aus Zeit gemacht, *ist* Zeit. Und wenn es zu Ende geht ... und es geht zu Ende, ohne jeden Zweifel ... dann schauen wir auf die Zeit zurück, die wir durchmessen haben, die wir gestaltet haben – oder die *uns* gestaltet hat –, betrachten die Entscheidungen, die wir getroffen haben, und erkennen, welche Auswirkungen sie gehabt haben. Wie sie uns von einem Punkt unseres Lebens zu einem anderen gebracht haben, zu dem, an dem wir jetzt stehen.

Ich war zum Beispiel nicht immer so reich. Es war auch nicht damit zu rechnen. Wenn man Physik studiert, wie ich es gemacht habe, und mit Mühe seinen Doktor zu Stande bringt, dann ist Reichtum das Letzte, was man erwarten sollte.

Dennoch sitze ich hier, in diesem riesigen Haus, das auf einem Anwesen steht, das mir gehört, so weit mein Auge reicht, und das heute Abend so still ist wie selten zuvor, weil ich dem Personal freigegeben und die Telefonanlage abgestellt habe. Dass ich den Abend damit verbringen kann, von den besten Weinen der Welt so viel zu trinken, wie ich will, geht letztlich auf eine Entscheidung zurück, die ich vor dreißig Jahren getroffen habe. Diese Entscheidung hat auch bewirkt, dass es Unsinn wäre, die Flaschen noch länger aufzubewahren.

Ich schätze, ich schreibe diesen Bericht nur, weil ich es nicht ertrage, überhaupt nichts zu tun.

Nach dem Studium war ich einige Zeit arbeitslos, wie üblich, und fand schließlich eine schlechtbezahlte Stelle an einem Kernforschungszentrum, für die ich überqualifiziert war. Im Grunde war ich Wartungstechniker für den Teilchenbeschleuniger. Dreizehn Kilometer muffiger Tunnel, hundertachtzigtausend Beschleunigerspulen, unendlich viele Kabel, und alles musste funktionieren. Mein Chef, der technische Leiter, war ein Idiot, der aus zwanzig Seiten Verlaufsprotokoll immer nur herauslesen konnte: »Irgendwo muss ein Fehler sein. Kümmern Sie sich drum, Steinbach.« Kein »Doktor Steinbach«, nicht einmal »Herr Steinbach«, und das Wort »bitte« kam in seinem Wortschatz überhaupt nicht vor.

Kurze Zeit nach mir wurde noch jemand zu meiner Verstärkung eingestellt, ebenfalls ein Doktor der Physik und ebenfalls unterfordert mit dem, was wir zu tun hatten. Er hieß Konrad Hellermann und nahm die Dinge im Gegensatz zu mir mit stoischer Gelassenheit hin. Meine Laune sank dagegen mit jedem Monat, der verstrich.

Der Vorfall, von dem zu berichten ist, ereignete sich an dem Tag, an dem ich Konrad von meinem Bruder erzählte. Ich halte das für eine nicht ganz unwesentliche Einzelheit, denn vielleicht wäre mir andernfalls die entscheidende Idee nie gekommen. Damals bemühte ich mich nämlich, so wenig an meinen Bruder zu denken wie möglich.

Dieter war zwei Jahre jünger als ich, und es war von Anfang an klar gewesen, dass ich studieren würde und er nicht. Während ich gute Noten heimbrachte und schließlich ein Abitur, das sich sehen lassen konnte, brachte er gerade mal die Hauptschule hinter sich, und auch das nur mit Ach und Krach. Während ich zielstrebig durchs Studium pflügte, ließ er sich ziellos treiben, jobbte hier und da und schwängerte schließlich die schöne, junge Tochter eines hässlichen, alten Schrottplatzbesitzers. Sie heirateten, sein Schwiegervater übergab ihm das Geschäft, und von da an scheffelte er das Geld nur so. Ich hatte am Ende eine Urkunde, die mir die Würde eines Doktors bescheinigte, war arbeitslos und fuhr nur die Strecken mit der Straßenbahn, die zu Fuß nicht zu bewältigen waren. Dieter dagegen fuhr einen dicken Mercedes, in dem es zwar aussah wie auf einer Müllhalde und stank wie in einem Klärwerk, aber einen Mercedes. Mein Bruder hatte weder Manieren noch Stil, noch Geschmack, jeder wusste, dass die eine Hälfte seiner Geschäfte krumme Dinger waren und die andere Hälfte illegal, trotzdem saß er im Gemeinderat. Da musste man sich doch fragen, was man falsch gemacht hatte im Leben, oder?

»Ach ja«, seufzte Konrad, während wir mit unserem kleinen Elektrowagen den Beschleunigertunnel entlangsummten. »Man gilt heutzutage einfach nichts mehr als Wissenschaftler. Oder? Hat schon mal jemand zu dir gesagt, ›Ach, Sie sind Quantenphysiker, wie beeindruckend‹? Eine Frau womöglich? Bestimmt nicht. – Halt mal da vorne, neben dem Schaltkasten.«

Wir suchten seit ein paar Tagen einen überaus rätselhaften Fehler. Alle Kontrollsysteme meldeten normalen Betriebszustand, doch wenn die Anlage feuerte, kam kein einziges Elektron in der Versuchskammer an. Da wir in einer Trilliardstelsekunde ungefähr so viel Energie verheizten, wie eine Kleinstadt in einem ganzen Jahr verbrauchte, war das ein nicht unbeträchtliches Ärgernis. Und von uns erwartete man, dass wir es aus der Welt schafften.

»Schau mal«, meinte Konrad und klopfte gegen eine der Spulen. »Mit der stimmt doch was nicht, würde ich sagen.«

Ich war seiner Meinung, ohne dass ich sagen könnte, warum. Eine Beschleunigerspule war eine etwa anderthalb Meter durchmessende, knapp sieben Zentimeter dicke Metallscheibe, die komplizierte Spulenwicklungen enthielt, Anschlüsse, Dichtungen und so weiter. Hintereinander gestapelt wie Brotscheiben im Beutel bildeten sie den Schusskanal des eigentlichen Beschleunigers. Das war ein neues Patent, das die Baukosten eines Teilchenbeschleunigers durch Serienfertigung enorm reduzierte. Einziger Nachteil war, dass immer mal wieder Spulen ausfielen und ausgetauscht werden mussten, was jedes Mal eine Schweinearbeit war.

Die Spule, auf die Konrad gezeigt hatte, schimmerte seltsam. Natürlich erzeugten die müden Lampen an der Tunneldecke alle möglichen Reflexe auf dem Metall, aber im Lauf der Zeit lernte man, die Feinheiten zu unterscheiden. »Verzogen«, konstatierte ich grimmig. »Wahrscheinlich ist einer von der Putzkolonne mit dem Wagen dagegengerauscht und hat schön fein den Mund gehalten.« Ich griff nach dem Werkzeugkasten. »Also, raus damit.«

Wir gaben Bescheid, dass wir einen Austausch vornehmen würden, und machten uns an die Arbeit. Oben ließen sie nach unserem Anruf wahrscheinlich die Stifte fallen und verabredeten sich in die Biergärten, denn damit war der Tag gelaufen. Allein bis der Schusskanal, in dem natürlich normalerweise Vakuum herrschte, mit Luft geflutet war, vergingen anderthalb Stunden. Das wäre zwar auch schneller gegangen, aber dann hätte sich die einströmende Luft zu stark abgekühlt und eventuell andere Bauteile beschädigt. Das Vakuum wieder herzustellen schließlich dauerte gut und gerne die ganze Nacht.

Wir nutzten die Zeit, um eine Austauschspule aus dem nächsten Lager zu holen und durchzuchecken. Doch als wir endlich so weit waren, die verdächtige Spule herauszunehmen, ging es nicht. Sie schien regelrecht festzukleben, gab nicht einen Millimeter nach.

»Restmagnetismus«, diagnostizierte Konrad. Das war kein seltenes Problem. Spulen wurden im Betrieb manchmal magnetisch, und dann hingen sie so fest an ihren Nachbarn, dass man sie mechanisch nicht entfernen konnte, ohne die gesamte Konstruktion des Beschleunigers zu beschädigen. Vom nötigen Kraftaufwand ganz zu schweigen.

Das war einer der seltenen Fälle, in denen einen Köpfchen weiter brachte als schiere Kraft. Denn alles, was man zu tun hatte, war, elektrischen Strom so in die Spulenwicklungen zu leiten, dass eine eventuelle Restmagnetisierung durch ein entgegengesetzt gerichtetes Magnetfeld unwirksam gemacht wurde. Unser Elektromobil verfügte eigens für diesen Zweck über Anschlusskabel und eine fein regelbare Stromversorgung. Wir schlossen also die Spule an die Batterie an, trennten sie vom restlichen Stromkreis und regelten den Strom so weit hoch, dass wir sie mit dem Heber des Wagens problemlos heraushieven konnten.

Zu unserer grenzenlosen Überraschung fanden wir das Innere der Spule erfüllt von etwas, das aussah wie die Haut einer großen Seifenblase. Es schimmerte so eigenartig, dass wir respektvoll Abstand hielten.

»Was ist denn das?«, murmelte Konrad.

»Vielleicht ein Hochspannungsphänomen?«, war meine Hypothese. Extrem hohe Spannungen, wie sie in einem Teilchenbeschleuniger zum Alltag gehören, können überaus merkwürdige Effekte hervorrufen. Es ging damals das Gerücht um, in einer japanischen Anlage sei ein Kugelblitz entstanden und habe vier Wissenschaftler getötet.

Konrad konsultierte die Messgeräte. »Kann ich mir nicht vorstellen. Ein Hochspannungsphänomen, das man mit Gleichstrom am Leben halten kann? Aus *Batterien?* Und der Stromverbrauch liegt nur bei drei Watt. Da verbraucht ja mein Radiowecker mehr.«

Ich griff nach einem der Schraubenzieher mit isoliertem Griff. »Dann wollen wir mal«, sagte ich, oder so etwas Ähnliches, und piekste damit auf das eigentümliche ... *Feld* ein.

In dem Moment, in dem ich das blasenartige Etwas mit der Spitze berührte, gab es ein Geräusch, als atme jemand ein, eine unwiderstehliche Kraft riss mir den Schraubenzieher aus der Hand, und im nächsten Augenblick war er spurlos verschwunden.

Es muss ein eigentümliches Bild gewesen sein, wie wir da in dem dunklen Tunnel vor dem metallenen Spulenring standen. Wie Tiger vor dem Feuerreif, nur ohne Feuer. Innerhalb einer Viertelstunde waren wir sämtliche Schraubenzieher losgeworden, Konrads letzte Packung Zigaretten und alle Dichtringe, die wir dabeigehabt hatten. »Wir müssen allmählich damit aufhören, sonst kommen wir dem Materiallager gegenüber in Erklärungsnot«, meinte Konrad schließlich.

Ich grübelte noch immer über dem rätselhaften Effekt. Die Idee, es mit Dichtringen und Zigaretten zu versuchen, war von mir gekommen. »Man müsste etwas riechen, wenn die Gegenstände verdampfen würden, richtig? Tabakrauch oder verbrannten Gummi. Das würde man riechen.«

Konrad schüttelte den Kopf. Er hatte das Messgerät die ganze Zeit nicht aus den Augen gelassen. »Es kann auch nicht sein. Der Stromverbrauch ist konstant 2,907 Watt. Konstant! Das ist nicht genug Energie, um auch nur einen Mückenflügel zu verdampfen. Von einem massiven 16-Millimeter-Chrom-Vanadium-Schraubenzieher ganz zu schweigen.« Er sah auf und schaute mich mit seinen großen Augen an, die durch seine starke Brille ins Unnatürliche vergrößert wurden. »Jens«, sagte er mit jener Art Klang in der Stimme, die man sich für weltbewegende Momente aufsparen sollte, »dafür gibt es nur eine Erklärung.«

»Genau«, sagte ich.

»Ein Quanteneffekt«, sagte Konrad.

»In makroskopischen Größenordnungen«, nickte ich. Offenbar war uns der gleiche Gedanke zur gleichen Zeit gekommen. »Das heißt, die Gegenstände verschwinden tatsächlich.«

»Ja. Sie verschwinden in einem ... ich weiß nicht, in irgendeinem anderen Elementarzustand vielleicht.«

Ich betrachtete den stillen, düsteren Stahlwurm des Beschleunigers und dann das matt schimmernde Feld in dem Spulenring am Greifarm der Hebevorrichtung. »Kein Wunder, dass kein Elektron in der Versuchskammer angekommen ist. Sie sind alle hier drin verschwunden.«

Konrad strich sich die Haare zurecht, als erwarte er jeden Moment Pressefotografen ums Eck biegen. »Das wird uns den Nobelpreis einbringen«, meinte er. »Ruhm und Ehre. Einen Platz in den Annalen der Wissenschaft.« Er sah mich an, unnatürlich bleich, selbst wenn man das schlechte Licht da unten in Rechnung stellte. »Man wird Universitäten nach uns benennen, wenn wir es jetzt nicht versauen, Jens.«

Ich erwiderte seinen Blick und überlegte, wie ich es ihm beibringen sollte. »Langsam«, sagte ich. »Vielleicht weiß ich noch etwas Besseres.«

Man muss das richtig verstehen. Es war ja keine wissenschaftliche Entdeckung, die wir da gemacht hatten – es war Zufall. Wir hatten keine Ahnung, auf was wir da gestoßen waren. Wir hätten uns lächerlich gemacht, wenn wir damit an die Öffentlichkeit gegangen wären. Was hätten wir schreiben sollen? »Wir haben ein Feld gefunden, das Gegenstände verschwinden lässt – aber wir haben keine Ahnung, wohin sie verschwinden, wir haben keine Ahnung, wie es funktioniert, und wir haben keine Ahnung, wie das Feld entstanden ist?« Unmöglich. Also hielten wir unseren Mund und versteckten die Spule mit dem Feld, um erst einmal mehr darüber herauszufinden.

Natürlich haben wir uns gehütet, den Strom abzuschalten. Womöglich wäre das Feld kein zweites Mal aufgetaucht. Wir schafften den Spulenring mitsamt der Batterie unseres Elektromobils in einen unbenutzten Kellerraum, und ein paar Tage später schloss ich sicherheitshalber eine weitere Batterie an.

Das ist jetzt über dreißig Jahre her. Das Feld ist noch da, weil wir den Strom *nie* abgeschaltet haben, die ganze Zeit nicht.

Es ist uns nämlich nie gelungen, ein zweites Feld zu erzeugen.

Nach und nach wurde uns klar, dass wir mit den Messinstrumenten, die sich auftreiben ließen, ohne dass jemand Verdacht schöpfte, und den paar Stunden am Abend, die wir erübrigen konnten, nicht weit kommen würden. Wir mussten die Sache größer aufziehen.

Mit anderen Worten, wir brauchten Geld.

Der Einzige, den ich kannte, der Geld ohne Ende hatte, war mein Bruder. Wir schmuggelten ihn eines späten Abends an allen Sicherheitsleuten vorbei ins Institut und hinab in unseren Keller. Dort zeigten wir ihm den Ring, der wenig eindrucksvoll auf fünf alten Holzböcken lag und vor sich hin glomm. Wir konnten Dieter nur mit Mühe davon abhalten, mit der bloßen Hand in das Feld zu fassen.

»Jetzt übertreib mal nicht so maßlos«, meinte er, nachdem ich seinen Zeigefinger vor dem Schlimmsten bewahrt hatte.

»Ich übertreibe nicht.« Ich drückte ihm ein Abfallstück in die Hand, das ich aus der Werkstatt mitgenommen hatte.

»Aha«, meinte Dieter mit Kennerblick. »Stahl. St-50, würde ich sagen. Fünfhundert Gramm, geschätzter Altmetallwert –«

»Steck es in das Feld«, sagte ich.

»Was für ein Feld?«

»Na, das, was da in der Ringspule so lustig schimmert. Du wolltest es gerade anfassen.«

Dieter sah mich skeptisch an. »Und was passiert dann? Kriege ich einen elektrischen Schlag?«

»Nein.« Ich schüttelte den Kopf. »Ehrlich nicht. Lass es einfach hineinfallen.«

Er tat wie geheißen, was angesichts des Standes unserer geschwisterlichen Beziehung schon allerhand war. Und wie viele andere Gegenstände vor ihm, verschwand auch der Stahlbolzen, anstatt auf dem Boden unterhalb des Feldes aufzuschlagen.

Dieter zeigte Anzeichen gelinder Verblüffung. »Cool«, räumte er ein. »Echt cool. Und? Sag schon. Was ist der Trick dabei?«

»Das ist kein Trick«, sagte ich.

»Aber die Stahlstange? Wo ist sie hin?«

Ich zuckte mit den Schultern. »Ins Innere der Sonne? Ins Zentrum der Milchstraße? Wir wissen es nicht.«

»Wir würden es allerdings gerne herausfinden«, fügte Konrad hinzu, dem mein Bruder deutlich mehr Respekt einflößte, als Dieter verdient hatte.

»Ja«, sagte ich. »Und dazu brauchen wir deine Hilfe.«

»Meine Hilfe?« Schlagartig hatte Dieter wieder seinen normalen geschäftsmäßigen Gesichtsausdruck täuschender Einfalt aufgesetzt. »Ich verstehe aber von solchen Sachen überhaupt nichts.«

»Wir stellen uns das so vor«, erklärte ich ihm den Deal, den wir anzubieten hatten. »Du finanzierst ein kleines, feines, privates Forschungsinstitut, in dem wir dieses Feld erforschen. Dafür bekommst du eine Option auf eventuelle geschäftliche Nutzungsmöglichkeiten.«

»Wofür hältst du mich? Für einen Geldscheißer?«, versetzte Dieter ärgerlich. Er betrachtete die Ringspule und das Feld mit äußerster Skepsis. »Wer sagt mir, dass das kein Trick ist? So ein David-Copperfield-Ding, mit dem ihr mich über'n Tisch ziehen wollt?«

Er begann, mich zu nerven. Ich streckte die Hand aus und sagte: »Gib mir mal dein Handy.«

Dieter zögerte, langte dann aber doch in die Tasche. »Hier.«

»Angeschaltet bitte.«

Er gab seinen PIN-Code ein und reichte es mir dann. »Und jetzt?«

»Deine Handynummer weißt du auswendig, oder?«

»Klar.«

»Fein«, sagte ich und ließ das Gerät in das Feld fallen. *Choh!* machte es, und weg war es.

»Hey?!«, schrie Dieter auf. »Bist du wahnsinnig? Weißt du, was das gekostet hat?«

»Null Komma nix, wie ich dich kenne«, erwiderte ich und reichte ihm mein eigenes Telefon. »Bitte schön. Ruf es doch mal an, dein Handy.«

»Wie bitte?« Er nahm das Gerät, das ich ihm hinstreckte, begriff aber überhaupt nichts.

»Tu es einfach«, sagte ich.

Er tat es. Wählte die Nummer, und das Nächste, was er hörte – was wir alle hörten –, waren die üblichen drei Töne und die Ansage, die immer kommt, wenn ein Mobiltelefon gerade nicht am Netz ist.

»Ich hätte gedacht«, fuhr ich fort, »dass eine Möglichkeit, Dinge spurlos verschwinden zu lassen, dich eigentlich brennend interessieren müsste. Oder?«

Natürlich interessierte es ihn brennend. Das Agreement sah so aus: Tagsüber gehörte das Feld uns, nachts gehörte es ihm. Unser erstes Labor richteten wir im Keller eines dem Firmengelände meines Bruders unmittelbar benachbarten Gebäudes ein. Zu diesem Gebäude existierte ein unterirdischer Verbindungsgang, der laut offiziellen Unterlagen nicht existierte, und ab Einbruch der Dunkelheit karrten seine Leute auf diesem Wege all das heran, was Geld brachte, wenn man es verschwinden ließ: Dichlormethan, Quecksilberverbindungen, Altröntgenfilme, Chromschwefelsäurereste und Ammoniumdichromat. Ich lernte, dass ein Standard-Behälter *Amershan Typ P* blau ist und sechzig Liter wässrige langlebige Radionukleide aufnehmen kann.

Und ich lernte, was man für seine fachgerechte Entsorgung in Rechnung stellen konnte.

Einen wirklich erstaunlichen Betrag.

Ein Jahr lang bissen wir uns die Zähne an dem Phänomen aus, ohne auch nur einen Schritt weiterzukommen. Wir erdachten alle möglichen Versuchsanordnungen, stellten Hunderte von Theorien auf, ließen Scharen von Computern rechnen und rechnen und verbuchten trotzdem nur

Fehlschläge. Mehrmals waren Konrad und ich so weit, die Geheimhaltung aufgeben und andere Wissenschaftler um Rat fragen zu wollen, doch Dieter bewahrte uns mit seinem Veto vor diesem Schritt. Entweder lösten wir das Rätsel selber, oder es würde ungelöst bleiben.

Die einzige nennenswerte Beobachtung machte Konrad, und damals hielten wir das zweifellos beide für eine Bagatelle. Er stellte fest, dass der Stromverbrauch des Feldes zunahm.

»Der Stromverbrauch?«, wiederholte ich irritiert.

»Am Anfang«, erklärte Konrad, »lag der Stromverbrauch bei 2,907 Watt. Steht an mindestens zwanzig Stellen in unseren alten Aufschrieben vermerkt. Heute dagegen beträgt er 3,112 Watt.«

Das Gespräch fand in unserem Besprechungszimmer statt. Ich hatte den ganzen Vormittag, anstatt Bücher über Quantenphysik zu studieren, die Andrucke des neuen Leistungskatalogs von Dieters stetig expandierender Firma korrekturgelesen. Ich schob das ganze Zeug von mir weg und meinte: »Drei Watt? Ist ja wahrhaftig nicht die Welt.«

Konrad nickte. »Aber es ist eigenartig, oder? Als würde alles, was in dem Feld verschwindet, dazu beitragen, eine Art Druck aufzubauen. Und je höher der wird, desto mehr Strom verbraucht das Feld.«

Ich zuckte mit den Schultern. »Gut, aber ich sehe das Problem nicht. Das Feld könnte tausend Kilowatt brauchen und würde uns immer noch reich machen.«

Das war eindeutig die falsche Antwort. Konrad sah mich an, seine Augen hinter der Brille wurden größer, und ein enttäuschter Ausdruck verfestigte sich in ihnen.

»Die wissenschaftlichen Zusammenhänge interessieren dich im Grunde nicht mehr, stimmt's?«, fragte er leise.

Was hätte ich darauf sagen sollen? Er hatte recht. Die wissenschaftlichen Zusammenhänge interessierten mich tatsächlich nicht mehr. Seit ich angefangen hatte, in der Firma meines Bruders mitzuarbeiten, fand ich die *wirtschaftlichen* Perspektiven der ganzen Sache weitaus interessanter.

Vor allem, als Konrad kurz darauf entdeckte, dass man das Feld *teilen* konnte. Dazu brauchte nur eine simple Magnetspule, auf eine ganz bestimmte Art und Weise gewickelt und mit Strom versorgt, in die Nähe gebracht zu werden, und das Feld sprang über wie von einer Kerze auf ein Streichholz. Es war zum Schreien einfach.

Ich hatte sofort die Vision einer Welt vor Augen mit Millionen von Ablegern unseres Feldes, in denen aller Müll und aller Abfall verschwand.

Nur: Mein Bruder war dagegen. Und dummerweise hatte er laut Vertrag das letzte Wort hinsichtlich der Verwertungsmöglichkeiten des Feldes.

Und Verträge lesen, das konnte er.

»Nein, nein und nochmals nein«, fauchte er, als ich das Thema zum bestimmt fünfzigsten Mal aufs Tapet brachte. »Wie oft müssen wir noch darüber diskutieren? Mein Geschäft ist es, Müll verschwinden zu lassen. Nicht, Geräte zu bauen, mit denen die Leute ihren Müll selber verschwinden lassen können. Und jetzt Schluss; ich muss gleich fort.«

Während er in Ordnern und Ablagen wühlte, Papiere daraus hervorzog und in seinen abgeschabten Aktenkoffer warf, sagte ich, auf die segensreiche Wirkung der Kombination von Beharrlichkeit und Ruhe hoffend: »Es ist das größere Geschäft, Dieter. Damit werden wir zu einem Weltkonzern.«

»So? Werden wir das?« Dieter lachte trocken. »Ich will dir mal was sagen: Einen Scheißdreck werden wir. Erledigt sind wir, sobald wir das Feld aus der Hand geben. Weißt du, was die Firmen, die schon Weltkonzerne sind, nämlich tun werden? Ihre eigenen Ableger davon, genauso einfach, wie ihr das macht. Dann machen sie das Geschäft selber, und wir sind außen vor.«

Ich holte den Ordner hervor, den ich mitgebracht hatte, und legte ihn auf den Tisch. »Ich habe drei Rechtsgutachten erstellen lassen, unabhängig voneinander. Sie besagen übereinstimmend, dass das Patentrecht uns erlaubt, eventuelle Käufer von Geräten durch Lizenzverträge dahingehend zu binden, keine eigenen Ableger des Feldes herzustellen.«

Dieter hielt inne, beäugte mich, den Ordner, dann wieder mich. »Das Patentrecht? Dass ich nicht lache. Jens, du hast das Feld nicht *erfunden* – du hast es nur *gefunden!* Du hast nicht den Hauch einer Ahnung, wie es funktioniert, das sagst du doch selber. Wie willst du auf der Grundlage eine Patentschrift formulieren?«

»Na und?«, versetzte ich. »Alle die Leute, die irgendwelche Gene patentieren, haben sie auch nicht *erfunden,* sondern nur *gefunden.* Und wie sie funktionieren, wissen sie auch nicht. Trotzdem verletzt du, wenn du diese Gene vervielfältigst, ihre Rechte daran und findest dich vor Gericht wieder mit einer Klage, bei der dir die Tränen kommen.«

Dieter schüttelte den Kopf und knallte den Aktenschrank zu. »Ich sage trotzdem nein, und damit basta.« Er schloss seinen Aktenkoffer.

Ich seufzte. »Also gut. Aber eine letzte Chance musst du mir noch geben. Lass uns kurz in mein Büro rübergehen. Ich habe etwas, das unsere Differenzen aus der Welt schaffen wird.«

»Wüsste nicht, was das sein könnte«, murrte Dieter, vergebens in allen Schubladen nach seinen Autoschlüsseln suchend. »Ich habe außerdem keine Zeit, ich sollte längst weg sein –«

»Es dauert nur einen Moment.«

»Wo sind diese verdammten Schlüssel, verflucht noch eins?«

»Bitte«, sagte ich. »Danach brauchen wir das Thema nie wieder zu diskutieren, großes Ehrenwort.«

Dieter seufzte abgrundtief. »Also gut, einen Blick. Wenn danach Ruhe ist …«

»Versprochen.« Ich öffnete die Tür, die von seinem in mein danebenliegendes, kleineres Büro führte. »Bitte, nach dir.«

Er stürmte vorwärts, wie es immer seine Art gewesen war, und als er begriff, was los war, war es zu spät, um zu bremsen. »He, das ist doch –!«, brachte er noch heraus. Ich gab ihm zur Sicherheit einen kräftigen Tritt in den Rücken, dann verschwand er in dem Feld, das ich im Türrahmen installiert hatte.

Alles, was ich danach zu tun hatte, war, die Batterie herauszunehmen, die das Feld versorgt hatte. Es erlosch, und die paar Spulendrähte ließen sich spurlos entfernen. Ein zweites Feld, in der Tiefgarage über seinem persönlichen Parkplatz installiert, entsorgte sein Auto. Seine

Angestellten waren es gewöhnt, keine Fragen zu stellen und sich keine Gedanken zu machen. Die Polizei ging später davon aus, dass Dieter in illegale Geschäfte verwickelt gewesen war – Hinweise darauf fanden sich zur Genüge – und untergetaucht war.

Es lief alles bestens. Nachdem sie die Scheidung durch hatte, heiratete ich Dieters Frau – und damit die Firma –, dann stiegen wir in die Produktion von Müllentsorgungsanlagen aller Art ein. Unsere Abgasfilter für Heizkraftwerke und Verbrennungsanlagen waren sensationell – reine Luft, die den Schornstein verließ. Aus unseren Klärendstufen kam Wasser, das man trinken konnte. Allerdings viel weniger, als hineinfloss – das ließ die Techniker stutzig werden. Nun ja. Es war mir von Anfang an klar, dass die Sache mit dem Feld nicht für immer geheim bleiben würde.

Natürlich kam dann irgendwann ein hässlicher Verdacht auf, was das Verschwinden meines Bruders betraf. Aber da hatte ich schon genug Geld, um mir die schärfsten Rechtsanwälte der Welt leisten zu können, und so wurde nicht viel daraus.

Und wer hätte denn beweisen wollen, dass Dieter wirklich tot war?

Wie auch immer. Der Rest ist, wie man so sagt, Geschichte. Das abgasfreie Auto ist heute eine Selbstverständlichkeit. Erinnern Sie sich überhaupt noch daran, dass es einmal so etwas wie eine Müllabfuhr gegeben hat? Müllverbrennungsanlagen? Wenn ja, dann sind Sie mindestens 25 Jahre alt. Und haben wahrscheinlich Kinder, für die der Entsorger unter dem Spülbecken eine Selbstverständlichkeit ist. Und was Müllhalden und Schuttplätze anbelangt, die hat man alle wieder ausgebaggert und ein für alle Mal verschwinden lassen. Radioaktiver Müll, einst ein unlösbares Problem – weg. Die abgebrannten Brennstäbe aus Kernkraftwerken, über die wir uns früher so viele Sorgen gemacht haben – aus der Welt geschafft. Die Erde ist so sauber wie noch nie.

Ich fürchte, mehr als die dritte Flasche werde ich nicht schaffen. Immerhin, ein Montrachet aus der Domaine de la Romanée-Conti. Samtig, duftig, feinwürzig; ein hervorragender Jahrgang. Aber der Gedanke an all die Schätze, die ich über die Jahre hinweg in meinem Keller versammelt habe und die nun ihre Bestimmung nicht mehr finden sollen, schmerzt.

Dreißig Jahre lang ist alles gut gegangen. Ich habe den Konzern geleitet, Konrad hat weiter geforscht, mit mehr Leuten, mehr Geld – *viel* mehr Geld –, aber so wenig Ergebnissen wie eh und je. Immerhin: Dass auch all die namhaften Kapazitäten, die Nobelpreisträger und so weiter vor unserem Feld kapitulieren mussten, war irgendwo beruhigend. Wir hatten uns zumindest nicht allzu blöd angestellt. Und wir verdienten schweinemäßig Geld. Wirklich. Die ganze Welt kaufte unsere Geräte wie süchtig, und unsere Profite waren geradezu obszön.

Bis neulich die Beschwerden anfingen, vor einem halben Jahr etwa. Den Anfang machten die batteriebetriebenen Entsorger für die Hosentasche – diese kleinen Metalletuis für Zigarettenasche und was eben unterwegs so anfällt. Sie gäben zu früh den Geist auf. Und zwar alle. Das war uns rätselhaft.

Vor einem Monat stellte sich heraus, dass die Felder in den Kfz-Abgasentsorgern erloschen waren und die Abgase ungefiltert entweichen ließen.

Reihenweise.

Das war uns *äußerst* rätselhaft.

Und dann kam Konrad mit der sensationellen Neuigkeit, sie hätten herausgefunden, wie das Feld funktioniert.

»Ich dachte immer, das ganze Zeug verschwindet in einem Quantenraum«, erklärte er mir mit einer ausholenden Bewegung, die alles einzuschließen schien, mein Büro und die atemberaubende Aussicht über die Stadt inbegriffen. »Du weißt schon, eines dieser hypothetischen Kontinua mit imaginärer Dimensionszahl. Aber wir wissen jetzt, dass das nicht stimmt.«

»Sondern?«, fragte ich, weil mir seine Kunstpause zu lange dauerte und ich das deutliche Gefühl hatte, dass mir nicht gefallen würde, was er zu sagen hatte.

»Alles, was man in das Feld wirft«, sagte Konrad, »verschwindet in der *Zeit*.«

»In der Zeit?«, echote ich. »Bist du sicher?« Was man eben so fragt in solchen Momenten.

»Du darfst gern die Protokolle unserer Experimente studieren, falls dich so etwas noch interessieren kann.« Konrad lehnte sich im Sessel zurück und faltete die Hände vor seinem Kinn. »Wir haben hochwertige Atomuhren hineingeschickt, funkkontrolliert und mit Ultrahochgeschwindigkeitsaufzeichnung. Hat Millionen gekostet. Aber wir sind uns jetzt sicher, dass das Feld alles, was hineingerät, in die Zukunft schleudert.«

»In die Zukunft?« Ich versuchte zu verstehen, was das für uns bedeuten konnte. »Das klingt nicht gut.«

Konrad schüttelte den Kopf. »Ist es auch nicht.«

»Kann man etwas darüber sagen, in *welche* Zukunft?«, hakte ich nach. »Ich meine, Zukunft – das heißt ja womöglich, irgendwann kommt alles wieder, oder?«

Er fuhr sich durch das schütter gewordene Haar. »Genau wissen wir es nicht, aber ich glaube, der Stromverbrauch des Feldes ist der Schlüssel. Er wächst, seit wir das Feld gefunden haben. Ich protokolliere das seit Jahrzehnten, und inzwischen steht fest, dass das Anwachsen des Stromverbrauchs einer hyperbolischen Kurve folgt.« Er nahm die Brille ab und begann, seine Nasenwurzel zu massieren. »Du erinnerst dich, was eine hyperbolische Kurve ist? Eine Hyperbel?«

Ich schnaubte. »Eine Kurve der Form eins durch x, natürlich. Hältst du mich für verblödet?«

»Und was ist das Merkmal einer Hyperbel?«

»Du wirst es mir gleich sagen.«

»Eins durch x. Oder irgendein Wert geteilt durch x. Was passiert, wenn x Null wird?«

Ich begriff. »Die Kurve geht gegen Unendlich!«

Konrad setzte seine Brille wieder auf. »Man nennt das eine *Singularität*«, erklärte er.

Und diese Singularität wird heute Nacht stattfinden, nach mitteleuropäischer Zeit um genau ein Uhr, zwölf Minuten, achtunddreißig

Komma irgendwas Sekunden. Keine Ahnung, was an diesem Zeitpunkt so besonders ist. Ich schätze, nichts. Es ist eben einfach der Punkt auf dem Zeitstrahl, der mit unserem Feld von Anfang an verbunden war.

Inzwischen sind die meisten Felder erloschen, denn heute Abend betrug der Strombedarf fast ein halbes Megawatt je Quadratzentimeter. Bis Mitternacht wird kein einziges Feld mehr verfügbar sein. Man kann ausrechnen, wann der Bedarf je Quadratzentimeter größer werden wird als die gesamte im Universum verfügbare Energie – ein paar Millionstel Sekunden vor dem Moment der Singularität wird es so weit sein.

Und dann? Nun ja, wer kann das wissen? Die beste Schätzung dürfte die von Konrad sein: Im Augenblick der Singularität wird alles wiederkommen. Alles, was wir je hineingesteckt haben in das Feld und seine Abkömmlinge. Alle Kaffeefilter, Bananenschalen, Gemüsereste, alle vollgeschissenen Windeln der letzten dreißig Jahre. Aller Kehricht und alle Staubsaugerbeutel, alle zerbrochenen Spiegel, Durchschreibesätze und Medikamentenreste. Die Zigarettenkippen von drei Jahrzehnten. Die Inhalte aller Katzenklos. Berge von Eierschalen, ranzigem Frittierfett, vollgerotzten Taschentüchern, Binden, Tampons und Kondomen. Alles wird wieder auftauchen, aus dem Nichts, überall auf der Welt. Gebirge von Bauschutt, Fliesenscherben und ölverseuchtem Aushub werden uns unter sich begraben, zusammen mit Baggerreifen, Asbeststaub, Schrottautos, Holzschutzmitteln, radioaktiven Abfällen und Ozeanen von Urin, Klärschlamm und Säureresten.

Und dann die Abgase – die Abgase von dreißig Jahren, in denen man auf saubere Verbrennung und Abgasreinigung kaum noch Wert gelegt hat, weil man es nicht musste. Spätestens die Abgase werden uns ersticken.

Die Flasche ist so gut wie leer. Der Abend neigt sich dem Ende zu. Was uns bleibt, ist die Hoffnung, dass Dr. Konrad Hellermann sich geirrt hat mit seiner Formel.

Wir werden sehen.

© 2004 Andreas Eschbach

Humanic Park

Da wir nun schon mal mit dem Thema »Aussterben« angefangen haben: Die folgende Geschichte ist natürlich eine Hommage an Michael Crichtons »Jurassic Park«, seinen wohl besten Roman, wenn man mich fragt. Ich fand immer, dass es sich dabei um eine Geschichte handelt, die nach satirischer Weiterverwertung ruft: Was, wenn wir die Dinosaurier und ausgestorben wären – und geklont wiederauferstünden …?

Erschienen ist sie erstmals im Dezember 1999 im Magazin STARVISION.

Die meisten der Ankömmlinge waren Kinder. Noch benommen von dem langen Flug folgten sie den Erwachsenen von der Landeplattform hinab zu den etwas abseits gelegenen Empfangsgebäuden. Der Nebel, der die ganze Insel einhüllte, drückte kühl und feucht zwischen den Bergen herab und ließ die hohen Energieschirme rechts und links des Weges glänzen wie halbdurchsichtige Seidenkokons.

Peria drehte sich gerade das zweite Mal nach den Kindern um, die sich verdächtig folgsam verhielten, und wollte sie ermahnen, sich in ihrer Nähe zu halten – überflüssigerweise, denn sie folgten ihr auf dem Fuß –, als ein Beben durch das Laufnetz ging, das alle Besucher veranlasste, abrupt stehenzubleiben. Einen Schlag des Bauchherzens lang war Stille, dann wiederholte sich das Beben, nur stärker, näher. Die Tautropfen auf den Knoten des Netzes zitterten.

»Schaut nur«, hauchte eines der Kinder.

Durch das perlmuttene Schimmern des Feldes hindurch war eine Bewegung zu sehen, eine unglaubliche Bewegung. Niemand rührte sich. Sie hatten die Prospekte gelesen und die Berichte in den Medien gesehen und geglaubt, vorbereitet zu sein. Aber die Wirklichkeit, insbesondere die schiere Größe, übertraf alle Erwartungen.

Der Boden unter ihnen dröhnte, als das Wesen hinter der Abschirmung sich auf die Knie niederließ. Ein riesiger Kopf senkte sich herab, und zwei große, überraschend bewegliche Augen musterten die Gruppe der Ankömmlinge. Dann, nach einer Weile, stand das Wesen wieder auf und entfernte sich mit enormen, donnernden Schritten.

»War das ein Mensch?«, piepste Ela-006133.

»Ja«, sagte Peria-230767. »Das war ein Mensch.«

Sie folgten den anderen den Netzpfad zu den Empfangsanlagen hinunter. Ein Schild überspannte den Weg. WILLKOMMEN IM MENSCHEN-PARK stand in großen Leuchtbuchstaben darauf.

Die Halle, in der sie sich versammelten, war mit großen Fotografien der auf der Insel lebenden Menschen geschmückt. Peria-230767 betrachtete sie fasziniert. Als Kind war sie vor den riesigen Menschenskeletten in den Museen gestanden und hatte versucht, sich vorzustellen, wie die Welt damals ausgesehen haben mochte, als diese gewaltigen Wesen sie beherrscht hatten. Wie sie auf ihren zwei Beinen durch die urzeitlichen Wälder geschritten waren. Und nun hatten sie gerade am eigenen Leib erlebt, wie die Erde gebebt haben musste unter ihrem Schritt ... Unglaublich faszinierend.

»Ich darf Sie alle herzlich willkommen heißen im MENSCHEN-PARK, der weltweit ersten und einmaligen Attraktion auf dem Gebiet der Menschenkunde ...«

Die Kinder waren weit weniger fasziniert. Sie waren gekommen, um Menschen zu sehen. Der Vortrag, mit dem die Parkführerin begann, langweilte sie.

»Betragt euch!«, mahnte Peria-230767. »Sonst nehm ich euch ans Netz!«

Gemaule, aber sie rissen sich zusammen.

»Die Menschen in diesem Park«, fuhr die Parkführerin fort, »sind geklont. Das bedeutet, dass wir sie in unserem Laboratorium gentechnisch erzeugen.« Eine Reihe von Projektionen leuchteten hinter ihr auf und illustrierten den Vorgang. »Wir entfernen aus der befruchteten Eizelle eines Säugetiers die Erbinformation und ersetzen sie durch menschliche Erbsubstanz. Danach wächst aus der Eizelle ein Lebewesen, ein ganz normaler Vorgang – nur dass es sich dabei um ein Lebewesen handelt, das seit Jahrmillionen ausgestorben ist ...«

Ein Zwischenrufer wollte wissen, aus welchem Säugetier die Eizellen stammten.

»Nun, die Auswahl ist nicht sehr groß, da nur wenige Säugetierarten den Untergang der Menschen überlebt haben«, sagte die Parkführerin. »Wir verwenden Eizellen von Ratten.«

Peria-230767 nickte. Das hatte auch in dem Prospekt gestanden. Und auch, dass man vermutete, bei den Ratten habe es sich um eine mit den Menschen konkurrierende Lebensform gehandelt.

»Sie werden wahrscheinlich wissen wollen, woher wir unsere menschliche Erbsubstanz bekommen.« Die Führerin deutete auf einen großen gelben, transparenten Stein, der, in Metallringe eingefasst, hinter ihr an der Wand hing. »Hieraus. Aus Bernstein – dem versteinerten Harz prähistorischer Bäume.«

Ein Raunen ging durch die Zuhörerschaft, obwohl diese Tatsache sicherlich keinem der Anwesenden mehr unbekannt sein konnte.

»Baumsaft«, erläuterte die Parkführerin, »tropft häufig auf Insekten und schließt diese ein. Dadurch bleiben sie in der Versteinerung vollständig erhalten. Wenn es sich bei dem eingeschlossenen Tier um ein stechendes Insekt gehandelt hat, besteht die Möglichkeit, dass es kurz vor seinem Tod einen Menschen gestochen hat und folglich noch dessen Blut in sich trägt.« Auf einem Monitor sah man, wie unter einem Mikroskop eine lange Nadel durch den Bernstein getrieben wurde und in den Brustkorb einer prähistorischen Mücke stach. »Doch man muss noch mehr Glück haben, denn da die roten Blutkörperchen eines Säugetiers, wie es die Menschen waren, keinen Zellkern und daher auch keine Erbsubstanz enthalten, mussten wir die viel selteneren weißen Blutkörperchen suchen, die einen Zellkern besitzen. Das ist uns geglückt. Es war eine lange, mühevolle Arbeit. Dass sie sich gelohnt hat, davon werden Sie sich auf Ihrer Rundfahrt durch den MENSCHENPARK nun gleich mit eigenen Augen überzeugen können.«

Die Panoramabahn fuhr vollautomatisch gesteuert, immer zwischen den Gehegen der einzelnen Menschengruppen hindurch. Die Kinder gerieten ganz aus dem Nestchen, als sie die ersten Menschen sahen.

»Schaut nur, sie haben sich Kleider gemacht!«, rief Ela-006133 begeistert. »Sie müssen intelligent sein.«

»Ja«, meinte Peria-230767 wohlwollend. »Nach allem, was die Wissenschaft weiß, müssen sie eine fast spinnenähnliche Intelligenz besessen haben.«

Sie fuhren an einem Menschen vorbei, der schlafend im Gras lag. Als die Wagen der Panoramabahn langsam an ihm vorüberzogen, öffnete er kurz die Augen, schaute eine Weile unschlüssig, aber nicht übermäßig interessiert herüber und wandte sich schließlich wieder ab.

»Können die Menschen auch bestimmt nicht ausbrechen?«, vergewisserte sich Ela-006133 ängstlich.

»Nein, Quatsch«, versetzte Loto-115341. »Die Schutzfelder sperren sie doch ein.«

»Selbst wenn einige Menschen tatsächlich ausbrechen sollten, könnten sie nicht lange außerhalb des Parks überleben«, beruhigte Peria-230767 sie. »Die Schutzfelder schützen nämlich nicht nur uns vor den Menschen, sie schützen auch die Menschen vor der Sonnenstrahlung und vor vielen Bestandteilen der Luft, die sie nicht vertragen.«

»Ehrlich?«, staunte Loto-115341. »Unsere Atemluft ist schlecht für sie?«

»Ja. Unter den Feldern wird künstlich eine Atmosphäre erzeugt, wie sie vor Jahrmillionen auf der Erde geherrscht hat.«

Die Panoramabahn erreichte ein anderes Gehege, in dem einige Menschen vor einem Baum standen, dessen Früchte sie pflückten und aßen. Auch sie schenkten den Besuchern nur beiläufig ihre Aufmerksamkeit.

»Wisst ihr eigentlich, dass man die Menschen auch *die Wegbereiter* nennt?«, fragte Peria-230767 ihre Kinder. »Ohne sie gäbe es uns heute nicht.«

»Ehrlich?«, staunten sie. »Warum?«

»Damals, vor Jahrmillionen, als die Menschen die Erde bevölkerten, war diese Welt noch kalt und dunkel. Ein dichter Panzer aus dreiwertigem Sauerstoff, dem sogenannten Ozon, umschloss den Planeten und hielt die wertvollsten Bestandteile des Sonnenlichts davon ab, die Erdoberfläche zu erreichen. Es gab kaum wärmende Radioaktivität, und die Atmosphäre wäre für uns unerträglich gewesen, so hoch war die Sauerstoffkonzentration. Unsere Art hätte sich überhaupt nicht entwickeln können – hätte es nicht die Menschen gegeben, die den Planeten umgestalteten.«

Die Menschengehege draußen waren vergessen. Die Kinder hingen wie gebannt an ihren Kieferfühlern. Peria-230767 nickte bedeutungsvoll und fuhr fort: »Wir wissen nicht sehr viel über die Zeit damals. Es muss eine sehr kurze Epoche gewesen sein, in der die Menschen mit gewaltigen technischen Anlagen die Verhältnisse auf der Erde grundlegend veränderten. Sie sprengten den Ozonpanzer, sodass das Licht der Sonne endlich frei auf die Erde fallen konnte; sie rotteten viele der Pflanzen aus, die den schädlichen Sauerstoff produzierten, und mit Hilfe anderer technischer Geräte, die sie in unglaublichen Mengen gebaut haben müssen – immer wieder findet man versteinerte Überreste davon –, reicherten sie die Atmosphäre mit frischem Kohlendioxid und Kohlenmonoxid an, mit aromatischen Stickoxiden und duftenden Schwefelwasserstoffen und tausend anderen wichtigen Bestandteilen. Sie gruben in der Erde nach allen radioaktiven Substanzen, die sie finden konnten, und setzten deren Strahlung frei; ja, sie erzeugten sogar künstlich weitere radioaktiv strahlende Elemente. So schufen sie eine Welt, die unseren Vorfahren optimale Entwicklungsmöglichkeiten bot – deshalb nennt man sie die *Wegbereiter*.«

»Und warum starben sie dann aus?«, wollte Loto-115341 wissen.

»Mit der Umgestaltung der Erde hatten sie Verhältnisse geschaffen, in denen sie selber nicht mehr überleben konnten«, erklärte Peria-230767, wohl wissend, dass sie damit wissenschaftliche Zweifelsfragen in höchst unzulässiger Weise vereinfachte. »Sie zogen sich in unterirdische Höhlensysteme zurück und starben schließlich alle aus.«

»Aber warum haben sie das denn alles gemacht?«, wunderte sich Ela-006133.

»Das weiß man eben nicht«, räumte Peria-230767 ein. »Das ist eines der ganz großen Geheimnisse der Wissenschaft, und vielleicht wird man es niemals mit Sicherheit wissen.«

Loto-115341 furchte abfällig die Kräuselhaut um seine Nebenaugen. »Ich glaube nicht, dass sie wirklich intelligent waren«, verkündete er mit der entschiedenen Sicherheit eines Kindes. »Sonst hätten sie das nicht gemacht.«

»So darfst du das nicht sehen«, meinte Peria-230767 mäßigend. »Ich denke eher, dass die Menschen einfach ein notwendiger Zwischenschritt der Evolution waren.« Sie schlug ihr vorderes Beinpaar mit einem aufmunternden Klacken zusammen. »Schluss jetzt, genießt die Fahrt! Schaut, dort vorne kommt ein Gehege mit ganz vielen Menschenjungen!«

© 1994 Andreas Eschbach

Well done

Ach ja – fremde, nichtmenschliche Intelligenzen …

Die Erzählungen und Filme, in denen Außerirdische auf der Erde landen, um wehrlosen Erdenmenschen schlimme Dinge anzutun, sind Legion.

Wie das so meine Art ist, fragte ich mich eines Tages, ob es nicht auch ganz anders laufen könnte …

Ich habe auch immer an UFOs geglaubt. Ich weiß nicht, warum, aber ich war schon immer davon überzeugt, dass es sie gibt – die Scheiben am Himmel. Die fliegenden Untertassen. Die Aliens.

Ich habe keine Religion daraus gemacht, das nicht. Ich habe nicht erwartet, dass sie eines Tages kommen und uns von Krieg, Not und Hunger befreien; auch nicht, dass sie uns mitnehmen in eine bessere Welt.

Aber dass sie eines Tages kommen würden – ja, das habe ich schon geglaubt.

Und so war es dann ja auch.

Als Neunjähriger habe ich alles gesammelt, jeden winzigen Zeitungsartikel über Lichter am Himmel, fliegende Scheiben, Brandspuren auf Feldern … Die Fotos waren oft so erbärmlich. Die meisten sahen schon verdammt aus wie Fälschungen. Aber trotzdem …

Zum dreizehnten Geburtstag habe ich ein Fernglas bekommen, ein nachttaugliches. Von da an bin ich jeden Abend losgezogen, um nach UFOs Ausschau zu halten. In den Augen der anderen war ich damit natürlich erledigt. Sie haben mich nie gefragt, ob ich irgendwohin mitgehe, ins Kino, zum Tanzen, in die Kneipe. Ich wäre auch nicht mitgegangen. Ich hätte viel zu viel Angst gehabt, die Landung der Fremden zu verpassen.

Aber sie sind nie gelandet. Egal wo ich hingegangen bin, egal wie lange ich gewartet habe oder wie inbrünstig die Gedanken waren, die ich hinaus ins All geschickt habe – sie haben sich nicht blicken lassen.

An der Uni habe ich Linguistik belegt, zur Überraschung meiner Familie, denn was Fremdsprachen anbelangt, war ich nie eine Leuchte. Aber ich wollte, wenn es so weit war, im Stande sein, zur Verständigung mit *ihnen* beizutragen. Das habe ich natürlich nie jemandem verraten. Ich war vielleicht plemplem, aber nicht total bescheuert.

Wir Linguisten mussten auch ein paar Vorlesungen in Statistik besuchen, und zur ersten Stunde brachte der Professor diesen Zeitungsartikel mit, wonach sich in der Nähe einer bestimmten Stadt in New Mexico zweimal im Jahr die Meldungen über UFO-Sichtungen häufen.

Die simple Erklärung, dass sich dort *tatsächlich* zweimal pro Jahr UFOs blicken lassen, durfte natürlich nicht einmal in Erwägung gezogen werden. Also brauchte er die ganze Stunde, um mit irgendwelchen Lehrsätzen und Formeln, die ich mir nicht gemerkt habe, zu beweisen, dass es eine »statistische Anomalie« war. Gemerkt habe ich mir nur den Namen der Stadt.

Bei nächster Gelegenheit verkaufte ich mein Auto und flog hin. Ich war vorsichtig, blieb in Deckung. Die Leute, die von den UFOs wussten, bildeten eine kleine, verschworene Gemeinschaft, und anders als andere waren sie nicht darauf aus, den Rest der Welt zu bekehren. Im Gegenteil, sie blieben lieber unter sich. Einmal riskierte ich es, einen von ihnen anzurufen und ihn geradeheraus nach den Aliens zu fragen, aber er nannte mich nur einen Idioten und legte auf.

Aber da kamen mir die ganzen Statistik-Vorlesungen doch noch zugute. Mustererkennung. Data-Mining. Relevanz, Varianz, Stochastik. Ich besorgte mir die Daten der UFO-Sichtungen, verglich, rechnete und suchte und kam schließlich darauf, dass drei Wochen vor jedem Kontakt im Lokalblatt zwei Anzeigen örtlicher Unternehmen auftauchen. Der größte Arbeitgeber am Ort, ein Hersteller von Stahl-Halbfertigzeugen, schreibt zeitlich befristete Jobs in seinem Walzwerk aus, und »Joe's Steak House« kündigt »Gourmet-Wochen« an. Sowohl Jobs als auch »Gourmet-Wochen« beginnen am gleichen Tag, und das seit fünfzehn Jahren. Und dieser Tag fällt statistisch signifikant stets zusammen mit dem Peak der UFO-Meldungen.

Also abonnierte ich die Lokalzeitung, und das nächste Mal war ich auch vor Ort.

Sie entdeckten mich, ehe es so weit war, und ich erinnere mich, dass sie nicht einmal besonders überrascht wirkten. Sie hatten Waffen in den Händen und sahen so aus, als könnten sie auch damit umgehen. Ich hob die Hände und erklärte hastig, dass ich nichts weiter wolle als dabei zu sein, wenn die Aliens landeten. Ich sprudelte meine ganze Lebensgeschichte heraus. Ich war so weit weg von zu Hause, es war mir egal, wenn ich mich blamierte. Hauptsache, ich würde die Aliens *sehen* ...!

Sie lachten mich nicht aus. Stattdessen fesselten sie mich auf einen Stuhl, den sie an einem Pfosten festbanden, und machten damit weiter, ihre Wagen auszuladen. Sie stellten ein großes Zelt auf, Tische und Stühle und Riesengrills, die ganze typisch amerikanische Materialschlacht eben, mitsamt Kühlschränken und Spülbecken.

Es war offensichtlich, dass sie sich auf eine lange Nacht einrichteten.

Schließlich kam einer zu mir und fragte, wer alles wisse, dass ich hier sei, und ich war so leichtsinnig, zuzugeben: »Niemand.«

»Bist du ein Journalist oder so was?«

»Nein.«

Zu meiner Verblüffung lächelte der Mann. Dann stapfte er davon, zückte sein Telefon und beriet sich mit mindestens einem Dutzend Gesprächspartnern, immer am Rand des Lagerfeuers auf und ab gehend.

Schließlich kamen sie zu dritt zu mir und meinten: »Du kannst bleiben. Aber du wirst ein Geheimnis bewahren müssen.«

Ich schwor, dass ich das könne und werde, so wahr mir Gott helfe, aber sie banden mich nicht los. Sie sagten nur, es müsse sein, und später würde ich es verstehen.

Gegen Mitternacht schalteten sie die Signalscheinwerfer ein. Rote, blaue und gelbe Lichtbahnen stiegen in die Nacht auf, die von sommerlichem Zirpen erfüllt war. Die Männer am Grill schürten noch ein-

33

mal die Glut, bis sie hellrosa leuchtete, dann legten sie die Schürhaken beiseite und gesellten sich zu den anderen.

Es wurde still.

»Woher wisst ihr eigentlich, dass sie kommen?«, fragte ich einen von ihnen leise.

Er deutete auf einen grauhaarigen, breitschultrigen Mann, der so etwas wie der Mittelpunkt der Gruppe war. »Das ist Jim. Er war mal bei der Air Force, hat so ein Ding abgeschossen. Später hat er in der Nähe der Stelle, wo es runter ist, eins von ihren Funkgeräten gefunden.« Er rieb sich den Hals. »Damit locken wir sie an.«

Ich erinnere mich, dass ich diese Formulierung merkwürdig fand, aber ich schob es auf meine begrenzten Englischkenntnisse und fragte: »Und dann kommen sie?«

»Ja.«

»Und was wollen sie?«

»Das wissen wir nicht.«

»Aber wieso nicht? Wenn sie landen ... und Kontakt aufnehmen ...?« Endlich konnte ich die Frage stellen, die mich beschäftigte, seit ich der Sache auf der Spur war: »Wieso hat die Welt nie etwas davon erfahren?«

Er erklärte es mir. Und als ich dann schrie, hatte er den Knebel schon griffbereit.

Sie hatten mich nämlich aus demselben Grund an den Stuhl gefesselt, aus dem Sie, mein lieber Freund, hier sitzen. Auch Sie werden warten müssen, bis das Raumschiff der Fremden gelandet ist und die Besucher aus dem All zum Vorschein kommen. Meistens sind es zwei, aber wenn wir Glück haben, auch drei oder vier. Sie sehen seltsam aus, aber sie sind ... Wie soll ich sagen? Freundlich? Arglos? Gefesselt und geknebelt werden Sie mit ansehen müssen, wie wir ihnen entgegentreten. Wie wir sie lächelnd in unsere Mitte bitten.

Und wie einige von uns ... na ja, wie sie tun, was eben getan werden muss. Eine schöne Sache ist es nicht. Erschrecken Sie übrigens nicht, das Blut der Fremden ist gelb; es sieht fast aus wie Eiter. Aber es ist keiner. Man kann es problemlos abwaschen.

Sobald dann die ersten Stücke gebraten sind, gegrillt über den Holzkohlefeuern dort drüben, werden wir Ihnen den ersten Bissen mit Gewalt in den Mund schieben. Ein paar von den Jungs haben, was das anbelangt, sehr wirkungsvolle Griffe drauf.

Und dann, mein lieber, glücklicher Freund, wird es Ihnen genauso ergehen, wie es jedem Einzelnen von uns hier ergangen ist: Sie werden kauen, Sie werden schlucken, und Sie werden verstehen.

Denn nichts, was Sie je im Leben gegessen haben, wird sich messen können mit diesem gegrillten Stück Fleisch. Nichts, was unser erbärmlicher Planet hervorbringt, kann es mit diesem unwiderstehlichen, diesem göttlichen Aroma aufnehmen, diesem wahrhaft überirdischen Geschmack, diesem ... diesem ... Ah! Ich versuche immer wieder, es in Worte zu fassen, aber es gibt einfach Dinge, die kann man nicht erklären. Sie werden sehen.

Nach ein, zwei Bissen werden wir Sie losbinden. Sie können später helfen, das Raumschiff in handliche Stücke zu schneiden. Die schmelzen wir im Stahlwerk vollends ein, damit keine Spur zurückbleibt und niemand herausfindet, wo die Fremden abgeblieben sind. Das nächste Mal zeigt Jim Ihnen dann, wie man sie richtig ausnimmt und zerlegt.

Die grässliche Geschichte vom Goethe-Pfennig

Im Juli 2005 fragte ein Redakteur einer der wichtigsten Wirtschaftszeitschriften Deutschlands bei mir an: Man feiere im Herbst das Jubiläum des Blattes, wolle dazu eine besondere Ausgabe machen, ob ich mir vorstellen könne, dafür eine Story zu schreiben? Er hatte auch gleich relativ konkrete Vorschläge, so konkret in der Tat, dass ich mich hätte fragen sollen, warum er die Story denn nicht selber schrieb.

Da ich dieses Blatt in meiner Zeit als aufstrebender Jungunternehmer selber gern und mit dem Gefühl, etwas davon zu haben, gelesen hatte, sagte ich nach Klärung der Randbedingungen (Honorar, Umfang, Ablieferungstermin) zu, trotz eines eigentlich schon ganz gut gefüllten Zeitplans.

Zur Inspiration bekam ich einige aktuelle Ausgaben des Magazins zugeschickt, die ich an zwei aufeinanderfolgenden Abenden durchschmökerte und die mich, ja, tatsächlich inspirierten. Womit ich, ehrlich gesagt, nicht gerechnet hatte, denn normalerweise funktioniert so etwas wie »Inspiration auf Kommando« bei mir nicht. Aber tatsächlich kam mir beim Lesen all dieser Wirtschaftsberichte, Interviews mit Unternehmern, Kolumnen über neue Steuern und Vorschriften und so weiter eine Idee, die sich im Lauf der Lektüre immer weiter konkretisierte und schließlich so unwiderstehlich wurde, dass ich mich hinsetzen und in den darauffolgenden Tagen nichts anderes tun konnte als diese Story zu schreiben, die für mich so etwas wie die Quintessenz aus all dem Gelesenen war – und meinen eigenen Erfahrungen als Unternehmer. So viel hatte sich gar nicht geändert. Noch immer hakt und krankt die Wirtschaft daran, dass der Staat sich unverdrossen in immer mehr Bereiche einmischt, in denen er nur Unheil anrichten kann.

Nachdem ich die Story fertig hatte, gab ich sie meiner Frau zu lesen. Die war begeistert. Ich gab sie meinem Agenten zu lesen, der auch begeistert war. Ich schickte sie an den Redakteur besagter Zeitschrift …

... der sie ablehnte. Man habe sich doch etwas anderes vorgestellt. Mehr SF-mäßig. Eher so etwas wie ein Tag im Leben eines Menschen im Jahr 2050. Wie jemand morgens aufsteht und von allerhand intelligenter Haustechnik umsorgt und umhegt wird. Wie er mit Hilfe weltweiter Netze und Computern und so weiter seiner Arbeit nachgeht. Und so.

Ich war etwas gefrustet, musste aber zugeben, dass in den anfänglichen Gesprächen tatsächlich der Begriff Science Fiction gefallen war und dass meine Story damit nichts zu tun hatte. Also legte ich sie beiseite und schrieb eine andere. In der jemand morgens aufsteht und von allerhand intelligenter Haustechnik umsorgt und umhegt wird. In der er mit Hilfe weltweiter Netze und Computern und so weiter seiner Arbeit nachgeht. Und so.

Sie finden diese Story ebenfalls in diesem Band; sie trägt den Titel »Survivaltraining«.

Sie wurde ebenfalls abgelehnt.

An diesem Punkt hatte ich keine Lust mehr. Mein Agent handelte ein Ausfallhonorar aus, und was dann in besagter Jubiläumsausgabe erschien, weiß ich nicht. Vielleicht hat sich in irgendeiner Marketingabteilung ein Texter gefunden, der eine Geschichte geschrieben hat über jemand, der morgens aufsteht und von allerhand intelligenter Haustechnik umsorgt und umhegt wird. Mit Hilfe weltweiter Netze und Computern und so weiter seiner Arbeit nachgeht. Und so. Und der diese Vision etwas toller fand als ich sie finden kann.

»Die grässliche Geschichte vom Goethepfennig« erschien, drastisch gekürzt allerdings, dann im Herbst 2007 in einem anderen, nicht minder bedeutenden Wirtschaftsmagazin, dem »Handelsblatt« nämlich. Und hier erscheint sie zum ersten Mal so, wie ich sie geschrieben habe.

Es war einer dieser Tage, an denen Peter Eisenhardt mit allem haderte, mit der Welt im Allgemeinen und mit seinem Schicksal im Besonderen.

Peter Eisenhardt war – neben seinem Brotberuf als Sachbearbeiter, der ihn leidlich ernährte – Schriftsteller. Unglücklicherweise galt seine

Liebe der Science-Fiction, einem Genre also, dessen Liebhaber zwar treu waren wie Gold, aber leider auch ebenso rar, während es bei der Zivilbevölkerung einen eher anrüchigen Ruf genoss. Mit anderen Worten, selbst im Falle einer geglückten Veröffentlichung war nicht mit Verkaufszahlen zu rechnen, die das Schreiben eines Romans zu einem wirtschaftlich lohnenden Unterfangen gemacht hätten.

Überdies zählte Peter Eisenhardt nicht zu den großen Namen der Science-Fiction; zu seinem Leidwesen waren andere beliebter, und manche von denen, die beliebter waren, waren selbst seiner Meinung nach tatsächlich besser. Schrieben spannender. Zeichneten lebendigere, eindrücklichere Charaktere. Bekamen Dialoge hin, bei denen man die Stimmen der Figuren beinahe hörte.

Und er? Er stak gerade im ersten Drittel seines neuen Romans, kämpfte gegen rapide nachlassende Spannung, war unzufrieden mit seinen Charakteren, die ihm papieren und leblos vorkamen, und zu allem Überfluss rief auch noch sein Agent an und machte ihm den Vorschlag, es doch mal mit einem Krimi zu versuchen, Krimis gingen viel besser als Science-Fiction.

Genug Gründe also, um zu hadern. Eisenhardt schaltete den PC aus und ergab sich der Glotze. Wozu plagte er sich eigentlich ab? Letzten Endes interessierte es ja doch kein Schwein, was er trieb.

Genau in diesem Moment sagte ein ernst dreinblickender Politiker auf dem Bildschirm: »Man muss etwas für die Autoren tun!«

Eisenhardt verfolgte mit ungläubig geweiteten Augen, wie dieser Mann – laut Bildunterschrift Staatssekretär im Wirtschaftsministerium – fortfuhr, es könne nicht angehen, dass Autoren Monate, manchmal Jahre an Arbeit in ein Manuskript steckten und nachher dafür keine angemessene Entlohnung, ja mitunter nicht einmal eine Möglichkeit der Veröffentlichung fänden. Ausbeutungsähnliche Verhältnisse seien das, und seines Erachtens sei die Politik gefordert, hier endlich Abhilfe zu schaffen.

»Ein Autor, gerade der Neueinsteiger, hat keinerlei Planungssicherheit«, fuhr er fort. »Einen Roman zu schreiben ist im Grunde ein unzumutbares Wagnis. Ich frage Sie: Wissen wir, wie viele gute Autoren dadurch abgeschreckt werden? Wie viele gute Romane aufgrund dessen ungeschrieben bleiben? Wir haben es hier mit einer skandalösen Verschwendung kreativer Energie und schöpferischer Potentiale zu tun, die wir uns gerade als Kulturnation nicht länger leisten können. Alles klagt, dass es mit Deutschland abwärtsgehe. Ich sage: Hier ist der Punkt, an dem wir ansetzen müssen!«

Eisenhardt konnte es kaum fassen. Ein Traum wurde wahr! Autoren wurden auf einmal ernst genommen! Die Partei, der dieser Staatssekretär angehörte, war ihm auf einen Schlag sympathisch.

Abends war besagter Staatssekretär bei Sabine Christiansen, und nun erfuhr man die ganze Geschichte. »Sensibilisiert für die Problematik«, wie er sich ausdrückte, habe ihn das Schicksal seiner Tochter. Sieben Jahre lang habe diese an einem Roman geschrieben und sich danach weitere vier Jahre lang abmühen müssen, bis sie endlich einen Verlag dafür gefunden habe. Dort sei das Buch mit einer Startauflage von mageren 1500 Exemplaren erschienen. »Und wissen Sie, wie viel sich davon verkauft haben?«, erregte sich der Politiker. »Nach einem Jahr ganze 891 Stück! Ich frage Sie: Steht das im Verhältnis? Das reicht kaum, um die Portokosten zu amortisieren.«

Er hatte das Buch dabei und hielt es, den leisen Unmut seiner Gastgeberin erregend, in die Kamera. Peter Eisenhardt kannte es sogar. Es war eine Liebesgeschichte zwischen zwei Germanistikstudenten – die Autorin studierte im 26. Semester Germanistik –, die zahlreiche lobende Rezensionen bekommen hatte, darunter in angesehenen Tageszeitungen. In der Buchhandlung hatte er es einmal in die Hand genommen, allerdings nach den ersten zwei Absätzen wieder beiseitegelegt.

»Es geht nicht um ein einzelnes Buch«, beteuerte der Staatssekretär. »Es geht um eine grundlegende Neuorientierung der Kulturpolitik unseres Landes.« Die anwesenden Politiker der anderen Parteien pflichteten ihm im Grundsatz bei, und an einem der folgenden Tage kündigte ein hochrangiges Mitglied der Regierung eine entsprechende Gesetzesinitiative an.

Wenige Wochen später wurden erste Einzelheiten des geplanten »Autoren-Arbeitsplatz-Schutzgesetzes«, abgekürzt AuArSchG, bekannt.

Wichtigste Neuregelung war, dass alle Bücher künftig mit einer Mindestauflage von 20.000 Stück erscheinen sollten.

Wie jedes kühne Reformvorhaben stieß auch dieses zuerst auf den Protest der ewigen Beharrer. Ein Kleinverleger mahnte in einem Tagesschau-Interview, man denke hoffentlich daran, dass viele kleinere Verlage nicht einmal insgesamt auf solche Stückzahlen kämen, und der Herausgeber einer großen Wochenzeitung nannte das Gesetzesvorhaben »blanken Unsinn«. Dessenungeachtet wurde der Gesetzentwurf einige Wochen später in den Bundestag eingebracht und passierte in erster Lesung und mit deutlicher Mehrheit, ein entschiedenes Bekenntnis der Volksvertreter also zum Kulturgut Buch.

Peter Eisenhardts Agent war begeistert. Eisenhardt selber nicht minder, als er den neuen, bereits nach AuArSchG abgeschlossenen Vertrag für sein nächstes Buch sah: eine bedeutend höhere Startauflage, das bedeutete natürlich auch einen bedeutend höheren Vorschuss!

Ein mit Peter Eisenhardt befreundeter Autor allerdings, dem es bislang noch nicht gelungen war, etwas zu veröffentlichen, der jedoch zuletzt dicht dran gewesen war an seinem ersten Vertrag, berichtete beim nächsten Treffen, dass daraus nun doch nichts werde. Der Verleger, der ihm mündlich schon so gut wie zugesagt gehabt hatte, habe ihm erklärt, zu seinem Bedauern könne er das Buch nun doch nicht veröffentlichen; das neue Gesetz zwinge ihn, völlig anders zu kalkulieren. Eine so hohe Auflage für einen Erstautor, das sei ein zu großes Risiko.

Ähnliches hörte man bald darauf überall: dass es für unveröffentlichte Autoren jetzt noch schwieriger geworden sei, einen Verlag zu finden. Zumal ein rasantes Verlagesterben einsetzte, namentlich unter Kleinverlagen, denn die von diesen erhoffte Ausnahmeregelung enthielt das AuArSch-Gesetz nun doch nicht. Manche Verleger glaubten, die gesetzlich vorgeschriebene Mindestauflage ignorieren zu können, was ihnen Klagen größerer Verlage einbrachte und in der Regel den Ruin. Auf der nächsten Frankfurter Buchmesse blieb die Halle der Kleinverleger praktisch leer; tatsächlich war dies die erste Messe, die weniger Aussteller vermeldete als im Vorjahr, und auch die Zahl der Buchneuerscheinungen war zum ersten Mal gesunken.

Doch Untätigkeit konnte man der Politik in dieser Angelegenheit wahrlich nicht vorwerfen. Der inzwischen zum Wirtschaftsminister aufgestiegene Initiator des AuArSch-Gesetzes machte sich vehement für die Subvention des Kulturgutes Buch stark. »Warum sollen nur Steinkohle und Schiffswerften staatliche Unterstützung genießen, Verlage aber nicht?«, sagte er in einer Bundespressekonferenz. »Ich frage Sie: Ist das eines Volkes der Dichter und Denker würdig?«

Subventionen galt es natürlich zu beantragen, zu prüfen und überhaupt zu verwalten, was es notwendig machte, ein großes neues Ressort einzurichten. Dass dies hochwillkommene Arbeitsplätze schuf, wurde der Wirtschaftsminister nicht müde anzumerken.

Dank der Zuschüsse stieg bald darauf die Zahl der Neuerscheinungen wieder, genau wie die Zahl der Verlage. Auch Peter Eisenhardts aufstrebender Kollege konnte endlich den Abschluss seines ersten, auf Anhieb lukrativen Verlagsvertrages vermelden, was mit einem Essen bei ihrem Lieblingsitaliener gebührend gefeiert wurde.

Leider stellte sich bald heraus, dass viele der neuen Verlage von eher windigen Geschäftemachern gegründet wurden, denen es nur darauf ankam, staatliche Gelder abzuzocken, und die von Büchern überhaupt keine Ahnung hatten. Die Literatursubventionen erreichten bald einen solchen Umfang, dass der Etat des Wirtschaftsministeriums nicht mehr ausreichte. Der Finanzminister forderte vor Bewilligung neuer Gelder jedoch eine Querfinanzierung, und obwohl die Opposition in gewohnter Weise wetterte, eine Steuererhöhung sei in der aktuellen Situation Gift für die Wirtschaft, einigte man sich darauf, einen AuArSch-Beitrag in Höhe von 1% auf den Solidarbeitrag zur Einkommenssteuer zu erheben, was allgemein als maßvolle Regelung betrachtet wurde. Überdies schuf sie Arbeitsplätze in IT-Unternehmen und Druckereien, da in alle Steuerformulare und Bescheide eine weitere Spalte einzufügen war.

Die BILD-Zeitung nannte die neue Abgabe den »Goethe-Pfennig«, und obwohl sie selbstverständlich in Euro und Cent erhoben wurde, bürgerte sich dieser Ausdruck umgehend ein.

Die Literatursubventionen waren damit gesichert, die neue Verlagslandschaft blühte und gedieh. Einziger Wermutstropfen war, dass immer mehr Leute erklärten, sie hätten das Lesen aufgegeben, weil bloß noch Schrott auf den Markt käme.

Eine gleichlautende Umfrage des Instituts Allenbach war das Argument, mit dem es den Kultusministern endlich gelang, die Literaturförderung an sich zu ziehen. Man war sich einig, dass das ein Schritt in die richtige Richtung war, erst recht, als die Kultusministerkonferenz erklärte, es gehe nicht mehr an, alles und jedes zu fördern: Die Bewilligung von Zuschussanträgen müsse künftig zwingend von der Prüfung des literarischen Gehaltes eines Werkes abhängig gemacht werden.

Hierzu wurden in allen Ländern entsprechende Kommissionen eingerichtet und Gutachterstellen in ausreichender Zahl geschaffen, auf denen erfreulicherweise vorwiegend eben jene Lektoren unterkamen, die im Zuge der Pleitewelle unter den Kleinverlagen arbeitslos geworden waren. So wirkte das AuArSch-Gesetz auch hier segensreich.

Die ersten literarischen Prüfungen stießen jedoch auf heftige Kritik; Verleger und Autoren nannten die Gutachten »ahnungslos«, »parteilich« oder Schlimmeres. Eine öffentliche Diskussion entbrannte darum, ob Literatursubvention künftig eine Frage persönlicher Vorlieben einzelner Gutachter sein solle. In der Folge wurde eine neue, bundesweite Autoren-Gewerkschaft gegründet, die durchsetzte, dass von nun an in den Prüfungsgremien auch Gewerkschaftsvertreter sitzen würden, und ferner, dass sich eine paritätisch besetzte Kommission bildete mit dem Ziel, bundesweit einheitliche Prüfungskriterien zu erarbeiten.

Dieser Autoren-Gewerkschaft trat auch Peter Eisenhardt bei, auf Anraten seines Agenten. »Wenn Sie kein Mitglied sind, haben Sie künftig keine Chance mehr, das ist ein offenes Geheimnis«, erklärte er ihm.

Allerdings kam Eisenhardt sowieso kaum noch zum Schreiben. Es galt, anhand der im Internet kursierenden Verzeichnisse informiert zu bleiben, welcher Gutachter welche Vorlieben und Abneigungen hegte, und seinem Manuskript durch rechtzeitigen Wechsel des Wohnsitzes bessere Chancen im Prüfungsverfahren zu verschaffen. Dabei ging es um viel Geld, denn der Goethe-Pfennig war im Zuge der Reorganisation von 1% auf 5% angehoben worden.

Unerfreulich lediglich, dass der Buchhandel weiter über nachlassende Umsätze klagte. Befragt, äußerten sich viele Leser und ehemalige Leser dahingehend, die Belletristik sei neuerdings so schematisch geworden, wirklich Neues und Interessantes bekäme man kaum noch zu lesen.

Ein Bericht des Bundesrechnungshofes offenbarte in der Tat, dass trotz der gesetzlichen Mindestauflagen die absoluten Verkaufszahlen der meisten Titel nicht nennenswert gestiegen waren. Stattdessen wurden mehr Bücher makuliert als je zuvor, und zwar um ein Vielfaches.

Dies rief den Umweltminister auf den Plan: Es gehe nicht an, dass Bücher gedruckt würden, nur um später im Reißwolf zu landen. Damit setzte er sich durch, und so enthielt die 3. Ergänzungsregelung zum AuArSch-Gesetz ein weitgehendes, den zugehörigen Verwaltungsvorschriften zufolge äußerst restriktiv handzuhabendes Makulierverbot.

Dies hatte unmittelbar zur Folge, dass Eisenhardts neuer Roman trotz eines günstig ausgefallenen Gutachtens nicht erscheinen konnte. »Die Lagerkosten«, erklärte der Agent die Position des Verlages. »Der vorige Titel muss erst weit genug abverkauft sein, ehe sie einen neuen auflegen können.«

»Und wovon soll ich so lange leben?«, fragte Eisenhardt zurück.

Diesbezüglich hatte die Politik zum Glück weise vorgesorgt. Das positive Gutachten erlaubte ihm die Beantragung von Wartegeld. Die Formulare hierfür galten nach übereinstimmender Meinung aller betroffenen Autoren als schwer verständlich und aufwendig auszufüllen, vom Aufwand für die Beibringung der geforderten Bescheinigungen und Bescheide ganz zu schweigen – da andererseits bis zur nächsten Veröffentlichungsmöglichkeit ohnehin viel Zeit ins Land gehen würde, machte es aber nichts, dass er dadurch kaum noch zum Schreiben kam.

Allerdings fühlte er sich ein wenig unwohl dabei, praktisch fürs Nichtschreiben bezahlt zu werden.

Das Makulierungsverbot änderte nichts an den stagnierenden Verkaufszahlen. Diesbezüglich kam die neu geschaffene Bundesliteraturkommission zu der Einsicht, dass eine nachhaltige Verbesserung der Situation nur zu erreichen war, indem man das Lesen selbst förderte!

Eine aufwendige Werbeaktion wurde gestartet, die Republik mit Plakaten gepflastert, auf denen Slogans wie »lies mal wieder«, »mehr Zeit für Bücher« oder »ein Buch ist Lebensfreude« zum Lesen animieren sollten. Einige aufwendig produzierte Werbespots, die Prominente erklären ließen, »ich lese heute Abend«, kamen wegen heftigen Widerstands der Fernsehsender allerdings nicht zum Einsatz.

Von Fachleuten wurde ohnehin ein zweiter Lösungsansatz für erfolgversprechender gehalten, nämlich, das Lesen durch steuerliche Anreize zu fördern: Bücher sollten künftig von der Steuer absetzbar sein! Jedes neu gedruckte Buch würde einen Gutschein enthalten, der herausgetrennt und zusammen mit der Steuererklärung eingereicht werden konnte und steuermindernd wirkte, natürlich nur bis zu einem Höchstbetrag, wobei für bestimmte Berufsgruppen Ausnahmeregelungen gelten würden. In einer Fernsehsendung rechnete ein Experte vor, dass der durchschnittliche Steuerzahler schon mit nur zwei Büchern pro Monat seinen Goethe-Pfennig amortisieren konnte.

Im ersten Jahr ging diese Rechnung allerdings nicht auf; zu blauäugig war man bei der Umsetzung vorgegangen. Die Gutscheine erwiesen sich als leicht zu fälschen, und das wurden sie auch massenhaft. Rekordhalter war ausgerechnet der zweite Roman eben der Tochter des Wirtschaftsministers – eine Liebesgeschichte zwischen zwei Studenten der Soziologie; die Autorin hatte ein neues Studium aufgenommen –, der bislang kaum zweitausendmal über die Theke gegangen war, von dem aber insgesamt eine Million Gutscheine eingereicht wurden.

Ein »Runder Tisch« von Vertretern des Buchhandels, des Verlagswesens und der Kultusministerien erarbeitete daraufhin neue Verfahrensweisen. Man einigte sich darauf, die Gutscheine fortan mit verschlüsselten, eindeutigen Codenummern und Hologrammen zu versehen; Verlage mussten die Gutscheinbögen von der Bundesdruckerei beziehen, die ansonsten Pässe und Ausweise herstellte und für diese Aufgabe zahlreiche neue Arbeitsplätze schaffen würde. Da die Produktion der Bücher dadurch natürlich aufwendiger wurde, war eine Anhebung des Goethe-Pfennigs auf 17 % unumgänglich.

Letztlich half jedoch auch das nichts. Die Zahl der im darauffolgenden Jahr eingereichten Gutscheine entsprach zwar ungefähr der Zahl der verkauften Bücher, doch nach wie vor griffen die Leser mehrheitlich lieber zu Romanen der bekannten Bestsellerautoren, ja, sie verlangten geradezu danach.

So verschob sich der Erscheinungstermin für Eisenhardts neues Buch von einem Jahr aufs nächste. Sein Freund, der hoffnungsvolle Nachwuchsautor, bekam überhaupt kein Manuskript mehr unter – jedenfalls nicht bei den offiziellen Verlagen. Es gebe aber, erzählte er Eisenhardt, inzwischen eine geheime Szene sogenannter »grauer« Verleger, ein Untergrund unregistrierter Büchermacher, die für kleine, feine Kreise von Kunden kostspielige Liebhaberausgaben in illegalen Kleinauflagen herstellten: Da sah er noch Chancen.

Ein riskantes Spiel, wie Eisenhardt wusste. Die Polizei war auf diese Machenschaften längst aufmerksam geworden; eigens eingerichtete »Kulturkommissariate« beaufsichtigten Druckereien und Buchbindereien, und es hieß, dass zunehmend verdeckte Ermittler in die »graue Szene« eingeschleust würden, um die Drahtzieher dingfest zu machen und die illegalen Kreise auszuheben.

Erstmals wurde die Literaturpolitik Schwerpunktthema eines Landtagswahlkampfes. »Wir schaffen neue Leser«, plakatierte eine Partei und schickte einen ehemaligen Autor und langjährigen Spitzenfunktionär der Autorengewerkschaft als Kandidaten ins Rennen. Mit Erfolg, soweit es den Ausgang der Wahl anbelangte, bloß – an der Lage auf dem Buchmarkt vermochte auch der neue Mann nichts zu ändern. Der schrumpfte trotz aller Anstrengungen der Politik, und auch die Zahl der Neuveröffentlichungen, der aktiven Autoren, der Verlage, Buchhandlungen und so weiter nahm stetig ab.

Es bedurfte der tiefschürfenden Einsicht eines bis dahin eher unbequemen und umstrittenen Ökonomieprofessors namens Rainer Stuß, um frischen Wind in die verfahrene Situation zu bringen. »Bisher haben alle das Pferd vom Schwanz her aufgezäumt«, erklärte Stuß kategorisch. »Es sollte doch klar sein, dass die Zahl der Leser begrenzt ist. Das Leben ist endlich, die Zahl der Menschen ist ebenfalls endlich, also ist es die Zahl der Bücher, die gelesen werden können, auch. Solange man zulässt, dass einzelne Autoren aufgrund ihrer Marktmacht Leser in unverhältnismäßig großer Zahl an sich binden, hat alles keinen Zweck. Die *Leser* sind es, die Sie gerecht zuteilen müssen – so einfach ist das!«

Dieses Argument traf bei der Regierung, die ohnehin höchst besorgt über die Entwicklung war, auf offene Ohren. Da man den Erfolg der Reform vor den anstehenden Bundestagswahlen noch auf das eigene Konto buchen wollte, wurde im Eiltempo eine im Lichte dieser Einsichten völlig überarbeitete Neufassung des AuArSch-Gesetzes durch die gesetzgebenden Gremien gepeitscht. Wichtigste Neuerung war eine gesetzlich vorgeschriebene Höchstauflage von 40.000 Exemplaren pro Buch. (Mit einem Antrag, Höchst- und Mindestauflage zu einer einheitlichen, für alle geltenden Standardauflage zusammenzufassen, hatte sich der linke Flügel nicht durchsetzen können.) Der erzielte Kompromiss wurde als pragmatisch und für alle Seiten tragfähig bezeichnet; die Beschränkung der Auflage traf im Grunde hauptsächlich ausländische Bestsellerautoren, also keine armen Leute. Insofern war es gerechtfertigt, die Reform auch als sozial ausgewogen zu bezeichnen.

Die Neuregelung hatte zur Folge, dass die Bücher besagter vorwiegend ausländischer Bestsellerautoren jeweils im Nu ausverkauft waren. Binnen kurzem wurde es üblich, dass sich am Tag des Erscheinens eines solchen Titels schon früh am Morgen lange Schlangen vor den Buchhandlungen bildeten. »Na bitte«, meinte ein Kultusminister zufrieden, »wenn das kein Zeichen ist, dass die Menschen wieder gerne lesen!« Auch die *Tagesschau* blendete immer häufiger Bilder derartiger Warteschlangen ein, sobald es um Themen wie Literaturpolitik, Bücherförderung oder Verlagssubvention ging.

Bisweilen kam es bei solchen Gelegenheiten zu hässlichen Auseinandersetzungen und dramatischen Szenen. In Köln entbrannte ein heftiger Boxkampf zwischen zwei Männern um das letzte der Buchhandlung zugeteilte Exemplar eines neuen John Irving. In München rangen mehrere Frauen so erbittert um einen neuen Donna Leon, dass das Buch schließlich in den Seitenkanal der Isar fiel und versank. In Berlin drohte eine junge Frau mit Selbstmord, sollte man ihr den neuen Paul Coelho verweigern. Und bei einem grausigen Mord in Hamburg stellte sich heraus, dass der Mörder es auf den neuen Henning Mankell abgesehen gehabt hatte, der sich im Besitz des Opfers befunden hatte.

Die neue gesetzliche Regelung traf auch deutsche Bestsellerautoren. Ein Ehepaar in Stuttgart stritt im Scheidungsprozess bis in die letzte Instanz um ein Buch von Charlotte Link, und in Leipzig versuchte eine Frau, ihren Lebensgefährten als angeblich geistesgestört in die psychiatrische Klinik einweisen zu lassen, um in den Besitz seiner Wolfgang-Hohlbein-Romane zu gelangen.

Überhaupt offenbarte sich ein bemerkenswertes Maß an krimineller Energie bei Lesern derartiger Bücher. Nicht genug, dass sich zahlreiche Lese- und Büchertauschringe bildeten, die den Zweck des Gesetzes, nämlich die gerechte Verteilung von Lesern auf Autoren, zwar unterliefen, aber noch geduldet wurden (»einstweilen jedenfalls«, wie der Innenminister erklärte), nicht genug, dass geschäftstüchtige Dunkelmänner im benachbarten Ausland billige Nachdrucke in großer Zahl herstellten und unter Ausnutzung des Schengener Abkommens ins Land brachten – nein, mehr und mehr Menschen gingen dazu über, sich die gewünschten Bücher auszuleihen und einfach zu fotokopieren. Entsprechende Gutachten konstatierten ein weithin fehlendes Unrechtsbewusstsein, und hochrangige Regierungsvertreter sprachen von einem »Angriff auf die Kultur«, der mit harten Mitteln beantwortet werden müsse.

Unter einhelliger Zustimmung aller Parteien wurde dem Strafgesetzbuch ein neuer Artikel hinzugefügt, der das Kopieren von Büchern explizit verbot und mit hohen Geld-, im Wiederholungsfall sogar mit Gefängnisstrafen belegte. Die erste Großrazzia brachte prompt einen Ring von John-Grisham-Kopierern vor Gericht.

Um die Kleinkriminalität auf diesem Gebiet wirksam zu bekämpfen, wurde die Vorschrift erlassen, Kopiergeräte in Copy Shops fortan ständig zu beaufsichtigen. Dies zog zwar höhere Preise für einzelne Kopien nach sich, schuf dafür aber erfreulich viele neue Stellen für gering Qualifizierte: Zu sehen, ob da jemand ein Buch kopierte oder etwas anderes, das konnte nun wirklich jeder.

Neuregelungen wurden auch notwendig für Kopiergeräte im Privatbesitz und in Büros. Neue Geräte durften nur noch verkauft werden, wenn sie so langsam kopierten, dass das Kopieren eines gesamten Buches darauf zur Qual wurde; bereits verkaufte Geräte musste man anmelden und mit einem Bremsmodul nachrüsten lassen. Eine eigens geschaffene Behörde, die *Kopierer-Einsatzüberwachungs-Zentrale (KEZ)*, überprüfte die Einhaltung der Nachrüstpflicht, machte unangemeldete Kopiergeräte ausfindig und kontrollierte mit einem Heer von Inspektoren stichprobenartig die Verplombung der Bremsmodule.

Die verringerte Kopiergeschwindigkeit wirkte sich zunächst bremsend auf eingespielte Büroabläufe aus; nach einiger Zeit verstummten die entsprechenden Klagen aus den Verwaltungsetagen aber wieder. Offenbar sei in der Vergangenheit ohnehin zu viel kopiert worden, meinte ein Wirtschaftsfachmann. Tatsächlich florierte jedoch inzwischen ein Schwarzmarkt für technische Lösungen, die Bremsmodule auf Knopfdruck außer Betrieb setzten. In den Kleinanzeigenteilen der Lokalblätter übertraf die Zahl derer, die mit Slogans wie *Kopierer einsatzbereit macht...* warben, die Anzahl der Inserate von Damen des horizontalen Gewerbes.

Die von der Regierung unter der Leitung von Professor Rainer Stuß eingesetzte sogenannte *Stuß-Kommission* ließ die Entwicklung der Verkaufszahlen auf dem Buchmarkt derweil nicht aus den Augen. Zwar zeichnete sich eine gewisse Nivellierung ab, doch nach wie vor war die Ausschöpfung der gesetzlichen Mindestauflage kritisch. So blieb nur, die nächste Stufe des Stuß-Konzeptes umzusetzen. Diese beruhte auf dem Prinzip, dass künftig nur noch der einen sogenannten »Bestseller« kaufen durfte, der den Kauf einer bestimmten Anzahl weniger gefragter Bücher nachweisen konnte. Die hierfür erforderlichen Anfangsinvestitionen waren enorm, doch die Regierung erklärte, *Stuß* werde ohne Wenn und Aber umgesetzt.

In den folgenden Monaten bekam jeder Buchhandlungskunde einen persönlichen Leserausweis mit ID-Chip zugesandt, der fortan bei Kauf eines Buches an der Kasse vorzulegen war. Die Buchhandlungen mussten sich mit einer zentralen Datenbank unter Ägide der Deutschen Nationalbibliothek vernetzen, bei der alle Buchkäufe registriert wurden. Je nachdem, ob ein Buch gefragt war oder nicht, bekam ein Käufer

Punkte abgezogen oder gutgeschrieben, und nur wenn der Punktestand im Plus war, durfte der Kauf des Buches erfolgen.

Diese Institution realisierte außerdem eine Website, die schon vor Inbetriebnahme des sogenannten *Stuß-Systems* viel Lob erntete und als wegweisend für die künftige Vernetzung der Medien bezeichnet wurde. Nicht nur, dass man jederzeit online abfragen konnte, welches Buch wie viele Berechtigungspunkte kostete oder erbrachte, ein persönlicher Assistent ermöglichte es darüber hinaus, sich für Neuerscheinungen vormerken zu lassen, und erstellte automatisch Vorschlagslisten, mit dem Kauf welcher weniger gefragter Bücher man diesen Wunsch erfüllen konnte, und zwar individuell angepasst auf die im bisherigen Kaufverhalten dokumentierten Vorlieben!

Unglücklicherweise war diese Website in den ersten acht Monaten nach Anlauf des Systems aufgrund von Überlastung praktisch nie zu erreichen. Die Buchhandlungen klagten zudem über die schlechte Verfügbarkeit der Anschlüsse. Es sei vorgekommen, dass Kunden, nachdem sie stundenlang an den Kassen vergeblich auf Verbindung zum Server hatten warten müssen, sogar Bücher von Stephen King oder Ken Follett erbost zurückgelassen hatten, und das trotz ausreichenden Punktekontos.

Bis das *Stuß-System* endlich einigermaßen funktionierte, hatten viele kleinere Buchhandlungen aufgegeben, angeblich wegen der erforderlichen Investitionen und Leitungsgebühren in Kombination mit den durch die Fehlfunktionen erlittenen Einnahmeausfällen. Eine Forderung nach Subventionen für den Buchhandel wies der Wirtschaftsminister jedoch zurück, das sei angesichts der angespannten Finanzlage des Bundes nicht bezahlbar.

Aufsehen erregte dafür eine technische Neuerung, die als Beispiel für deutsche Innovationskraft und Erfindungsgabe gelobt wurde: Eine schwäbische Firma stellte einen Kopierer vor, der im Stande war zu erkennen, ob aus einem Buch kopiert wurde, und maximal zehn solcher Kopien pro Tag zuließ. Ein Regierungsvertreter sagte zu, die entsprechende Technologie in der nächsten Erweiterungsregelung zum Au-ArSch-Gesetz verbindlich vorzuschreiben.

Ausgerechnet in diesem Jahr, in dem die Wende in der Literaturkrise zum Greifen nahe war, wurde die Frankfurter Buchmesse abgesagt, und zwar, wie es aussah, endgültig. Diese Entscheidung stieß insbesondere in Regierungskreisen auf Missbilligung: Widmete doch nirgendwo auf der Welt die Politik dem Buch so viel Aufmerksamkeit wie hierzulande! Aus dem Bundeskanzleramt verlautete, man sei »enttäuscht«, der Fraktionsführer unterstellte den Verantwortlichen gar »Böswilligkeit«. Allerdings war die Zahl der Aussteller in den vorangegangenen Jahren in der Tat stetig zurückgegangen, und viele bedeutende ausländische Verlage hatten schon mehrere Jahre in Folge nicht mehr teilgenommen. Aus Deutschland käme angeblich literarisch nichts mehr von Bedeutung.

Der Herausgeber einer großen Tageszeitung räsonierte in einem Leitartikel, ob die Wirtschaftspolitik womöglich selber das Problem sei, das zu beseitigen sie versuche, und es nicht ratsamer wäre, der Staat zöge sich überhaupt aus dem Gebiet des Verlagswesens zurück und beschränke sich auf die Sicherung des Urheber- und Vertragsrechts. Ansonsten solle man Autoren, Verleger, Buchhändler und Leser nach eigenem Gutdünken schalten und walten lassen.

Bissige Erwiderungen in anderen Blättern nannten besagten Herausgeber einen »Neo-Liberalen«, der »zurück zum Gesetz des Dschungels« wolle, wo »nur das Recht des Stärkeren« gelte. So könne die Lösung auf keinen Fall aussehen, beteuerten Vertreter aller Parteien, die untereinander nur darum stritten, ob eine Anhebung des Goethe-Pfennigs auf 19,4 % zu rechtfertigen sei oder ob man besser bei dem gegenwärtigen Satz bleiben und die aufgetretenen Finanzierungslücken durch eine einheitliche Kopfpauschale schließen solle. Abstriche an *Stuß-IV,* wie die nächste Reformrunde griffig genannt wurde, könne und werde es jedoch nicht geben.

Stuß-IV griff eine vielfach geäußerte Kritik auf, nämlich dass die meisten Leute Bücher zwar kauften, aber nicht lasen, weil es ihnen nur um die Punkte zum Erwerb eines bestimmten Bestsellers ginge. Da dies die weniger bekannten Autoren um die angestrebte Wahrnehmung brachte, sah *Stuß-IV* vor, in jeder größeren Stadt ein Prüfungszentrum einzurichten, wo man vor einer Komission Fragen zu Büchern beantworten musste, um zu beweisen, dass man sie tatsächlich gelesen hatte. Erst dann würden einem die gewonnenen Punkte gutgeschrieben.

Diese Maßnahme, das war abzusehen, würde nicht nur enorm viele Arbeitsplätze schaffen, sondern auch den Buchabsatz fördern: Schließlich musste jedes Zentrum *alle* im fraglichen Zeitraum erschienenen Bücher im Regal haben, um Zweifelsfragen klären zu können. Vom Platzbedarf her kein Problem, da es ohnehin bei weitem nicht mehr so viele Neuerscheinungen gab wie früher.

Auf der direkt übertragenen Bundespressekonferenz, auf der der Vorsitzende der Literaturförderungskommission den Baubeginn für die ersten, verkehrsgünstig in den Innenstädten gelegenen Zentren in Berlin, München und Hamburg verkündete, sprach im Anschluss auch der Innenminister. Er und seine Mitarbeiter verfolgten mit wachsender Sorge, dass es mehr und mehr um sich greife, Bestseller einfach *abzuschreiben* und dann per E-Mail zu verbreiten. Mit finsterer Miene versprach er, dass man auch das in den Griff bekommen würde, zur Not durch Überwachung des gesamten E-Mailverkehrs. In Vorbereitung dieser Maßnahme plane man, in Kürze alle Verschlüsselungsprogramme zu verbieten sowie ihren Besitz und auch das Selbstprogrammieren derartiger Mechanismen unter Strafe zu stellen.

Dann sah er auf die Uhr und erklärte mit einem flüchtigen Lächeln: »Ich kann Ihnen ferner mitteilen, dass in diesen Minuten Polizeikräfte in allen Bundesländern in einer gemeinsamen Aktion losschlagen, um einen großen Ring von Schwarzverlegern zu zerschlagen. Diese haben nach unseren Erkenntnissen Bücher in illegalen Kleinauflagen hergestellt und Verträge mit Autoren geschlossen, die völlig am AuArSch-Gesetz vorbeigehen – Autoren wie zum Beispiel Peter Eisenhardt ...«

Eisenhardt, der in diesem Moment vor dem Fernseher saß, fuhr so erschrocken hoch, dass er auf die Aus-Taste der Fernbedienung kam. In die abrupte Stille hinein hörte er ein Martinshorn, das schnell näher kam. Nichts wie weg! Im Nu war er in den Schuhen und aus der Wohnung.

Erst als er die belebte Innenstadt erreicht hatte, hielt er keuchend inne. Was war hier los? Keine Schlangen vor den Buchhandlungen? Keine Sperrgitter, Ausgabetheken, Wachleute? Niemand, der an der Kasse einen Ausweis vorlegte? Stattdessen allgemein zugängliche Buchregale, lesende Menschen, eine ruhige, freudige Atmosphäre.

Und da – der neue *Harry Potter!* Das unerschwinglichste Buch der Welt! Hunderte von Gedichtbänden, Weltkriegserinnerungen, Biografien pensionierter Oberstudienräte und experimentelle Literatur hätte man kaufen müssen für das Recht, eines der vierzigtausend zugelassenen Exemplare zu erwerben. Und hier stand eine ganze Palette davon, ja, war sogar – kaum zu glauben – erst zur Hälfte abgetragen!

Mit zitternden Händen nahm Peter Eisenhardt einen der Bände vom Stapel, trug ihn zur Kasse und fragte leise: »Kann ich das kaufen? Einfach so?«

Die Kassiererin musterte ihn befremdet. »Wenn Sie genug Geld dabei haben, sehe ich kein Problem.«

Er brauchte noch eine Weile, ehe er glauben konnte, dass alles nur ein böser Traum gewesen war. Auf der Heimfahrt in der Straßenbahn las er sich in den ersten Kapiteln fest, und als er ausstieg, waren ihm ein paar Ideen gekommen, wie er seine Figuren plastischer machen und die Spannung im Mittelteil aufrechterhalten konnte. Als er wieder am PC saß, sagte er sich: »Ich werde jetzt einfach das beste Buch schreiben, das ich je geschrieben habe.«

Und er war so glücklich wie schon lange nicht mehr.

© 2005 Andreas Eschbach

Sprachschnittstelle

Als Nächstes folgt eine kleine experimentelle Story, die ich 1995 geschrieben habe. Damals kamen die ersten Spracherkennungssysteme auf den Markt. In unserer jungen Firma experimentierten wir gerade mit einem System, das im Stande war, Befehle wie »Öffnen« und »Schließen« und »Excel« zu verstehen. Nettes Spielzeug. Aber es stellte sich im Nu heraus, dass diese Art der Computerbenutzung ganz schön schnell ganz schön nervig werden kann, selbst wenn nur zwei Personen im selben Büro sitzen. Der eine telefoniert mit einem Kunden, während der andere mit seinem PC redet? Das will niemand wirklich.

Ich fragte mich, wie sich solche Systeme – sollten sie einmal annähernd so funktionieren, wie es die Hersteller versprachen – auf das Schreiben von belletristischen Texten auswirken würden. Wobei ich natürlich kein solches System benutzte, sondern die Tastatur und meine Finger in völlig herkömmlicher Weise ... aber ich redete beim Schreiben vor mich hin und versuchte, so schnell wie möglich zu tippen, um zumindest dem Effekt nahezukommen, den eine solche Technik haben mochte. Und ließ meiner Fantasie freien Lauf ...

Nun, wie sich inzwischen gezeigt hat, wird es wohl nicht so kommen.

Einstweilen jedenfalls.

Hallo, hallo, da sind wir wieder, wieder da in unserer kleinen wöchentlichen Kolumne, und wieder haben wir das allwöchentliche Problem: Wie füllen wir sie? Was wird uns diesmal einfallen? Mal sehen, was ist denn grade so angesagt – der zehnte Jahrestag des Kriegsausbruchs im ehemaligen Jugoslawien, ja ja, alles redet davon, also ist das kein Thema für uns, denn wenn alle davon reden, dann reden wir lieber von etwas anderem, nicht wahr? Tja, also, was dann? Die große Zweitausenderfeier ist schon ein Jahr her, prima, will keiner mehr was davon wissen, alles hat sich schon daran gewöhnt, dass man die Jahreszahlen wieder eher vierstellig schreibt, weil das Jahr Null oder Eins doch einfach seltsam aussieht. Vielleicht könnte man mal ganz bescheiden, ganz vorsichtig, in Deckung vor den Tomaten – darauf hinweisen, dass nach den Regeln der Mathematik und der Kalenderleute ein Jahrhundert ja *eigentlich* erst mit dem Jahr Eins beginnt. Das wussten Sie nicht, was? Ja, ist aber die Wahrheit, das bestgehütete Geheimnis aller Leute, die an Silvester 1999 verdienen wollten, aller Entertainer und Fernsehmacher und und und – dass das neue Jahrtausend eigentlich erst 2001 angefangen hat. So hat man uns angeschmiert, wie man uns dauernd anschmiert, aber für eine Kolumne gibt das auch nichts her. Lassen wir es also.

Da fällt mein Blick auf meinen Computerbildschirm, und ich sage mir, warum denn in die Ferne schweifen, wenn das Thema liegt so nah. Da, direkt vor meinen Augen, kann ich verfolgen, wie der Text, den ich spreche, in Form wohlgeformter Worte auf dem Schirm auftaucht, nahezu ohne Schreibfehler und mit einer Zeichensetzung, die besser ist als alles, was ich auf diesem Gebiet je gekonnt habe. Da haben wir doch ein hübsches Thema – die Sprachschnittstelle. Ein alter Hut? Warten Sie es ab. Lassen Sie mich erst mal ein paar Gedanken dazu ausbrüten.

So lange ist das ja noch gar nicht her, nicht wahr? Ein paar Jährchen bloß, und meine Güte, war das eine Sensation damals, als das ins Windows soundso viel eingebaut war und Computer mit eingebautem Mikrofon ein absolutes Muss wurden. Spracherkennungssoftware. Und zwar endlich eine, die funktionierte. Die nicht nur funktionierte, sondern sogar *hervorragend* funktionierte. Sehen Sie? Sie hat sogar erkannt, dass ich gerade ein Wort betont habe, und es kursiv gedruckt. Das ist doch wirklich erstaunlich, wenn man es sich überlegt. Endlich fühlte man sich so richtig verstanden von seinem Computer, und darauf hatten wir doch alle nur gewartet.

Gut, eine Schweigeminute für all die Sekretärinnen, die dadurch arbeitslos wurden.

So viele waren es übrigens gar nicht. Welcher Chef hat denn in den neunziger Jahren noch Briefe diktiert? Die hat er doch lieber gleich selber geschrieben. Oder eben gesagt, Fräulein, schreiben Sie an Müller und Partner, dass wir das Angebot für zu hoch halten, und sie sollen nochmal zehn Prozent runtergehen. Und so einen Brief dichtet einem auch heute noch kein Computer von selber. Nächstes Jahr vielleicht, aber bis dahin ... Okay. Also, das war die schöne neue Welt von Winword zehn-null: Mikrofon einschalten und sprechen, den umgesetzten Text korrigieren, und was das Schönste war, das System lernte aus diesen Korrekturen und war in kürzester Zeit so gut wie perfekt, schrieb besser als man es selbst gekonnt hätte. Und natürlich dreimal so schnell. Halleluja.

Gut, ich gebe zu, man könnte sagen: Es musste so kommen. Musste es wohl. Ich will auch nicht bestreiten, dass das Ganze ziemlich vorteilhaft ist für Geschäftsleute, und für Professoren, denke ich. Aber – Leute, jetzt kommt das Aber, das allwöchentliche, gewohnte, kolumnentypische Aber – das Ganze hat einen riesigen Nachteil. Und ich will diesen Nachteil einfach mal in zwei lausige Worte pressen:

Jeder schreibt!

Und eigentlich stimmt das auch nicht. Eigentlich schreibt keiner mehr. Jeder rülpst nur noch in seinen Computer, sondert irgendwelche Laute ab, brabbelt und sabbert und verkauft das, was dabei herauskommt, als Literatur. Am Anfang war das noch ganz witzig, aber wirklich nur ganz am Anfang. Weil – natürlich liest jetzt auch keiner mehr. Ist ja auch alles andere als spaßig, sich durch einen fünfhundert Seiten dicken Schmöker in dieser Art hindurchzulesen. Vor allem, weil man sich dasselbe Zeug leicht selber erzeugen kann. Wenn einer den ganzen Tag Selbstgespräche führt, sind fünfhundert Seiten schnell zusammen.

Also, kurz gesagt, hat die Sprachschnittstelle dazu geführt, dass die heutige Literatur einfach nur noch Dumpfmist ist. Blödes Zeug, das Papier nicht wert, auf das es selbstmörderische Verleger immer noch drucken. Aber jeder ist so begeistert davon, dass er jetzt selber Kunst machen kann, dass alle Welt zu glauben scheint, Literatur müsse schon immer so gewesen sein. Und vor lauter Begeisterung kauft keiner mehr

Bücher, die Verlage gehen reihenweise pleite, und die zeitgenössische Literatur vagabundiert heute eher im Internet als auf Papier. Und wenn so ein Elaborat mehr als hundert Mal von irgendwoher auf der Welt kopiert wird, dann feiern die ewig beschränkten Herausgeber der elektronischen Literaturmagazine das gleich als Bestseller.

Von wegen Bestseller. Fürs Downloaden zahlt ja kein Mensch etwas. Folglich verdient auch kein Autor mehr etwas, es sei denn, er kann einem der letzten Verlage kurz vor der Pleite noch einen fetten Vorschuss rausleiern. Und folglich müssen die Autoren, um leben zu können, Essays wie diesen hier rülpsen, blödsinnige Kolumnen füllen, die eh keiner liest, die aber sein müssen, weil Zeitschriften immer noch gekauft werden, dem Erfinder des Papiers sei Dank, und die Fotos nicht so einsam auf den Seiten stehen sollen. Der nostalgische Geschmack wünscht graue Masse um die Bilder herum, den Eindruck von Text. Und dafür gibt es noch ein wenig Geld, und deshalb machen es alle, und deshalb gibt es dafür auch immer weniger Geld, ganz getreu dem Gesetz von Angebot und Nachfrage, der gute alte Kapitalismus lässt grüßen.

Okay. Falls irgendjemand irgendwann diesen Text hier tatsächlich lesen sollte – herzlich willkommen zunächst –, könnte er oder sie fragen, warum ich mich eigentlich beschwere. Und nur für diesen Fall will ich das erklären. Ich bin, ich gebe es zu, der altmodischen, völlig verstaubten, nahezu viktorianischen Auffassung, dass es *Anstrengung* erfordert, etwas Gutes zu schaffen. Dass Qualität nicht nebenbei entsteht, sondern dass man sich ihr ganz und gar widmen muss, darum kämpfen, dass es einem *wichtig sein* muss. All das Zeug halt. Aber wenn sich heute einer hinsetzt und etwas schreibt, das wirklich gut ist, gut und dicht und stark – welche Chancen hat dieser Text, jemals von irgendjemandem gelesen zu werden oder gar gewürdigt? Und kommen Sie mir nicht damit, dass es schon immer viel Schund gegeben hat. Klar. Aber noch nie so viel wie heute. Als auch Schund noch Geld und Mühe kostete, war auch der Schund noch besser. Wenn Hedwig Courths-Mahler heute in den Netzen auftaucht, dann hält man sie neben all dem gestammelten Schrott unwillkürlich für Shakespeare.

Ich wette, Sie wissen nicht, wer Hedwig Courths-Mahler ist.

Okay, bringen wir die Sache zu Ende. Ich hätte gar nicht davon angefangen, wenn ich nicht neulich erfahren hätte, dass es eine Gegenbewegung gibt. Ja, da lacht doch mein Herz! Mal sehen, ob meine Sprachschnittstelle sich weigert, das zu übertragen: Es kommt in Mode, Bücher wieder von Hand zu schreiben. Und damit meine ich, richtig von Hand, in Handschrift auf weißes Papier, und clevere alternative Verlage machen daraus Faksimile-Bücher und ein Heidengeld damit. Zurück zum Echten, Wahren. Ein Buch in der Handschrift des Autors, vielleicht mit eigenhändigen Skizzen und Zeichnungen. Und jawohl, das finde ich gut. Und damit soll es genug sein; die vorgeschriebene Zeilenzahl ist für diese Woche erreicht. Ich wünsche Ihnen einen schönen Tag.

(Anmerkung: Tessa, wie klingt der Text? Klingt er, als hätte ihn jemand gesprochen? Oder ist er zu glatt, zu bearbeitet?/AE/)

(Gute Idee. Klingt echt. /Tessa/)

(cc: johnMuller@virginia.edu.com [Bitte Kommentar!])

(Boy! Wäre toll, so eine Sprachschnittstelle zu haben. /john/)

(John, *liest* du eigentlich, was ich dir maile? Sei dankbar für deine Textverarbeitung. Wenn die Spracherkennung kommt, musst du wieder von Hand schreiben! /AE/)

© 1995 Andreas Eschbach

Die Wunder des Universums

Die nächste Geschichte ist zwar gänzlich ohne Sprachschnittstelle entstanden, hat dafür aber inzwischen mehrere Sprachbarrieren erfolgreich überwunden.

Beginnen wir am Anfang. Im Frühjahr 1997 meldete sich ein gewisser Sascha Mamczak bei mir, seines Zeichens Redakteur der im Verlag Thomas Tilsner erscheinenden Zeitschrift »Science Fiction Media«, die einen Relaunch plante, größer, bunter, aufsehenerregender. Und für die erste Ausgabe im neuen Format wünsche man sich eine Kurzgeschichte von mir.

Das ließ ich mir nicht zweimal sagen. Zu der Zeit schrieb ich gerade an dem Roman »Jesus Video«, von dem ich mir einiges versprach, aber ich schob die Arbeit daran beiseite, um eine Idee für eine Kurzgeschichte zu verwirklichen, die mir schon seit einiger Zeit durch den Kopf ging und die, behaupte ich mal, nach einem Anlass gesucht hat, geschrieben zu werden.

Die Story erschien, sehr schön aufgemacht, im September 1997 in der Ausgabe 132 der »Science Fiction Media«. Wer das Heft noch besitzen sollte, weiß hoffentlich, dass er es mit einem Sammlerstück zu tun hat, denn die Zeitschrift gibt es inzwischen längst nicht mehr. Sascha Mamczak wechselte kurz darauf zum Heyne-Verlag, wo er zunächst Assistent des Herausgebers Wolfgang Jeschke wurde und später dessen Nachfolger.

»Die Wunder des Universums« erhielt 1998 den Literaturpreis des SFCD (der heute »Deutscher Science Fiction Preis« heißt) in der Kategorie »beste Kurzgeschichte«.

1998 wurde ich auch zum ersten Mal nach Frankreich eingeladen, zu dem damals erstmalig in Poitiers – vor der absolut irreal wirkenden Kulisse des Futoroscopes – stattfindenden Festival »Utopia '98«, wo ich unter anderem meinem späteren französischen Verleger Pierre Michaut begegnete. Auf diesem Festival wurde der Plan ausgebrütet, eine Anthologie mit Beiträgen aller ausländischen Autoren herauszugeben, und da lag es nahe, die eben preisgekrönte Kurzgeschichte zu wählen. Übersetzt von Claire Duval, die später auch »Die Haarteppichknüpfer«, »Solarstation« und »Jesus Video« übersetzte, erschien die Story im Oktober 1999 in der Anthologie »Utopia 1« in der Edition l'Atalante.

Das Festival zog zwei Jahre später nach Nantes um und nannte sich von da an – nicht zuletzt wegen irgendwelcher Namensstreitigkeiten – »Utopiales«. Es ist heute das größte Science Fiction-Festival der Welt; selbst die amerikanischen Gäste, die in Sachen Festivals allerhand gewöhnt sind, staunen Bauklötze angesichts des Besucherandrangs und der sonstigen Dimensionen. Und es ist ein Ort der Begegnung. So begegnete ich dort zum Beispiel dem amerikanischen Autor James Morrow, der ungefähr zur gleichen Zeit, als ich damit begann, meine Anthologie »Eine Trillion Euro« mit Storys europäischer Autoren zu organisieren, den Plan entwickelte, in den USA eine Anthologie mit herausragenden Stories europäischer Autoren herauszugeben. Er brauchte ein wenig länger als ich, was aber möglicherweise daran liegt, dass er ein überaus sorgsamer Lektor ist: Er übernahm »Die Wunder des Universums« für seine Anfang 2007 erschienene Anthologie, die den Titel »The SFWA European Hall of Fame« trägt – aber erst nach einem enormen Mailwechsel mit dem Übersetzer, Doryl Jensen (der auch »Die Haarteppichknüpfer« ins Englische übersetzt hat), und mir, einer Diskussion um Detailfragen, die die Geschichte an Umfang weit übertrifft. Die gravierendste Änderung war, dass er sich einen anderen Namen für die Hauptfigur wünschte. Einen, der für amerikanische Ohren europäisch klang. Wir einigten uns auf »Ursula Froehlich«.

Die englische Version liest sich sehr schön. Aber trotz allem: Hier ist das Original, und für mein Gefühl ist dies nach wie vor die schönste Fassung.

Sie saß da, das klobige Sprechfunkgerät in der Hand, und studierte die Falten an ihren Handgelenken. Sie erinnerte sich an den Tag, an dem sie dort die ersten dauerhaften Falten an ihrem Körper entdeckt hatte. Falten an den Handgelenken! Nicht an den Augen und nicht um den Mund, an den Handgelenken. Und seither störte sie der Anblick.

Wahrscheinlich, weil das der erste Beweis gewesen war, dass nicht nur andere Leute alterten, sondern auch sie.

Doch Leute alterten nicht nur. Sie starben auch.

Sie presste die breite Taste wieder. »Joan Ridgewater ruft die T.S.S. HOMELAND«, wiederholte sie ihr Sprüchlein. »Bitte kommen.« *Ja, dachte sie, bitte kommen. Bitte kommt endlich. Ich warte auf euch; verzweifelt warte ich.*

Sie sah zu, wie ihr Atem zu Nebel wurde. Bald würde er zu Eis werden und mit leisem Klirren zu Boden fallen. *Klirrende Kälte* nannte man das; sie hatte davon gelesen. Und nun erlebte sie es.

Eine Stimme drang, endlich, durch das alles aufsaugende Rauschen des Sonnensturms, leise und unverständlich zuerst, bis die intelligenten Filterstufen sie zu fassen bekamen und wie durch Zauberei hörbar und verständlich machten. »Hier spricht die T.S.S. HOMELAND, Commander Esteban. Wir empfangen Sie wieder, Joan, bitte bestätigen.«

Eine jähe, schmerzhafte Freude durchzuckte sie. »Bestätige!«, rief sie. »Ich kann Sie klar und deutlich verstehen, Marko!«

»Schön, Sie zu hören, Joan. Wie ist Ihre Lage?«

Sie zog die Steuereinheit der Lebenserhaltungssysteme in den Lichtkegel ihrer kleinen Lampe. »Energiereserven sind auf 2,3 Einheiten. Sauerstoffreserve auf 0,8.« Sie hatte das Gefühl, dass ihre Stimme zitterte. Vielleicht von der Kälte, die sich durch ihren Thermoanzug fraß. Bestimmt von der Kälte.

»Bestätige. Energie zwo-drei, Sauerstoff null-acht – Wasser?«

Er klang sachlich, geschäftsmäßig. Als sei alles normal. Joan spürte einen Stich angesichts seiner Gedankenlosigkeit.

»Marko«, sagte sie leise, »dies ist der Jupitermond Europa. Ich sitze auf einer hundert Kilometer dicken Eisschicht. Wasser ist nicht das Problem.«

Sie hörte ihn schlucken. Sie kannte Marko Esteban von einem der Lunartreffen – ein junger, drahtiger Frachterkommandant mit Ehrgeiz nach mehr. Sie sah ihn beinahe vor sich.

»Entschuldigen Sie«, sagte er verlegen. Dann, nach einer Pause: »Ich gebe die Werte weiter. Wir rechnen das durch.«

Es sollte beruhigend klingen, aber es klang nicht mehr beruhigend. Joan spürte die Angst wie einen dicken, zähen Klumpen im Bauch. Sie atmete tief ein. Die kalte Atemluft biss in der Nase.

»Marko«, fragte sie und wunderte sich über die Ruhe in ihrer Stimme, »ihr werdet es nicht mehr rechtzeitig schaffen, nicht wahr?«

»Wie gesagt, wir müssen alles nochmal durchrechnen ...«

»Marko-«

Pause. Lange, abgrundtiefe Pause zwischen den Sternen. Dann hörte sie Schmerz in der Stimme von Commander Marko Esteban. »Sie haben recht«, sagte er. »Wir werden es nicht mehr rechtzeitig schaffen.«

Joan schloss die Augen, ließ ihren Kopf nach vorn sinken, bis die Stirn das kalte Plastik des Kommunikators berührte. In ihr verkrampfte sich alles, sodass sie einen Augenblick fürchtete, sich übergeben zu müssen. Dann ließ es nach. Mehr noch, der Klumpen in ihrem Bauch schien zu schrumpfen, wich einem gelösten, warmen Gefühl. So, als habe ihr Körper eingesehen, dass Angst nichts mehr nützen würde. Die Gesetze der Himmelsmechanik waren unerbittlich in ihrer Klarheit und Berechenbarkeit, und die interplanetaren Flüge waren diesen Gesetzen unausweichlich unterworfen. Der Zeitpunkt, an dem die HOMELAND nach einem Flug über Millionen von Kilometern in die Umlaufbahn um Europa eintreten würde, ließ sich auf die Minute genau vorherberechnen, und nichts in der Welt vermochte an diesem Flugplan etwas zu ändern.

»Joan?«

Sie hob den Kopf wieder. »Ist in Ordnung«, flüsterte sie, räusperte sich und wiederholte: »Es ist in Ordnung, Marko. Im Grunde habe ich es die ganze Zeit gewusst.«

»Es tut mir so leid ...«

»Und mir erst.«

Schweigen. Er schien etwas sagen zu wollen, wusste aber nicht, was. Plötzlich merkte sie, dass sie eigentlich nur ihm zuliebe wartete; dass sie das Bedürfnis hatte, eine Weile mit sich allein zu sein und kostbare Augenblicke ihres Lebens opferte, weil er sich unwohl fühlte. »Marko«, sagte sie also, »ich schalte jetzt ab. Ich denke, ich melde mich später noch einmal. Machen Sie's gut.«

»In Ordnung.« Er schien erleichtert. »Sie auch.«

Sie schaltete das Gerät ab, legte es beiseite, barg das Gesicht in den Armen und ließ den Tränen freien Lauf.

Irgendwann – Stunden später, so kam es ihr vor – sah sie sich plötzlich selbst da sitzen, in dem kleinen, aufblasbaren Rettungszelt, das kaum groß genug war, um darin zu stehen, mutterseelenallein auf der endlos weiten Oberfläche des Jupitermondes. Es war ein so seltsames Bild, dass sie aufhörte zu weinen, als erwache sie aus einem bösen Traum.

Plötzlich hielt sie es nicht mehr aus in der dämmrigen Enge des Zelts. Obwohl es schiere Unvernunft war – jeder Schleusendurchgang verschlang kostbare Energie für die Pumpe und entließ unvermeidlich Reste wertvoller Atemluft in das Vakuum –, sie musste hinaus!

Draußen war Nacht, aber ein abnehmender Jupiter hing riesig am Himmel, ein gewaltiger gelblicher Ball mit pastellartigen Streifen in roten und braunen Farbtönen, der die Landschaft mit samtenem Licht übergoss. Sie hätte diesen majestätischsten aller Planeten ewig anschauen können, ewig dem Spiel seiner Wolken, seiner filigranen, unablässig changierenden Wirbel folgend, das nichts ahnen ließ von der wirklichen Gewalt der Stürme, die in der Wasserstoff-Helium-Atmosphäre tobten und denen bisher kein von Menschen erbautes Raumfahrzeug standgehalten hatte.

Aber sie würde ihn nicht ewig anschauen können. Ewig war entschieden das falsche Wort.

Was für ein einsamer Platz dieser Mond war. Nicht einmal die Geborgenheit einer Felsnische gab es, nicht einmal eine Bergwand, hinter die man sich hätte ducken können gegen die sternenvolle Leere, in die man hinaufsah. Der Untergrund war flach von Horizont zu Horizont, eine schutzlose, nackte Ebene, auf der sie stand wie ein verlorenes Kind. Von außen betrachtet sah das Zelt aus wie ein Akt der Verzweiflung.

Was es im Grunde ja auch war. Joan wandte sich um, setzte sich in Richtung auf die Rettungskapsel in Bewegung, mit vorsichtigen, kleinen Schritten. Europa war ein Himmelskörper, der fast so groß war wie der Erdmond, aber nur zwei Drittel von dessen Masse hatte. Man wog fast nichts hier. Wäre es anders gewesen, sie hätte nicht einmal den Absturz überlebt.

Wieder umrundete sie die Kapsel, die schwarz und schief in den Untergrund gebohrt dalag, geborsten von der Wucht des Aufpralls. Eine leere, nutzlose Hülle. Wieder berührte sie die großen Löcher in der Wandung der Vorratssektion, verbogenes Plastmetall, aufgewölbt wie Blumenblüten. Der Meteor, der das Raumschiff getroffen hatte, war in einem so raffinierten Einschlagswinkel gekommen, dass er nicht nur die Abschirmung des Antriebs, sondern danach auch noch fast alle Notpakete der Rettungskapsel erwischt hatte.

Aber wie man es drehte und wendete, schuld war einfach Dummheit gewesen. Nachlässigkeit. Fahrlässigkeit. Irgendwann – so weit in der Zukunft, dass es sie nicht mehr zu interessieren brauchte – würde es eine offizielle Untersuchung geben, die aber zu keinem anderen Urteil kommen konnte. Sie, Pilotin Joan Ridgewater, hatte grob fahrlässig gegen mindestens zwei Dutzend Regeln und Richtlinien verstoßen. Regeln, die in über hundert Jahren Weltraumfahrt entstanden waren und sich unzählige Male bewährt hatten. Regeln, die so grundlegend und selbstverständlich waren, dass die Strafen für Verstöße dagegen in den meisten Handbüchern nicht einmal mehr erwähnt wurden. Weil, wie man an ihrem Beispiel sah, die Strafe geradezu naturgesetzmäßig folgte, ohne dass es eines menschlichen Richters bedurfte.

Sie richtete sich seufzend auf und ließ den Blick schweifen. Graublaues Eis, soweit das Auge reichte, und es reichte weit. Die Oberfläche Europas war von einem jahrmillionenalten Eismantel bedeckt, der kaum Konturen herausgebildet hatte. Der einzige Fixpunkt, den sie hatte, war eine langgezogene Andeutung von Hügel, bestimmt nicht einmal hundert Meter hoch, der sich am Horizont hinzog wie ein eingefrorener Wurm.

In Richtung auf diesen Hügel lagen die wenigen Trümmer des Raumschiffs zerstreut, die nach der Explosion des Antriebs davon übriggeblieben waren. Sie hatte sie alle abgesucht in der Hoffnung, etwas Nützliches zu finden, ein paar Sauerstoffpatronen beispielsweise oder ein richtiges Lebenserhaltungssystem, oder Energiezellen. Sie hatte in den letzten Tagen mehrmals geträumt, sie hätte eine große Energiezelle gefunden und sich daraus einen Elektrolyseapparat gebaut, um aus dem Eis Europas Sauerstoff zu erzeugen. Doch immer in dem Moment, in dem sie den ersten tiefen Atemzug nehmen wollte, war sie aufgewacht.

Es war absolut sinnlos, die Trümmer noch einmal abzulaufen. Es kostete nur wertvolle Atemluft, und es würde nichts bringen. Eine Kiste voller Gabeln hatte sie in dem einen Teil gefunden, und eine Dose Schmierseife. Einen elektrischen Handbohrer und eine Auswahl von Ersatzrohrstücken für die Wasserversorgung in einem anderen. Weiter nichts. Sinnlos, wie gesagt. Aber sie musste es einfach tun, ein letztes Mal.

Kleine, geröllartige Steine knirschten unter ihren federleichten Schritten, als sie eine breite, dunkle Furche überquerte, die sich ebenfalls endlos dahinzog und mit etwas anderem als Eis gefüllt war, einem grauen, harten Material, das beinahe aussah wie Asphalt. Jemand hatte ihr einmal erklärt, was das war, wie man es nannte und wie es sich wahrscheinlich gebildet hatte, aber sie hatte es wieder vergessen, weil sie damals nur mit halbem Ohr zugehört hatte. Vorahnungen waren noch nie ihre Stärke gewesen.

Vor allen Dingen hätte sie nicht allein starten dürfen. Als sich herausgestellt hatte, dass ihr Kopilot nicht einsatzfähig war, hätte sie die Verfolgung der defekten Forschungssonde aufgeben müssen, anstatt es allein zu wagen. Natürlich, Forschungsdaten waren wertvoll – aber nicht wertvoll genug, um einen Verstoß gegen elementare Richtlinien zu rechtfertigen. Wäre Jim Meyer neben ihr gesessen, hätte er die Annäherungswarnung gesehen, und sie hätten genug Zeit gehabt für entsprechende Maßnahmen. Sie hätten den Meteoriten mit dem Laser abschießen können, hätten den Magnetschirm aktivieren können oder eine Ausweichrolle drehen, und währenddessen hätte einer von ihnen nebenher Kaffee gemacht. Es wäre Routine gewesen, über die sie kaum nachgedacht hätten.

Sie erreichte das erste Trümmerteil, ein Stück der Andockvorrichtung, massiv und schwer. Und vollkommen unbrauchbar. Sie schaute zurück. Von hier aus sah das kleine weiße Zelt, in dem sie die letzten Tage verbracht hatte, so klein und verloren aus, dass einem fast die Tränen kamen. In diesem winzigen Refugium hatte sie geschlafen, gegessen, getrunken, mit der nahenden HOMELAND kommuniziert und wider alle Vernunft gehofft.

In diesem winzigen Refugium würde sie sterben.

Ein harter Ring aus Federstahl schien sich um ihre Brust zu schließen, während sie mit wütender Energie die übrigen Trümmerstücke ablief, untersuchte, nichts fand. Nein, man konnte auch Callisto nicht die Schuld geben. Die Forschungsstation, die den Jupitermond Callisto in einer niedrigen, überaus stabilen Bahn umkreiste und unentwegt wertvolle Daten über den Jupiter sammelte, war bis zu ihrer und Jims Ankunft zwei Jahre lang von fünf Männern und einer Frau bewohnt gewesen. Fünf gesunden Männern und einer gesunden Frau. Und als Jim und sie mit ihrem Frachter angedockt hatten, stellte sich heraus, dass es auf der Station noch wilder zuging, als selbst die wildesten Gerüchte in den Raumfahrerkneipen behauptet hatten. Kein Wunder, dass Jim ein wenig ausgerastet war.

Aber einfach allein zu starten war auch eine Form von Ausrasten. Und die schlimmere.

Sie wusste, dass sich Jim Vorwürfe machte. In den Tagen nach dem Absturz hatten sie viel miteinander gesprochen. Da war es noch um Rettung gegangen, um Kopf hoch und nicht aufgeben. Jim hatte die Verbindung zur HOMELAND hergestellt, die unterwegs war, um eine Forschergruppe auf Io abzusetzen, aber sofort ihren Kurs angepasst hatte, um einen Orbit um Europa zu erwischen. Ehrensache unter Raumfahrern.

Jetzt war Callisto auf der anderen Seite des Jupiter, unerreichbar für Funksignale.

Joan spürte es wie einen Schlag, als es sie jäh anfiel: Sie würde nicht mehr mit Jim reden können. Callisto würde aus dem Funkschatten herauskommen, und sie würde tot sein. Sie hatte versäumt, Jim zu sagen, dass es nicht seine Schuld war, und nun würde sie es ihm nicht mehr sagen können. Auch nicht, dass sie ihn immer gemocht hatte, obwohl er mit seinen Annäherungsversuchen unterwegs nicht viel Glück gehabt hatte. Dass sie ihn gemocht hatte. Das hatte sie ihm nie gesagt. Immer nur dumme Witze hatten sie gerissen, aber einander nie gesagt, dass sie sich gut leiden konnten.

Sie fühlte sich elend, als sie das Zelt wieder erreichte. Sie kroch durch die Luftschleuse hinein, nahm dann nur den Helm ab und blieb in der Dunkelheit liegen, ohne den Raumanzug auszuziehen. Wozu auch. Es gab nichts mehr zu tun. Nichts war mehr wichtig.

Nach einer Weile setzte sie sich auf. Es gab sehr wohl noch etwas zu tun. Es gab sehr wohl noch Dinge, die wichtig waren. Sie holte das Aufzeichnungsgerät aus der Tasche, schaltete es ein und begann zu sprechen. »Pilotin Joan Ridgewater, am siebten Juli 2102, Jupitermond Europa. Die nachfolgende verschlüsselte Aufzeichnung ist für Pilot Jim Meyer. Ich bitte um persönliche Zustellung.«

Sie zog die klobigen Handschuhe aus und tippte Jims Briefcode ein. Die Aufzeichnung würde nun in einer Weise verschlüsselt werden, dass nur Jim mit seinem persönlichen Code, den niemand außer ihm kannte, sie wieder anhören konnte. »Jim, hier ist Joan. Wie es aussieht, werden wir uns nicht mehr sprechen, deshalb hier noch ein paar Dinge, die ich dir sagen wollte. Erstens – es ist nicht deine Schuld. Ich hätte einfach nicht ohne dich starten dürfen. Ich hätte die blöde Sonde vergessen sollen, okay? Wenn ihre Funkeinheit einen Monat früher oder später ausgefallen wäre, hätte man sie schließlich auch abschreiben müssen. Ich weiß, dass du dir Vorwürfe machst, aber ...«

Sie hielt inne, spürte mit gepresster Stopptaste dem Aufwallen ihrer Gefühle nach. »Jim, weißt du – auch wenn das mit dem Sex nicht so unser Ding war, bin ich doch gern mit dir zusammen geflogen. Wirklich. Bitte behalt mich nicht als zickiges Ding in Erinnerung, sondern als Freundin. Versprich mir das. Und denk ab und zu an mich, wenn du deinen grünen Tee kochst.«

Sie dachte noch eine Weile nach, aber das war es. Das war es, was sie noch zu sagen gehabt hatte. Nicht viel, wenn man es recht bedachte. Sie beendete die Codierung, schaltete das Gerät aber nicht ab.

Es war immer noch kalt. Sie würde den Raumanzug wohl anbehalten müssen. Sie hätte etwas gegeben für eine warme Dusche und frische Wäsche, aber das, erkannte sie mit einer Klarheit, die sich in ihr auftat wie eine tiefe Schlucht, waren Dinge, die bereits unwiderruflich der Vergangenheit angehörten.

Da war noch mehr, was abgeschlossen werden musste. Sie drückte wieder den Aufnahmeknopf. »Die nachfolgende verschlüsselte Aufnahme ist für Frederic Ridgewater, Sao Paulo, Erde. Ich bitte um persönliche Zustellung.«

Frederics Briefcode wäre ihr beinahe nicht mehr eingefallen. Wie lange hatte sie nicht mehr mit ihm gesprochen? Ewigkeiten. Die große Liebe. Das große Drama ihres Lebens. »Frederic, hier ist Joan. Ich nehme an, wenn du diese Nachricht erhältst, wirst du es schon wissen. Während ich diesen Brief spreche, sitze ich in einem Rettungszelt auf Europa, dem zweiten Jupitermond – oder dem sechsten, je nachdem, welche Brocken man noch als Monde gelten lässt –, und in wenigen Stunden wird mein Sauerstoff zu Ende gehen. Genauer gesagt, der Energievorrat für mein Lebenserhaltungssystem, aber das ist nur ein technischer Unterschied. Ich …« Sie seufzte. »Dies wird mein letzter Brief an dich, und ich weiß nicht so recht, was ich sagen soll. Soll ich sagen, pass bitte gut auf Cheryl auf? Das tust du doch ohnehin schon, all die Jahre. Besser als ich es gekonnt hätte. Sie ist ein prächtiges Mädchen geworden, wirklich … Ich weiß nicht mal, ob du inzwischen endlich wieder geheiratet hast. Das solltest du wirklich tun. Schau, wenn du das hörst, dann hat uns der Tod geschieden. Falls dir der amtliche Trennungsvertrag nicht genügt. Und Cheryl ist jetzt …«

Ihr Daumen schimmerte elfenbeinfarben, so fest presste sie die Stopptaste, um einen entsetzten Aufschrei zu unterdrücken. Wie alt war Cheryl? Sie wusste nicht mehr, wie alt ihre Tochter war! Hastig rechnete sie nach. Geboren im Mai 2084, dann war sie jetzt … mein Gott, achtzehn. Und sie hatte ihren Geburtstag vergessen.

Ihre Wangen brannten beinahe. »Frederic, ich merke gerade mal wieder, was für eine lausige Mutter ich bin. Es ist ein Wunder, dass Cheryl mich nicht hasst, und bestimmt verdankt sie das dir. Du bist ein wunderbarer Mann, Frederic, und es tut mir leid, dass es so war, wie es eben war. Es ist nicht so, dass ich dich nicht geliebt hätte. Das habe ich. Aber unsere Vorstellungen vom Leben waren einfach zu verschieden, weißt du? Geliebt habe ich dich. Und ich weiß, dass du mich geliebt hast und immer noch liebst. Ich wollte immer, dass du mich trotzdem loslassen kannst, um selber glücklich zu werden, und ... na ja. Jetzt musst du es.«

Sie schaltete ab. War das schon die schlechter werdende Luft, die sie so erschöpfte? Oder war es etwas anderes?

Vielleicht musste sie sich beeilen. Sie sprach eine Botschaft für ihre Tochter auf den Speicher. Ihre Tochter, die noch überlegte, ob sie Tänzerin werden oder Physik studieren sollte. Ihre Tochter, die sie das letzte Mal vor zwei Jahren gesehen hatte. Joan sprach lange, zögerte oft, merkte, was sie alles nicht wusste über dieses Menschenkind, das sie geboren hatte, um es vier Jahre später zu verlassen und die Sterne zu bereisen. Was konnte sie ihr denn sagen? Außer dem, was sie ihr jedes Mal gesagt hatte, wenn sie sich gesehen hatten, und in fast jedem Brief: dass sie sie liebte und dass es ihr leidtat. Joan weinte, als sie die Aufzeichnung beendete, und fühlte sich allein wie noch nie zuvor im Leben. Was sie mit Cheryl versäumt hatte, war nicht mehr aufzuholen, nicht mit allen Briefen der Welt.

War sonst noch jemand? Sie hatte eine ganze Menge Herzen zerschlissen in all den Jahren, aber das waren Beziehungen gewesen, wie Beziehungen zwischen Raumfahrern eben sind. Jemand hatte einmal gesagt, wenn sich zwei Raumfahrer ineinander verlieben, dann sind sie entweder Kometen oder Supernovae. Kometen, das hieß, auf verschiedenen Schiffen zu fliegen, auf unterschiedlich langen Routen, immer Anträge schreiben und mit den Flugplanern debattieren, um sich wenigstens einmal im Jahr zu sehen. Was zu wenig war, weswegen die meisten mehrere solcher Beziehungen gleichzeitig pflegten. Und eine Supernova war es, wenn man verliebt war und daraufhin gemeinsam flog. Was in der Regel hieß, dass man am Anfang jede Menge Sex und am Ende jede Menge Streit hatte und sich nach dem einen Flug für alle Zeiten trennte.

Bloß so etwas wie ein Familienleben gab es für Weltraumfahrer nicht. Abgesehen von den Weltraumhabitaten in der Erdumlaufbahn lebten keine Kinder im Weltall. Die meisten Raumfahrer hatten ihr Erbgut in Tiefkühlbanken hinterlegt und sich sterilisieren lassen, weil die Strahlung im Raum ihre Keimzellen ohnehin zerstörte.

Wenn sie hätte gerecht sein wollen, dann hätte sie mehr Briefe sprechen müssen, als ihr Aufzeichnungsgerät hätte fassen können. Also beschloss sie, es ganz zu lassen.

War sonst noch etwas zu erledigen? Ihr Testament war bei ihren Unterlagen deponiert, wie es vorgeschrieben war. Cheryl würde alles erben, und viel war es ohnehin nicht. Grob geschätzt, zwei Koffer voller Sachen und ein mageres Bankkonto. Joan knipste den Recorder wieder an. Doch, ein paar Verfügungen waren noch zu machen.

»Noch einmal Pilotin Joan Ridgewater. Die nachfolgende verschlüsselte Aufzeichnung ist eine signierte Verfügung und stellt meinen letzten Willen dar.« Diesmal verlief die Prozedur umgekehrt. Sie gab ihren persönlichen Geheimcode ein. Dadurch wurde die Eintragung so verschlüsselt, dass sie nur mit ihrem allgemein bekannten Briefcode entschlüsselt werden konnte, was sie als Urheberin verifizierte. »Joan Ridgewater, geboren am 27. September 2063 in New London, Erde. Dies ist mein letzter Wille. In meinen auf der Lunarbasis deponierten Habseligkeiten befindet sich eine hellblaue Mundharmonika mit der Aufschrift ›Willkommen auf dem Mars‹ sowie ein Rahmen mit einer kleinen marsianischen Sandzeichnung, etwa handtellergroß. Beides soll Navigator Wladimir Jagello erhalten zur Erinnerung an unseren Urlaub '93. Weiter müsste sich in meinen Sachen an Bord der Callisto-Station eine halbmondförmige Brosche aus Venusit finden; die soll meine Freundin, Ingenieurin Susanna Bakonde bekommen. In einer Seitentasche des großen Koffers liegt außerdem ein rotes Metalletui, das einige Briefe enthält, die ich bitte, ungelesen zu vernichten. Alles Übrige soll meine Tochter Cheryl Ridgewater erben, wie es in meinem hinterlegten Testament festgeschrieben ist.«

Eine merkwürdige Ruhe überkam sie, als sie die Aufnahme beendete. Nun war also alles geordnet, alles weitergegeben. Nun war sie frei, zu gehen. Als ob diese materiellen Dinge sie noch in dieser Welt festgehalten hätten, selbst diese kleine Hand voll.

Sie legte den Recorder beiseite, nahm das Kommunikationsgerät, rief die HOMELAND und ließ sich mit dem Bordarzt verbinden.

»Doktor Wang«, fragte sie, »wie werde ich sterben?«

Die Stimme des Arztes klang voll und dunkel, väterlich vertrauenerweckend, und der unmerkliche chinesische Akzent gab ihr trotzdem etwas Leichtes, Spielerisches. »Joan«, erklärte er, »Sie sterben an Sauerstoffmangel.«

»Tut das weh?«

»Nein. Sie werden nicht bei Bewusstsein sein zu diesem Zeitpunkt. Unangenehm wird es jedoch werden, kurz bevor Sie das Bewusstsein verlieren. Sie werden große Angst verspüren, wenn Ihr Körper nach Atem ringt.«

»Was gibt es an Medikamenten?«

»Zunächst haben Sie natürlich die Giftpille im Applikator Ihres Schutzanzugs, die einen schmerzlosen Tod herbeiführt. Abgesehen davon könnte es Ihnen helfen, wenn Sie die Beruhigungsmittel nehmen, die ebenfalls vorhanden sein sollten.«

»Alle?«

»Ja, nehmen Sie alle.«

Sie zögerte, sah wieder auf die Haut ihrer Hände. Ihre Hände sahen schon richtig alt aus. Die Hände einer Sechzigjährigen. »Doktor«, fragte sie, »wann werden Sie mich finden?«

»Sobald wir Europa erreicht haben. In etwa dreieinhalb Standardtagen.«

»Ich habe eine Funkboje eingeschaltet.«

»Ja. Wir empfangen bereits ihr Signal.«

»Doktor, hätte ich eine Chance gehabt, wenn ich sparsamer gewesen wäre mit dem Sauerstoff und der Energie? Wenn ich die ganze Zeit geschlafen hätte, anstatt die Trümmer abzusuchen und stundenlang mit Callisto zu reden?«

»Nein, Joan. Nicht einmal dann. Sie hätten schon eine Hibernation herbeiführen müssen, und dazu hatten Sie nicht die Mittel.«

Auf eine merkwürdige Weise beruhigte sie das. Ob er wohl log, um ihr Selbstvorwürfe zu ersparen?

»Werde ich eine Weltraumbestattung bekommen?«

»Selbstverständlich.«

»Und eine Namenstafel in der Ehrenhalle der Gilde?«

»Sicher.«

»Doktor Wang, ich habe ein paar Aufzeichnungen gemacht, für meinen geschiedenen Mann und meine Tochter ...«

»Wir werden sie weiterleiten.«

»Gut.« Sie lauschte ihrem eigenen Atem, horchte dem Klang der Worte nach, die einzeln in einen tiefen, bodenlosen Abgrund zu fallen schienen.

»Joan?«, hörte sie den Arzt fragen. »Kann ich sonst irgendetwas für Sie tun?«

»Nein«, hauchte sie und sah die Feuchte ihres Atems sich in hauchfeine, nebelhafte Eiskristalle verwandeln. »Ich glaube nicht.«

»Vielleicht möchten Sie dann die Energie im Augenblick sparen und lieber später noch einmal mit mir sprechen?«

Sie zögerte. Zögerte, dieses Gespräch loszulassen, diesen letzten dünnen Faden in die Welt der Lebenden. »Nein. Ich glaube, ich werde nicht mehr anrufen.«

»Ich stehe Ihnen jederzeit zur Verfügung, Joan.«

»Danke. Leben Sie wohl, Doktor.«

»Ich wünsche Ihnen alles Gute, Joan.«

»Vielen Dank.«

Die Verbindung erlosch mit einem knackenden Geräusch, und dann war sie allein. *Wirklich allein,* dachte sie. *Nur noch ich und das Universum.* So war das also.

Sie überlegte, was sie nun tun wollte. Im Zelt zu bleiben und abzuwarten kam ihr irgendwie unwürdig vor. Nein, sie würde hinausgehen. Im Angesicht der Sterne zu sterben war das Mindeste, was sie sich als Raumfahrerin schuldig war.

Eine Weile überlegte sie daran herum, wie sie den Sauerstoff aus dem Zeltinneren in die Tanks des Raumanzugs bekommen konnte, fummelte an der Schleusenpumpe herum und verglich Anschlüsse, dann ließ sie es bleiben. Unnützer Aufwand. Darauf kam es jetzt auch nicht mehr an.

Sie zog die Handschuhe an, zum letzten Mal, setzte den Helm auf, zum letzten Mal, arretierte die Befestigung. Zum letzten Mal. Jeder Handgriff ein Abschied. Jeder Blick ein Loslassen. In allem, was sie tat, war eine kristallene Klarheit.

Als sie aus der Schleuse hinauskroch, erschrak sie, wie dunkel es war. Der Jupitermond war weitergewandert auf seiner Bahn und durchquerte nun den Schatten des Gasriesen, der dunkel und düster am Firmament prangte wie eine glattpolierte Marmorkugel. Jetzt, da Jupiter nicht mehr alles überstrahlte, sah man die Sterne, Tausende und Abertausende davon, kostbares Geschmeide auf dem schwarzen Samt der Unendlichkeit. Joan stand da und schaute, schaute und wünschte, sich einfach auflösen zu können in der Bodenlosigkeit um sie herum. Warum konnte man das nicht? Was hielt einen in dieser körperlichen Hülle?

So einfach war es wohl nicht. Sie wurde müde vom Stehen und suchte sich einen Platz, an dem sie sitzen und sich anlehnen konnte. Schließlich beschloss sie, sich vor die Rettungskapsel zu setzen, den Blick auf Jupiter gerichtet. So saß sie, dachte nach, schaute auf die Sterne, die ihr Schicksal gewesen waren, und hörte ihrem Atem zu, der rasch und tief ging, obwohl sie nur ruhig dasaß. Die Luft schien schon schlechter zu werden. Doktor Wangs Ratschlag fiel ihr ein, und sie verabreichte sich alle Beruhigungstabletten, die in der Ausrüstung enthalten waren.

Dann stöpselte sie das Aufzeichnungsgerät an, verzichtete auf allen Verschlüsselungsfirlefanz, schaltete einfach nur ein. »Das Folgende ist nochmal für Frederic. Frederic – ich weiß nicht, wieso ich gerade jetzt so viel an dich denken muss. Ich schätze, weil du eben doch der Mann meines Lebens warst. Dabei waren wir nur fünf Jahre zusammen. Insgesamt, meine ich. Du bist der Vater meiner Tochter. Das verbindet. Obwohl, nein. Es ist andersherum. Ich bin die Mutter deiner Tochter. Cheryl ist so sehr deine Tochter, dass es manchmal weh tat, sie zu sehen.«

Die Pausentaste war beinahe zu schmal, um sie mit dem behandschuhten Finger zu bedienen. Sie keuchte. Ließ die Aufnahme weiterlaufen. Keine Zeit, sich die Worte sorgfältig zu überlegen. »Weißt du, ich überlege jetzt natürlich, ob es richtig war, was ich getan habe. Wie ich entschieden habe. Der Weg, den ich gewählt habe. Du hast damals prophezeit, dass ich einen einsamen Tod im Weltraum sterben würde, weißt du noch? Du hast wirklich alles versucht, um mich davon abzubringen. Du hattest Angst um mich, weil du mich liebtest. Du hast sogar gesagt, es wäre dir lieber, ich verließe dich um eines anderen Mannes willen, als um den Raum zu befahren. Ich erinnere mich noch gut, nicht wahr? Und was soll ich sagen, Frederic – du hast recht gehabt.«

Sie fühlte plötzlich ein Zittern in sich, in ihrer Stimme. Die spiegelglatte Ruhe, all die kristallene Klarheit schien zu zerbrechen, in Millionen Splitter zu zerplatzen, und den Weg freizugeben für eine Woge aus panischer Angst, die darunter eingesperrt gewesen war. »Frederic …! Weißt du … wenn du mich vor einem Jahr gefragt hättest, vor einem Monat, selbst vor drei Tagen noch … – was ich sagen würde in einem Moment wie diesem, ich hätte gesagt: Ja, es war richtig. Ich hätte gesagt, dass man seinen Weg gehen muss. Dass man sich treu bleiben muss. Dass es Menschen gibt wie dich, die in der Zivilisation leben, die die Kultur bewahren und die Ordnung der Dinge, und Menschen wie mich, die es hinausdrängt an den Rand der Zivilisation, Menschen, die die Grenze zum Unbekannten suchen, um sie weiter hinauszuschieben, ein Stück wenigstens. Alle die Sprüche, genau wie damals. Ich war mir einmal so sicher, zu wissen, was richtig ist – aber jetzt weiß ich überhaupt nichts mehr. Wirklich, ich weiß es nicht. War es richtig, der Stimme meines Herzens zu folgen? Wäre es nicht besser gewesen, bei euch zu bleiben? Ich weiß es nicht, Frederic. Ich weiß es wirklich nicht.«

Ihr Atem flog. Erinnerungen tauchten auf, vergessen geglaubte Bilder. Ihr gemeinsames Haus in Sao Paulo, das Haus eines wohlhabenden Verwaltungsbeamten. Cheryls Geburt. Der erste Tag an der Raumakademie in Kapstadt. Warum war sie sich nicht mehr sicher? Hatte sie ihr Leben auf Sand gebaut, der jetzt ausrann? Hatte sie ihr Leben weggeworfen, verspielt, vertan für einen sinnlosen Traum? Eigenartige Geräusche hallten blechern in ihrem Helm wider, und erst nach einer Weile begriff sie, dass sie es war, dass sie schluchzte.

Sie blinzelte hilflos. In einem Raumanzug gab es keine Möglichkeit, sich die Augen zu wischen. »Ich weiß es nicht. Ich hoffe, es war einigermaßen in Ordnung, wie es war. Schließlich kann ich nichts mehr daran ändern.« Ihr Atem beruhigte sich wieder. Es schien kälter zu werden. Vielleicht war aller Sand jetzt ausgelaufen, und sie saß auf Grund. Auf festem Grund. »Vielleicht ist es letzten Endes auch nicht so wichtig«, murmelte sie. »Es war eben, wie es war. Ja, ich denke, so ist es. Wahrscheinlich fragt sich so etwas jeder, wenn seine Stunde kommt. Wenn ich geblieben wäre, hätte ich am Ende bestimmt geglaubt, etwas verpasst zu haben.« Diesem Gedanken folgte sie ein Stück Wegs, und sie musste beinahe lächeln. »Das wenigstens glaube ich nicht. Nein. Nein, verpasst habe ich nichts.«

Io ging auf, jetzt entdeckte sie ihn. Ein kleines, schwefelgelbes Auge, das sie anfunkelte.

»Ich sehe Io, Frederic. Den innersten der Galileischen Monde. Auf Io gibt es die gewaltigsten Vulkane des ganzen Sonnensystems; man kann beinahe von hier aus mit bloßem Auge die Eruptionen sehen, die Schwefelgeysire und die Lavaströme. Ich bin an Io vorbeigeflogen. Aus der Nähe hat man den Eindruck, er müsse jeden Augenblick explodieren. Dann sieht man genauer hin und entdeckt Rauchwolken, die Hunderte von Kilometern in die Höhe geschleudert werden, und riesige Schwefelbrocken, die in Lavaseen schwimmen ... Ich habe es gesehen. Bitte, Frederic, denk an mich als an eine, die hinausziehen musste, um die Wunder des Universums zu suchen. Ein paar habe ich gefunden.«

Sie schaltete ab. Nur kurz. Nur überlegen, was sie ihm noch sagen wollte. Von ihrer Liebe. Ihn um Verzeihung bitten, ihn endlich so sehr um Verzeihung bitten, dass sie auch sich selbst vergeben konnte, gegangen zu sein. Und nun hier zu sein, allein auf einem eisbedeckten Mond, am Ende ihres Weges angekommen.

Der Augenblick vor ihrem ersten Raumflug fiel ihr wieder ein, dieser panische Moment kurz vor dem Start, ja. Sie hatte vor dem Shuttle gestanden, an dem glänzenden schlanken Metall hinaufgesehen und war erschrocken, wie klein das Fahrzeug war. Das sollte sie hinausnehmen, hinauf zu einer der Raumstationen? Und es gab kein Zurück mehr, sie war Absolventin der Unterstufe, und egal ob sie zitterte oder jubelte, sie würde in einer Stunde in diesem Ding sitzen und sich mittragen lassen müssen, was auch geschah.

Damals hatte sie diese Angst kennengelernt, die man nicht beachten darf, weil man im Begriff ist, einen Weg zu gehen, den man gehen *muss*. Würde man dieser Angst auch nur ein einziges Mal nachgeben, hätte man begonnen, sich sein eigenes Gefängnis zu bauen, ihr die Macht über das eigene Leben abzutreten und es so zu verlieren. Und das war schlimmer als alle Gefahren, die einen erwarten mochten.

Diese Art Angst war es, was sie fühlte. Bangigkeit. Sie machte Herzklopfen, aber sie war kein Grund, innezuhalten. Und was war der Tod anderes als der Aufbruch in das ewig Unbekannte – die endgültige Reise?

Ein heller Schimmer huschte links von ihr über die Ebene, glitt auf sie zu. Hinter Jupiter ging wieder die Sonne auf. Zuerst erglomm der Rand des Riesen hauchdünn und rotglühend, wie ein feiner leuchtender Haarriss von Pol zu Pol. Dann ergoss sich eine Flut aus flüssigem Gold und Rot über diesen Halbbogen, in der Äquatorzone zuerst, dann rasch hinauf- und hinabgleitend, ein Lodern und Wabern wie ein riesiges Maul aus Feuer, das sich auftat, die Welt zu verschlingen. Und schließlich, gerade als man anfangen mochte zu glauben, Jupiter selber stünde in Flammen, brach das eigentliche Licht dahinter hervor, die Sonne, die kleine Scheibe, die so hell war, dass man nicht hineinsehen durfte.

Doch Joan sah hinein, warf sich hinein in dieses Licht, ritt auf den Strahlen, tauchte der Quelle entgegen, ließ sich überfluten und versinken auf ihrer Suche nach der Welt jenseits der Welt.

© 1997 Andreas Eschbach

Die Wiederentdeckung

Eine apokryphe Erzählung um
die Geschichte der Haarteppiche.

Es gibt Stoffe, die kommen zu einem wie ein Geschenk unsichtbarer Mächte, und wenn sie dann zu einem Roman werden, ist es wie Magie. Man hat das Gefühl, nur Mittler zu sein, nur aufzuschreiben, was sich wie von selbst entfaltet und erzählt. Das passiert einem nicht oft, aber wenn es passiert, empfindet man es als einen Zustand, für den das alte Wort »Gnade« durchaus nicht unpassend ist.

»Die Haarteppichknüpfer« ist so ein Roman. Das Universum, aus dem er kommt, scheint unermesslich, und mir war beim Schreiben, als dränge es sich durch mich mit aller Kraft in das unsere. Schon das erste Kapitel hatte ich innerhalb eines einzigen Tages geschrieben. Als ich Jahre später daran probierte, ob es sich nicht zu einem Roman erweitern ließe, erwies sich der Stoff als ungeahnt fruchtbar. Wie von selbst entstand das Buch, das zu meinem meistübersetzten werden sollte – und ließ mich erschöpft zurück. Ich weiß noch, wie mich, als ich das Manuskript fertig ausgedruckt vor mir liegen hatte, der Gedanke durchzuckte: »Womöglich werde ich nie wieder etwas schreiben können.«

So war es nicht. Schon während ich für »Die Haarteppichknüpfer« einen Verlag suchte, begann ich wieder zu schreiben, etwas ganz anderes zwar, aber immerhin. Als ich dann einen Verlag gefunden hatte und mich die Lektorin Eva Schuster bat, ob ich nicht noch ein paar Kapitel dazu schreiben könne (»Normalerweise«, schickte sie voraus, »bitte ich die Autoren immer, ihren Roman etwas zu kürzen. Es ist das erste Mal, dass ich einen Autor um das Gegenteil bitte.«), erwies sich das als überaus einfach. Wieder ging es wie von selbst, und nicht nur das, die hinzugekommenen Passagen fügten sich auch so glatt in das Gesamtgefüge ein, dass – behaupte ich mal – niemand erkennt, um welche es sich handelt.

Mit dem Erscheinen des Buches hielt ich die Sache dennoch für abgeschlossen. Ein weiterer Irrtum. Als die erste Übersetzung des Romans an-

stand, ins Französische, wollte das französische SF-Magazin GALAXIES – in Anbetracht der Tatsache, dass es sich um die erste Übersetzung eines deutschsprachigen SF-Romans seit 18 Jahren handelte – ein Porträt des Autors bringen, mit ausführlichem Interview und so weiter, und auch mit einem neuen Text.

Zuerst war im Gespräch, einfach ein Kapitel aus den »Haarteppichknüpfern« zu nehmen, aber aus irgendeinem Grund hatte ich Lust, zu versuchen, ein zusätzliches Kapitel zu verfassen, ein apokryphes Kapitel sozusagen. Und siehe da – wieder schlug die Magie zu. Es war, als hätte ich dieses Romanuniversum nie verlassen. Ich guckte bloß einmal schräg in die Luft, und schon fielen mir zwei Namen ein. Pugwat und Jowesh. Und ehe ich mich's versah, war ich wieder dort, in jener schrecklichen Welt, die der Sternkaiser zurückgelassen hat, und eins kam zum anderen …

Die Story erschien auf Französisch im Juni 2000 im GALAXIES. Auf Deutsch war sie vor ein paar Jahren ein paar Wochen lang als Schmankerl auf der Website eines Internet-Buchversenders abrufbar. Hier nun erscheint sie erstmals in deutscher Sprache auf richtiges Papier gedruckt.

Und ich glaube nicht mehr, dass die Geschichte um die Haarteppiche damit schon zu Ende ist. Ich glaube, da kommt noch was. Die Magie wirkt immer noch …

»Manche haben eben Glück, und andere nicht«, sagte Pugwat. »Die da hatten es nicht.«

»Ja«, sagte Jowesh.

Sie standen auf dem Dach des Wachhauses und sahen zu, wie zwei kleine Transportraumschiffe langsam auf die für sie vorgesehenen Plätze zwischen ausgeschlachteten Flugbooten, Stapeln verrostender Hüllstreben, leckgewordenen Tanks und dem Wrack eines Abfangsatelliten niedersanken. Pugwat kaute wie immer auf einem Drillip-Zweig, ungeniert schmatzend, und wischte sich ab und zu den Schweiß aus den buschigen Augenbrauen. Die Sonne stand hoch am Himmel und brannte mit voller Wucht herab, und nicht die Spur eines Windhauchs war zu spüren.

»Schmuggler waren das, oder?«, fragte Pugwat kauend.

Jowesh nickte. »Brüder der Dunklen Pfade. Stand zumindest in der Ankündigung.«

»Sagte ich doch, Schmuggler.« Pugwat schüttelte den Kopf und spuckte einen Mundvoll Drillip-Saft auf den Boden. »Man muss sich wundern, oder? Dass unser Statthalter keine anderen Sorgen hat als solchen Kleinkram.«

Das Wachhaus war halb in den Hügelwall hineingebaut worden, der den Schiffsfriedhof gegen das Niemandsland abschloss. Von hier oben sah man über den Hügelkamm, sah eine zwei Tagesmärsche breite öde, verbrannte Steppe und dann, fast am Horizont, der sich in helles Flimmern auflösen wollte, die ersten flachen Bauten des Raumhafens von Eswerlund.

Die beschlagnahmten Schmugglerschiffe hatten den Boden erreicht. Das Flimmern der Antigravitationsfelder erlosch, und die klobigen Metallleiber sanken schwer in die Stützen. Man konnte das protestierende Geräusch beanspruchten Stahls bis hierher hören. Der Wagen, der kurz vor den Schiffen angekommen war und bis jetzt unten in der Zufahrt verharrt hatte, fuhr los, kurvte zwischen den rostigen Skeletten ausgeschlachteter Raumschiffe auf die Neuankömmlinge zu, um deren Piloten abzuholen.

»Na schön«, meinte Pugwat. »Lass uns wieder runtergehen und die Kundschaft erwarten.«

Die Kundschaft kam kurze Zeit später in Gestalt eines jungen Uniformierten, der genauso schneidig auftrat und sprach, wie seine Uniform gebügelt war. »Khem Genadir Pugwat?«, fragte er, Bauch eingezogen, Brust herausgestreckt, das Kinn stolz erhoben.

Pugwat nahm den halbzerkauten Drillip-Zweig aus dem Mund. »In Lebensgröße.«

»Pilot Surulio«, sagte der Uniformierte und streckte ihm eine Konfirmtafel hin. »Bitte bestätigen Sie den Erhalt der beiden Schiffe und der Siegelschlüssel.« Er legte zwei kleine schwarze Metallteile auf den Tisch, Gegenstücke der elektronischen Siegel, die die Außenschotten der Raumschiffe blockierten.

»Alles vorschriftsmäßig, wie ich sehe«, brummte Pugwat und legte seinen Daumen auf das dafür vorgesehene Sensorfeld der Konfirmtafel. Das Abbild seines Fingerabdrucks erschien, daneben die ungefähr hundertstellige Zahl, in die er umgerechnet wurde. Pugwat kritzelte noch seinen Namen darunter und reichte dem Piloten die Tafel zurück.

»Danke«, nickte der. »Die Verhandlung gegen die mutmaßlichen Schmuggler findet in zwanzig Tagen statt. Sie erhalten Bescheid, sobald das Urteil feststeht.« Er hob schneidig die Hand. »Freiheit!«

»Ja, ja, Freiheit, Bruder. Lang lebe die Revolution.« Pugwat wartete, bis der Pilot zur Tür hinaus war, und setzte hinzu: »Blödmann.«

Jowesh beobachtete den Piloten durch das Fenster, wie er die Außentreppe hinabeilte und in den wartenden Wagen stieg. Die Männer darin wechselten ein paar Worte miteinander, lachten kurz auf, dann fegte der Wagen davon in ihre Welt voller Abenteuer und sauberer Uniformen, nichts zurücklassend außer einer dünnen gelben Staubwolke.

»Du glaubst doch nicht im Ernst, dass die beiden Kisten sich je wieder von hier erheben?« Pugwat klaubte die Siegelschlüssel vom Tisch, hob den Deckel einer metallenen Schatulle, die randvoll mit ähnlichen Teilen war, und warf sie mit dazu. »Nein, was hier mal landet, bleibt auch hier. Das gilt für Weltraumschrott, und das gilt auch für Typen wie uns.«

»Ich bleib nicht hier«, sagte Jowesh.

Pugwat lachte humorlos auf. »Kannst du dir nicht vorstellen, was? Konnte ich mir auch mal nicht. Aber es passieren einem nicht nur Dinge, die man sich vorstellen kann.«

Die Hitze war ihr täglicher Begleiter. Schon morgens kam sie heran wie eine unsichtbare Flut, noch ehe die Sonne glühweiß über den Horizont stieg, und ließ sie schweißgebadet erwachen. Jeder von ihnen hatte ein kleines Waschbecken im Zimmer, das war alles, was an Verteidigung zur Verfügung stand. Den Tag über glühte der Himmel in erbarmungslosem Weiß, und es roch nach verbranntem Staub und nach Rost und nach ausdampfenden Schmiermitteln. Dies war die wetterberuhigte Zone rund um den Raumhafen. Es regnete nie, und es ging selten Wind. Im Grunde nur dann, wenn drüben ein Großraumschiff landete oder startete.

»Wenn das Universum eine Verdauung hat«, pflegte Pugwat zu sagen und sich zwischen den Beinen zu kratzen dabei, »dann ist hier sein Darmausgang.«

Ab und zu kam ein Schrottkäufer mit einem großen Transporter, der selber schrottreif war, und einer mehr oder weniger langen Wunschliste. Dann bequemten sie sich hinab in die Zufahrt und verhandelten. Das hieß, Pugwat verhandelte, aber er wollte Jowesh dabei haben, damit der was lernte für die Zukunft. Die Bestimmungen verboten es zwar, Teile ausgeschlachteter Raumschiffe zu verkaufen, aber sie verkauften sie ja auch nicht – sie tauschten sie gegen Büschel von Drillip, Kisten diverser mehr oder weniger alkoholischer Getränke und andere Dinge, die das Leben hier nahe dem Darmausgang des Universums erträglicher machten. Und natürlich ließen sie die Händler mit ihren Helfern die Teile selber ausbauen und beschränkten sich darauf, die Ladung flüchtig zu kontrollieren, ehe der Wagen den Platz verließ.

Aber das geschah, wie gesagt, nur ab und zu. Einmal in zehn Tagen etwa. Die restliche Zeit verbrachten sie in dem Raum, den sie ihr Büro nannten, beobachteten den Schirm des Kommunikators, der immer nur *Keine Nachrichten* anzeigte, und bewegten sich so wenig wie möglich, während von draußen die Gluthitze durch die Scheiben drückte.

»Könnte der Schlüssel vielleicht in dem Kasten sein, in den du die Siegel getan hast?«, fragte Jowesh am nächsten Tag. Einer der Tage, an denen nichts los war.

»Hä?«, machte Pugwat schläfrig. »Welcher Schlüssel?«

»Zu der Tür unten.« Eine Treppe tiefer, im Zwischengeschoss, war Jowesh hinter zwei Kartons mit Trockennahrung eine gegen den Hang hin gerichtete Tür aufgefallen, die verschlossen war und zu der es laut Pugwat auch keinen Schlüssel gab.

»Was interessiert dich diese Tür eigentlich so?«

»Ich würde eben gern sehen, was dahinter ist.«

»Ich hab dir doch gesagt, was dahinter ist. Ein kleines Kabuff, in dem mein Vorgänger einen Haufen Müll abgestellt hat.«

»Ich würd's trotzdem gern sehen.«

»Beim Tod des Kaisers! Wozu das denn?«

»Hast du es gesehen?«

Pugwat rülpste, und es roch plötzlich nach Drillip. »Was soll das? Glaubst du mir nicht?«

»Doch, klar. Ich frag doch nur.«

»So. Das klang aber anders. Also, nochmal: nein, ich hab nicht gesehen, was hinter der Tür ist. Weil mein Vorgänger den Schlüssel dazu nämlich verloren hat. Oder weggeworfen, jedenfalls ist das meine Meinung. Ich habe mal mit einer Stange unter der Tür durchgestochert, als ich noch jung war und überschüssige Energie hatte, so wie du. Es ist ein kleiner Raum, grade so groß, dass man einen Stuhl reinstellen könnte. Zufrieden?«

»Mmh«, machte Jowesh. Die Hitze lastete auf ihnen wie ein dickes Tuch, erwürgte einen beinahe. »Man könnte sie aufbrechen. Die Tür, meine ich.«

Pugwat hob ein Augenlid und warf ihm einen vernichtenden Blick zu. »Hier wird nichts aufgebrochen. Spar dir das für die Schiffe der Schmuggler.« Das Augenlid fiel wieder zu, und der Mann gab einen abgrundtiefen Seufzer von sich. »Ich kann es kaum erwarten, dass sie verurteilt werden und wir an Bord dürfen. Ich glaube, ich werde einen ganzen Tag lang baden.«

Jowesh betrachtete die stumpfnasigen Transporter. Wenn er den Typ richtig erkannte, dann konnten sie von Glück sagen, wenn die Schiffe auch nur eine Dusche an Bord hatten. Aber das behielt er vorläufig für sich.

Ab und an kam eine Lieferung Lebensmittel und dergleichen. Die abzufertigen blieb Jowesh überlassen. Die Kartons hochzutragen natürlich auch. Wenn es besonders viele Kartons waren, tat Pugwat meistens so, als schlafe er einen Rausch aus oder habe rasende Kopfschmerzen.

An diesem Tag waren es nur drei Kartons mit Trockennahrung. Es genügte, sie mit Wasser anzurühren, das Aufkochen schenkten sie sich meistens – nur nicht noch mehr Hitze erzeugen –, und fertig war ein nahrhafter, allerdings ziemlich geschmackloser Brei.

Während Jowesh den Empfang quittierte, rümpfte der Lieferant die Nase und betrachtete ihn von oben bis unten. »Haben Sie mal überlegt, neue Kleidung zu bestellen?«, fragte er.

Jowesh sah an sich herab. Vermutlich sah er nicht gerade festlich aus in seinen fleckigen Hosen, die er dicht unter dem Knie abgeschnitten hatte, und dem grauen, verwaschenen Hemd. »Ein andermal vielleicht«, sagte er.

»Mir kann's egal sein«, erwiderte der Mann und schwang sich wieder ans Steuer.

»Genau«, sagte Jowesh trotzig, als der Wagen fort war. »Dir kann das egal sein.«

Er schleppte den ersten Karton hoch ins Zwischengeschoss, stellte ihn zu den anderen, vor die seltsame verschlossene Tür, und hörte Pugwat oben im Büro schnarchen. Beim zweiten Karton drehten sich schwarze und rote Kreise vor seinen Augen, als er oben war, und er verschnaufte ein wenig auf den Treppen, im Schatten des überstehenden Daches. Pugwat schnarchte immer noch, man hörte ihn bis hier draußen.

Unten fuhr schon wieder ein Wagen vor. Er gehörte, unverkennbar an seiner altersschwach jammernden Turbine, Trelpaum, der am Raumhafen eine Werkstatt betrieb und seinen Kunden gern Bauteile vom Schrott als Neuteile verkaufte. Der korpulente Techniker stieg aus, betrachtete irritiert das offenstehende Tor und entdeckte schließlich Jowesh oben sitzen. »Habt ihr heute durchgehend geöffnet?«, rief er.

Jowesh zog sich hoch und stapfte hinunter. »Die Lebensmittel sind gerade gekommen«, erklärte er und deutete auf den letzten Karton. Dann stemmte er die Hände in die Seiten. »Was darf's sein?«

Trelpaum rieb sich die Wange, sah hoch zu den spiegelnden Scheiben des Büros und dann wieder zu Jowesh. »Ich weiß nicht, bisher habe ich immer mit Pugwat ...«

»Pugwat schläft«, sagte Jowesh. Er sollte dieses Geschäft lernen, oder? Also war es Zeit, mal etwas auf eigene Faust zu machen. »Du kannst auch mit mir reden.«

»Also, im Namen des Kaisers«, meinte Trelpaum, vor lauter Nervosität in alte Gewohnheiten verfallend. »Ich brauche einen Gravitonenneutralisator. Und ich kann erst später zahlen.«

»Hmm«, machte Jowesh. Das war natürlich ein bisschen hart für den Anfang. Er musterte Trelpaums Wagen, der vollgestopft war mit allem möglichen Gerümpel, Werkzeugen, Rohrstücken, ganzen Kabelsträngen und so weiter. »Welche Größe?«

»Oh, die kleinste tut es«, beeilte sich Trelpaum zu erklären. »Ich leg auch ein Büschel Drillip drauf. In, sagen wir, sechs Tagen?«

Joweshs Blick blieb an einem kleinen, stiftförmigen Gerät hängen, das in einem Fach der Seitenablage lag, zusammen mit einem Nietenlöser und einem Handschweißer. »Sag mal, ist das ein Decoder?«

Trelpaum wurde jetzt erst richtig nervös. »Was? Das? Oh, also ... ja«, gab er schließlich zu. »Ich sollte den nicht so offen herumliegen lassen, schätze ich, was?«

»Kannst du mir den mal einen Moment leihen?«

»Na ja, weißt du ... es ist ein ganz einfaches Teil, für die meisten Schlösser kannst du es vergessen ...«

»Aber ein normales Innenschloss müsste es knacken, oder?«

»Ja. Ja, doch, das müsste es aufkriegen.«

»Leih es mir für einen Moment«, bat Jowesh. »Und wir vergessen das mit dem Büschel Drillip extra.«

Trelpaum blinzelte, zögerte aber keinen Augenblick. Er machte den Wagen auf, griff den Decoder heraus und drückte ihn Jowesh in die Hand. »Abgemacht.«

»Danke. Wegen dem Grav würde ich es mal dort hinten in dem Jäger versuchen«, sagte Jowesh und deutete auf das weitgehend abgenagte Skelett eines ehemaligen Raumjets.

»Alles klar.« Trelpaum musterte begehrlich die mattsilbernen Hüllen der beiden Schmugglerschiffe, die den rostigen Schrott ringsumher überragten. »Was ist mit denen?«

»Schiffe der Bruderschaft. Sind unter Verschluss bis zur Gerichtsverhandlung. Mögliches Beweismittel.«

»Verstehe. Gib mir Bescheid, wenn sie freigegeben sind.«

Jowesh musterte den fetten, schwitzenden Mann mit den öligen schwarzen Händen. Was würde Pugwat jetzt sagen? Ach, genau. »Stell dich einfach hinten an, Trelpaum.«

Der Techniker murmelte etwas unfreundlich Klingendes, stieg in seinen Wagen und rumpelte mit überdrehender Turbine los, die zerfurchten Nebenwege entlang, bis er zwischen den Bergen aus rostigem Stahl, zerbröselndem Plast und zerbrochenen Keramikteilen außer Sicht kam. Als er einige Zeit später zurückkehrte, ein klobiges Teil auf der Ladefläche, das unmöglich der Gravitonenneutralisator eines Raumjets sein konnte, stand Jowesh wieder da, den Decoder in der Hand und ein eigenartig geistesabwesendes Lächeln im Gesicht.

»Der Grav im Jäger war schon ausgebaut«, sprudelte Trelpaum sofort los, »da habe ich den aus der Schwebeplattform genommen. Ich hoffe, das geht in Ordnung ...«

»Alles klar«, erwiderte Jowesh, drückte ihm den Decoder in die Hand und verschwendete nicht einmal einen flüchtigen Blick an die Ladefläche. »Mach's gut. Es lebe die Revolution.«

»Was?«, schnappte Trelpaum verblüfft, aber er fuhr los, als Jowesh ihn weiterwinkte und zum Tor ging, um es zu schließen.

Zum Schluss musste er tatsächlich eingeschlafen sein, jedenfalls fuhr Pugwat hoch, als jemand ihn weckte und sagte: »Komm mit. Ich muss dir was zeigen.«

»Was?«, lallte Pugwat schwerfällig und musterte das Gesicht, das sich da über ihn beugte. Ja, es war Jowesh. Und Jowesh hatte einen merkwürdigen Ausdruck in den Augen. »Was ist?«

»Komm einfach mit«, sagte Jowesh.

Es klang irgendwie so, als müsse er tun, was ihm gesagt wurde. Also stemmte er sich gegen die Last der Glutofenhitze, die ihn in den Sessel drückte, wischte sich den Schweiß aus dem Gesicht und kam schließlich hoch. »Wehe, du hast keinen guten Grund, mich am hellen Nachmittag durch die Gegend zu hetzen«, drohte er.

»Keine Angst«, sagte der Jüngere. »Den hab ich.«

Es ging die Treppe ins Zwischengeschoss hinab, in dem es womöglich noch heißer war als oben, und als sich seine Augen an das Halbdunkel gewöhnt hatten, sah er, dass die Kartons mit der Trockennahrung beiseitegeschoben waren und die Tür dahinter offen stand. Die Tür, die immer geschlossen gewesen war.

»Was soll das?« Das roch nach Insubordination. Was ging hier vor? Jowesh hatte die Tür also doch aufgebrochen. Oder hatte er am Ende den Schlüssel gefunden? Wie auch immer, jedenfalls war das kein Grund. Absolut kein Grund. Das sagte er Jowesh.

»Wart's ab«, sagte der nur und schaltete das Licht ein. In dem Raum hinter der Tür, die immer, immer, immer verschlossen gewesen war. Die gar keine Tür gewesen war in seiner Wahrnehmung, nur ein Stück Wand, das aussah wie eine Tür. Nun war sie offen, sah aus wie eine klaffende Wunde in der Mauer.

Na also, und dahinter war bloß ein kleiner Verschlag, einen Schritt breit, einen Schritt tief. Wie er gesagt hatte.

Doch dann öffnete Jowesh eine zweite Tür, am hinteren Ende des kleinen Raumes, und, beim Kaiser aller Galaxien, dahinter ging es weiter, dahinter ging Licht an, spiegelte sich in glänzenden, plastverkleideten Wänden, in Metall, entriss einen großen Raum der Dunkelheit, in dem es hallte und aus dem ihm eine wunderbare, eine paradiesische Kühle entgegenströmte ... Pugwat konnte es nicht fassen. »Was ist das?«, fragte er.

»Ein kleines Kabuff voller Müll«, sagte Jowesh mit absolut ungebührlichem Spott, fuhr mit den Händen über Sensortasten und Regler, und Wasser sprudelte in Becken, gurgelte in eine Wanne, plätscherte aus Duschdüsen um sie herum zu Boden. »Es ist ein Waschraum, Pugwat. Ein Traum von einem Bad. Wie viele Jahre hast du dich mit dem mickrigen Waschbecken unten in deinem Zimmer begnügt? Dein halbes Leben lang. Länger. Und die ganze Zeit gab es diesen Waschraum hier. Du hättest nur einmal die Tür aufmachen und nachschauen müssen.«

»Aber der Schlüssel war nicht da ...«

»Na und? Die *Tür* war da.«

Pugwat wusste immer noch nicht, wohin er schauen sollte. All das

Wasser, silbern glitzernd, hell perlend, schäumend und sprudelnd. Es wusch die Staubschicht weg, die sich auf allen Flächen gebildet hatte, spülte eine gelbliche Brühe in die Abflüsse. »Du hast sie einfach aufgebrochen.«

»Nein. Ich habe mir einen Decoder geliehen. Von Trelpaum. Der seit Jahrzehnten kommt, mindestens einmal alle zwanzig Tage.«

»Ein Waschraum.« Sein Kopf schien sich von selbst zu schütteln, es gab keine Gegenwehr. Er wurde das Gefühl nicht los, das alles nur zu träumen. Wie konnte das sein? Ein ganzes Leben brachte man in einem Gebäude zu, glaubte jeden Winkel davon zu kennen, und dann tauchte auf einmal ein riesiger zusätzlicher Raum auf, von dem man nicht einmal etwas geahnt hatte? Es war grauenerregend unwirklich. »Er ist in den Hügel hineingebaut«, brabbelte er. »Darum ist es hier so kühl. Die Wasserleitungen laufen hier herein, direkt aus dem Boden. Ja, so muss es sein. Man konnte von außen nicht erkennen, dass da noch ein Raum ist. Man musste denken, das Stockwerk ist hier zu Ende, wie in den Stockwerken darunter auch.«

»Ich schenke sie dir«, sagte Jowesh in ätzendem Ton. »Alle Stockwerke zusammen. Denn ich bleibe nicht hier auf dem Schrottplatz, das kannst du mir glauben. Ich werde weiter nach Türen suchen, und ich werde sie alle aufmachen, bis ich eine finde, die hinausführt.«

Ihr Tagesablauf änderte sich. Sie duschten jeden Morgen und jeden Abend, und Pugwat ging mehr und mehr dazu über, den Rest des Tages in der Wanne zu verbringen. Ab und zu ging einer von ihnen – meistens Jowesh – hinauf ins Büro, um nachzusehen, ob sich die Anzeige auf dem Kommunikator geändert hatte. Was sie natürlich so gut wie nie tat. Und die Schrottkäufer hörte man auch aus der traumhaften Kühle des Waschraums, wenn man die Türen offen ließ.

»So lässt es sich aushalten«, meinte Pugwat.

Jowesh aber, obgleich er die Annehmlichkeit des Waschraums schätzte, hielt es weniger aus als jemals zuvor.

Er war in Kimmebauld geboren und aufgewachsen, einer kleinen Stadt in den Bergen nördlich von Eswernada. Als die Rebellen den

Sternenpalast gestürmt und den Kaiser getötet hatten, war er sieben Jahre alt gewesen, und er erinnerte sich nur undeutlich, dass seine Eltern ziemlich aufgeregt gewesen waren damals. Und dass sein Vater das Bild des Kaisers von der Wand genommen und sie danach neu gestrichen hatte, um den hellen viereckigen Fleck mitten darauf wegzubekommen.

Dann hatte sich ziemlich viel verändert. Ein neuer Lehrer kam, und der Priester verschwand, gerade rechtzeitig, um Jowesh die Exerzitien der Zweiten Segnung zu ersparen. Der neue Lehrer erzählte Dinge, die kaum zu fassen waren, unter anderem, dass es nicht der Kaiser gewesen war, der die Sterne am Himmel erschaffen hatte, sondern dass es sie schon immer gegeben hatte und niemand wusste, woher sie einst gekommen waren. Später hatte Jowesh sich aussuchen dürfen, was er werden wollte, hatte die beliebige Wahl gehabt unter allen möglichen Gebieten, dass ihm fast schwindlig geworden war, und schließlich hatte er gesagt, Techniker.

So war er nach Eswernada gekommen, in diese riesige Stadt, die niemals schlief und die einen ganz benommen machte, wenn man bloß darin herumlief, und er hatte an der neuen großen Technikerschule gelernt und vom Repetiersaal aus den Palast des Statthalters sehen können. Seine Resultate waren schlecht gewesen, gerade gut genug, dass man ihn nicht zurückschickte, doch so sehr er sich auch anstrengte, es langte nicht für mehr. Schließlich musste er froh sein, den Abschluss geschafft zu haben.

Aber etwas mehr als dieser Platz hier auf dem Schiffsfriedhof hätte es dann schon sein können. Was machte er denn hier groß, außer die Tage herumzubringen? Dafür hätte er all das nicht lernen müssen. Irgendwie hatte er sich sein Leben anders vorgestellt.

»Was ist denn diese Freiheit, mit der sie es so großartig hat, die Rebellion?«, hatte Pugwat einmal gesagt. »Oh, ja, wir dürfen jetzt wählen. Man legt uns eine Liste vor mit den Namen von Leuten, von denen wir nie etwas gehört haben, und lässt uns einen aussuchen. Großartig. Und wir dürfen Mutternamen und Vaternamen tragen, wie wunderbar. Aber man stellt uns immer noch irgendwohin, und da bleiben wir dann, ob es uns gefällt oder nicht.« Er hatte ausgespuckt. »Vergiss es. Ich habe den Kaiser nie gesehen, und den Rebellenrat habe ich auch nie gesehen. Alles, was ich gesehen habe im Leben, war Eswernada, wo es am dreckigsten ist, und diesen Schrottplatz hier.«

»Du könntest einfach weggehen«, hatte Jowesh gesagt. »Ich könnte auch einfach weggehen.«

»Und dann? Was willst du dann machen? Wo willst du hin ohne Scheidebrief?«

Darauf hatte Jowesh auch keine Antwort gewusst.

Dann kam die Meldung. Sie stand den halben Tag unbeachtet auf dem Schirm des Kommunikators, bis Jowesh heraufkam und sie las. Die Angeklagten hatten gestanden und waren verurteilt, ihre Schiffe der Flotte des Statthalters zugeschlagen worden. Wobei der Bestandsmeister der Flotte alles andere als angetan schien von seinem Neuzugang, denn unter diesem Bescheid stand eine Mitteilung von ihm: *Freigegeben für Verwertung.* Niemand von den offiziellen Stellen hatte auch nur einen Blick auf die beiden Schiffe geworfen.

»Ich hab's doch gesagt«, meinte Pugwat, der es neuerdings vorzog, mit nichts als einem Handtuch um die wabbeligen Hüften herumzuschlappen, und deutete mit dem zerkauten Ende seines Drillip-Zweiges auf die gedrungenen Leiber der beiden Schmugglerschiffe. »Die kommen hier nicht mehr weg, es sei denn in Einzelteilen.«

»Ja«, sagte Jowesh und wartete darauf, dass Pugwat sagte, *so wie wir,* aber das kam nicht.

Stattdessen stemmte Pugwat die Hände in die Hüften, kaute hingebungsvoll auf dem fetten schwarzen Zweig herum und erklärte: »Übrigens kommt Fiudara nachher. Ich hab gestern mein Geld gezählt und festgestellt, dass ich sie mir wieder leisten kann.« Er spuckte ein graubraunes Stück zerkauten Drillip in den überquellenden Abfalleimer. »Außerdem ist es mal wieder nötig.«

Fiudara war eine Hure, die am Raumhafen arbeitete, eine echte Grünhaarige von Baquion, was man einwandfrei sehen konnte, sobald sie sich auszog, und alles, was man so über Grünhaarige sagte, schien tatsächlich zu stimmen. Was vermutlich der Grund war, dass Pugwat derart auf sie stand. Sie hatte einen eigenen Wagen und machte auch Kundenbesuche, wenn die Geschäfte es erlaubten.

»Mmh«, machte Jowesh.

Pugwat sah ihn an. »Was ist? Ich dachte, du beteiligst dich wieder.«

»Heute nicht«, erwiderte Jowesh, klappte den Deckel der Schlüsselschatulle auf und begann, darin zu kramen. »Ich schau mir heute die Schmugglerschiffe genauer an.«

»Wozu das denn? Wir haben doch jetzt unsere eigenen Duschen.« Er schmatzte mit den Lippen. »Die Kleine wird staunen, wo ich sie heute vernasche.«

Jowesh fand den ersten Siegelschlüssel. »Ich will mir die Schiffe einfach nur ansehen, weiter nichts.«

»Ja, ja. Ich hab's gehört«, sagte Pugwat und schlappte davon, die Treppe hinunter. Er knurrte vor sich hin, war vermutlich sauer, dass er Fiudaras Anfahrt nun allein zahlen musste.

Als Jowesh auch den zweiten Schlüssel hatte und die Außentreppe hinabging, kam sie gerade, ein kleiner Wirbelwind wie immer, mit beeindruckenden Kurven. Sie hatte irgendwas mit ihren Haaren gemacht, sie leuchteten in der Sonne wie ein Signalfeuer.

»He, Jowesh«, rief sie. »Wo willst du denn hin?«

»Ich hab was zu tun.«

»Aber doch nicht jetzt!«, gurrte sie und schlang den Arm um ihn. »Hmm, was ist mit uns beiden? Wir haben doch immer viel Spaß zusammen.«

»Heute nicht«, sagte Jowesh. »Ich kann's mir nicht leisten.«

Das war ein Argument, das ihr sofort einleuchtete. Sie ließ ihn los, rückte ihr Beckentäschchen zurecht und lächelte voller Verständnis. »Dann eben ein andermal«, sagte sie honigsüß und machte sich daran, die Treppe hochzusteigen.

Jowesh ging zum Wagen, einem kleinen sechsrädrigen Transporter mit Frontladefläche, Winde und Schlepphaken und einem gnadenlos starken elektrischen Antrieb, fuhr los und versuchte, nicht daran zu denken, was Fiudara und Pugwat unterdessen miteinander anstellten.

Dass er es sich nicht hätte leisten können, war gelogen. Die Wahrheit war, dass da vorn verschlossene Türen waren und dass er seit neuestem besessen war davon, verschlossene Türen zu öffnen.

Es hatte ihn erstaunt zu hören, dass es die Brüder der Dunklen Pfade noch gab. Sie schienen in eine andere Zeit zu gehören, eine Zeit, die endgültig vergangen war, und irgendwie hatte er, ohne weiter darüber nachzudenken, erwartet, dass sie zusammen mit dem Sternenkaiser verschwunden waren, genau wie dessen Priester, seine Leibgarde oder die Armee seiner Kundschafter. Aber das war natürlich Unsinn. Niemand wusste genau, wie lange die Bruderschaft schon existierte, nicht einmal ihre legendenumwobenen Führer, die Meister der Pfade. Man wusste nur: Sie war alt, die Bruderschaft, unvorstellbar alt. Gut möglich, dass die Brüder ihren Dunklen Pfaden schon gefolgt waren, lange bevor der erste Kaiser seinen Thron errichtet hatte.

Jowesh hatte sein Leben lang von der Bruderschaft gehört, die unglaublichsten Geschichten, mit halblauter Stimme geraunt, von argwöhnischen Blicken über die Schulter begleitet, im Halbdunkel, wenn der Alkohol die Zungen gelockert und der rote Rauch des Ghuja die Sinne betört hatte. Er hatte niemals einen Pfadbruder gesehen, jedenfalls nicht bewusst. Er hatte mitbekommen, dass Leute Dinge besessen hatten, heimlich, die sie nicht hätten besitzen dürfen, die sie auf keinem legalen Wege hatten erwerben können – verbotene Drogen, subversive Schriften, unglaubliche Geräte. Aber das war alles noch *damals* gewesen ...

Das Schiff erhob sich stumpfnasig über ihm, ein schwerfällig aussehender Koloss, dessen Landestützen sich schon tief in den ausgedörrten Lehmboden eingegraben hatten. Die Kühlrippen des Hyperkonverters gleißten im Sonnenlicht, die dunklen Sichtluken der Steuerkanzel sahen aus wie unergründlich dreinblickende Augen, die den Ankömmling abfällig musterten. Ein Schiff der Bruderschaft. Irgendwie konnte er es nicht fassen, dass es letztlich auch nur ein Schiff wie jedes andere war, in diesem Fall ein Transporter der Tau-Leta-Klasse, wie sie auf Cheymere hergestellt wurden.

Jowesh vergewisserte sich noch einmal, dass der Wagen stabil stand, bestieg dann die Frontladefläche und ließ sie hochfahren bis zur Einstiegsluke des Schiffes. Als er den Schlüssel gegen das Siegel drückte, fuhr das Schott widerstandslos beseite, schaltete sich die Beleuchtung in den schmalen Gängen dahinter an, begann die Belüftung zu arbeiten. Es war alt, das Schiff, das sah man an vielen Kleinigkeiten – abgeschabten Stellen, rissigen Dichtungen, kleinen Reparaturen, zugesetzten Lüftungsgittern und so weiter. Aber es funktionierte tadellos. Eine Schande, es einfach zu verschrotten.

Ein eigentümlicher Duft erfüllte das Innere des Schiffes. Es war nicht jener unverkennbare Mief aus Ozon, Schweißgeruch und Ölgestank, den Jowesh während seiner Ausbildung als an Bord von kleinen Raumschiffen unvermeidlich zu akzeptieren gelernt hatte. Er ging die Räume ab, die Kabinen – das Schiff hatte tatsächlich nur eine Dusche –, die Gemeinschaftsräume, aber er kam nicht dahinter, was es war. Ein Raum war rätselhafterweise leer bis auf eine Schale mit etwas, das aussah wie tiefschwarze Samenkörner einer unbekannten Pflanze, aber auch in diesem Raum roch es nicht anders als überall sonst im Schiff. Jowesh ließ die Samen durch die Finger gleiten. Die Schale aus massivem Metall stand vor einer der leeren Wände auf dem Boden, das war alles. Eine ziemliche Platzverschwendung an Bord eines Raumschiffes, wenn man es recht bedachte.

Die Steuerkanzel brachte auch nicht viel mehr. Sah alles aus, wie man es erwarten durfte, und es gab diesen roten Knopf unter einer Abdeckung aus Drahtgitter tatsächlich, von dem man immer erzählte. Ein Druck darauf löschte alle Daten aus den Speichern, beginnend mit dem Fahrtenlog. Jowesh schaltete den Computer ein, stöberte ein wenig herum. Ja, ganz zweifellos hatte der Kommandant diesen Knopf gedrückt, als die Patrouillenschiffe ihn stoppten. Das Log war leer, die gesamte Frachtdatei, alle Datenbereiche …

Immerhin, die Sternkarten waren erhalten geblieben. Das war klug ausgedacht von den Brüdern, denn falls der rote Knopf jemals aus Versehen gedrückt wurde – oder man dem Prisenkommando wider Erwarten doch noch entkam –, wäre man ohne Sternkarten verloren gewesen.

Jowesh blätterte darin herum, vergrößerte, verkleinerte, betrachtete die Daten zu den Sonnen und ihren Planeten. Es war lange her, dass er sich das letzte Mal eine Sternkarte angesehen hatte, und ganz gewiss war es keine gewesen wie diese hier, die jede Menge Angaben über Einzelheiten der Raumüberwachung, Stärke der Patrouillen und Ähnliches enthielt. Was man eben so brauchte für das Schmuggelgewerbe.

Baquion. Tempesh. Gruunu-Laate. Wulkali. Zaudanka. Peperat. Planeten ohne Ende. Und er hockte hier auf diesem stinkenden, glühheißen Schrottplatz fest. Es war nicht zu glauben. Jowesh blätterte und blätterte, saugte die Konstellationen auf dem Schirm in sich auf, las die Namen, die Informationen über die planetaren Zeitrechnungen, lokale Feiertage, sprachliche Besonderheiten, regionale Sitten und Gebräuche, und hätte am liebsten nie wieder aufgehört. Der verrückte Gedanke, das Schiff einfach zu starten, einfach loszufliegen damit irgendwohin, tauchte in seinem Hirn auf wie ein Schmerz und bohrte und bohrte. Nur weg von hier, weg von diesen Bergen von Rost, den sinnlosen Energiezäunen, in denen nachts die Wüstenfliegen verkohlten, weg aus dem Glutofen von Büro, in dem er neben Pugwat seine Tage vergeudete.

Bloß konnte er kein Raumschiff fliegen. Er konnte zwar eines auseinandernehmen und wieder zusammensetzen, aber er konnte es nicht fliegen.

Er hätte schreien mögen. Schreien vor Wut, vor Verzweiflung. Aber er konnte nicht, obwohl ihn niemand gehört hätte hier. Alles, was er konnte, war, dazusitzen und mit erbitterter Wucht auf die Tasten des Kartentanks zu hämmern. Die Auswahl machte wilde Sprünge, so fest, wie er draufhieb. Weg, weg, weg. Warum wollte ihm nicht gelingen, von hier wegzukommen?

Dann stutzte er plötzlich. Er war in einem Kartenabschnitt gelandet, in dem kein Stern mehr einen Namen hatte. Es gab nur noch Bezeichnungen wie *H-35, L-971* und so weiter. Aber Angaben zu bewohnten Welten. Seltsam. Was war denn das für eine Region? Überhaupt sahen die Konstellationen so unvertraut aus.

Jowesh zoomte hinaus und hinaus und stellte fest, dass er eine unbekannte Galaxis gefunden hatte.

»Jetzt übertreib es mal nicht«, knurrte Pugwat missgelaunt. Das Zusammensein mit Fiudara schien nicht ganz so verlaufen zu sein, wie er sich das vorgestellt hatte. »Bloß weil du einen Waschraum entdeckt hast, macht dich das noch lange nicht zum Experten für in Vergessenheit geratene Gebiete. Und eine ganze Galaxis, ich bitte dich.«

»Dann komm mit. Komm mit und schau es dir an.«

Pugwat winkte ab. »Mach dich nicht lächerlich. Lösch das ganze verdammte Ding und vergiss es. Denk lieber an die vielen schönen Sachen, die es uns einbringt. Ich wette, Trelpaum war schon ganz gierig, seine schmutzigen Finger auf die Schiffe legen zu dürfen, was?«

»Du schaust es dir also nicht an. Na schön. Irgendjemanden werde ich schon finden, den das interessiert.«

»Jowesh, mach dich doch nicht lächerlich.« Pugwat kratzte sich ausgiebig die behaarte Brust. »Denk mal logisch. Eine ganze Galaxis, von Menschen bewohnt, aber nicht in den Sternkarten des Reichs verzeichnet ...«

Jowesh deutete auf den Kommunikator. »Ich hab es nachgeprüft. Es ist so.«

»Du darfst einem Schmuggler nicht weiter trauen, als du ihn werfen kannst. Es gibt diese Galaxis nicht wirklich, glaub mir.«

»Es gibt sie. Eine Spiralgalaxis vom Typ 0, Entfernung ...«

Jetzt bewegte Pugwat sich doch, sprang regelrecht auf, für seine Verhältnisse zumindest, baute sich vor ihm auf und klopfte ihm mit den Fingerknöcheln gegen den Schädel. »Hallo? Ist jemand zu Hause? Schon mal was gehört von der Schlacht um Quardaun? Das ist zur Abwechslung mal keine Sage. Wie lange ging das? Dreihundert Jahre. Wegen eines einzigen Planeten. So war er, unser Kaiser und Gott. Also erzähl mir nicht, er hätte eine ganze Galaxis einfach *vergessen*.«

Ja, das kam Jowesh auch ziemlich unglaubwürdig vor. »Ich behaupte gar nichts. Ich will bloß, dass sich jemand die Karten mal anschaut. Das ist doch nicht zu viel verlangt.«

»Du handelst dir bloß Schereien ein. Glaub einmal im Leben einem alten, erfahrenen Mann.«

Jowesh merkte, wie etwas in ihm zusammensackte. »Vielleicht hat er die Galaxis ja nicht vergessen. Vielleicht war das so etwas wie ... ich weiß nicht, wie ein Reich in Reserve. Für den Fall, dass hier was schiefgeht.«

Pugwat fischte einen Drillip-Zweig aus einem Beutel, der auf dem Tisch herumlag, und ließ sich wieder auf seinen Sessel fallen, dass die Federung krachte. »Scheiß drauf. Er ist tot. Das nützt ihm jetzt auch nichts mehr.«

Jowesh hockte sich hin, nahm einen Schluck Wasser aus einem Becher, aber das musste da schon tagelang gestanden haben und schmeckte brackig und verstaubt, er spuckte es wieder aus. Mit einem Mal kam ihm alles auch wie Spinnerei vor. Seine Sehnsucht, von hier wegzukommen, hatte ihm einen Streich gespielt, so war es.

»Wie heißt sie denn, diese Galaxis?«, wollte Pugwat wissen.

»Gheera«, sagte Jowesh.

Als Jowesh am nächsten Morgen hoch ins Büro kam, war Pugwat schon auf, ausnahmsweise sogar angezogen, und sammelte aus allen Ecken leere Flaschen zusammen. »Trelpaum kommt nachher, seine Schulden zahlen. Der soll die leeren Flaschen gleich mitnehmen.«

»Ah«, machte Jowesh träge, blieb breitbeinig vor dem Fenster stehen und kratzte sich hingebungsvoll den Kopf.

»Das ist das Mindeste dafür, dass er so einen großen Grav abgegriffen hat.« Die Flaschen landeten klappernd im Tragegestell.

»Mmh, genau.« Die Scheibe war wieder zugestaubt. Die beiden Schmugglerschiffe sahen ganz gelb aus von hier oben.

»Er nimmt übrigens die Kartentanks aus den beiden Schiffen mit. Dann bist du deine Sorgen los, dachte ich.«

Jowesh konnte gar nicht aufhören, sich zu kratzen. Er war schweißnass aufgewacht. Zeit, dass er unter die Dusche kam. »Hast du ihn deshalb angerufen? Bloß, damit ich meine Sorgen loswerde?«

»Er hat selber angerufen. Wusste schon, dass die Brüder verurteilt sind.«

»Tatsächlich.« Irgendwas geschah mit seinen Nackenhaaren, sie schienen sich aufrichten zu wollen oder so was. Der ganze Morgen hatte plötzlich etwas Falsches, Schiefes. »Und er will die Kartentanks?«

»Ja. Hat einen, der sich dafür interessiert.«

»Für die Kartentanks. Na so ein Zufall.«

Sie sahen sich an. Pugwat zuckte mit den Schultern. »Mir ist das so was von egal. Die Bruderschaft hat's schon immer gegeben, da werd ich auch nichts dran ändern.«

Jowesh schüttelte langsam den Kopf. »Du wirst nie irgendwas ändern, nicht wahr? Es macht dir überhaupt nichts aus, wenn alles immer so weitergeht.«

»Da hast du verdammt recht«, nickte Pugwat und legte seine fleischige Hand besitzergreifend auf die Schatulle mit den Schlüsseln. »Überhaupt nichts.«

Jowesh nickte und wandte sich ab, ging wie von ungefähr in die Nähe der Treppe. »Mach dir keine Hoffnungen«, sagte er. »Ich hab die Siegelschlüssel immer noch in der Tasche.«

Trelpaum kam in einer Staubwolke an, und er wirkte etwas gehetzter als sonst, was bei ihm einiges heißen wollte. Es war schwer zu sagen, ob der Ausdruck in seinen Augen von Geldgier herrührte oder von Angst. Er sprang aus dem Wagen wie ein Gummiball voller Ölflecken und wuselte auf Pugwat zu, der abwartend an der Treppe lehnte. »Und?«, hechelte er. »Alles klar? Ich bin ziemlich in Eile, vielleicht könntest du die Sachen abladen, während ich …«

Pugwat hob die Hand und stoppte damit den Redefluss. »Ich fürchte, wir haben ein kleines Problem.«

»Ein Problem? Was denn für ein Problem? Ist es wegen dem Grav? Ich kann dir ein Büschel Drillip drauflegen, wenn du das meinst, oder auch zwei …«

»Zwei«, sagte Pugwat und pulte ein Stück Drillip-Rinde zwischen seinen Zähnen hervor. »Einen für den Zahlungsverzug und einen, weil du dir einen Gravitonenneutralisator gekrallt hast, der für ein Schlachtschiff ausreichen würde.«

»Einverstanden.« Trelpaum breitete die Hände aus. »Problem beseitigt?«

»Ich fürchte, nein.«

»Sag nicht, dass ich die Kartentanks nicht haben kann. Du weißt, was die mit mir machen, wenn ich ohne zurückkomme.«

Pugwat nickte voll falschen Mitleids. »Ja, man kann schon verdammt Pech haben mit Geschäftspartnern.« Er deutete mit einem Kopfnicken hinter sich, in Richtung des Schrottplatzes. »Ich weiß, wie das ist, glaub mir.«

Trelpaum begriff erst nicht, weil man gegen den weißglühenden Mittagshimmel kaum etwas sah und die Luft über den Metallbergen ohnehin flimmerte von der aufsteigenden Hitze. »Bei der Gnade des Kaisers ...!«, entfuhr es ihm, als er es sah, und sein Unterkiefer sackte herab, als seien alle Muskeln durchtrennt worden, die ihn hielten.

Über den beiden Schmugglerschiffen erhob sich die irisierende Kuppel eines gefechtsbereiten Schutzschirms.

Sie drohten ihm. Sie schmeichelten ihm. Sie versuchten ihn zu überreden, zu bestechen, zu verführen. Und er konnte den Funk nicht einfach abschalten, konnte nicht einmal die Steuerkanzel verlassen, solange er auf Antwort wartete.

»Ich schicke dir Fiudara«, versprach Trelpaum mit bebender Stimme. »Ich zahle. Eine ganze Woche, wenn du willst. Wirklich, das ist mein Ernst. Du weißt nicht, was für mich auf dem Spiel steht ...«

»Du kannst dich da drin nicht ewig verbarrikadieren, du verrückter Kimmebauldi«, dröhnte Pugwat. »Irgendwann gehen deine Vorräte zu Ende, oder ein Patrouillenschiff kommt und schießt dir einen Haufen Löcher in deinen Schutzschirm. Und dann? Was hast du dann davon?«

Jowesh saß schweigend vor dem Kommunikator, starrte die Tastatur an, die in Cheymee beschriftet war, und kaute auf seinen Fingernägeln. Vielleicht war er tatsächlich verrückt geworden. Allein, es zu wagen, eine solche Nachricht zu schicken, wegen einer solchen Lappalie, einer solchen Spinnerei ... Er musste verrückt sein, auf Antwort zu hoffen. Lachen, das würden sie. Lauthals lachen.

Aber er wartete trotzdem. Pugwat wurde es irgendwann müde, und auch Trelpaum, der vor Angst schlotterte, hörte auf zu flehen und zu bitten, als die Sonne unterging. Es wurde ringsum dunkel, man sah nur noch das blaue Glimmen der Energiezäune und den orangenen Schein hinter den Scheiben des Büros am Hügelwall und hörte das tiefe Summen des Schirmfeldprojektors. Jowesh hielt es lange aus, dann ging er schlafen, legte sich in irgendein Bett und versank sofort in tiefe, beunruhigende Träume.

Am nächsten Morgen war eine Nachricht der Verwaltung da, besiegelt und bestätigt: Er sei entlassen wegen Insubordination und Verstoß gegen ein Dutzend verschiedener Vorschriften, mit sofortiger Wirkung und ohne Anrecht auf einen Scheidebrief, und er habe das Gelände unverzüglich zu verlassen. Jowesh löschte die Nachricht und wartete weiter, beobachtete die Sonne, wie sie gleißend am Himmel hochkroch und Flammen herabschickte über die rostzerfressenen Eingeweide toter Raumschiffe, und das Geräusch der beiden Stimmen verschwamm zu einem Brei zusammenhangloser Laute. Die Konzentratnahrung schmeckte tatsächlich lausig, das Wasser roch abgestanden, und viel war von beidem nicht mehr da. Aber Jowesh wartete, noch eine Nacht und noch einen Morgen, und er wusste nicht mehr, wer da zu ihm sprach aus dem Lautsprecher. Er hatte diesen Mann einmal gekannt, hatte mit ihm getrunken und sich eine Hure mit ihm geteilt, und nun wusste er nicht einmal mehr seinen Namen.

Dann fiel auf einmal ein mächtiger Schatten über den Platz, größer als jeder Schatten, den ein Patrouillenschiff hätte werfen können. Jowesh sah hoch und erkannte ein Schlachtschiff, bei der Gnade des Kaisers, ein Schiff der Zerstörerklasse, das mit einsatzbereiten Geschützrohren am Himmel hing. Aus Luken regneten kleine dunkle Punkte herab: Landungstruppen. Jowesh leckte sich hilflos die trockenen Lippen mit einer trockenen Zunge und konnte immer nur daran denken, wie klein die Soldaten in ihren Fluganzügen von hier unten wirkten.

Die Stimme, die aus den Lautsprechern dröhnte, war das Befehlen gewohnt. »Hier spricht Kommandant Burakat von Bord der SINITARA. Wir kommen im Auftrag des Provisorischen Rates, um die beiden Raumschiffe der Bruderschaft zu beschlagnahmen und die Kartentanks darin sicherzustellen. Nuurat Jowesh Bendo, im Namen von Ratsmitglied Berenko Kebar Jubad danke ich für Ihre Nachricht. Bitte warten Sie, bis die Landungstruppen den Platz gesichert haben. Schalten Sie den Schutzschirm erst ab, wenn Sie von uns eine besiegelte und bestätigte Aufforderung dazu erhalten.«

Pugwat sah schweigend zu, wie Jowesh seine Sachen packte, mit dem staubigen alten Tragesack umherging, dies und das hervorzog und hineinstopfte. Viel war es nicht. Es ging immer noch alles hinein in den Sack, mit dem er damals gekommen war aus Eswernada. »Und was geschieht nun?«, fragte er schließlich.

»Sie werden vielleicht eine Expedition schicken«, erklärte Jowesh mit belegter Stimme. »In diese vergessene Galaxis, Gheera, du weißt schon. Der Rat wird darüber entscheiden.«

»Und du gehst mit ihnen.«

»Ja. Ich schätze, ich werde den Sternenpalast zu sehen bekommen.«

»Manche haben eben Glück«, sagte Pugwat. Er nickte bedächtig. »Manche haben wirklich Glück. Und andere einfach nicht.«

»Ja«, sagte Jowesh. »So kann man es auch sehen.«

© 2000 Andreas Eschbach

Al-Qaida™

Das Schicksal geht, wie wir gerade gesehen haben, manchmal seltsame Wege. Welche Rolle spielt Glück im Leben? Schwer zu sagen. Manchmal hat man schon den Eindruck, dass es so etwas wie »schlechtes Karma« gibt.

Bei mir scheint das in Bezug auf Kurzgeschichten für Jubiläumsausgaben der Fall zu sein.

So bat mich die Computerzeitschrift c't, die sich in Kreisen von Science-Fiction-Liebhabern eines vortrefflichen Rufes erfreut, weil es erstens eine der besten Computerzeitschriften ist, die es gibt, und weil sie zweitens in jeder Ausgabe eine SF-Kurzgeschichte veröffentlicht und damit zugleich eines der wichtigsten SF-Literaturmagazine darstellt, anlässlich ihres Jubiläums im Herbst 2007 um eine Story.

Ein Ruf, dem ich gerne folgte.

Ich wollte keine der üblichen Cyberspace/Roboter/Hacker/Künstliche Intelligenz-Geschichten schreiben; das hatte in den zurückliegenden Jahren an dieser Stelle zur Genüge stattgefunden. Also kritzelte ich eine Weile in meinem Notizbuch herum und sammelte verwandte Stichworte. Eines davon war: Urheberrecht. Das Urheberrecht in Verbindung mit dem Markenrecht – oder genauer gesagt, der zunehmende Missbrauch dieser beiden für die moderne Gesellschaft unentbehrlichen Institutionen durch raffgierige Arschlöcher – ist im Umfeld der Computerei ein häufig diskutiertes Thema. Mit diesem Gedanken im Kopf blätterte ich meine Ideensammlung durch und stieß auf eine Notiz, die bis zu diesem Moment brach gelegen hatte, weil mir zu einer Geschichte noch eine zündende Zusatzidee gefehlt hatte. Die kam in diesem Moment durch das Thema hinzu, und die Geschichte zu schreiben war dann nur noch eine Sache von ein paar Tagen.

Aber wie gesagt: Irgendwie scheint das nicht so zu klappen mit mir und den Jubiläen.

Es sei eine amüsante Geschichte, schrieb mir der zuständige Redakteur, und einen Knalleffekt habe sie auch – aber der Bezug zu den Kernthemen der c't sei doch sehr schwach. Copyright käme als Thema eigentlich nur in Verbindung mit dem Kopieren digitaler Inhalte vor.

Vor allem aber fürchte man, mit Veröffentlichung dieser Story sozusagen in den Strudel des Karikaturenstreits zu geraten. Islamisten könnten darin eine Verunglimpfung von islamischen »Freiheitskämpfern« sehen, und wenn man als Zeitschrift Ärger riskieren wolle, dann doch lieber für etwas, das auch mit den Kernthemen zu tun habe.

Oops!, dachte ich, als ich die Mail las.

Was einfach stimmte, war, dass die Story so gut wie nichts mehr mit dem zu tun hatte, worum es in einer Computerzeitschrift geht. Da ist die Begeisterung über eine endlich komplettierte Idee mit mir durchgegangen (offenbar bin ich als Auftragsschreiber nicht sonderlich gut).

Aber die Angst, diese Story könnte islamistische Racheakte auslösen, teile ich nicht. Man muss sich nur ein bisschen mit dem Islam beschäftigen, um zu verstehen, dass es explizit Verunglimpfungen Allahs und des Propheten Mohammed sind, die Zorn erregen. Karikaturen Usama Bin Ladens dagegen gibt es zuhauf – aber es wäre sogar ausgesprochen unislamisch, sich hierüber in gleicher Weise zu erregen, da dies hieße, dass man Bin Laden auf eine Stufe mit dem Propheten erhöbe, und das gebührt nach islamischer Sicht keinem Menschen.

Ich bin mir sogar fast sicher, dass Usama Bin Laden das genauso sehen würde. Zumal er in dieser Geschichte so schlecht gar nicht wegkommt.

Der »meistgesuchteste Terroristenführer«, wie ihn manche Zeitungen ebenso gern wie grammatikalisch falsch bezeichneten, hielt sich nicht wirklich in einer unzugänglichen Höhle an einem unbekannten Ort versteckt, wie besagte Zeitungen hartnäckig kolportierten. Bei dem Unterschlupf Usama Bin Ladens handelte es sich vielmehr um ein kleines Gehöft im steinigen Niemandsland des Hindukusch, um das herum Ziegen grasten – oder es jedenfalls versuchten – und über dem sich ein weiter Himmel von unglaublichem Blau spannte. Und zumindest den Geheimdiensten war dieser Aufenthaltsort auch nicht ganz so unbekannt, wie der Öffentlichkeit gegenüber behauptet wurde. In ganz Afghanistan und Pakistan zusammen gab es kein Anwesen, auf dem so viele Hirten so wenige Ziegen hüteten – das fiel sogar auf Satellitenbildern auf.

Die Hirten waren in Wirklichkeit natürlich Wachen, und die kamen eines Tages aufgeregt an. Da sei ein Mann, ein *amerikanski,* und er wolle den *sheikh* sprechen!

»Kennen wir ihn?«, fragte Usama Bin Laden und strich sich nachdenklich durch den langen Bart.

»Nein, *sheikh*. Ein Fremder.«

Der Terroristenführer mit den sanften Augen überlegte einen Moment, dann befahl er: »Bringt ihn her. Bleibt an der Tür stehen. Wenn ich mich an den Turban fasse, hierher« – er zeigte die Stelle –, »dann erschießt ihn sofort.«

Es würde wohl nicht nötig werden. Der Mann sah harmlos aus und wirkte in seinem anthrazitfarbenen dreiteiligen Anzug und mit dem dünnen Aktenkoffer in der Hand ausgesprochen deplatziert in dieser Gegend der Welt. Er schien eine erhebliche Strecke zu Fuß zurückgelegt zu haben, jedenfalls waren seine Schuhe staubig und zerkratzt, sein Hemd durchgeschwitzt, der Kragen verfärbt und der Anzug an einigen Stellen eingerissen.

»Guten Tag, Scheich«, begrüßte er den Terroristenführer mit einer knappen Verbeugung. Sein schwarzes, gescheiteltes Haar klebte ihm am Kopf, das jungenhafte Gesicht wirkte matt. Er griff in seine Brusttasche (was die Zeigefinger der Wachen an der Tür nervös zucken ließ) und brachte eine Visitenkarte zum Vorschein. »Gestatten Sie? Mein Name ist Waits. Eduard Earnest Waits. Ich bin Rechtsanwalt.«

Usama Bin Laden studierte die Karte. »Aus Boston, USA.«

»So ist es. Studium in Washington, danach Partner einer New Yorker Sozietät, seit einigen Jahren alleiniger Inhaber einer Kanzlei, die sich auf Marken- und Urheberrecht spezialisiert hat – und dies, wie ich in aller Bescheidenheit hinzufügen möchte, überaus erfolgreich.«

»Marken- und Urheberrecht«, wiederholte der Terroristenführer mit nicht geringer Verwunderung. Beinahe hätte er sich am Kopf gekratzt, unterließ es aber rechtzeitig, weil ihn der Mann zu neugierig gemacht hatte, als dass er ein Missverständnis hätte riskieren wollen. »Und was führt Sie dann hierher, wenn ich fragen darf?«

»Ja. Das würde ich Ihnen gern erklären. Wenn ich mich vielleicht –«

»Selbstverständlich«, nickte der Mann mit dem Turban hoheitsvoll und deutete einladend auf die Teppiche vor sich. »Nehmen Sie bitte Platz.«

»Danke.« Der Anwalt ließ sich merklich ungeübt auf den Boden nieder, zog seinen Koffer neben sich und öffnete ihn, was die Wachen ein weiteres Mal die Waffen heben ließ. Doch der *amerikanski* zog nur einige mit bunten Diagrammen bedruckte Papiere heraus. »Um gleich zum Kern der Sache zu kommen: Meines Erachtens ist Ihnen, Scheich, nicht in vollem Umfang klar, wie viel Geld die Medien überall auf der Welt mit Ihrem Namen verdienen. Hier habe ich eine Statistik von Absatzzahlen, Einschaltquoten und Werbeeinnahmen, aufgegliedert danach, ob Ihr Name oder die Bezeichnung *al-Qaida* in den Schlagzeilen auftaucht oder nicht.« Er legte das Blatt vor den Terroristenführer hin. »Bitte sehr. Wie Sie sehen, bewirken Sie Gewinnsteigerungen von bis zu fünfzig Prozent. Ohne dass Sie etwas davon hätten, wohlgemerkt!«

Usama – der Vorname bedeutete so viel wie »der Löwe« – Bin Laden nickte. »Das ist der verachtungswürdige Kapitalismus, wie er im Land des Satans gepflegt wird.«

»Kapitalismus, genau.« Der Anwalt nickte ebenfalls. »Was ich Ihnen dringend raten möchte, ist, die Markenrechte an Ihrem Namen sowie an dem von Ihnen populär gemachten Begriff *al-Qaida* zu erwerben. Das würde Ihnen ermöglichen –«

Der Terroristenführer hob die Hand. »Sind Sie nur gekommen, um mir diesen Vorschlag zu unterbreiten?«

Der Anwalt nickte. »In der Tat.«

»Dann haben Sie eine große Mühe vergebens auf sich genommen.«

»Vielleicht«, erwiderte der Mann, »sollten Sie mich erst einmal ausreden lassen. Es geht nur vordergründig um Geld. Sollten Sie, Scheich, geneigt sein, meinen Ausführungen noch einige Minuten Ihr Ohr zu leihen, werden Sie erkennen, dass es sich beim amerikanischen Rechtssystem im Grunde um die wirkungsvollste Waffe handelt, die es gibt.«

Bei dem Wort »Waffe« hoben sich die ausdrucksvollen Augenbrauen des Terroristenführers. Er strich sich mit gespreizten Fingern durch den Bart und sagte schließlich: »Sprechen Sie weiter.«

»Beginnen wir«, erläuterte der Anwalt, seine Ausführungen mit sparsamen Gesten unterstreichend, »mit Ihrem Namen. Faktisch – und das ist in Fragen des Wettbewerbsrechts von entscheidender Bedeutung – ist Ihr Name heute ein Markenzeichen von hoher Prägungskraft, vergleichbar mit Namen wie Walt Disney, McDonald's oder Hewlett-Packard. All dies sind als Markenzeichen eingetragene Namen, die seither von Dritten nicht oder nur eingeschränkt verwendet werden dürfen. Bei dem Begriff ›al-Qaida‹ wird sich mit Aussicht auf Erfolg argumentieren lassen, dass es sich hierbei um Ihr geistiges Eigentum handelt, mithin also die Bestimmungen des international gültigen Urheberrechts zur Anwendung kommen müssen. Sowohl das Wettbewerbs- wie auch das Urheberrecht – und damit sind wir bei dem Punkt, der für Ihre Anliegen von Interesse ist – erlauben es, sich gegen missbräuchliche Benutzung geschützter Begriffe zur Wehr zu setzen. Konkret würden wir mit Abmahnungen und strafbewehrten Unterlassungserklärungen gegen alle vorgehen, die die dann Ihnen marken- und urheberrechtlich gehörenden Begriffe in entstellendem, herabwürdigendem oder sonstwie zu beanstandendem Sinne verwenden. Wir würden die notwendigen Prozesse durchfechten, um Schadensersatzzahlungen, Strafgebühren und eben die Unterlassung derartiger Äußerungen zu erreichen.«

»Das hieße, wenn jemand etwas über uns und unsere Absichten berichtet, das uns nicht gefällt –?«

»Kriegt er einen Prozess an den Hals, dass ihm schwarz vor Augen wird.«

»Das würde funktionieren?«

»Ohne Zweifel.« Der Anwalt spreizte die Finger. »Was Ihren Namen anbelangt, ist offensichtlich, dass er von Medien in Gewinnerzielungsabsicht verwendet wird. Zeitungen und Fernsehsender sind schließlich kommerzielle Unternehmen und daher kommerziellen Regeln unterworfen. Es ist allerdings nötig, deren Einhaltung einzuklagen – von selbst geschieht es nicht.«

»Und was ist mit dem in Ihrem Land angeblich so hoch geschätzten«, begann Usama Bin Laden und verzog das Gesicht zu einem Ausdruck des Abscheus, »*Recht auf freie Meinungsäußerung?*«

Der Anwalt unterzog den Zustand seiner Fingernägel einer eingehenden Betrachtung. »Nun, ich gebe zu, früher wäre das ein Problem gewesen. Aber inzwischen hat sich in dieser Hinsicht sehr viel sehr grundlegend gewandelt. Das Markenrecht und das Recht auf freie Meinungsäußerung haben miteinander gerungen, und das Markenrecht ist dabei, zu gewinnen.«

Der Terroristenführer ließ sich das alles durch den Kopf gehen. »Was ist Ihr Interesse daran?«, fragte er schließlich. »Ich meine, was hätten Sie davon?«

»Ich arbeite auf Provisionsbasis. Üblicherweise erhalte ich dreißig Prozent von allen erstrittenen Entschädigungszahlungen.«

Der Mann mit dem Turban strich sich durch den Bart. »Zehn Prozent«, erwiderte er.

»Fünfundzwanzig«, schlug der Anwalt vor. »Bedenken Sie, ich muss die Gehälter meiner Mitarbeiter bezahlen. Das sind alles hochqualifizierte Experten mit entsprechend hoch dotierten Anstellungsverträgen.«

»Fünfzehn Prozent«, hielt der Mann mit dem Turban dagegen. »Wenn das Geschäft so profitabel ist, wie Sie sagen, machen Sie trotzdem einen guten Schnitt.«

Sie einigten sich schließlich auf achtzehn Prozent. Während Usama Bin Laden die Vollmacht ausfüllte und unterschrieb, fragte er: »Warum machen Sie das? Sie sind doch Amerikaner?«

»In erster Linie«, erwiderte Eduard E. Waits, »bin ich Anwalt.«

* * *

Die Kanzlei *Eduard E. Waits & Partners* beantragte die Eintragung der Namen ›Usama Bin Laden‹ (in allen Schreibweisen der Transkription aus dem Arabischen) sowie ›al-Qaida‹ (dito, was die Schreibweisen anbelangte) als Markenzeichen im wettbewerbsrechtlichen Sinne.

Die Anträge wurden abgelehnt. Daraufhin klagte die Kanzlei *Eduard E. Waits & Partners,* sehr zur Erheiterung diverser Kommentatoren und Leitartikler führender Tageszeitungen.

Doch die USA waren ein Land, in dem man einer Frau Schadensersatz in Millionenhöhe zugesprochen hatte, weil sie sich selber heißen Kaffee über die Hose geleert hatte, in dem flüchtende Verbrecher die sie verfolgenden Polizisten mit Erfolg verklagt hatten, weil diese sie unsanft zu Boden geworfen hatten, und in dem Richter Klägern Glauben geschenkt hatten, die beteuerten, nicht gewusst zu haben, dass Rauchen schädlich für die Gesundheit sei: War zu irgendeinem Zeitpunkt ernsthaft zu befürchten, dass in einem solchen Land die Klage eines weltweit gesuchten Terroristenführers auf Eintragung seines Namens als Markenzeichen scheitern würde? Natürlich nicht. Das Verfahren ging durch sämtliche Instanzen, und jedes Mal gab das Gericht der Kanzlei *Eduard E. Waits & Partners* recht. Den Schlussstrich zog eine Entscheidung des *Supreme Court:* Der Antrag sei rechtens, ihm sei stattzugeben.

Ein Kommentator meinte, nun sei wohl damit zu rechnen, dass massenhaft T-Shirts, Kaffeetassen und Bettwäsche mit dem Konterfei des bärtigen Hasspredigers auf den Markt kämen, und er sei gespannt auf die Reaktion des amerikanischen Verbrauchers darauf.

Ein Late-Night-Showstar prophezeite, nun würden die Erben Che Guevaras auch vor amerikanische Gerichte ziehen und im Nachhinein Lizenzgebühren in Millionenhöhe für die zahllosen Plakate des bärtigen Revoluzzers verlangen, die seit den Sechzigern die Wände von Studentenbuden geziert hatten.

Sie irrten sich beide.

* * *

Kurz darauf kam es zu dem Anschlag auf die U-Bahn von Kopenhagen. In der Station Christianshavn explodierten zwei Bomben, mehrere Dutzend Menschen starben, viele Hundert wurden verletzt, und auf Überwachungsvideos identifizierte man Angehörige einer islamistischen Terrorzelle als Urheber des Attentats. Reporter aus aller Welt drängelten sich in dem viel zu kleinen Presseraum der dänischen Staatsanwaltschaft, jede sich öffnende Tür auf den Fluren davor zog ein Blitzlichtgewitter nach sich, und eine Flut von E-Mails und Telefonaten spülte die aktuellsten Nachrichten in die Redaktionen von Zeitungen und Fernsehsendern überall auf dem Planeten.

Nachrichten, in denen die Bezeichnungen ›al-Qaida‹ und ›Usama Bin Laden‹ freizügig verwendet wurden, wie man sich denken konnte.

Auch Eduard E. Waits dachte sich das. Deswegen klingelte er auf die erste Meldung hin sein gesamtes Kanzleipersonal aus dem Bett und eine Hundertschaft Richter dazu, und innerhalb weniger Stunden gingen bei allen namhaften Zeitungen, Sendern und sonstigen Medien einstweilige Verfügungen ein, wonach jegliche Berichterstattung über den Anschlag von Kopenhagen zu unterlassen sei, insoweit darin mit Gewinnerzielungsabsicht Gebrauch von besagten markenrechtlich geschützten Bezeichnungen gemacht werde, unter Androhung von Ordnungsgeldern sowie Ordnungshaft in schweren Fällen.

Die Reaktionen darauf fielen unterschiedlich aus. Manche Zeitungen brachten vorsichtshalber erst einmal nur neutral gehaltene Berichte, andere Medien ignorierten die Verfügungen und räumten mit groß aufgemachten Berichten ab. Die Inhaber der Letzteren waren es, die sich kurz darauf vor Gericht wiederfanden und mit detaillierten Aufstellungen konfrontiert sahen, wie viel Gewinn sie mit der widerrechtlichen Verwendung geschützter Markenzeichen erzielt hatten: Der Vergleich mit den Absatzzahlen und Einschaltquoten jener Zeitungen und Sender, die den vorsichtshalber erlassenen einstweiligen Verfügungen gefolgt waren, ermöglichte eine überzeugende Vergleichsrechnung. So folgten die Gerichte in den meisten Fällen den Anträgen der klagenden Partei und verurteilten die beklagten Medien zur nachträglichen Zahlung von Lizenzgebühren und darüber hinaus zu Geldstrafen wegen Verstoßes gegen das Marken- und Urheberrecht sowie Zuwiderhandlung gegen eine rechtsgültige einstweilige Verfügung.

Die betroffenen Zeitungen und Sender reagierten daraufhin damit, nicht mehr über den Terroranschlag zu berichten, sondern stattdessen über das Tun und Treiben der Kanzlei *E. E. Waits & Partners.* »Der Anwalt des Teufels« lautete die Schlagzeile einer Illustrierten, in der es Eduard E. Waits auf die Titelseite schaffte.

Doch wie sich kurz darauf herausstellte – die Reporter hatten vergessen, dies zu recherchieren –, hatte sich Waits in kluger Voraussicht auch der Markenrechte an seinem eigenen Namen versichert und verklagte die betreffenden Zeitschriften und Fernsehmagazine seinerseits wegen unerlaubter Verwendung, missbräuchlicher und diskriminierender Darstellung und so weiter. Die Anklageschrift umfasste sechshundert Seiten, und die beklagten Parteien gingen mit Pauken und Trompeten ein zweites Mal unter.

Als die nächste Bombe hochging, geschah dies irgendwo in England. Genaueres erfuhr die Öffentlichkeit aber nicht mehr, denn im Handumdrehen waren in allen Redaktionen wieder einstweilige Verfügungen eingetroffen.

Und das war nur der Anfang.

* * *

Der Chefredakteur des SVENSKA DAGBLADET schaute noch einmal unauffällig auf seinen Notizblock, als der junge Reporter hereinkam, schüchtern grüßte und artig die Tür hinter sich zumachte. Sven Söderström hieß er. Hatte vor drei Wochen angefangen, frisch von der Journalistenschule. Höchste Zeit, ihm das beizubringen, was sie an den Schulen offenbar versäumt hatten.

»Es geht um den Artikel für die morgige Ausgabe«, erklärte er dem blonden jungen Mann, der ihn mit kaninchenhaftem Blick ansah. »Über die Explosion in Malmö, die Sie als Terroranschlag beschreiben –«

»Ja. Ist Fakt. Ganz ohne Zweifel«, nickte der junge Mann heftig. Er glühte förmlich vor Begeisterung. »Der erste Terroranschlag seit langem. Eine Sensation! Wenn wir damit aufmachen, ist die morgige Auflage im Nu ausverkauft –«

»Eins nach dem anderen«, unterbrach ihn der Chefredakteur. »Darf ich fragen, wie Sie zu der Annahme kommen, dass es sich um eine Bombe handelte?«

»Ich habe mit den Leuten von der Spurensicherung gesprochen. Die sagen, daran bestehe kein Zweifel.«

»Hmm«, machte der Chefredakteur. »Und was veranlasst Sie, zu schreiben, es sei ein Terroranschlag?«

»Die Polizei hat ein entsprechendes Bekennerschreiben erhalten. Der Anschlag galt einem islamkritischen Regisseur. Der war allerdings gar nicht da; er nimmt in den USA gerade einen Filmpreis entgegen. Hätten die Täter übrigens aus dem Internet erfahren können.«

»Hmm«, machte der Chefredakteur wieder. Schade, er hatte gehofft ... Es war immer schwer, einem jungen, aufstrebenden Kollegen die Illusionen über ihren Beruf nehmen zu müssen. Insbesondere in letzter Zeit.

»Die Sache ist die«, begann er widerstrebend, »dass unser Haus seit geraumer Zeit die Linie verfolgt, grundsätzlich nicht mehr über Terroranschläge zu berichten. Die Explosion: Ja. Dass es eine Bombe war: Eventuell. Aber dass Terroristen dahinterstecken: *No way.* Terroristen kommen in unserem Blatt nicht mehr vor.«

Dem jungen Reporter fielen fast die Augen aus dem Kopf. »Wie bitte? Wieso das denn?«

Der Chefredakteur seufzte. »Das letzte Mal, als wir über Terrorismus berichtet haben – das war vor Ihrer Zeit, ich weiß nicht, ob Sie es mitbekommen haben ...«

»Die Artikelserie über *al-Qaida*? Zum Jahrestag des 11. September? Klar. Kenne ich. Habe ich aufbewahrt.«

Der Chefredakteur seufzte ein zweites Mal. »Nun – wir hatten nicht beachtet, dass ›Usama Bin Laden‹ und ›al-Qaida‹ damals schon in den USA eingetragene Marken waren. Was uns das an Strafen, Gerichtskosten, Anwaltshonoraren und Lizenzgebühren gekostet hat, wollen Sie nicht wissen, glauben Sie mir.«

»Sie meinen, Sie mussten Gegendarstellungen bringen?« Der junge Reporter schnappte nach Luft. »Von *Usama Bin Laden?*«

»Keine Gegendarstellungen.« Der Chefredakteur schüttelte betrübt das Haupt. »Das wäre ja Presserecht. Nein – wir durften *überhaupt nichts* bringen. Das ist *Markenrecht*. Das neue jedenfalls.«

»Aber ...« Sein junges Gegenüber verstand die Welt nicht mehr. »Aber das ist doch *amerikanisches* Recht! Was geht uns das an?«

Der Chefredakteur schob die Ausdrucke des Artikels wieder zusammen. »Ich wollte es erst auch nicht glauben, aber in den letzten Jahren ist es anscheinend üblich geworden, dass irgendwelche Länder sich anmaßen, ihr Recht auf der ganzen Welt durchzusetzen. Jedenfalls hat mich der Herausgeber angerufen und zur Schnecke gemacht, und er wiederum ist vom Premierminister angerufen und zur Schnecke gemacht worden, und deshalb« – er reichte die Papiere über den Tisch – »wird kein Artikel über Terrorismus mehr in diesem Blatt erscheinen, solange ich auf mein Gehalt angewiesen bin.«

»Aber das ist ja ...« Der junge Mann war blass vor Entrüstung. Ach, die Jugend und ihre Ideale! So war er auch einmal gewesen. »Und was ist mit der Pressefreiheit? Unserem Informationsauftrag? Der Presse als vierter Gewalt?«

»Ich schlage vor, Sie denken jetzt erst einmal darüber nach, inwieweit Sie auch auf Ihr Gehalt angewiesen sind«, entgegnete der Chefredakteur. »Und dann schreiben Sie den Artikel noch einmal. Und das alles bis siebzehn Uhr, wenn möglich.«

Der junge Mann schluckte. Sven Söderström war den Unterlagen zufolge frisch verheiratet und hatte einen fünf Monate alten Sohn. »Aber was soll ich denn schreiben über die Hintergründe der Tat?«, fragte er schließlich.

»Schreiben Sie einfach«, riet ihm der Chefredakteur, »dass der Täter vermutlich geistesgestört war.« Er verzog das Gesicht. »Das ist ja zumindest nicht falsch.«

* * *

Einige Monate später erhielt Eduard E. Waits einen Anruf des Terroristenführers, über eine Telefonleitung von bemerkenswert guter Qualität, wenn man bedachte, über wie viele Satelliten und Zwischenschaltungen sie gehen musste.

»Mister Bin Laden!«, rief der Anwalt. »Wie geht es Ihnen? Haben Sie die Gelder erhalten?« Er hatte den komplizierten Finanznetzwerken der Terrororganisation inzwischen einen dreistelligen Millionenbetrag an Entschädigungszahlungen anvertraut.

»Ja, ja, das hat alles funktioniert. Deswegen rufe ich nicht an; Geld haben wir sowieso mehr als genug«, erklärte der Anrufer. »Es geht um das, was Sie tun. Ich habe gehört, dass Sie neuerdings auch Zeitungen verklagen, wenn die bloß das Wort ›Terror‹ oder ›Anschlag‹ verwenden –«

»Richtig. Das ist notwendig, um Ihre Marke zu schützen«, bestätigte der Anwalt. »Ansonsten besteht die Gefahr, dass sie *aufgeweicht* wird, wie man sagt, und verloren geht. In Ihrem Fall ist es so, dass Sie als weltweit führende Terrororganisation als hauptsächliche gestalterische Kraft dieser Art Unternehmungen zu betrachten sind, sodass hier bereits das Urheberrecht greifen muss, um Ihre Investitionen in dieses Gebiet und Ihr geistiges Eigentum an den zugrunde liegenden Konzepten und Verfahrensweisen zu schützen. Oder einfach gesagt: Wenn es Sie und Ihre Organisation nicht gäbe, wären Terroranschläge aller Art viel weniger berichtenswert und damit gewinnsteigernd, als sie es heute sind – unabhängig davon, ob ein Anschlag im Einzelfall von Ihren Leuten ausgeführt wurde oder nicht.«

»Das ist verrückt«, sagte der Mann am anderen Ende der Leitung.

»Das ist amerikanisches Recht«, erwiderte Edward E. Waits.

»Hören Sie, so habe ich mir das nicht vorgestellt«, kam es aus dem Hörer. »Die meisten Zeitungen und Fernsehsender wagen es inzwischen überhaupt nicht mehr, über die Hintergründe unserer Aktionen zu berichten. Das macht alles sinnlos. Was bringt es, Dutzende von Leuten in die Luft zu sprengen, wenn nachher niemand davon erfährt?«

»Wieso? Man erfährt es doch. ›Explosion in Kandahar tötet 23 Menschen.‹ Ich habe die Zeitung vor mir liegen.«

»Ja, aber da steht nicht, dass es ein *Anschlag* war«, heulte die weiche Stimme des Terroristenführers auf. »Wer das liest, muss ja denken, es sei einfach eine Gasleitung explodiert oder so was.«

»Ich kann den Zeitungen nicht vorschreiben, was sie berichten sollen. Ich bin schon froh, dass ich ihnen bestimmte Berichte *verbieten* kann.«

Die Stimme im Telefon murmelte etwas, das wie ein arabischer Fluch klang. »Sie verstehen nicht. Für uns ... *Gotteskrieger* ist die Presse ein *Verbündeter*. Wir führen Anschläge aus, um Angst und Schrecken zu verbreiten – aber für diese Verbreitung sind wir auf die Medien *angewiesen!* Wenn die Medien es aufgrund Ihrer Aktivitäten gar nicht mehr wagen, zu berichten, dann funktioniert das alles nicht mehr. Ein Bombenattentat, über das nicht berichtet wird ...« Er rang nach Worten. »Das ist, als hätte es überhaupt nicht stattgefunden. Da kann man das Bombenwerfen genauso gut sein lassen!«

Ein Beobachter dieses Telefonats hätte den Anflug eines Lächelns gesehen, das über Eduard E. Waits' Gesicht huschte. Für einen winzigen Moment. Dann fuhr der Anwalt fort: »Nun, wenn Sie das sagen ...«

»Ich brauche die westlichen Medien. *Al-Jazeerah* und ein paar Blätter in Palästina, Syrien und so weiter berichten wie gehabt, ja. Aber auf CNN kommt nichts mehr! Das beeindruckt die Jugend nicht! Wenn das so weiter geht, kriegen wir ernsthafte Nachwuchsprobleme!«

»Ich verstehe«, sagte Eduard E. Waits.

»Sie müssen aufhören mit all dem«, verlangte der Mann am anderen Ende der Telefonverbindung. »Sofort. Unsere Abmachung ist ab sofort null und nichtig.«

Eduard E. Waits hob die Augenbrauen und erklärte förmlich: »Sie werden verstehen, dass ich ein mir erteiltes Mandat nicht auf Grund eines Telefonanrufs beenden kann. Ich kann ja nicht davon ausgehen, dass Sie tatsächlich der sind, der Sie zu sein behaupten.«

»Sie wissen genau, dass ich es bin. Wer sonst wüsste über alles Bescheid?«

»Sie missverstehen mich, Mister Bin Laden. Das liegt nicht in meinem Ermessen. Ich bin, was die diesbezügliche Vorgehensweise anbelangt, an die Standesregeln meines Berufes gebunden. Würde ich tun, was Sie verlangen, würde ich mich des Vertrauensmissbrauchs schuldig machen und meine Zulassung als Anwalt verlieren.«

»Aber Sie *müssen* damit aufhören!«

»Das kann ich tun, aber ich fürchte, dazu müssten Sie sich in meine Kanzlei bemühen, um die Vollmacht hier vor Zeugen zu widerrufen.«

»Sie wissen genau, dass das unmöglich ist. Man würde mich sofort verhaften.«

»Ich gebe zu, das ist ein Problem. Aber immerhin wäre ich danach nicht mehr verpflichtet, die Berichterstattung über Ihre Festnahme, Ihren Prozess und Ihre Hinrichtung, zu der es vermutlich kommen würde, gerichtlich untersagen zu lassen.«

»Das ist doch Unsinn. Sie müssen wieder zu mir kommen.«

»Ich fürchte, das wird sich so schnell nicht einrichten lassen. Sie müssen verstehen – dazu habe ich aufgrund Ihres Mandats einfach viel zu viel zu tun.«

* * *

Einige Wochen später betrat ein bärtiger Mann, der sechzig Jahre oder älter sein mochte und einen Anzug pakistanischer Machart trug, das Büro der Kanzlei *E. E. Waits & Partners*. Er wies ein umfangreiches Schreiben vor, das ihn als bevollmächtigten Abgesandten Usama Bin Ladens auswies, berechtigt, in seinem Namen zu sprechen und Abmachungen zu treffen.

Rechtsanwalt Eduard E. Waits prüfte die Dokumente genau. Es hatte alles seine Richtigkeit. Also empfing er den Besucher in seinem großen, repräsentativ eingerichteten Büro, in dem der Blick aus zwei großen Fenstern weit über die City von Boston ging. An einer Wand prangte ein in Gold gerahmtes Porträt eines Mannes, der Eduard E. Waits ähnlich sah, aber etwas älter war. Die gegenüberliegende Wand wurde von einem dunkelblauen Vorhang verborgen. Hinter dem wuchtigen Ledersessel des Anwalts hingen Urkunden, Sportabzeichen und ein abgenutzter Baseball-Schläger.

Der greise Mann nahm in dem angebotenen Sessel Platz und erklärte ohne Umschweife: »Sie wissen, weswegen ich komme. Scheich Usama Bin Laden hat mich beauftragt und bevollmächtigt, die Vereinbarung, die zwischen ihm und Ihnen getroffen wurde, zu widerrufen.«

Eduard Earnest Waits faltete die Hände. »Das habe ich mir gedacht.«

»Ich soll Ihnen außerdem ausrichten«, fuhr der Besucher fort, »dass Scheich Usama Bin Laden das Gefühl hat, von Ihnen hintergangen worden zu sein. Er glaubt, dass Sie ihm Ihren Plan einzig und allein deshalb unterbreitet haben, um Geld zu verdienen.«

Eduard Earnest Waits nickte gelassen. »Auch das habe ich mir gedacht.«

»Ich soll Ihnen darüber hinaus sagen, dass ...« Der alte Mann zögerte. »Sind wir hier unter uns?«

Eduard Earnest Waits nickte wieder. »Sie können ganz offen sprechen. Nichts, was in diesem Raum gesprochen wird, verlässt ihn. Alles andere wäre ein Verstoß gegen die anwaltliche Schweigepflicht.«

»Gut«, sagte der Besucher. »Also – ich soll Ihnen sagen, dass Ihr Verhalten unwürdig ist und geahndet werden wird.«

Eduard Earnest Waits nickte ein drittes Mal. »Ich will ebenfalls ganz offen mit Ihnen sprechen. Erstens: Ich werde Ihren Besuch ignorieren und weitermachen wie bisher –«

»Aber –«, begehrte der Besucher auf.

»Zweitens«, fuhr Eduard Earnest Waits fort, »irrt sich Ihr Auftraggeber, was meine Motive anbelangt.«

Er stand auf und zog den Wandvorhang beiseite. Dahinter hing ein gerahmtes Foto, das das brennende World Trade Center zeigte.

»Im Jahre 2001«, fuhr er fort, »gehörte ich der Sozietät *Wayne, Miller and Partners* an, die ihren Sitz im 99. Stockwerk des Gebäudes hatte, das Sie hier brennen sehen. Mein Bruder – dessen Porträt Sie hier drüben sehen – gehörte ebenfalls dieser Sozietät an. Die meisten Partner waren meine Freunde. Ich war der Einzige, der am Morgen des 11. September nicht im Büro war. Ein Termin beim Zahnarzt hat mir das Leben gerettet.«

»Oh«, sagte der Besucher leise.

»Nach diesem Tag«, fuhr Eduard E. Waits fort, »tat ich mehr oder weniger dasselbe wie unser damaliger Präsident – ich beschloss, den Terror zu bekämpfen. Doch während unser Präsident sich, wie wir heute wissen, unwirksamer Mittel bediente und ungangbare Wege beschritt, suchte ich nach einer anderen Strategie.«

Er kehrte hinter seinen Schreibtisch zurück. »Zunächst bewegten sich meine Vorstellungen eher in konventionellen Bahnen – Rechtsbeistand für Terroropfer, Beschlagnahme von finanziellen Mitteln und dergleichen –, doch dann kam es zu dem Anschlag von Madrid. Hunderte Tote. Ein Massaker.« Er lehnte sich zurück. »Und ich bekam davon überhaupt nichts mit.«

Der bärtige Pakistani schnappte nach Luft. »Was? Aber wie ist das –?«

»Ich befand mich damals auf einem zweiwöchigen Urlaub in den Rocky Mountains. Nur ich, ein Rucksack, ein Gewehr und endlose Wälder. Ich musste vor einem Bären ausreißen, verlief mich mehrmals und trank Wasser aus Wildbächen. Und als ich zurück in die Zivilisation kam, stellte ich fest, dass ich einen Terroranschlag verpasst hatte.« Der Anwalt faltete die Hände. »Weil mich keinerlei Nachrichten erreicht hatten. Erstaunlich, nicht wahr? Ich begann, mich zu fragen, was wohl aus dem Terrorismus werden würde, wenn alle Zeitungen, Fernsehsender und so weiter übereinkämen, nicht mehr darüber zu berichten.«

Der greise Mann im Besuchersessel hörte ihm schweigend zu, mit Augen, in denen Angst stand. Angst vor dem Zorn seines Auftraggebers, vermutlich.

»Eine illusorische Vorstellung, dachte ich zunächst«, fuhr Eduard E. Waits fort. »Auf freiwilliger Basis niemals zu erreichen. Doch *musste* es denn auf freiwilliger Basis geschehen?« Er lächelte kalt. »Als ich Mister Bin Laden gegenüber sagte, das amerikanische Rechtssystem sei die wirkungsvollste Waffe, die es gibt, hat er einfach nicht verstanden, dass ich von Anfang an vorhatte, sie gegen ihn zu richten. Das ist alles.«

© 2007 Andreas Eschbach

Hindukusch

Bleiben wir noch einen Moment im Hindukusch.

Die folgende Kurzgeschichte ist erstmals im Dezember 2002 erschienen, in der von Michael Nagula herausgegebenen Anthologie **Feueratem***, die lauter Drachengeschichten enthielt, u. a. von Gisbert Haefs, Bernhard Kegel, Tanja Kinkel, Hanns Kneifel, Kai Meyer und vielen anderen.*

Als Michael Nagula mich um einen Beitrag zu dieser Sammlung bat, kam mir zupass, dass ich kurz zuvor die Bekanntschaft eines bekannten Auslandsjournalisten gemacht hatte, der mir eine ungeheuerliche Geschichte anvertraut, ja, mich darum gebeten hatte, sie publik zu machen: die Begegnung mit einem wirklichen Drachen – hier, heute, im 20. Jahrhundert.

Aber bitte glauben Sie jetzt bloß nichts von dem, was ich im vorigen Absatz behauptet habe. Das habe ich nur erfunden. Alles. Ehrlich.

»Drachen?«, wiederholte ich, nur um sicherzugehen, dass ich mich nicht verhört oder plötzlich angefangen hatte, an akustischen Halluzinationen zu leiden.

Mein Gegenüber lachte. »Merken Sie es? An Ihrer eigenen Reaktion? Das ist es, was ich gemeint habe, als ich sagte, dass es Grenzen dafür gibt, was einem als Wahrheit abgenommen wird, und mag es hundertmal wahr sein. Was nicht sein kann, das darf auch nicht sein. Überschreiten Sie diese Grenze, hört man Ihnen nicht mehr zu. Was Sie sagen, wird einfach ausgeblendet, weil es nicht in das Weltbild passt, auf das wir uns stillschweigend geeinigt haben.«

Ich griff nach dem Weinglas vor mir auf dem Tisch, nur um etwas zu tun, solange meine Gedanken sich zu ordnen versuchten. »Na ja, gut und schön ...«, sagte ich, oder so was Ähnliches. »Skandale werden unter den Teppich gekehrt, man redet nicht über Korruption, Konflikte in Gegenden, die keinen Nachrichtenwert haben, bleiben unerwähnt ... Aber *Drachen,* ich bitte Sie!«

Mein Gesprächspartner war ein weitgereister, lebenserfahrener Journalist, den man öfters im Fernsehen sieht und dessen Artikel in den renommiertesten Zeitungen und Zeitschriften abgedruckt werden. Wenn ich seinen Namen nennen dürfte, wäre das hier nicht einfach eine nette Geschichte, die dem Amüsement des Lesers dienen mag, sondern eine Sensation. Aber er hat mich gebeten, es nicht zu tun, und natürlich halte ich mich daran und erkläre also, dass alles, was ich hier erzähle, reine Fiktion ist, selbstverständlich, nichts als meine pure Erfindung. Womit das hoffentlich abgehakt wäre.

Er lächelte sphinxhaft und winkte dann ab, mit einer jener sparsamen Gesten, an denen man ihn sofort erkennt. »Gerade darauf will ich doch hinaus, verstehen Sie? Skandale, Bestechung, Kriege – das kennen wir alles. Was im Einzelnen los ist, spielt für unser Weltbild keine Rolle. Die Begriffe sind uns vertraut. Es ist etwas, das es unserer Vorstellung nach wirklich gibt. Und das glauben wir auch, wenn wir noch nie in einen Skandal verwickelt worden sind. Auch, wenn wir noch nie bestochen worden sind. Ihre Generation hat auch einen Krieg nie am eigenen Leib erfahren müssen. Gott sei Dank, nicht wahr. Aber Drachen ...« Er hielt schmunzelnd inne, und sein Blick wanderte über seine Sammlung von Erinnerungsstücken an seine Reisen, reichverzierte Krummsäbel und zerschlissene Gebetsfahnen an den Wänden, tönerne Gefäße und kleine Jade-Statuetten auf schmalen Borden. »Bei Drachen, da sind wir uns absolut sicher, dass die ins Reich der Märchen gehören. Vielleicht gehören sie da auch hin, das will ich gar nicht in Abrede stellen, aber es gibt sie jedenfalls. Hier. Heute. In unserer Welt. Nicht viele, man muss schon danach suchen, aber es gibt sie. Und das Irrsinnige ist, das ist nicht mal ein großes Geheimnis. Sie würden sich wundern, wie viele Journalisten Ihnen das im vertraulichen Gespräch bestätigen, auch wenn sie den Teufel tun und jemals auch nur ein Wort darüber schreiben würden.«

Kennengelernt hatten wir uns auf einem Verlagsempfang während der Frankfurter Buchmesse. Normalerweise nicht die geeignete Umgebung, um über ein mehr oder weniger beeindrucktes Händeschütteln und einen Small-Talk, mit dem man beweisen will, wie unbeeindruckt man ist, hinauszugelangen, aber trotz all dem und trotz des nicht unbeträchtlichen Unterschieds an Lebensalter und Erfahrungshintergrund war zwischen uns ein Draht da gewesen, der in der Folge zu Briefwechseln, Telefonaten und schließlich dazu geführt hatte, dass ich an diesem Abend, nach einem beeindruckend guten Essen in einem Restaurant, das eigentlich auch ins Reich der Märchen gehört, in seiner beeindruckenden Bibliothek saß und das Gespräch über Gott und die Welt irgendwie auf Drachen gelangt war.

»Wir verstehen uns richtig?«, setzte ich noch einmal an, während ich mein Weinglas wieder absetzte, ohne einen Schluck getrunken zu haben. Das schien mir jetzt doch zu riskant. »Wenn wir von Drachen reden, meinen wir nicht die, die kleine Jungs im Herbst in den Himmel steigen lassen, sondern die anderen? Die Jungfrauen entführen und denen sieben Köpfe nachwachsen, wenn man ihnen einen abschlägt?«

»Was für Eigenschaften sie tatsächlich haben, kann ich Ihnen auch nicht sagen. Aber es muss doch etwas bedeuten, dass Sie zu allen Zeiten und bei jedem Volk auf diesem Planeten Legenden über Drachen finden und dass sich alle Beschreibungen ähneln.«

»Mit anderen Worten, in Loch Ness haust wirklich ein Drache.«

»Wer weiß. Vielleicht war es sogar ein Drache, der die ganzen Schiffe im Bermudadreieck hat spurlos verschwinden lassen Anfang des zwanzigsten Jahrhunderts. Das werden wir niemals erfahren.«

»Weil niemand dabei war«, nickte ich. »Weil es zwar massenhaft Legenden gibt, aber keine Fotos.« Ich schüttelte den Kopf. »Ich würde mich wirklich besser fühlen mit ein paar Fotos. Oder mit einem anderen Beweis.«

»Vielleicht hat es einen Grund, warum keine Fotos existieren. Es heißt ja, Drachen seien magische Lebewesen.« Er hob die Hand, als befürchte er einen Aufschrei der Entrüstung; übrigens zu Recht. »Was immer das im Lichte unserer naturwissenschaftlichen Weltsicht bedeuten mag, wohlgemerkt. Vielleicht findet eines Tages jemand, dass die psychologische Deutung von Magie nicht die einzig mögliche ist.«

»Ich fürchte, auch dafür wird er irgendwelche Beweise haben wollen«, beharrte ich.

Mein Gegenüber nickte verständnisvoll und erhob sich aus seinem wunderbaren alten ledernen Ohrensessel – um den ich ihn inbrünstig beneide, anbei bemerkt. Er ging die Regale seiner Memorabilien ab und blieb vor einem Stück Marmor stehen, das eiförmig und so lang wie ein Unterarm war und von einer darüber hängenden Rotlichtlampe angestrahlt wurde, deren Licht die feinen, archaischen Kratzmuster darauf zur Geltung brachte. Jetzt erst fiel mir auf, dass dahinter eine gerahmte Karte an der Wand hing, und als er sie abnahm und vor mir auf den Tisch legte, sah ich, dass es eine uralte Karte von Afghanistan war.

Mittlerweile hat man die Umrisse dieses Landes, weiß der Himmel, oft genug in der Tagesschau gesehen. Mich erinnert es immer an ein breitgeklopftes paniertes Schnitzel aus der Dorfgaststätte, mit einem knubbeligen schmalen Fortsatz am rechten oberen Eck. Auf genau dieses Anhängsel legte er den Finger und erklärte: »Der Hindukusch. Eine achthundert Kilometer lange Hochgebirgsregion, dem Pamir-Gebirge und der Himalaya-Hochebene vorgelagert, Wasserscheide zwischen dem Amu Darya Tal und dem Einzugsgebiet des Indus, und im Altertum ein militärisch höchst bedeutsames Hindernis auf dem Weg nach Indien.«

»Ah ja«, machte ich mit dem schlechten Gewissen, das mich in solchen Momenten immer befällt, weil ich dann merke, wie wenig ich in Geografie und Geschichte bewandert bin.

»Wussten Sie eigentlich«, fuhr er mit feinem Schmunzeln fort, »dass der Hindukusch niemals erobert wurde, seit es Afghanistan gibt? Die Russen haben sich die Zähne an diesem Gebiet ausgebissen, und die Taliban haben es erst gar nicht versucht. Und als die Amerikaner hinkamen …« Er zögerte einen Moment, aber doch lange genug, dass ich merkte, wie er sich überwinden musste. »Ich möchte Ihnen eine Geschichte erzählen. Eine Geschichte, die ich aus den Gründen, die ich vorhin genannt habe, nicht selber schreiben kann. Aber Sie könnten es. Sie könnten mir Ihre Stimme leihen und es klingen lassen wie etwas Ausgedachtes.«

Natürlich war ich neugierig. Natürlich konnte ich nicht widerstehen. Natürlich sagte ich: »Einverstanden.«

»*Indscha chub nist*«, sagt Ahmad Wahil, und das heißt, dass es hier nicht gehen wird. Er erhebt sich von der Stelle, an der er gekniet und das Eis abgehorcht hat, das den Fluss wie kalte weiße Lava bedeckt. Die Karawane aus Kamelen und Packpferden wartet geduldig. Es ist erbarmungslos kalt, doch die panzerdicke Eisschicht hat Risse, durch die man das tückisch gurgelnde Wasser hören kann, das darunter lauert. Hier ist kein Fehler erlaubt. Einbrechen bedeutet den sofortigen Tod.

Drei Wochen zuvor sind Pascal, ein Fotograf aus Frankreich, mit dem ich schon oft zusammengearbeitet habe, und ich auf weiter südlich gelegenen Schmugglerpfaden von Pakistan aus ins Land gekommen. Man schreibt den Dezember 1984. Seit annähernd fünf Jahren sind sowjetische Truppen in Afghanistan, versuchen mit immer brutaler werdenden Militäraktionen, aus denen wachsende Verzweiflung spricht, den Widerstand der Muhajeddin gegen das kommunistische Regime in Kabul niederzuzwingen. Doch alle Militärmacht versickert und versandet in den unzugänglichen Bergen Afghanistans. Weitgehend unbehelligt sind wir im Schutz unserer Führer umhergereist, haben mit Menschen in entlegenen Bergdörfern gesprochen, konnten Fotos machen, mit denen wir den Zustand des Landes nach fünf Jahren Besatzung zeigen werden, sobald wir zurück sind in unseren warmen Büros zu Hause.

Falls wir zurückkehren, heißt das. Im Augenblick ist nichts ungewisser als das.

Bei unserem Versuch, das Land über den Schmugglerweg, auf dem wir gekommen sind, zu verlassen, sind wir in eine sowjetische Falle geraten und nur mit viel Glück entkommen. Nun sind sie hinter uns her.

Wir haben ein schlechtes Gewissen. Uns ist nichts passiert in dem

Schusswechsel, nicht einmal ein Kratzer, aber Faiz, unser Begleiter, seit wir im Land sind, hat eine Kugel im Oberarm und noch eine in der Seite, vielleicht, jedenfalls blutet er und muss uns verlassen. Man wird ihn in irgendeiner winzigen Siedlung in den Bergen verarzten, unter Bedingungen, die primitiver sind, als sich ein Westeuropäer vorzustellen im Stande ist, und er wird nur mit viel Glück überleben. Deswegen willigen wir in den halsbrecherischen Plan unserer Begleiter ein, Afghanistan über die Seidenstraße zu verlassen.

Das bedeutet, es geht hinauf in den Hindukusch, jenes zerklüftete Massiv, von dem die Afghanen sagen, es sei so hoch, dass selbst die Vögel es nur zu Fuß überqueren. Wir folgen jenem Weg, auf dem einst Marco Polo nach China gelangte und später chinesische Seide nach Europa, doch der Name täuscht: Es ist keine Straße, sondern ein oft kaum auszumachender Karawanenweg, der durch ödes Bergland führt und Höhenunterschiede von fast fünftausend Metern überwindet. Trostlose Gegenden sind es, die wir durchqueren, leblose und vereiste Steinwüsten. Würde jemand behaupten, dies sei der Schuttabladeplatz Gottes, der Hinterhof, auf den er einst achtlos jene Baumaterialien schüttete, die bei der Erschaffung der Welt übriggeblieben sind, ich wüsste kein Gegenargument.

Endlich findet Ahmad einen sicheren Übergang und gibt das Zeichen, ihm zu folgen. Die schwerbepackten Tiere überqueren den Fluss langsam und vorsichtig und in großem Abstand. Die Pferde tun sich schwer, während die Kamele mit ihren weichen Plattfüßen und ihrem sanften Wiegeschritt wesentlich sicherer gehen, sich sogar umschauen, als interessiere sie die Landschaft.

Wir haben zwei Stunden für zwei Kilometer gebraucht, und nun geht es einen Pass hinauf, obwohl die Dämmerung naht. Der Pfad ist so vereist, dass Ay Sattar Sand aus einem mitgebrachten Beutel streuen muss, damit er begehbar wird. Die Kamele sträuben sich, sind nur mit Zerren und Gebrüll zum Gehen zu veranlassen. Alle fünfzig Schritte müssen wir den Tieren eine Pause gönnen, dann geht es weiter, um jeden Meter muss erbittert gerungen werden von Mensch und Tier gleichermaßen.

Ein heimtückisch kalter Wind kommt auf, beißt mir ins Gesicht.

Ich reibe fortwährend meine Nase und meine Wangen, um sie vor dem Erfrieren zu bewahren. In Pascals Bart hängen Eiszapfen, seine Augen sind blutunterlaufen, trotzdem bedient er mit klammen Händen die Kamera, versucht das atemberaubende Panorama auf ein paar Quadratzentimetern Film einzufangen, will den Betrachter später ahnen lassen, wie es ist, an den Flanken dieser Götterberge emporzuklimmen, zitternd in einer gleichgültigen Bergwand zu hängen, in der jeder Sturz oder falsche Schritt das sichere Ende bedeutet.

Plötzlich spüre ich Unruhe um mich herum. Die Tiere scheuen, sträuben sich, den nächsten Fuß vorzusetzen, die Treiber geraten in Panik. Zum ersten Mal fällt mir auf, dass jeder unserer Begleiter ein dünnes Pfeifchen an einer Schnur um den Hals trägt; bisher hatten sie es unter ihren Jacken verborgen gehabt, doch nun greifen sie auf einmal alle danach wie nach einem Talisman. Ich will gerade eine diesbezügliche Frage stellen, als ich es höre. Das Geräusch, das der Grund der Unruhe ist.

Ein fernes, unheilvolles Knattern.

Sowjetische Hubschrauber.

»*Borem, borem!*«, schreit Khodai Shah, der das letzte Gespann führt, »weiter, weiter«. Doch es hat keinen Sinn zu drängeln, schneller geht es nicht.

Man hört weit in diesen Bergen, deshalb bin ich überrascht, als ich mich im Sattel umdrehe und in der Ferne bereits die fahlen Lichtfinger der Suchscheinwerfer entdecke. Das ist keine Routinepatrouille. Die Russen müssen uns irgendwie aufgespürt haben. Vielleicht mit Hilfe ihrer Luftaufklärer oder Satelliten, doch die wahrscheinlichere Erklärung ist, dass sie einen Hinweis bekommen haben, gegen harte Rubel, versteht sich. In Afghanistan ist alles käuflich, auch Loyalität.

»*Merde!*«, flucht Pascal neben mir, aber sein Zorn gilt nicht dem nahenden Verderben, sondern der Tatsache, dass er nicht im Stande sein wird, es zu fotografieren: Er hat hastig versucht, einen neuen Film einzulegen, und dabei ist ihm ein Tropfen aus der Nase ins Kameragehäuse gefallen, auf der Stelle gefroren und blockiert nun die Mechanik.

Ahmad Wahil ruft etwas, das ich nicht verstehe, und der Zug kommt zum Stillstand. Alle Augen sind auf die sich nähernden Hubschrauber gerichtet. Drei sind es, dunkelgrau und gedrungen, und ich bilde mir ein, selbst auf diese Distanz schon den roten Sowjetstern an ihren Flanken zu erkennen. Noch haben sie uns nicht entdeckt. Ich mustere unseren bärtigen Führer mit seiner stolzen schwarzen Fellkappe und frage mich, ob er womöglich glaubt, wir könnten davonkommen, indem wir uns tot stellen. Es muss ihm klar sein, dass das aussichtslos ist. Die Russen besitzen Infrarot-Detektoren, die uns hier oben im eiskalten Hochland unfehlbar aufspüren werden. Alles, worauf wir hoffen können, ist, dass sie Anweisung haben, uns zu verhaften.

Doch – die Männer drängen die Pferde und Kamele gegen den Fels, lassen sie sich hinlegen. Schon das ist Wahnwitz: Die Tiere sind erhitzt vom Anstieg; selbst wenn wir schon oben und auf dem Rastplatz wären, müssten sie erst zwei Stunden stehen, ehe sie sich auf den tiefgefrorenen Boden legen dürften. »Ahmad?!«, rufe ich, doch er beachtet mich nicht.

Stattdessen führt er sein Pfeifchen an die Lippen und bläst hinein. Und die anderen beeilen sich, es ihm gleichzutun. Ein Chor eigenartig dünner, spitzer Pfeiftöne steigt in den eisgrauen Himmel, ein Klang, der irgendwie nur zu einem Teil in diese Welt zu gehören scheint.

»*Qu'est-ce qui se passe?*«, wundert sich Pascal, doch ich höre seine Stimme wie durch Watte, und die Watte ist in meinem Kopf.

»Ich habe keine Ahnung, was das soll«, rufe ich ihm zu. Die Hubschrauber beeindruckt es jedenfalls nicht im Mindesten. Sie kommen gemächlich näher, bewegen sich wie Raubtiere, die wissen, dass ihre Beute nicht mehr entkommen kann. Ich mache es Pascal nach, der es aufgegeben hat, an seiner Kamera herumzunesteln, und steige vom Pferd.

Meine Bauchmuskulatur spannt sich, als wäre mein Körper der Überzeugung, Kugeln aus russischen Bordgeschützen standhalten zu können. Dabei werde ich nicht einmal diesem Pfeifkonzert mehr lange standhalten, es scheint Löcher in meinen Kopf bohren zu wollen. Ich habe noch nie von einem derartigen Brauch gehört.

Ich will etwas schreien, doch eine Art Schatten, den ich aus den Augenwinkeln schräg hinter mir zu sehen glaube, lässt mich den Kopf wenden. So kommt es, dass ich ihn sehe.

Den Drachen.

Ein Tier so gewaltig wie ein Jumbo-Jet stürzt aus der Höhe des Himmels herab. Eine Masse, deren bloßer Anblick einem das Herz stehenbleiben lässt. Ich sehe Schuppen groß wie Kofferraumdeckel, als es dicht über uns hinwegfegt, und der Luftstoß schleudert mich wehrlos auf die Felsen. Ich höre Pascal aufheulen, aber darum kann ich mich jetzt nicht kümmern. Ich muss aufspringen und sehen, was da geschieht, muss zuschauen, wie das schlangenartige, geflügelte Wesen ins Tal hinabrauscht, auf die russischen Hubschrauber zu. Mein Verstand hat ausgesetzt, auf reine Aufnahme geschaltet, akzeptiert alles. Die Schulbildung enthält sich jeglichen Kommentars. Es passiert, und ich bin dabei. Das Einzige, was mich flüchtig wundert, ist, wie wenig es mich wundert.

Die Hubschrauber haben angehalten, stehen reglos in der Luft, tasten mit ihren Scheinwerfern dem Drachen entgegen, der sich fast spielerisch durch die Dämmerung schlängelt, mit eigentlich viel zu kleinen Flügeln und einem langen Schwanz, der wahrhaftig in eine Art Steuerruder ausläuft. Werden die Soldaten nervös? Sie wären keine Menschen, würden sie es nicht. Sie machen den Fehler, zu schießen.

Man sieht das Mündungsfeuer, noch ehe man die Schüsse hört, und die Reaktion des Drachen auch. Ein greller Feuerschwall, hell wie der Triebwerksstrahl einer startenden Rakete, schießt aus seinem Maul auf die drei Hubschrauber zu und hüllt sie ein. Eine der Maschinen explodiert sofort, die zweite mit Verzögerung, die dritte kann noch aus dem Inferno entkommen, um auf dem Boden der Schlucht zu zerschellen und in Flammen aufzugehen. Der Donner der Explosionen rollt über uns hinweg und macht die Lasttiere nervös, aber das ist nichts gegen den Schrei, den der Drache ausstößt, als er sich in einem unglaublichen Flugmanöver in den Himmel hinaufschwingt, um sich, gerade als die Strahlen der untergehenden Sonne seinen schlanken Leib goldschimmernd aufleuchten lassen, herumzuwerfen und noch einmal dicht über uns hinwegzufliegen, als müsse das so sein zum Abschluss einer solchen Aktion.

Ich schaue mit weit aufgerissenen Augen, während ich spüre, wie sich in meinem Hinterkopf der erste Widerspruch bildet, eine Stimme, die gleich behaupten wird, dass nicht sein kann, was ich sehe, dass ein solches Tier physikalisch unmöglich ist, dass Drachen mythologische Wesen sind, Märchengestalten, die in Legenden vorkommen, aber nicht in den *Tagesthemen*. Ich zögere den inneren Disput hinaus, gehe sozusagen nicht ans Telefon, weil ich schauen muss, weil ich diesen Anblick aufnehmen und in meiner Erinnerung bewahren will, wenn schon kein Gerät zur Hand ist, das dazu im Stande wäre.

Der Drache ist riesig. Im Flug wirkt er wie ein amerikanischer *B52-Bomber*, der sich im Kunstflug versucht, nur dass er wesentlich kleinere, fledermausähnliche Flügel hat und dass sein Leib sich windet und schlängelt wie eine angreifende Anakonda. Auch von militärüblichen Tarnfarben hält er nichts, sein Körper schimmert teils golden, teils silbern. Zwei gewaltige Pranken entdecke ich, die elegant nach hinten gerichtet sind und, wie es den Anschein macht, zusammen mit dem elastischen Schweif für Flugstabilität sorgen.

Dieses gewaltige Tier rast auf uns zu. Mir stockt der Atem. Ein fliegender Blauwal könnte nicht beeindruckender sein. Der Kopf des Drachen ist eine bizarre Fratze aus Knochenwülsten und dunklen Vertiefungen; auf einmal begreife ich, warum die Chinesen Drachen so darstellen, wie sie es tun. Nur die Augen sind kleiner und außerdem seitlich angesetzt, oder zumindest kommen sie einem klein vor gegen das scheunentorgroße Maul. Ich ducke mich, als der Drache uns überfliegt; diesmal bin ich gewappnet und bleibe stehen. Es riecht verbrannt, beinahe wie die Abgase eines warmlaufenden Düsentriebwerks. Dann ist das unglaubliche Wesen vorbei, schraubt sich mit einem letzten, gellenden Schrei in die Höhe und verschwindet hinter dem Bergkamm. Abgesehen von den brennenden Wracks der Hubschrauber ist alles wieder wie vorher.

Die Männer jubeln, schreien durcheinander. Ahmad Wahil kennt sogar das englische Wort. »*Dragon*«, ruft er mir zu und lacht über das ganze Gesicht, das mich immer an ein Bild Dschingis-Khans denken lässt, das ich einmal gesehen habe. Sie sind überzeugt, dass uns nun nichts mehr zustoßen wird und dass wir unser Ziel, die Grenze nach Kashmir, ohne weitere Zwischenfälle erreichen werden. Die Begegnung mit einem Drachen gilt als glückverheißend.

»Und weiter?«, fragte ich, als die dramatische Pause anfing, sich ein wenig zu lange hinzuziehen.

Er hob die Schultern. »Nichts weiter. Das war es. Wir entkamen über Pakistan, kehrten nach Hause zurück, schrieben unseren Artikel und erregten damit bei weitem nicht so viel Aufsehen, wie wir erhofft hatten.«

»Und der Drache?«

»Eine Erinnerung. Wieder mal keine Fotos. Obwohl keine Magie im Spiel war, zumindest vordergründig betrachtet.« Er lächelte. »Pascal hat es nie verwunden, seine Kamera in jenem Moment nicht schussbereit gehabt zu haben. Er hat immer auf eine Gelegenheit gewartet, zurückzugehen. Während des Afghanistanfeldzugs der Amerikaner, kurz vor dem Sturz der Taliban und noch während die Nordallianz vorrückte, ist er mit CNN-Reportern hineingekommen. Er hatte vor, sich in den Norden Afghanistans abzusetzen und eine zweite Expedition über die Seidenstraße zu unternehmen.«

»So, wie Sie das formulieren, ist daraus nichts geworden.«

»Das Gebiet, in das er wollte – der östliche Hindukusch, die Wakhan-Region –, war plötzlich Sperrgebiet. Von Gewährsleuten erfuhr er, dass die amerikanischen Streitkräfte dort ausgedehnte militärische Operationen durchführten, angeblich auf der Jagd nach Terroristen. Aber Pascal behauptet, dass das ein Vorwand war. Was sie in Wirklichkeit jagten, war der Drache.«

»Ach. Und woher wussten die davon?«

»Ich sagte ja, ein so großes Geheimnis ist das nicht.«

»Aber sie haben ihn nicht gefunden, oder? Sonst hätte man ihn längst in einem Vergnügungspark ausgestellt. Oder er stünde ausgestopft im Smithsonian Museum.«

»Mag sein. Andererseits könnte militärische Geheimhaltung eine Rolle spielen. Sie wissen doch, was geschieht, wenn man in Drachenblut badet.«

»Für so fantasievoll halten Sie amerikanische Militärs?«

»Es war auch einmal Fantasie nötig, den Bau der Atombombe zu befürworten.« Er beugte sich vor und nahm den Rahmen mit der alten Karte wieder an sich. »Unverwundbarkeit. Ein alter Traum. Es mag fantastisch sein, sich vorzustellen, dass in diesem Moment in irgendeinem geheimen amerikanischen Militärlabor das Blut eines Drachen chemisch und genetisch analysiert wird – völlig auszuschließen ist es nicht.« Er hängte die Karte sorgsam wieder an ihren Platz. »Nein, den Drachen hat Pascal nicht gefunden. Ahmad Wahil lebt nicht mehr, und aus irgendeinem Grund trägt kein Afghane mehr eine dieser Pfeifen oder hat je auch bloß von ihnen gehört. Doch er fand Wahils Sohn, und der führte ihn nach langen Verhandlungen zu einem Nest. Einem erstaunlich kleinen Nest, wie er mir erzählte. Sieben Eier lagen darin. Zwei davon hat Pascal mitgenommen. Dass er mir eines abgegeben hat, werde ich ihm bis an mein Lebensende hoch anrechnen.« Er tätschelte das Ding in dem Ständer unter der Rotlichtlampe, das ich für ein Kunstwerk gehalten hatte.

»Ein Ei?!«, entfuhr es mir. »Sie wollen behaupten, das ist ein *Drachenei*?«

»Angeblich dauert es fünfunddreißig Jahre, bis das Junge schlüpft. Falls meine simple Installation hier überhaupt ein hinreichender Ersatz ist.« Er betrachtete die Lampe, als befielen ihn erstmals Zweifel. »Wie auch immer, ich werde das kaum noch erleben. Aber Sie vielleicht. Und dann hätten Sie den Beweis, den Sie suchen.«

Es hielt mich nicht mehr auf der Couch. Ich stand auf und trat an das Regal, besah mir das Ei aus der Nähe, die eigenartigen Muster darauf. Ich fasste es an. Trotz der Wärmelampe fühlte es sich kalt und hart an, unverwundbar wie ein rundgeschliffener Stein.

Und ich schwöre, einen Moment lang habe ich gespürt, dass es pulsierte. Langsam, wie der Herzschlag eines Wesens, das tausend Jahre alt werden wird. Dann war es vorbei und das Ei wieder ein Gebilde, das man für Marmor halten konnte. Wie ich auch wartete, es passierte kein zweites Mal.

© 2002 Andreas Eschbach

Halloween

Im Frühjahr 2000 war »Das Jesus Video« bei Bastei-Lübbe als Taschenbuch erschienen und entwickelte sich rasch zu jenem Best- und Longseller, der es bis heute ist. Das führte zu näherem Kontakt mit dem zuständigen Lektor, Stefan Bauer, der für den Herbst eine Anthologie zum Thema »Halloween« plante. Ob ich nicht Lust hätte, etwas beizusteuern?

Halloween. Hmm. Nicht unbedingt mein Leib- und Magenthema. Ich musste mir Bedenkzeit erbitten. Blätterte in meinen Notizbüchern, ohne fündig zu werden. Halloween? Was war das eigentlich? Ich griff, wie ich es in solchen Fällen zu tun pflege, zur Encyclopaedia Britannica, las nach, was dort stand ...

Und stieß auf ein Detail, das mich elektrisierte. Wie ein Blitz aufleuchtet und eine bis dahin unsichtbare Szenerie ausleuchtet, stand auf einen Schlag die Idee zu dieser Geschichte vor mir. Es war gruselig schön, sie zu schreiben. Und großartig, sie im Herbst 2000 dann als Buch in Händen zu halten.

Hier also: mein Versuch, wie Stephen King zu klingen. Bloß dass die Geschichte nicht in Maine spielt, sondern in Baden-Württemberg. Ich jedenfalls lese sie immer noch gerne.

»Wusstest du, dass Halloween der einzige Tag im Jahr ist, an dem man den Teufel gefahrlos um Beistand bitten kann?«, fragte Norbert mich eines Abends beim Bier in der Wohnheimküche. Wir studierten damals beide Informatik und standen kurz vor dem Abschluss, also muss es Oktober 1992 gewesen sein.

»Halloween?« Das hatte ich bis dahin für die amerikanische Form von Fasching gehalten, ein Fest, bei dem ausgehöhlte, beleuchtete Kürbisse mit eingeschnitzten Dämonenfratzen, Marshmallows und Ähnliches eine Rolle spielten. Etwas, das in Hollywoodfilmen vorkam: Kinder in Gespensterkostümen, die von Haus zu Haus zogen und Süßigkeiten einforderten.

»Steht so in der Enzyklopädia Britannica«, behauptete Norbert. »Halloween geht auf *Samhain* zurück, das Erntedankfest der alten Kelten. An diesem Tag kehren die Geister der Ahnen in ihre Häuser zurück, und man kann den Teufel anrufen, ohne seine Seele zu verwirken. Oder so ähnlich.«

Ich zuckte mit den Schultern. Ich bin schon immer ein naives Bürschchen gewesen. »Na und?«

Norbert schob sein Bier beiseite und seinen Stuhl zurück. »Komm«, sagte er. »Ich muss dir was zeigen.«

Was er mir gleich darauf in seinem Zimmer zeigte, war ein altes, dünnes Büchlein, in Frakturschrift gedruckt und in Karton von der Farbe getrockneten Blutes gebunden. Keine Verlagsangabe, keine Jahresangabe. »Ein Privatdruck offenbar«, meinte Norbert. »Ich habe es aus dem Antiquariat in der Ziegenhainstraße. Erstaunlich, was?«

»Seit wann gibt es in der Ziegenhainstraße ein Antiquariat?«, wunderte ich mich. Eigentlich war ich der Büchersammler von uns beiden. Norbert sammelte Sporttrophäen und Strafzettel wegen überhöhter Geschwindigkeit.

Ich blätterte darin. Mit nicht geringer Verblüffung erkannte ich, dass es in dem Buch um Magie ging, um Beschwörungen und Zauberrituale. Ich klappte es zu. »Was soll das denn werden?«, fragte ich und spürte einen seltsam metallischen Geschmack auf der Zunge dabei.

Norbert sah mich an. Von irgendwoher spiegelte sich ein gelber Schimmer in seinen Augen, was seinem Blick etwas Lauerndes, Verschlagenes gab. »In den Laden bin ich gegangen, weil im Schaufenster ein Buch über Liebeszauber stand«, sagte er.

»Das ist nicht wahr.« Ich warf das Buch auf den Tisch, als könne es jeden Augenblick in meinen Händen Feuer fangen. »Es geht immer noch um Irmina?« Er brauchte gar nichts zu sagen, sein Gesicht war Antwort genug. Ich hob die Hände, zählte ihm die Fakten an den Fingern vor. »Erstens, sie ist jetzt seit über einem Jahr mit ihrem Typen zusammen. Zweitens, sie ist schwanger von ihm. Drittens, der Hochzeitstermin steht schon fest. Ich meine, sieh es endlich ein – das ist gelaufen. Das wird nichts mehr, und wenn du dich auf den Kopf stellst.«

Norbert nahm das Buch wieder an sich, betrachtete es eine Weile schweigend und sah dann hoch. »Einen Versuch ist es wert«, sagte er und schob den Unterkiefer trotzig vor. »Die Frage ist lediglich, ob du dabei sein willst oder nicht.«

Ich weiß nicht mehr, warum ich nicht einfach gegangen bin. Sicher nicht, weil ich sehen wollte, wie Norbert sich blamierte. Nein, in meiner Erinnerung kommt es mir so vor, als sei ich stundenlang da gestanden und hätte dem verführerischen Ruf alter, vergessener Götter gelauscht, als sei eine Stimme in mir wach geworden, älter als die Menschheit oder das Leben selbst. Später sagte ich mir, dass es mich berührt haben musste, zu erleben, wie ein Mann eine Frau so unsagbar begehrte, dass er bereit war, alles zu tun, um sie zu erobern, buchstäblich alles.

Ich ging also nicht. Ich fragte: »Wann genau ist eigentlich Halloween?«

Irmina Langenstein war bestürzend intelligent, begehrenswert schön, ehrlich, warmherzig, sympathisch – jede Sünde wert, wie man so sagt. Sie hatte gerade von Kunstgeschichte zu Germanistik gewechselt, als sie und Norbert sich auf einem Fachschaftsfest begegneten. Es knallte heftig, allerdings nur bei Norbert – Irmina gab ihm nach einigen weiteren Begegnungen zu verstehen, dass sie ihn durchaus schätze, aber eben als Freund und nichts weiter. Einer jener Sätze, die einen Mann ins innerste Mark treffen und dort hängenbleiben wie Harpunen mit Widerhaken.

Kurz darauf sah man Irmina Langenstein – sie war eine Erscheinung, die man unmöglich übersehen konnte – Arm in Arm mit einem Tutor, einem dürren Spätintellektuellen mit langem, grau werdendem Haar, der zerschossene Cordjacketts trug, seit Jahren an einer Doktorarbeit über Hölderlin bosselte, einen Alfa Romeo mit offenem Verdeck fuhr und als den angenehmen Dingen des Lebens zu sehr zugeneigt galt, als dass man seiner Doktorarbeit ernsthafte Chancen eingeräumt hätte.

Norbert verging fast – vor Eifersucht zuerst, dann vor Verzweiflung. Ich hatte ihm nicht alle Aktionen ausreden können, mit denen er sich in dem vergeblichen Versuch, sie zu erobern, zum Narren machte. Er ließ sie über alle einschlägigen Radiosendungen grüßen. Er schickte ihr Blumen, bis sein Überziehungskredit erschöpft war. Er lauerte ihr auf, um ihr zu Füßen zu fallen, und ihm, um ihn zusammenzuschlagen – was kläglich misslang, denn der Nebenbuhler verließ das Institut an jenem Abend ahnungslos durch einen anderen Ausgang, während Norbert sich beim Warten eine Erkältung holte, die ihn zwei Wochen ans Bett fesselte. Kurz darauf kursierte bereits das Datum von Irminas Hochzeit, und irgendwer wusste, dass sie schwanger war. Deshalb die Eile, denn Irminas Eltern gehörte eine kleine Baufirma draußen auf dem Land, und sie hatten einen Ruf zu verlieren. Aber da Irmina ohnehin vor Glück so strahlte, dass man das Audimax mit ihr hätte ausleuchten können, war das kein Problem für sie.

Für Norbert schon. Wenn ich mich recht erinnere, war das sogar das Erste, was er mir über sie erzählte: dass sie jede Sünde wert sei.

Am späten Abend des letzten Oktobertages – Halloween also – fuhren wir hinaus zu dem Platz, den er sich für das Ritual ausgesucht hatte, ein kleines Wäldchen, nicht weit entfernt von Irminas Heimatort.

»Es ist abgelegen genug, dass uns keiner stört. Mitten drin ist eine Lichtung, und auf der Lichtung ein Hexenkreis. Bevor du fragst: Das sind Pilze, die entlang einer kreisförmigen Linie wachsen. Es gibt eine Erklärung, warum sie das tun, aber ich habe sie wieder vergessen. Jedenfalls, eine Lichtung mit einem Hexenkreis. Der ideale Platz.«

»Man könnte meinen, du glaubst den ganzen Quatsch wirklich«, sagte ich.

»Heute Abend«, antwortete er und sah mich mit unerbittlichen Augen an, »glaube ich ihn. Nur heute Abend.«

Wir fuhren ein Stück tiefer in den Waldweg hinein, als erlaubt war, aber es war kurz nach zehn Uhr abends, und niemand sah uns. Wir stiegen aus. Die nasskalte Dunkelheit des Waldes umfing uns, roch nach Moder und nassem Holz und tausend anderen Dingen, und ich fing an zu bedauern, mich auf dieses verrückte Unternehmen eingelassen zu haben.

Norbert packte zwei dicke Taschenlampen aus und reichte mir eine. Ich knipste sie sofort an und ließ den blassen Strahl die Umgebung abtasten: Nirgends waren Monster zu sehen, nicht einmal Tiere. Norbert schulterte eine Tasche, die wohl die Utensilien für das Ritual enthielt, und stapfte los. Ich folgte dichtauf.

Ein Wald bei Nacht, das war nichts für meine Nerven. Ich bin eben doch ein Stadtmensch und Stubenhocker. Die Dunkelheit schien das magere Licht unserer Lampen erdrücken zu wollen, überall knackste und knisterte es, und jedes Mal, wenn ein Regentropfen von einem nassen Blatt rollte und mich traf, setzte schier mein Herz aus. Wir gingen schweigend. Ich hätte was darum gegeben, wenn einer von uns einen Witz gemacht hätte, aber Norbert war von ernster, geradezu finsterer Entschlossenheit beseelt und eindeutig nicht in der Stimmung für Witze.

Endlich erreichten wir die Lichtung. Am Himmel zogen schwarze Wolkenfetzen dahin, zwischen denen ein zunehmender Mond herabsah wie ein halbiertes Auge. Norbert ließ die Tasche geräuschvoll zu Boden fallen, zog das Büchlein noch einmal hervor und rekapitulierte im Schein seiner Lampe die entscheidenden Stellen.

»Bringen wir's hinter uns«, sagte er dann, und mir rieselte eine Gänsehaut über den Rücken vom Klang seiner Worte. Oder von der Kälte, ich weiß es nicht.

Ich hielt die Taschenlampen und leuchtete ihm, während er zwischen den Pilzen umherschritt, schwarzes Pulver aus einer Plastiktüte vom Baumarkt rieseln ließ und geheimnisvolle Linien damit markierte. Er zog sechs Wachsfackeln hervor, rammte sie entlang des Kreises in den Boden und zündete sie an, sich jedes Mal in die entsprechende Himmelsrichtung verneigend. Es sah zum Angsthaben lächerlich aus.

Er winkte mich her, als alle Fackeln brannten, und deutete auf einen Punkt inmitten einiger Linien, die ein Pentagramm bildeten. »Setz dich da hin«, sagte er. »Da kann dir nichts passieren.«

Ich nickte nur und tat, was er gesagt hatte. Ich hätte kein Wort herausgebracht. Das Gras war nass vom Regen, als ich mich hinkniete, und der Boden kalt.

Norbert setzte sich in die Mitte des magischen Musters, hob die Arme und fing einen Singsang an aus Worten, die ich nicht identifizieren konnte, düsteren, rauen Lauten, dem Bellen von Kettenhunden ähnlicher als menschlichen Stimmen. Ich will das Ritual nicht in Einzelheiten schildern, aber jedenfalls stand irgendwann eine metallene Schale vor ihm, und er hielt die Arme hoch, ein Messer in der rechten Hand und in der linken etwas, das sich bewegte. Mit jähem Entsetzen erkannte ich, dass es eine Maus war, eine lebendige Maus. Das hatte ich nicht gewusst, und ich wollte aufspringen und ihn davon abhalten, zu tun, was er ohne Zweifel zu tun vorhatte, aber ich brachte es nicht fertig. Ich saß da auf meinem Platz im Pentagramm wie festgewachsen und verfolgte mit grausiger Faszination, wie er der Maus den Kopf abtrennte, ihr mit grimmiger Entschlossenheit das Messer in die Kehle bohrte, während sie fiepte und sich wand und ihn aus ihren entsetzten schwarzen Knopfaugen ansah, wie der Blick dieser Augen dann erstarb und wie er ihr Rückgrat durchsäbelte und sie über die Schale hielt und ihr schwarzes Blut hineinlaufen ließ, sie regelrecht auspresste wie eine pelzige Frucht. Ich bringe es nicht über mich, den Namen aufzuschreiben, den er anrief, dreimal, die Schale wie ein Opfer vor sich in die Höhe haltend.

Dann wartete er. Wir warteten. Nichts geschah.

Wären meine Nerven Klaviersaiten gewesen, man hätte Töne darauf zupfen können, hohe Töne, so gespannt waren sie. Ich wagte nicht, mich zu bewegen, und Norbert hielt die Schale, als wäre er zu einem Standbild erstarrt. Und dann ...

Habe ich mir alles nur eingebildet? Jede Überlegung meines rationalen Verstandes kommt genau zu diesem Schluss. Aber so oft ich daran zurückdenke, sehe ich es wieder, höre ich es, spüre ich es. Wie sich eine Stille auf uns herabsenkte, eine kalte, schwere Stille, die die Waldlichtung zu einer düsteren Kathedrale werden ließ. Wie sich das Gras ringsum aufrichtete, jeder einzelne Grashalm, als bekäme die Erde selbst eine Gänsehaut. Wie die Luft erfüllt war von zitternder Elektrizität.

Was.

Es war keine Stimme, nicht wirklich, oder wenn, dann war sie leiser als eine Einbildung. Ich hielt den Atem an, ich merkte, wie Norbert den Atem anhielt, der ganze Wald schien den Atem anzuhalten.

Willst.

Es war eine Stimme, die unser Ohr umging, die direkt an unsere Seelen rührte, eine Stimme mit einem betäubenden, frostigen Klang.

Du.

Ich sah Norberts Rücken einsinken, als gebe er unter einem schrecklichen Gewicht nach. Ich sah seine Lippen zittern, als er sie zusammenpresste. Dann hörte ich ihn sagen: »Ich begehre Irmina Langenstein zur Frau.«

Die Worte schienen von seinen Lippen zu wehen, hinaus in die Dunkelheit jenseits des Kreises, und dort aufgesogen zu werden, ehe sie die Bäume erreicht hatten. Dann herrschte wieder Stille, aber es war eine Stille voller Erwartung, eine lockende, verführerische Stille, als hätte uns eine übermenschliche Kraft gehört und wolle mehr hören.

»Und«, kam es aus Norberts Mund, »ich will reich sein. Ich will ...«

Voller Schrecken fuhr ich hoch und nach vorn und stieß ihn gegen die Schulter. »Norbert, hör auf.«

Er zuckte zusammen und ließ die Schale mit dem Blut fallen, und in dem Augenblick, in dem das Blut den Boden netzte, verschwand der ganze Spuk. Plötzlich war die Nacht wieder voller Tierlaute, knackender Äste und tröpfelnder Blätter, als hätte jemand eine unsichtbare Glocke von uns gehoben.

»Scheiße«, sagte er und wischte sich ein paar Tropfen Blut von der Hose. Er warf mir einen wütenden Blick zu. »Du hast mich rausgebracht. Ich war ...«

»Es ging um Irmina«, erwiderte ich. »Das war es, was du wolltest, oder?«

»Ja.« Er nickte, schaute sich um. Die Fackeln, die Rußstriche auf dem dürren Gras – mit einem Mal sah das alles reichlich albern aus. »Meinst du, es hat gereicht?«

»Mir reicht es jedenfalls.« Ich stand auf und klopfte die nassen Stellen meiner Hose ab. »Komm, lass uns heimfahren und Wahrscheinlichkeitsrechnung büffeln.«

Ich weiß nicht, was Norbert für Vorstellungen hatte, wie der Zauber wirken sollte. Er ließ sich nichts anmerken, wollte nicht einmal mehr davon sprechen, was wir da gemacht hatten in dem Wald, aber ich hatte den Eindruck, dass er, wenn wir abends in der Wohnheimküche hockten, darauf wartete, dass Irmina einfach zur Tür hereinkam.

Irgendwann, eine Woche später vielleicht, kam ich ins Haus und hörte ihn in der Küche telefonieren. Ich leerte meinen Briefkasten und schlich die Treppe hoch, um mich zu vergewissern.

»Er ist nicht der Richtige für dich. Ich bin der Richtige für dich«, hörte ich ihn sagen, in einem Tonfall, als müsse er seinem besten Freund eine Dummheit ausreden. Aber es konnte nur Irmina sein, mit der er sprach. »Ich bin der Mann, den du heiraten solltest, nicht er. Das weiß ich einfach, wie ich nichts anderes im Leben weiß, und ich wollte es dir wenigstens einmal gesagt haben, ein einziges Mal und nie wieder. Ich wünsche dir trotzdem alles Gute und …« Mir kam zu Bewusstsein, dass ich lauschte, und ich machte, dass ich davonkam.

An diesem Abend kam er mir völlig gelöst vor. Wir konnten über Automatentheorie, Bundesliga und Politik reden, als gäbe es keine Irmina auf dieser Welt.

Dann geschahen die Wunder.

Irminas Tutor hatte trotz aller Heiratspläne, wie sich herausstellte, die Frauenwelt nicht gänzlich vernachlässigt. Es stellte sich heraus, weil er, angeblich auf einem Kongress weilend, sich mit einer anderen Frau traf. Wie der Zufall es wollte, hielt sich nämlich in dem Hotel, in dem das Treffen stattfand, auch ein Kanzleramtsminister oder dergleichen auf, der den Medien just in dem Moment Rede und Antwort stand zum Fall des jüngst aufgeflogenen Atomschmuggels, als die beiden hinter ihm aus dem Aufzug traten. So konnte Deutschland zur besten Sendezeit die beiden engumschlungen im Hintergrund vorbeigehen sehen, in den Spätnachrichten noch einmal und auf anderen Kanälen in anderen Perspektiven. Es muss sehr heftige Szenen gegeben haben im Hause Langenstein, nicht zuletzt, weil die Eltern einen Ruf zu verlieren hatten, kurzum, die Verlobung wurde gekündigt, Türen flogen, Dinge gingen zu Bruch, und am Ende raste der Tutor in seinem Alfa Romeo, der Jahreszeit entsprechend mit geschlossenem Verdeck, davon. Die Kombination von bebenden Nerven und frühem Glatteis ließ seine Fahrt unter einem Sattelschlepper enden, in einem Albtraum aus zerfetztem Blech, den auseinanderzusägen die Feuerwehr mehrere Stunden beschäftigte. Obwohl man Irmina davon abhalten wollte, bestand sie darauf, die verschiedenen Überreste des Tutors zu sehen. Noch in der Leichenhalle bekam sie eine Fehlgeburt. Und einen Tag vor Weihnachten trat sie durch die Tür der Wohnheimküche, um Norbert das alles zu erzählen.

Die beiden heirateten kurz nach Ostern. Ich war Trauzeuge. Als Norbert mich nach der Feier verabschiedete, gab er mir ein schmales kleines Päckchen mit, in schneeweißes Geschenkpapier eingehüllt. »Du bist der Büchersammler von uns beiden«, meinte er.

Die Jahre vergingen. Aus Ruanda hörte man von Massakern, in Israel wurde Yitzhak Rabin ermordet, in Tokio setzte eine Weltuntergangssekte Giftgas in der U-Bahn frei. Belgien entpuppte sich als Land der Kinderschänder, der Schachweltmeister verlor gegen eine Maschine, auf dem Balkan herrschte Krieg. Das Ende des Jahrhunderts nahte unaufhaltsam.

Ich schloss mein Studium ab, fand einen Job und lernte Fabienne kennen, die zuerst nichts von mir wissen wollte, mich aber schließlich doch heiratete, fast auf den Tag genau ein Jahr nach Norberts Hochzeit. In den folgenden Jahren waren wir mit Kinderkriegen und Hausbauen beschäftigt, und wie es eben so geht, irgendwann stellte ich fest, dass ich vergessen hatte, Norbert und Irmina die übliche Weihnachtskarte zu schicken, und da sie auch uns keine mehr geschickt hatten, hakte ich die Beziehung als eingeschlafen ab. Was ich noch mitbekommen hatte, war, dass Norbert, der mehr oder weniger gezwungenermaßen in das Geschäft seiner Schwiegereltern eingetreten war, nach einem Schlaganfall des Seniors die Firma ganz übernommen hatte, innerhalb weniger Jahre zum Marktführer in der Gegend wurde und mindestens zehnmal so viel Geld machte, wie er als Informatiker jemals hätte verdienen können. Bei meinem letzten Besuch erzählte er mir eine Menge über Grundstücksspekulationen, Bauträgerschaften und Steuersparmodelle. Ich kapierte nicht einmal ein Viertel davon, und da er sich zu einem ziemlich arroganten Wichtigtuer entwickelt hatte, sah ich von weiteren Besuchen ab.

Mir ging es gut in der Zeit, der Job machte Spaß, und ich hatte Glück mit ein paar Aktienspekulationen, sodass wir unser Haus früher abzahlen konnten als geplant. Das Jahr 2000 rückte näher, und alle Welt verfiel in Panik, die Computer könnten an Neujahr anfangen, verrückt zu spielen. Goldene Zeiten für Programmierer brachen an, abgesehen von den Nachtschichten, die das mit sich brachte. Zum ersten Mal im Leben mussten wir uns über die Feinheiten der Schaltjahresregeln Gedanken machen – alle vier Jahre, bei glatten Jahrhunderten aber nicht, bei glatt durch vierhundert teilbaren Jahren aber doch wieder, und so weiter. Mein Kollege Wolfram, genannt *Der Hundertfünfzigprozentige*, nahm das zum Anlass, sich umfassend über alle Kalender kundig zu machen, die die Menschheit jemals entwickelt hatte, und uns in jeder Mittagspause an seinem Wissen teilhaben zu lassen. So lernten wir den hebräischen Kalender kennen, den muslimischen, den Kalender der Mayas und Azteken, die Zeitrechnung der alten Chinesen und so weiter und so fort.

Eher beiläufig erwähnte er etwas, das mir das Blut in den Adern gefrieren ließ.

Etwas so Naheliegendes. Etwas, das man hätte wissen können. Wahrscheinlich hatten wir es sogar in der Schule gehabt und bloß nicht aufgepasst. Etwas, das mich veranlasste, wenige Tage darauf spätabends in Norberts weitläufiger Villa auf seiner ledernen Couchgarnitur zu sitzen. Es war wieder Ende Oktober. Wieder Halloween.

»Zigarre?«, bot Norbert mir eine Schachtel Havannas an.

Ich lehnte ab. »Ist Irmina nicht da?«, fragte ich, während er sich das dicke braune Ding umständlich anzündete.

»Nein«, sagte er, wedelte das Streichholz aus und begann zu paffen.

»Kommt erst morgen wieder. Ist mit den Kindern bei einer Freundin, die eine Halloween-Party veranstaltet. Interessant, wie sie den Leuten in den letzten Jahren Halloween als Anlass zum Geldausgeben eingeredet haben, findest du nicht? Bei den Kindern wirkt es jedenfalls schon. Die sind heutzutage völlig verrückt nach Halloween.«

»Halloween«, wiederholte ich beklommen. »Deswegen bin ich hier.«

»Wegen *Halloween*?« Er nahm die Zigarre aus dem Mund, starrte mich ungläubig an und brauchte eine ganze Weile, bis ihm einfiel, was ich meinen konnte. »Ach so. Unser kleines Gruselabenteuer damals. Das war ganz schön verrückt, was?«

»Das war es allerdings.«

»Schon 'ne ganze Ecke her. Das müssen jetzt ...«

»Sieben Jahre«, sagte ich. »Es war vor genau sieben Jahren.«

Er hielt inne, rechnete nach. »Ja. Stimmt.«

»Sieben Jahre. Du weißt doch, was in den Märchen über einen Pakt mit dem Teufel steht – nach sieben Jahren kommt er und holt deine Seele.«

Norbert sah mich forschend an, suchte nach Zeichen beginnender Geistesgestörtheit und fing schließlich an, breit zu grinsen. »Du vergisst, dass damals Halloween war. Und an Halloween kann man den Teufel um Beistand bitten, ohne dass es einen die Seele kostet.« Er beugte sich vor, streifte die Zigarrenasche in einen schweren, teuer aussehenden Aschenbecher und grinste noch breiter. »Das ist wie mit dem Finanzamt. Man muss die Schlupflöcher kennen, dann kommt man davon.«

»Aber man darf sich nicht verschätzen dabei, oder?«

»Richtig. Sonst kann man am Ende ziemlich blöd dastehen.«

Ich nickte und faltete die Hände. Wie zum Gebet. »Wir benutzen«, sagte ich, »heute den Gregorianischen Kalender. Er wurde von Papst Gregor dem Dreizehnten eingeführt, weil der Julianische Kalender, der bis dahin gegolten hatte, zu ungenau war. Die Einführung geschah, indem auf den 4. Oktober 1582 der 15. Oktober folgte – die zehn Tage dazwischen fehlen. Es hat sie nie gegeben. Um diese zehn Tage ist der Kalender verschoben worden.«

»Macht man sich in der Softwareindustrie neuerdings über solche Dinge Gedanken?«

»Verstehst du nicht? Du kannst nicht davon ausgehen, dass Halloween – das wirkliche Halloween, das keltische *Samhain* – tatsächlich dem 31. Oktober unseres heutigen Kalenders entspricht. Die Kalender sind alle gegeneinander verschoben, der gregorianische gegen den julianischen, und der keltische … Ich weiß nicht, was für einen Kalender die Kelten hatten, aber die Wahrscheinlichkeit, dass *Samhain* tatsächlich mit unserem 31. Oktober identisch ist, steht mindestens dreißig gegen eins.«

Norbert sog an seiner Zigarre wie ein hungriges Baby an seiner Flasche, versuchte einen Rauchring zu blasen, brachte aber bloß eine verzitterte Wolke zu Stande. »Man könnte meinen, du glaubst den ganzen Quatsch wirklich.«

»Irmina hast du gekriegt, oder? Und reich bist du auch geworden.« Ich hätte noch mehr sagen können, etwas, von dem er nichts wusste, aber ich behielt es für mich.

Die Türglocke unterbrach uns mit einer Folge tiefer, melodischer Gongschläge. Norbert legte die Zigarre weg und stand auf. »Das geht heute schon den ganzen Abend so«, sagte er, griff nach einem bereitstehenden Korb voller Süßigkeiten und ging hinaus. Man hörte das Gekicher und Gegacker von Kindern, als er die Haustür öffnete.

»Was meinen Reichtum anbelangt«, sagte er danach, »den habe ich mir hart erarbeitet. In jedem Stein dieses Hauses stecken mein Blut, mein Schweiß und meine Tränen. Du warst immer angestellt, du weißt nicht, wie das ist als Unternehmer … Und Irmina? Ich habe sie gewonnen, weil ich hartnäckig war. Und ehrlich. Ich habe sie damals angerufen, weißt du, kurz bevor all diese Dinge passiert sind, und habe ihr Glück gewünscht, und dabei habe ich ihr einfach gesagt, dass ich der Richtige für sie bin, meine ehrliche Meinung. Ich glaube, das war es, was den Ausschlag gegeben hat.«

Ich weiß nicht mehr, was wir an dem Abend noch im Einzelnen redeten. Er holte eine Flasche Wein und dann noch eine, und irgendwann waren wir wieder bei Grundstückspreisen und Zinssätzen. Ich weiß auch nicht mehr genau, wie spät es war, als es zum letzten Mal an der Haustür klingelte, aber jedenfalls murrte Norbert etwas wie »unglaublich, dass manche Leute ihre Kinder so spät abends noch durch die Gegend rennen lassen«, als er mühsam aufstand und mit dem fast geleerten Korb hinausschlappte.

Das Erste, was ich wahrnahm, war, dass das Leder der Couch knisterte. Als wolle sich die Füllung darin ausdehnen. Dann sah ich, wie etwas mit dem Teppich geschah, und das Gras fiel mir wieder ein, das sich aufgerichtet hatte, als bekäme die Erde Gänsehaut, damals.

»Norbert?«

Jedes einzelne Atom der Luft schien mit einem Mal im Bann eines übermächtigen Kraftfeldes zu stehen, die dunstigen Rauchpartikel darin sich im Rhythmus eines übermenschlichen Pulsschlags zu bewegen. Ich stand auf, bewegte mich zur Tür, als sei mein Körper nicht mehr meinem Willen unterstellt. Ich glaubte ein Geräusch zu hören, das klang wie das schwere Atmen eines Millionen Jahre alten, Millionen Tonnen schweren Wesens.

Es kam aus der Vorhalle. Die Haustür stand offen. Der Korb lag auf dem Boden, die Bonbons in weitem Umkreis verstreut. Ein fahles, abscheuliches Licht fiel von draußen herein, ein Licht, das den Farben die Kraft zu stehlen schien, das eine graue Spur in die Welt fraß, wo immer es auftraf.

Als ich auf die Haustür zuging, entfernte es sich, langsam und schwankend.

Ich schwöre, die Spur, die später auf dem Marmor des obersten Absatzes eingepresst gefunden wurde, war der Abdruck eines Hufes, und seine Ränder brannten noch, als ich daran vorbeikam. Das Licht löste sich auf, war rund um die Villa und die Auffahrt verteilt wie feiner, körniger Nebel, den der Wind verwehte in Richtung des Waldes.

Erst jetzt kam es mir zu Bewusstsein, wie nahe dieses Haus *jenem* Wald, *jener* Lichtung war. Der Ort war gewachsen, nicht zuletzt durch Norberts Anstrengungen, und schließlich hatte er seine Villa hierhin gebaut, als wäre er einer Kraft entgegengegangen, der er ohnehin niemals hätte entkommen können.

Mit dem Auto waren es keine fünf Minuten. Ich fuhr so weit in den Wald hinein, wie ich konnte, sah wieder dieses böse, hungrige Licht und wusste, dass es von der Lichtung kommen musste. Als ein umgestürzter Baum den Weg versperrte, ließ ich den Wagen stehen, schlug mich quer durch das Gebüsch, ließ mich von Ästen schlagen und zerkratzen. Ich hatte nicht die Spur einer Idee, was ich dort auf der Lichtung machen würde, aber ich rannte, als gelte es mein Leben.

Erst als ich den Schrei hörte, blieb ich stehen.

Es war ein Schrei, der einem das Herz im Leibe stehenbleiben lassen konnte, ein Schrei von so unmenschlicher Fremdheit, von so entsetzlicher Verzweiflung, dass man zu Stein erstarren wollte vor Grauen. Keines Menschen Ohr hat jemals einen solchen Schrei gehört, wenn es überhaupt mein Ohr war, das diesen Schrei vernahm, und nicht mein Herz. Ich blieb stehen und wusste, dass es vorbei war. Im nächsten Augenblick erlosch das Licht.

Ich weiß nicht, was dann geschah. Ich erinnere mich, dass ich zusammengekauert neben einem Baum hockte, als es hell wurde, frierend und bis auf den Grund meiner Seele erschöpft. Nebel hing zwischen den Bäumen, und Wasser tropfte von den Ästen herab. Ich schritt die Lichtung ab, auf der das Gras bleich und tot war und zerfiel, wenn man es berührte. In der Mitte war der Boden kahl und verbrannt, von einem alten, verwitterten Lagerfeuer vielleicht oder weil die Erde sich aufgetan hatte, um jemanden zu verschlingen. Ich sah Spuren, die Kratzspuren von Fingern hätten sein können von jemand, der über den Boden geschleift wird und sich mit aller Kraft dagegen wehrt.

Neben den Kratzspuren fand ich ihn dann, den Ring. Ein dicker, goldener Ehering. *Irmina 23.4.1993* stand darin eingraviert. Ich steckte ihn in die Tasche und ging.

»Eine vorgetäuschte Entführung«, war sich der Kommissar sicher, der mich befragte und mit meinen kargen Auskünften zufrieden war. »Gegen Norbert Brandes laufen seit längerem Ermittlungen wegen Bestechung, Subventionsbetrug und Steuerhinterziehung. Er ist vermutlich untergetaucht.«

Meine Hand schloss sich um den Ring in meiner Tasche, und ich sagte nichts.

Am nächsten Tag kündigte ich in meiner Firma, ging zur Bank, löste mein Aktiendepot auf, schloss eine Lebensversicherung zu Fabiennes Gunsten ab, die sie für den Rest ihres Lebens absichern würde, erledigte dies und das und legte am Abend eine dicke Mappe auf den Tisch, auf der ein bunter Globus prangte.

»Was ist das?«, wollte sie wissen.

»Die Unterlagen für eine Weltreise. Lass uns nicht länger damit warten«, sagte ich und hoffte, dass sie die Angst nicht spürte, die wie eine eiserne Last auf meinem Herzen lag. Ich wollte tun, was in meiner Macht stand, damit sie niemals etwas davon spüren würde in dem Jahr, das mir noch blieb.

© 2000 Andreas Eschbach

Der Mann aus der Zukunft

Da wir gerade von Weltreise sprachen – auch die folgende Kurzgeschichte hat eine langen, verschlungenen Weg zurückgelegt.

Geschrieben habe ich sie im Jahr 1994. Dass man damals höchst beeindruckt war vom Herannahen des echten, wirklichen, wahrhaftigen Jahres 2000 ist ihr, glaube ich, noch anzumerken – inzwischen liest man sie eher mit einem Schmunzeln darüber, was für Ängste und Hoffnungen wir einst mit diesem magischen Datum verbunden haben.

Das Jahr 1994 war für mich in vielerlei Hinsicht ein Schicksalsjahr. Unter anderem hatte ich Anfang des Jahres einen Verlag gefunden, der willens war, meinen ersten Roman zu publizieren (die Rede ist vom Schneekluth Verlag, München, bei dem im Jahr darauf »Die Haarteppichknüpfer« erscheinen sollte). Im Lauf des Jahres war der entsprechende Vertrag unterzeichnet worden, das Lektorat war abgeschlossen, das Jahresende nahte und damit die alljährliche Notwendigkeit, zu Weihnachten von sich hören zu lassen. Mir kam die Idee, das mit dem »von sich hören lassen« wörtlich zu nehmen und eine Cassette mit einer selbstgesprochenen Kurzgeschichte an Freunde, Verwandte und auch an die wenigen Leute aus der Verlags- und Buchszene zu verschicken, die ich bis dahin kennengelernt hatte. Damit – ich legte einen kleinen Hinweiszettel bei – hoffte ich die Aufmerksamkeit für meinen Romanerstling zu befördern. Denn dass so ein Erstling es nicht leicht haben würde, das hatte ich im Verlauf des Jahres gelernt.

Jungen Menschen muss man heutzutage vielleicht erklären, was eine Cassette war: ein Ding, mit dem man Akustisches aller Art speichern konnte, aber nicht in digitaler Form und in Speicherchips – die waren damals noch zu groß und zu teuer dafür –, sondern auf einem winzigen Magnettonband. (Wer Genaueres wissen will, muss vermutlich ins Museum gehen.) Nicht erklären muss man das Grundkonzept: Das, was ich da zu basteln vorhatte, nennt man heute »Audiobook« oder »Hörbuch«.

Zunächst schrieb ich die Geschichte. Geplant war, dass sie etwas mit Silvester zu tun haben sollte. Dass sie von einem deprimierten Schriftsteller handelte, war nicht geplant, aber vermutlich nicht zu vermeiden. Und irgendwie rutschte, wie schon erwähnt, das nahende Jahr 2000 herein. Ich schrieb, überarbeitete, feilte. Es sollte alles stimmen. Immerhin würde es ja eine Art Gesellenstück werden.

Nachdem der Text stand – der Winter rückte näher –, ging es ans Aufnehmen. Ich zog das so professionell wie möglich durch. Von einem Freund borgte ich mir ein Mischpult, ein sagenhaft empfindliches Kondensatormikrophon, ein Hallgerät und so weiter (einen guten Cassettenrekorder und Kopfhörer hatte ich selber) und machte mich ans Werk. Gar nicht so leicht! Der Text hatte über zwanzig Seiten, und die einigermaßen ohne Versprecher, Verhaspler und womöglich auch noch einigermaßen sinnvoll betont aufs Band zu kriegen erforderte schon etliche Anläufe. Ich weiß nicht mehr, ob ich zufrieden war oder einfach nur die Nase voll hatte – vielleicht wurde auch einfach nur die Zeit allmählich knapp –, jedenfalls hörte ich irgendwann auf mit Lesen und machte weiter mit dem nächsten Schritt, der Vervielfältigung.

Ja, auch das war nicht einfach im Zeitalter vor DSL und USB-Sticks, liebe Kinder. Einfach per Massen-E-Mail ans ganze Adressbuch schicken, das war noch nicht üblich in diesen finsteren Zeiten! Nein, es war nötig, Kopien von der Mastercassette zu ziehen. Das konnte man in speziellen Doppel-Cassettendecks selber machen; ich wollte jedoch optimale Tonqualität erzielen und beauftragte deswegen ein Tonstudio damit. Die zogen von meiner Cassette ein Mastertonband (das ich immer noch im Schrank habe, obwohl ich bezweifle, dass es noch viele Geräte gibt, auf denen man es abspielen könnte) und davon dann Kopien, die – fünfzig Stück an der Zahl – schließlich in einem hübschen Karton bei mir eintrafen. Die beiliegende Rechnung war weniger schön, aber 1994 hatte ich meine eigene Firma, die auch ganz gut lief, sodass ich mir erlauben konnte, ab und zu etwas Geld zu verplempern.

Aufkleber und Hülleneinleger machte ich wieder selber, mithilfe eines nahe gelegenen Copyshops (damals in Stuttgart am Berliner Platz befindlich – inzwischen, habe ich gesehen, gibt es ihn nicht mehr). Und schließ-

lich verbrachte ich noch einen Abend damit, die Dinger mit Grüßen zu versehen und einzutüten, um sie anderntags zur Post zu bringen.

Ich erhielt ganz nette Reaktionen darauf. Dass meine Aktion dem Verkauf der »Haarteppichknüpfer« zuträglich gewesen ist, darf bezweifelt werden. Aber: Der Weg dieser Kurzgeschichte war noch nicht zu Ende.

Im Jahre 1994 war der Zugang zum Internet noch eine Sache für Spezialisten, aber es gab immerhin schon Compuserve, und ich war dort im Verlauf des Jahres Mitglied geworden. Compuserve war eine Art Internet für Anfänger – es gab E-Mails, es gab Diskussionsforen, alles noch sehr rudimentär (man bedenke, 1994 wurde noch ernsthaft diskutiert, ob Windows eine Zukunft habe oder nicht) und kompliziert, aber immerhin. In einem dieser Foren hatte ich mit einer gewissen Barbara Schnell Kontakt, wobei es unser gemeinsames Faible für den schottischen Schriftsteller Allistair MacLean war, das uns verband. Da sie zudem »irgendwie« als Übersetzerin, jedenfalls im Umfeld von Verlagen tätig war, kam sie gleich aus doppeltem Anlass auf die Weihnachtsliste.

Besagte Barbara Schnell (die tatsächlich als Übersetzerin arbeitet; sie hat u.a. die Romane von Diana Gabaldon ins Deutsche übertragen) hatte besagte Cassette an einen bei der ZEIT tätigen Redakteur weitergereicht. Und der wiederum kontaktierte mich gegen Ende des folgenden Jahres: Er würde die Geschichte gern in der Silvesterausgabe 1995 der ZEIT veröffentlichen.

– Gern, sagte ich höchst begeistert. In der ZEIT, man bedenke! Das baute mich auf, der ich seit Erscheinen meines Romans (und erst recht seit Erhalt der ersten Tantiemenabrechnung) das Gefühl nicht los wurde, damit den Flop des Jahres gelandet zu haben.

– Allerdings, fuhr er fort, müsse sie dafür gekürzt werden; mehr als eine Zeitungsseite sei nicht drin.

– Oh, sagte ich mit etwas gedämpfterer Begeisterung. Und wieviel?

– Auf die Hälfte, sagte er.

Auf die Hälfte! Gut, dass die Unterhaltung per Compuserve-Mail erfolgte; ich hätte möglicherweise etwas Dummes gesagt. So überschlief ich die Sache – und sagte zu. Und machte mich an die Arbeit.

Das war richtig hart. Ich glaube, ich brauchte zum Kürzen länger, als ich gebraucht hatte, das Ding zu schreiben. Ich strich Füllwörter. Das brachte fast gar nichts. Ich dampfte Passagen ein. Das brachte wenig. Ich teilte den Text in Abschnitte auf, sagte mir, wenn ich jeden Abschnitt auf die Hälfte kürze, erreiche ich die geforderte Länge, ohne die Geschichte aus dem Gleichgewicht kommt. Ich begann irgendwann, Episoden zu streichen, Figuren, Wendungen, ganze Handlungsfäden ... Ich hatte das Gefühl, das Ding zu massakrieren. Ich hatte das Gefühl, zu bluten.

Aber ich schaffte es irgendwie, und an Silvester 1995 erschien die Geschichte auf der letzten Seite der ZEIT, zusammen mit einer hübschen, wirklich passenden Grafik.

Wäre hier nun die Gelegenheit, die Urfassung zu veröffentlichen? Endlich?

Ja – bloß: Die gefällt mir inzwischen gar nicht mehr so gut. Die Magie des Kürzens hat gewirkt. Überlassen wir die Urfassung deshalb jenen 50 Cassetten, von denen einige noch irgendwo existieren mögen, und der Geschichte ...

Er stand am Fenster, so dicht, dass er die Kühle der Scheibe auf der Haut spürte. Sie beschlug von seinem Atem, während er hinabstarrte in den schmutzigen Hinterhof. Wieder einmal ein Silvesterabend ohne Schnee. Die kleine orangerote Lampe, die den Hof erhellte, wackelte im Wind, und ein Gemisch aus Regen und verirrten, hoffnungslosen Schneeflocken huschte nebelartig durch ihren Lichtkegel. Auf einer der Mülltonnen lag ein Stapel alter Zeitungen; offenbar hatte jemand auf diese Weise mit dem vergangenen Jahr abgerechnet.

Man müsste eine Geschichte darüber schreiben, dachte Brück. Eine Geschichte über einen Mann, der am Silvesterabend einsam an einem schmierigen Fenster steht, durch alte graue Gardinen auf einen hässlichen Hinterhof hinausschaut und davon träumt, Schriftsteller zu werden. Gleichzeitig bringt er es nicht über sich, vom Fenster weg und zurück an den Computer zu gehen, weil ihn die Aussicht lähmt, wieder etwas zu schreiben, was keiner lesen, keiner haben, keiner drucken will.

Dabei hätte er heute Abend die Zeit und Besinnlichkeit gehabt, nach der er sich sonst das ganze Jahr über sehnte, heute, da die Stadt in beschaulicher Stille lag und alle zu Hause saßen bei ihren Familien ...

In diesem Moment klingelte es.

Es war ein Mann, blond und stämmig, der geradezu begeistert schien, ihn zu sehen. Und er hielt eine Flasche Sekt in der Hand. »Herr Brück?«, fragte er mit leuchtenden Augen. »Peter Brück?«

»Ja«, gab Brück zu.

»Mein Name ist, ähm, Hans Schmidt«, erklärte der Fremde. »Ich bin heute Abend eingezogen«, – er machte eine unbestimmte Geste, die in die nach gedünstetem Kohl riechenden Tiefen des Hauses gerichtet war –, »nur ein Koffer und die Matratze ... Dachte, ich frage Sie mal, ob Sie nicht Lust haben, diese Flasche mit mir zusammen niederzumachen?«

»Hmm«, machte Brück. Das Ansinnen war ihm unangenehm. Bisher hatte er allzu enge Kontakte mit anderen Bewohnern des Hauses sorgfältig gemieden, weil ihm diese, geradeheraus gesagt, herzlich unsympathisch waren.

»Ich will mich nicht aufdrängen«, erklärte der andere, als Brück zögerte. »Ich habe die Erzählung gelesen, die Sie letzten September veröffentlicht haben, und ich wollte die Gelegenheit nutzen, Sie persönlich kennenzulernen.«

Brück hatte das Gefühl, seine Augäpfel zu unnatürlicher Größe anschwellen zu spüren. Plötzlich glaubte er zu verstehen, was die Chronisten des Mittelalters gemeint hatten, wenn sie von *Verklärung* sprachen: Ein unirdischer, geradezu göttlicher Glanz schien mit einem Mal von dem Mann auf dem Gang auszugehen, und der Klang seiner Stimme war plötzlich süße, himmlische Sphärenmusik. Er öffnete die Tür weiter, einladender.

»Entschuldigen Sie. Ich war etwas überrascht. Ich hatte niemanden erwartet ...«

Der Fremde lächelte verzeihend und trat ein. »Haben Sie Gläser?«, fragte er und begann, das Silberpapier vom Verschluss der Sektflasche zu wickeln.

Brück eilte in die Kochnische, um zwei Saftgläser aus dem überfüllten Abtropfgestell zu klauben. Der Kloß in seiner Kehle war ungeheuer. »Hat sie«, begann er und musste elend schlucken, »hat sie Ihnen gefallen?«

»Sehr«, sang der Mund des Fremden. »Ich war ungeheuer beeindruckt.«

Brück hätte heulen können vor Glück. »Wirklich? Sie hat Ihnen wirklich gefallen?«

»Ja. Wirklich«, meinte sein unbekannter Gast. Damit ließ er den Korken knallen, goss die beiden Gläser gleichmäßig voll und nötigte ihn mit einer Handbewegung, eines davon zu nehmen.

Die Erzählung ... Es war eine kleine, ziemlich autobiografische Erzählung über einen jungen Verkäufer, der, eingebunden in einen immer gleichen Alltag, nur wie durch die Sichtluken einer Festung mitbekommt, wie sich draußen die Welt verändert und allmählich vor die Hunde geht. Die Veröffentlichung dieser kleinen Geschichte hatte ihn den größten Teil des vergangenen Jahrs über beschäftigt. Letztes Silvester hatte er begonnen, sie zu schreiben, und Ende Februar war er damit fertig gewesen. Im März hatte er allen Mut zusammengenommen und sie an den Herausgeber der »Wilden Blätter« gesandt, der einzigen Literaturzeitschrift der Stadt. Im April hatte er einen Brief bekommen, den er immer noch aufbewahrte: dass man sie veröffentlichen werde, in der Juli-Ausgabe! Dann hatte es allerlei Hin und Her gegeben; beinahe wöchentlich waren neue Depeschen gekommen, die ihn abwechselnd von höchsten Höhen der Ekstase hatten abstürzen lassen oder umgekehrt ihn aus den tiefsten Tälern der Verzweiflung wieder ans Licht holten: Man könne die Erzählung – leider – doch nicht veröffentlichen. Doch, man werde sie veröffentlichen, aber es seien da noch einige Punkte, die überarbeitet werden müssten. Und er überarbeitete, wieder und wieder, schlug sich Nächte um die Ohren und verbrachte sonnige Wochenenden darüber, bis das Manuskript schließlich endgültig angenommen war und in der Septemberausgabe gedruckt erscheinen sollte. Das waren noch einmal qualvolle Monate, in denen er unruhig schlief und ständig überlegte, wie die Leute, die er kannte, auf die

Veröffentlichung reagieren würden. Was man ihn fragen würde. Was er antworten konnte.

Und dann, endlich, war es September, und die »Wilden Blätter« lagen in den Buchhandlungen, und seine Erzählung war sogar auf dem Titelblatt angekündigt, in der dritten Zeile von unten. Er zitterte am ganzen Leib, als er – obwohl er wusste, dass er ein Belegexemplar bekommen sollte (das er dann doch nicht bekam) – ein Heft kaufte, aufschlug, seine Erzählung suchte und fand und las.

Und weiter geschah nichts. Der September ging, der Oktober dazu, und dann erschien schon die Novemberausgabe, ohne dass *irgendjemand* von der Erzählung Notiz genommen hatte.

Jetzt war das Glas etwas, an dem er sich festhalten konnte. Er nahm einen Schluck, einen tiefen Schluck, und war dann selber überrascht über das, was aus ihm herausbrach. »Ich würde gern mehr schreiben, viel mehr. Es ist so viel in mir, dass ich manchmal das Gefühl habe, zu platzen. Ich würde gern ... ich würde gern einen Roman veröffentlichen ...«

Er schwieg erschrocken. Das war schon beinahe, ja, Blasphemie. Aber der fremde Gast nickte nur gelassen, als habe er nichts anderes erwartet.

»Das werden Sie«, sagte er. »Und nicht nur einen.«

»Glauben Sie?«

»Ja. Sie werden viele gute Bücher schreiben, die von vielen Menschen gelesen werden.«

»Wie können Sie das mit einer solchen Sicherheit sagen? Sie kennen mich doch kaum.«

»Ich kenne Ihre Erzählung. Rings um dieses Hutgeschäft, das Sie beschreiben, bricht mehr oder weniger die ganze Zivilisation zusammen, während der Verkäufer aus dem Fenster lugt und auf Kundschaft wartet. Sie sehen die Zukunft zu düster.«

»Aber so ist es doch. Schauen Sie sich doch um in der Welt – wir vergiften die Luft, die wir atmen, das Wasser, das wir trinken, den Boden, auf dem wachsen soll, was wir essen. Und es sind sechs Milliarden Menschen, die essen wollen, und nichts – außer einem Atomkrieg vielleicht – wird verhindern, dass sich diese Zahl noch verdoppelt. Man nennt es Wirtschaftskrise, aber in Wirklichkeit wird einfach um die letzten Reste Leben gekämpft. Und wir, die wir nichts abbekommen, betrinken uns, nehmen Drogen oder tanzen uns bei hypnotischer Musik zu Tode.«

»Und das gerade zum Jahr 2000, wie passend.«

Brück sah seinen Gast irritiert an. »Wie bitte?«

»Ich habe nur überlegt, was für ein merkwürdiger Zufall es ist, dass das Ende der Menschheit gerade zusammenfallen soll mit dem Ende eines Jahrtausends.«

Brück musterte den Unbekannten, der da auf seinem abgewetzten Sofa saß und zufrieden lächelte. Diese Wendung des Gesprächs kam ihm reichlich seltsam vor. »Das haben Sie sich aber nicht gerade jetzt ausgedacht.«

»Nein, zugegeben. Ich arbeite über die Jahrtausendpsychosen der Menschheit.«

»Jahrtausendpsychosen?«

»Religiöser Wahn. Exzesse. Hysterie. Gewalttätigkeiten. Endzeitstimmung. Kurz – die Angst, die das kollektive Unbewusste zu allen Zeiten erfasst, wenn ein neues Jahrtausend anbricht.«

»Hmm«, machte Brück. »Originell. Eine originelle Variante des Versuchs, die Realität nicht sehen zu müssen.«

Der Fremde sah ihn mit einem unergründlichen Lächeln an und schwieg einen Moment, als müsse er sich die Munition seiner Argumente zurechtlegen. »Wandern Sie doch einmal«, forderte er ihn schließlich auf, »in Gedanken die imaginäre Reihe der Jahre entlang, oder wie immer Sie sich die Zeit vorstellen. Ist es nicht so, dass Sie eine beinahe körperliche Empfindung haben, wenn Sie das Jahr 2000 überschreiten? Eine Art geistige Kerbe, als würde man mit der Zunge über die Zähne tasten und ein Loch erspüren?«

»Hmm«, machte Brück widerwillig. »Ja.«

»Und nun frage ich Sie: Warum ist das so, wenn wir doch angeblich nicht an die Magie der Zahlen glauben? Die Antwort ist, dass in unseren endlosen seelischen Tiefen Zahlen etwas Magisches sind, sich an ihnen der Willen der Götter offenbart. *Deshalb* spüren wir Jahrhunderte und Jahrtausende am ganzen Körper.«

»Das mag ja sein«, meinte Brück. »Aber die Fakten reichen auch ohne Ihre Zahlenmagie für eine handfeste Endzeitstimmung.« Um überhaupt etwas zu tun, beugte er sich vor und schenkte nach. Er betrachtete die Flasche. Der Sekt war eine Marke, die er nicht kannte – was nichts heißen mochte –, und das Etikett wirkte sehr edel und teuer – was auch nichts heißen mochte –, aber irgendetwas irritierte ihn daran.

»Glauben Sie nicht, dass Fakten durch Überzeugungen erst geschaffen werden?«

»Nein. Ich bin der ganz altmodischen Ansicht, dass Überzeugungen auf Wahrnehmung von Fakten beruhen sollten.« Brück kam nicht darauf, was ihn an der Sektflasche so beschäftigte. Er stellte sie zurück auf den Tisch.

Der Fremde lächelte. »Nehmen Sie sich selbst: Wie weit reichten die Zukunftsprognosen, die Sie von Ihrer frühesten Jugend an gehört haben? Immer nur bis zum Jahr 2000, nicht wahr? Das heißt, mit derselben Hartnäckigkeit, mit der man Ihnen das Alphabet eintrichterte, brachte man Ihnen bei, dass das Jahr 2000 das Ende der Zeitrechnung ist.«

»Bilde ich mir denn die Übervölkerung ein? Ist die Umweltverschmutzung eine Ausgeburt meiner Fantasie?« Brück starrte immer noch die Sektflasche an. Vorhin war sein Auge an irgendeinem Detail, einem bedeutsamen Detail, hängengeblieben.

»Nein. Was ich behaupte, ist, dass die Angst vor dem Ende des Jahrtausends die Menschen lähmt. Am Neujahrstag des Jahres 2000 werden die Menschen aufwachen und unfassbar erleichtert sein: Endlich hat das lange Zittern ein Ende, endlich liegt wieder ein unauslotbar großer Zeitraum vor ihnen wie weites, jungfräuliches Land.«

»Woher wollen Sie das wissen?«

»Ich weiß es.«

»Sie wissen eine ganze Menge«, meinte Brück abwesend, und plötzlich fiel sie ihm wieder auf, die merkwürdige Einzelheit, die ihn vorher stutzig gemacht hatte. Er nahm die Sektflasche in die Hand und las das Etikett. »Jahrgangssekt 1999 ...«

Er sah auf und sah in die Augen seines Gegenüber. Erschrockene Augen. Er sah den Gesichtsausdruck eines Mannes, der tödlich erschrocken war über einen Fehler, der ihm nicht hätte passieren dürfen.

Dieser Gesichtsausdruck, nur eine Hundertstelsekunde lang, verriet ihm alles. In diesem magischen Moment war es, als lüfte eine Gottheit einen Schleier, um ihn ungeahnte Geheimnisse schauen zu lassen.

»Jahrgangssekt 1999 ...«, wiederholte Brück langsam. Es klang weder anklagend noch ahnungsvoll. Er stellte nur Tatsachen fest, mit kühler, leidenschaftsloser Genauigkeit. »Sie haben einen Sekt aus dem nächsten Jahrtausend mitgebracht. Das ist der Grund, warum Sie so sicher über die Zukunft sprechen können: Sie sind ein Zeitreisender, der seine eigene Vergangenheit besucht.«

Seine Worte standen plötzlich im Raum wie aus Stahl gehämmert, und ihre Wahrheit war so offenkundig, dass es unmöglich schien zu leugnen. Der fremde Gast starrte ihn an wie erstarrt, wie von Panik gelähmt.

»Sie sind ein Zeitreisender«, wiederholte Brück.

Schließlich nickte der andere unwirsch. »Verdammt, ja.«

»Aus welchem Jahr?«

»2991.«

Unwillkürlich musste Brück lachen. »Zweitausendneunhundert ... Leidet Ihre Welt etwa auch wieder an einer Jahrtausendpsychose?«

»Ja, natürlich.« Es schien ihm nun peinlich zu sein, wie er vorhin mit seiner Kenntnis der Zukunft regelrecht angegeben hatte.

»Und Sie sind in die Vergangenheit gereist, um die Symptome zu vergleichen ... sicherheitshalber!«

»So ungefähr.«

»Warum sind Sie nicht stattdessen in die Zukunft gereist?«

Der andere wand sich förmlich. »Das geht nicht.«

Brück musterte den blonden, stämmigen Mann, der da auf seiner Couch saß und sein Sektglas verlegen zwischen den Fingern drehte. Erst jetzt wirkte der Fremde real – so, als könne man ihn anfassen, ohne mit den Fingern durch ein Trugbild zu stoßen. Komisch, dachte Brück, als ob ich es geahnt hätte, seit er zur Tür hereinkam ...

»Immerhin scheint es noch Menschen zu geben im Jahr 2991.«

»Natürlich. Mehr denn je.«

»Gibt es Kolonien im Weltraum? Überlichtschnelle Raumschiffe?«

Jetzt lächelte er, so wie Brück gelächelt hätte auf die Frage eines Zeitgenossen von Wilhelm dem Eroberer, der sich nach künftigen Pferderassen erkundigt. »Raumschiffe, ja – und anderes, für das Ihre Sprache keine Worte hat …«

Brück lehnte sich zurück, sehr behutsam und vorsichtig. Plötzlich hatte er Angst, er könnte die Magie dieser Begegnung durch ein unbedachtes Wort oder eine hastige Bewegung zerstören. »Erzählen Sie mir etwas über die Zeitreise. Wie machen Sie das, dass Sie unsere Sprache sprechen, die richtige Kleidung tragen, wissen, wie Sie sich zu benehmen haben?«

»Das ist einfach. Ich bin Historiker; wir erforschen die Vergangenheit mit Hilfe der Zeitreise, und wir haben technische Möglichkeiten, unglaublich schnell zu lernen …«

»Ist es nicht gefährlich? Haben Sie nicht Angst, den Verlauf der Geschichte zu verändern?«

Der Mann aus der Zukunft nickte. »Man muss sehr aufpassen. Es ist auch nicht ganz … legal, dass ich hier bin.«

»Wie war das mit dem Sekt? Woher stammt der?«

»Ich habe zuerst die Zeit nach der Jahrtausendwende besucht. 1999 wird ein sehr guter Weinjahrgang. Ich habe die Flaschen verwechselt.«

»Und warum haben Sie ausgerechnet mich besucht?«

»Es war wirklich so, wie ich sagte. Allerdings habe ich auch die Bücher gelesen, die Sie noch schreiben werden, und sie haben mir gut gefallen. Ich wollte Sie kennenlernen; Ihnen Mut machen, sie zu schreiben.«

Brück schwindelte bei diesen Worten, aber zu seiner Verwunderung gab es einen Teil in ihm, der den verzwickten Verwicklungen mühelos zu folgen vermochte.

»Gut«, sagte er, »machen Sie mir Mut. Was passiert in den nächsten Jahren?«

Das Gesicht seines Gegenübers verschloss sich. »Das darf ich Ihnen nicht sagen. Es ist zu gefährlich.«

Brück fühlte plötzlich seinen eigenen Atem, spürte die Unebenheiten des sperrmüllreifen Sessels, auf dem er saß, und hörte das feine, ameisenhafte Ticken der Regentropfen, die gegen die hohen, schlierigen Fensterscheiben nieselten. In weiter Ferne schlug eine Turmuhr, drei viertel zwölf. Dies war die Wirklichkeit, er träumte nicht. Der Mann, der aus einer tausend Jahre entfernten Zukunft gekommen war, saß ihm gegenüber, und nur die fast greifbare Stille trennte sie.

»Sie wollten mir Mut machen«, sagte Brück schließlich. »Dazu *müssen* Sie mir eine Frage beantworten – wie überlebt die Menschheit?«

»Sie überlebt.«

»Wie?«, beharrte Brück. »Sie brauchen mir keine Einzelheiten zu erzählen, wenn das so gefährlich ist – aber Sie müssen mir eine Idee geben. Mir fällt dazu nichts ein. Was könnte die Situation der Menschheit noch entscheidend verändern? Was könnte das sein?«

Der Zeitreisende verfiel in brütendes Nachdenken. Dann beugte er sich langsam vor und stellte sein Sektglas auf dem Tisch ab. »Der Kontakt mit einer außerirdischen Zivilisation«, sagte er schwerfällig.

Eine heiße Woge brandete durch Brücks Körper bei diesen Worten. »Was?«, entfuhr ihm.

»Eines Abends«, erklärte der seltsame Gast, und er schien zu leiden, während er sprach, »eines Abends werden Sie die Tagesschau einschalten, und es wird nur eine einzige Schlagzeile geben: die Entdeckung einer nichtmenschlichen, außerirdischen, intelligenten Lebensform. Diese Entdeckung wird nicht einfach eine Sensation sein, sondern der größte Schock, den die Menschheit je erlebt hat; ein Erdbeben in der Seele der Menschen, das Mächte zerfallen und Religionen verschwinden lassen wird. *Wirkliche* Fremde, verstehen Sie? Das wird die Welt verändern wie nichts zuvor. Es wird eine andere Menschheit sein, die das nächste Jahrtausend sieht.«

Brück hielt es plötzlich nicht mehr aus in seinem Sessel, stellte sein Glas ab und stand auf, um ans Fenster zu treten. Die Sterne funkelten milde und fern am dunklen Himmel, zwischen den wattigen, regenschweren Wolken, die im Mondlicht schwarzviolett glänzten. Er spürte ein Gefühl in seiner Brust, als breche eine Stahlklammer, die sein Herz bis jetzt umkrallt hatte.

»Es gibt also Leben da draußen«, sagte er halblaut.

»Das Universum *wimmelt* von Leben«, bekräftigte die Stimme in seinem Rücken.

»Es geht also weiter?«

»Wir hatten Besuch aus einer Zeit, die über fünfzehntausend Jahre in der Zukunft liegt. Und sie erzählten uns von einem Kontakt mit … nun, menschlichen Wesen aus einer Jahrmillionen entfernten Zeit. Die Zukunft der Menschheit scheint unauslotbar zu sein, immer weiter und weiter zu gehen …«

Brück sah die ersten, verfrühten Feuerwerksraketen aufsteigen. Er schob den muffigen Vorhang weiter zur Seite, als gelte es, dem neuen Jahr Einlass zu verschaffen.

»Und wissen Sie was?«, fuhr der Gast aus einer anderen Epoche fort – es klang, als wundere es ihn selbst –, »zu allen Zeiten suchen die Menschen das Paradies, aber was immer sie auch anstellen, das Leben wird immer dieses seltsame Chaos bleiben, das man nie ganz zu fassen kriegt. Immer wird es Freude geben und Leid, immer Geburt und Tod; zu allen Zeiten wird man Niederlagen und Heimtücke und Hass kennen – aber auch Siege, Ehrlichkeit und Liebe …«

Mitternacht. Die Kirchenglocken begannen zu läuten, grüne und rote Leuchtkugeln glitten majestätisch durch die Luft, und in den Straßen wirbelten die grellen Sonnenräder auf dem feucht glitzernden Asphalt. Zum ersten Mal nach langer Zeit faszinierte es ihn wieder wie ein Kind. Brück hatte plötzlich das Gefühl, dass es ein gutes Jahr werden würde.

Zeit, darauf anzustoßen. Er drehte sich um, doch das Sofa war plötzlich leer. Der merkwürdige Gast war verschwunden, und die Sektflasche mit ihm. Nur die beiden Gläser standen noch auf dem Tisch, und als Brück sie verwundert in die Hand nahm, sah er, dass sie völlig leer und sauber waren, wie frisch gespült.

© 1995 Andreas Eschbach

Jenseits der Berge

Kommen wir, da wir es gerade von den Anfängen einer schriftstellerischen Laufbahn hatten, zu einer ziemlich frühen Geschichte. Geschrieben habe ich sie irgendwann in den 80ern, um sie während meiner ersten Gehversuche als Autor auf ein paar extrem schlecht besuchten Lesungen im Stuttgarter Umland vorzutragen, und ein Dutzend (vielleicht auch nur ein halbes Dutzend) (oder noch weniger) Leute mögen bei einer dieser Gelegenheiten einen Reader erworben haben, den ich dafür zusammenstellte und der diese Geschichte enthielt und das erste Kapitel der »Haarteppichknüpfer«. Ein Lesungsbesucher kritisierte sie einmal als »nicht literarisch«; er würde auf einer Lesung junger Autoren doch etwas anderes erwarten.

Ich nahm das als Kompliment.

Später habe ich sie der Website www.sf-fan.de zur Verfügung gestellt, wo sie all die Jahre als hübsch formatierte PDF-Datei abrufbar war.

Und hier ist sie nun endlich dort, wo eine Geschichte hingehört: zwischen zwei Buchdeckeln.

Mir gefällt sie noch immer.

Sie hatten Livet erwischt. Sie waren aus dem Nachthimmel heruntergekommen wie ein einstürzendes Dach, schwarzes Geflatter dunkler als die Nacht, wirbelnde Krallen, messerscharf, gierig zischende Mäuler hatten Livet mit sich fortgetragen und Bran zurückgelassen, einfach so. Und ihr ohrenbetäubendes Kreischen hatte geklungen wie höhnisches Gelächter.

Bran blieb liegen, bis er glauben konnte, dass es vorbei war. Als die Schreie sich verloren, hob er den Kopf aus dem kalten Schlamm, aber er konnte sich nur auf den Rücken drehen, so sehr zitterte er noch. Seine Hand bekam den Dornenstock zu greifen, und ein wütendes, hilfloses Schluchzen drang wie von selbst aus ihm heraus. Nutzlos. Es gab keine Waffen, keinen Schutz. Wenn Opferzeit war, musste Blut fließen, so war es. Wenn sie nachts keine Beute fanden, kamen sie bei Tage. Wenn sie auf den Feldern und in den Gassen niemanden kriegen konnten, drangen sie in die Häuser ein. Wenn die Vampire hungrig waren, dann musste ein Mensch sterben.

Und heute Nacht war die Reihe an Livet gewesen. Bran stemmte sich elend hoch. Gellende Schreie hallten von den Bergen wieder, weit entfernt. Jetzt waren sie im Blutrausch. Er musste machen, dass er das Dorf erreichte. Heute Nacht würden sie jeden nehmen, den sie kriegen konnten, ob sie noch hungrig waren oder nicht.

Aber er war genug gerannt heute Nacht. Seine Schenkel brannten vor Erschöpfung, und der kalte Wind, der den Schnee von den Bergen herabtrug, fror ihm das Leben aus dem Leib. Einfach vornüberkippen, liegenbleiben, selbst zur Beute werden. Es endlich überstanden haben. Nur die Füße waren nicht einverstanden, trugen ihn weiter, stapften durch aufgeweichte Gassen, fanden den Weg zum Versammlungshaus, und dort zogen ihn Hände zur Tür herein, in dampfende Wärme.

»Bran ... er ist zurück ... er lebt ...« Gemurmel um ihn herum. Man setzte ihn an den Ofen, jemand reichte ihm eine Schale mit Brühe. Es war eine sehr dünne Brühe. Dieses Jahr reichte es kaum zum Leben. Die Vampire hatten die Felder verwüstet wie selten zuvor.

»Geht es dir besser?«

Er nickte, wärmte die Hände an der Schale. Aber die Wahrheit war, dass er nicht wusste, ob es ihm gut ging oder nicht.

»Livet?«

»Sie haben ihn geholt.«

Das Raunen trug Livets Namen weiter. Aus dem Raum der Frauen drang gleich drauf Wehklagen. Aber gleichzeitig war so etwas wie Aufatmen zu spüren – Hoffnung, dass die Vampire nun wieder einmal zufrieden sein würden für eine Weile.

»Dies ist ein Abend der Wunder«, rief plötzlich jemand. »Von dreien, die wir tot glaubten, sind zwei unversehrt zurückgekehrt!«

»Ehre sei dem Herrn des Tages und der Nacht«, murmelte ein Chor dumpfer Männerstimmen.

Bran sah den neben sich fragend an.

»Siren ist zurückgekommen«, erklärte der.

»Siren? Aber wie kann das …?« Bran erinnerte sich, dass der junge Bursche vor zwei Monden verschwunden war. Natürlich hatte ihn jeder für tot gehalten. Es war unglaublich, dass er diese lange Zeit ohne den Schutz des Dorfes überstanden haben sollte.

»Dort hinten sitzt er. Und erzählt Dinge, die nicht mal das dümmste Kind glauben würde.«

»Ja? Was denn?«

»Kannst ihm ja zuhören. Er hört gar nicht auf zu reden.«

Bran erhob sich mühsam und mischte sich unter die Männer. Sie umringten einen Tisch, an dem wahrhaftig Siren saß, gesund und lebendig, und der aufgeregt anredete gegen die Wand aus zweifelnden oder spöttisch grinsenden Gesichtern rings um sich herum.

»Stellt euch Wiesen vor, grün und saftig, so weit der Blick geht. Stellt euch Felder vor, jedes so groß wie unser ganzes Dorf, die herrlich blühen. Stellt euch Bäume vor, Hunderte davon, die voller süßer Früchte hängen …«

»Märchenland!«, warf jemand ein.

»Die Menschen dort«, rief ihm Siren entgegen, »wissen nicht einmal, was Vampire sind. Sie versammeln sich nachts unter freiem Himmel und feiern, zünden große Feuer an, um die herum sie fröhlich tanzen, lachen, singen, essen und trinken. Sie haben keine Angst vor der Nacht – sie lieben sie geradezu!«

»Geschichten erzählen konntest du schon immer, Siren«, meinte einer und erntete zustimmendes Gelächter.

»Ich habe das alles gesehen!«, erregte sich Siren. »Ich habe das alles gesehen, mit diesen Augen! Mit diesen Händen habe ich reife Früchte von Bäumen gepflückt, ganze Körbe voll. Mit diesen Beinen bin ich durch Felder gegangen, deren Korn mir bis zur Hüfte reichte –«

»Wo ist dieses Land?«, fragte Bran.

Siren sah ihn an. »Ich sagte es doch schon – jenseits der Berge. Ich habe einen Weg über die Berge gefunden. Und ich sage euch, auf der anderen Seite liegt ein Land, das unvorstellbar schön und reich ist; ein Land, in dem es keine Vampire gibt!« Er hob hilflos die Hände. »Warum versteht mich denn keiner? Sehe ich so aus, als sei ich verrückt geworden? Ich hätte dort bleiben können. Ich hätte nicht zurückzukommen brauchen, um euch davon zu berichten. Ich hätte nicht riskieren müssen, dass die Vampire mich doch noch erwischen. Ich hätte einfach bleiben können. Ihr glaubt mir nicht, schön – aber ihr braucht mir nicht zu glauben! Ihr könnt einfach mit mir kommen, und ich zeige euch den Weg, den ich gegangen bin. Wir brauchen nicht hierzubleiben, versteht ihr? Wir brauchen uns nicht sinnlos den Vampiren zu opfern. Wir können einfach fortgehen in ein besseres Land.«

»Vielleicht«, warf eine bedächtige, Ehrfurcht gebietende Stimme ein, »hat das alles seinen guten Grund.« Der Spott und das Gelächter erstarben. Die Männer wichen respektvoll beiseite, um den alten Gurot durchzulassen. Man machte ihm Platz, damit er sich an den Tisch setzen konnte, Siren gegenüber.

Gespannte Stille herrschte plötzlich. Gurot legte die Heilige Schrift vor sich hin, rieb sich die Reste der Opferkräuter von den Fingerspitzen und musterte den jungen Siren aufmerksam, der unter diesen Blicken kleiner zu werden schien. Langsam sagte er: »Ich möchte dir zunächst sagen, Siren, dass ich mich freue, dass du noch am Leben bist, und dass ich dich beglückwünsche.«

»Danke«, sagte Siren tonlos.

»Man hat mir von deinen Erzählungen berichtet, während ich das Huldigungsopfer darbrachte«, fuhr der Alte bedächtig fort, »und ich denke, ehe du dich immer wieder und wieder wiederholst, sollten wir alles einmal gründlich bedenken und von allen Seiten betrachten.«

Siren sagte nichts.

»Du bist der Überzeugung, dass du uns etwas von enormer Wichtigkeit mitzuteilen hast; hat man mir das richtig überbracht?«

»Ja.«

»Und du wunderst dich, dass deine Schilderungen hier auf, sagen wir einmal, Skepsis stoßen. Sehe ich das recht?«

»Genau.«

Gurot faltete die Hände in einer Geste der Nachdenklichkeit. »Nun, Siren, ich möchte, dass du dich einen Moment in die Lage dieser Leute hier versetzt. Du bist noch jung, gerade mannbar geworden, in dir brennt noch die Hitze der Jugend und ihre Fantasie. Überdies weißt du selbst, dass du nicht eben das warst, was man ein wohlerzogenes Kind nennt; du erinnerst dich sicher selber am besten an manche Streiche, Lügen und andere Vorfälle, die man beim besten Willen nicht als Zeichen übermäßiger Zuverlässigkeit verstehen kann. Versteh mich recht, ich verurteile damit weder dich noch das, was du sagst, ich möchte im Gegenteil alles gründlich bedenken, aber ich möchte zunächst, dass du mir sagst, ob ich gerade etwas Unwahres über dich erzählt habe.«

»Nein«, gestand Siren, »aber ...«

Gurot hob eine Hand, um ihn zu unterbrechen. »Ferner möchte ich wissen, ob du dir vorstellen kannst, dass einige der hier Anwesenden einfach aufgrund deiner Jugend und der Erinnerungen an deine Kinderstreiche voreingenommen gegen dich sind. Kannst du dir das vorstellen?«

»Ja.«

»Gut. Aber wie gesagt, wir wollen alles gründlich bedenken, unabhängig von all diesem.« Der alte Mann legte seine Hand auf das Buch vor ihm. »Du weißt, dass ich mich eingehend mit den alten Schriften und Überlieferungen befasst habe. Danach zu urteilen, hat es immer diese zwei Seiten gegeben: auf der einen Seite wir, die Menschen – auf der anderen Seite sie, die Vampire. Man kann natürlich fragen, warum. Viele alte Schriften tun das auch. Meistens fragen sie gleichzeitig nach Gott, dem Schöpfer aller Dinge, und nach der Rolle, die wir oder die Vampire in seinem Plan spielen. Die unangenehmste Antwort ist meist die, dass wir Menschen vielleicht einfach nur als Futter für die Vampire dienen sollen. Das gefällt uns nicht. Mir gefällt das auch nicht, ebensowenig wie dir, aber andererseits können wir unser Gefallen oder Missfallen nicht zum Maßstab aller Dinge machen, nicht wahr? Etwas ist so, wie es ist, unabhängig davon, ob es uns gefällt oder nicht. Eine andere Erklärung, die immer wieder gefunden wird, ist, dass es einfach stets ein Gleichgewicht geben muss zwischen der Zahl der Menschen und der Zahl der Vampire. Wenn es viele Menschen gibt, steigt die Zahl der Vampire, und diese dezimieren wieder die Anzahl der Menschen. Gibt es umgekehrt zu wenig Menschen, verhungern viele Vampire, und die Menschen können sich wieder vermehren. Ohne die Vampire, heißt das, würden wir Menschen uns schrankenlos, ins Unermessliche vermehren.« Gurot spreizte die Finger. »Aber, wie gesagt, das ist auch nur ein Erklärungsversuch, der uns nicht zu gefallen braucht. Was man mit Sicherheit sagen kann, ist, dass wir nicht wissen, wozu Vampire da sind. Wir wissen aber auch nicht, wozu der Tag da ist oder die Nacht. Wir wissen nicht einmal, wozu wir selber da sind oder wozu es so etwas wie Leben überhaupt gibt. Letztlich ist alles ein Mysterium. Alles ist einfach so, wie es ist.«

Gurot sah in die Runde, in andachtsvoll lauschende Gesichter. »Ich muss wohl nicht erwähnen, dass in den alten Schriften nirgends, nicht an einer einzigen Stelle, die Rede davon ist, dass es jenseits der Berge so etwas wie ein gesegnetes Land geben könnte. In den Überlieferungen existiert nicht der geringste Hinweis auf ein Land, wo keine Vampire, sondern nur glückliche Menschen leben. Zwar sprechen die Schriften durchaus von einem gelobten Land, aber um dorthin zu gelangen, muss man ein gottgefälliges Leben im Diesseits führen, ein Leben der Arbeit, der Entsagungen und der Prüfungen. Das ist natürlich anstrengend und unangenehm. Dass man dieses gelobte Land auch anders, nämlich durch einen einfachen Fußmarsch erreichen könne – das hat noch nie jemand behauptet. Noch nie bis heute Abend. Bis du kamst, Siren. Sag mir eines: Findest du das nicht selber merkwürdig?«

»Vielleicht ist vor mir noch nie jemand zurückgekehrt von dort?«

»Ah ja?« Gurot hob die Augenbrauen. »Aber jetzt bist ja du da, nicht wahr? Jetzt wird alles anders. Die heiligen Schriften, die alten Bücher, das können wir nun alles bedenkenlos verbrennen, denn du bringst uns die Wahrheit. Unsere zahllosen Toten können wir vergessen, denn sie sind ja ganz sinnlos gestorben. Denn ein Zeitalter geht zu Ende heute Abend, nicht wahr, und ein neues beginnt. Sollen wir es das Zeitalter des Siren nennen?« Seine Stimme war schneidend scharf geworden.

Siren schaute hilflos drein. »Ich kann euch nur sagen, dass ich ...«

»Ganz zweifellos glaubst du, was du sagst, Siren«, nickte Gurot. »Ich glaube dir. Wirklich. Ich bin der festen Überzeugung, dass du wirklich glaubst, jenseits der Berge liege die Erlösung.«

»Ja?«

»Ja, sicher. Siehst du, Siren, mir geht es so, dass ich das gerne auch glauben würde. Wirklich, mein Herz brennt danach, dir zu glauben. Aber mein Kopf ...« Er lehnte sich zurück und lächelte wehmütig. »Mein Kopf kennt mittlerweile die Schliche des Herzens. Das Herz glaubt, was es sich wünscht. Höre mir nun gut zu, Siren, und versuche von meiner Lebenserfahrung zu profitieren. Ich will dich nicht verurteilen. Ich möchte dir nur erklären, was in dir vorgeht. Man glaubt das, von dem man sich wünscht, es wäre so. Und es ist immer das Herz, das sich etwas wünscht. Es ist auch das Herz, das Angst hat. Und wenn das Herz in Aufruhr ist, dann denkt der Kopf nicht mehr klar, dann gerät er in Fieber und verstrickt sich in die unglaublichsten Hirngespinste. Wer von uns hat das noch nicht erlebt? Man verliebt sich in ein Mädchen – und schon gewinnt man aus der kleinsten Freundlichkeit, die sie einem erweist – und ebenso leicht aus jeder Unfreundlichkeit –, die unumstößliche Gewissheit, dass sie unsere Liebe insgeheim erwidert. Sagt, erinnere ich mich da richtig?«

Die Männer lachten.

»Versuche dich zu erinnern, was in dir vorgegangen ist, Siren. Ich weiß es nicht, du allein weißt es. Du hast vielleicht überlegt, was für ein erbärmliches Leben das ist, das da auf dich wartet: ein Leben, in dem es heißt, einem kargen, felsigen Boden Nahrung abzutrotzen, und dabei ständig Angst haben zu müssen vor den Vampiren. Du weißt nicht, ob du einmal so alt wirst wie ich oder ob du morgen schon stirbst. Es ist unangenehm, über all das nachzudenken. Vielleicht hast du dich deswegen in eine Fantasie geflüchtet. Doch eine Fantasie kann einen nicht trösten, solange man noch weiß, dass es nur eine Fantasie ist. Damit die Angst vergeht, muss es zur Gewissheit werden. Also steigerst du dich hinein, glaubst fest daran, zweifelst nicht mehr an der Realität dessen, was du glaubst – aber unter der Oberfläche bleibt ein leiser Zweifel. Dieser heimliche Zweifel ist es, der dich antreibt, andere überzeugen zu wollen. Dein Kopf ist in Fantasien verstrickt, und er will die Bestätigung anderer: Wenn andere dir zustimmen, dir sagen, dass du recht hast, dann kannst du es besser glauben, als wenn du allein bleibst damit …«

»Es ist genug, alter Mann!«, rief Siren wütend und sprang auf. Becher fielen um. Jeder hielt den Atem an. Noch nie hatte jemand gewagt, Gurot derart zu unterbrechen. »Du versuchst mit tausend klugen Worten die Wahrheit hinwegzuerklären, nichts weiter. Bleib von mir aus bei deinen staubigen alten Büchern, wenn sie dir mehr bedeuten als dein Leben! Ich sage euch nur, ich bin dort gewesen, im gelobten Land, und morgen Früh werde ich wieder dorthin zurückgehen. Und wer von euch will, der kann mit mir kommen.«

Ein Raunen ging durch die Reihen. Siren kam hinter dem Tisch vor und sah sich um in den Gesichtern. »Nun? Was ist?«

Niemand sagte etwas. Ein paar Männer wandten sich ab.

»Es scheint nicht so leicht zu sein, ein neues Zeitalter einzuläuten, wie?«, ließ Gurot sich spöttisch vernehmen.

»Was war ich für ein Narr, zurückzukehren!«, rief Siren aus. »Ihr sagt, ich sei verrückt? Ich war es, dass ich mein Leben noch einmal aufs Spiel gesetzt habe!«

»Ich komme mit«, sagte Bran leise.

»Siren!«, rief jemand aus dem Hintergrund des Raums. »Du hast so schönes Lockenhaar – du solltest zu den Frauen hinübergehen, die kannst du sicher leichter verführen!« Alle lachten.

»Wenigstens einer«, sagte Siren zu Bran. »Dann hat es sich doch gelohnt.«

Am nächsten Morgen bei Sonnenaufgang, als alle anderen noch schliefen, verließen Siren, Bran und drei Frauen das Dorf und kehrten nie mehr wieder.

© 1990 Andreas Eschbach

Der Supermarkt im Nebel

Wie entstehen eigentlich Ideen zu Geschichten? Das werde ich oft gefragt. Am Beispiel der folgenden Erzählung lässt es sich, glaube ich, bemerkenswert gut nachvollziehen. Alles, was ich dazu erklären muss, ist, dass hier in der Bretagne, wo meine Frau und ich seit einiger Zeit leben, sehr oft sehr dichter Nebel herrscht – und dass wir anfangs auf den vielen kleinen Straßen zwischen all den kleinen Orten mit nahezu gleichlautenden Namen öfter mal die Orientierung verloren haben.

Der Rest – ist Fantasie ...

»Völlig unnötig«, sagte Ulrich. »Dass wir beide in der Gegend herumfahren nur wegen einem Glas Meerrettich, meine ich.«

»Ich bin eben solidarisch«, sagte Juliane.

»Und dann an Heiligabend. Haben die Geschäfte überhaupt noch auf?«

»Bis dreizehn Uhr.«

Ulrich riss das Steuer zur Seite. »Hast du den gesehen? So zu rasen bei dem Nebel.«

»Mmh.«

»Dass auch immer was fehlen muss. Für wie viel haben wir gestern eingekauft? Zweihundertsechzig Euro, und dann vergessen wir den Meerrettich. Wenn was nicht geht, dann Nürnberger Rostbratwürste ohne Meerrettich.«

»Wir hätten ja auch was anderes machen können.«

Ulrich schüttelte entschieden den Kopf. »Nein, nein, nein. Wir werden nicht unsere Traditionen aufgeben, nur weil wir keine Vorratshaltung hinkriegen. Das ist ja fast peinlich. Wenn ich da an deine Freundin Gertrude denke –«

»Gerda. Du sagst immer Gertrude, aber sie heißt Gerda.«

»Gerda, mein ich doch. Ist dir schon mal aufgefallen, dass man bei der reinschneien kann, wann man will – die hat immer alles da? Nachtische, Eis, frisches Obst, was du willst ... Und das, wo sie allein lebt. Ich frag mich, wie sie das macht. Ich frag mich sowieso, wie so was geht, mit dem mickrigen Gehalt. All die Reisen, die sie unternimmt. Und gut angezogen ist sie auch immer.«

»Sie näht viel selber. Das spart eine Menge.«

Ulrich schob den Kopf vor, spähte hinaus. »Wo muss ich denn jetzt ab? Der Nebel wird immer dichter, hab ich das Gefühl. Rechts, oder?«

»Ich weiß nicht. Ich hab nicht aufgepasst.«

»Na toll. Da hätte ich auch gleich allein fahren können.«

Juliane seufzte. »Müssen wir denn unbedingt streiten? An Weihnachten?«

»Ich streite doch gar nicht.«

»Klang aber so.«

Ulrich holte geräuschvoll Luft, schwieg aber. Nach einer Weile sagte er in bemüht konziliantem Ton: »Ich habe mich bloß gefragt, wieso wir das mit dem Einkaufen nicht hinkriegen. Zwei erwachsene Leute. In der Firma geht's doch auch. Man hat ein Lager, hat ein Verzeichnis – Lagerhaltung eben. Das ist in einem Haushalt doch nicht anders. Wir müssten uns einfach nur angewöhnen, jede Woche einen Speiseplan aufzustellen. Vielleicht auch systematisch die Prospekte mit den Sonderangeboten durchsehen – dass man die nicht bloß wegschmeißt und sich ärgert, verstehst du, sondern auch nutzt! Und immer eine Einkaufsliste zu schreiben.«

»Für Weihnachten müssen wir ja wohl keinen Speiseplan aufstellen.«

»Eben. Da könnten wir sogar dieselbe Einkaufsliste jedes Jahr –«

»*Ulrich!*«, schrie sie.

Das Auto legte sich zur Seite, als Ulrich reagierte und das Steuer herumriss. »Ups«, machte er. »Scheiß-Nebel. Das ist aber auch eine blöde Kurve ...« Er ging mit dem Tempo runter. »Ich weiß ehrlich gesagt nicht, wo wir im Moment sind.«

Juliane zeigte nach links, wo etwas durch den Nebel schimmerte. »Da. Da ist ein Supermarkt.«

»*Superkauf?*«, las Ulrich. »Waren wir hier schon mal? Kommt mir ganz unbekannt vor.«

»Ist doch egal. Meerrettich werden sie schon haben.«

»Stimmt auch wieder.«

Der Nebel lag dick und wattig über dem Parkplatz, beschlug Ulrichs Brille, als sie ausstiegen, und feuchtete ihre Mäntel. Die Leuchtreklame über dem Eingang war von einem Heiligenschein umhüllt.

»Der muss ganz neu aufgemacht haben«, konstatierte Juliane, als sie ins Innere kamen. Alles war ganz neu und sauber und von geradezu überirdischem Glanz erfüllt ... Was aber vermutlich an der beschlagenen Brille lag. Oder überhaupt an dem Kontrast zu dem Sauwetter draußen.

»Einen Wagen?«, tadelte Ulrich, als Juliane nach einem der Einkaufswagen griff. »Um ein Glas Meerrettich zu kaufen?«

»Wenn wir schon mal da sind ...«

»Nein, nein, nein.« Er nahm ihr den Wagen aus der Hand und schob ihn zurück. »Nicht schon wieder Spontankäufe für hundertzwanzig Euro.«

Das Obst sah märchenhaft aus, das Gemüse wie gerade eben geerntet. Die Fischtheke war eine Offenbarung, die Auswahl der Weine ein Traum, und in der Ecke mit den Backwaren roch es wie im Himmel.

»Und gar nicht teuer!«, flüsterte Juliane. »Im Gegenteil, billiger als bei uns im –«

»Auch das günstigste Sonderangebot kostet Geld«, widersprach Ulrich kategorisch.

Also widerstanden sie allen Versuchungen tapfer und schritten schließlich mit nichts als einem Glas Meerrettich in der Hand auf die Kassen zu, vor denen lange Schlangen turmhoch gefüllter Einkaufswagen warteten.

Im letzten Moment schnappte sich Juliane einen Cremetiegel aus dem Regal mit den Kosmetika. »Gesichtscreme«, erklärte sie. »Brauch ich dringend.«

Ulrich sagte nichts. Erst auf dem Weg zum Auto brummte er etwas von wegen, dass der Laden tatsächlich nicht schlecht gewesen sei und sie in Zukunft durchaus öfter mal hier einkaufen konnten.

Doch so oft sie es auch versuchten, sie fanden den Supermarkt nicht wieder. Sie mussten in dem Nebel völlig die Orientierung verloren haben.

Ein Jahr später, wieder an Weihnachten, hielt Ulrich das Meerrettichglas in der Hand und studierte das Etikett. »Das hat gar kein Haltbarkeitsdatum. Meinst du, der ist noch gut?«

»Meerrettich hält lange«, sagte Juliane.

Ulrich schraubte den Deckel ab, roch am Inhalt. »Ja, ich glaub, der ist noch gut. Und noch halb voll, wäre schade drum gewesen.« Er tat sich einen ordentlichen Klecks auf den Teller. »Scheint irgendwie nie alle zu werden, oder? Das ist doch das Glas, das wir damals –«

»Ja«, sagte Juliane. »Schon seltsam. Meine Creme habe ich auch noch.«

Zwei Jahre später, am Abend des zweiten Advents, waren sie wieder einmal zu Gast bei Julianes Freundin Gerda. Sie saßen in ihrer gemütlichen kleinen Küche und aßen einen wunderbaren Tafelspitz mit Salzkartoffeln, dazu Meerrettich.

»Der gleiche, den wir auch haben«, meinte Ulrich und nahm das Glas in Augenschein. »Auch kein Haltbarkeitsdatum. Unserer ist immer noch halb voll oder so, den müssen wir mal wegwerfen.«

»Wieso?«, fragte Gerda. Gerda war nur wenig älter als sie beide, wirkte mit ihrem graumelierten Haar und ihrer aufrechten Haltung aber wie eine weise Alte.

»Weil wir ihn vor ziemlich genau zwei Jahren gekauft haben«, lachte Ulrich.

»Und wo?«

»Bei einem Supermarkt, der hieß ... Juliane, wie hieß der noch mal? Das war eine verrückte Geschichte.« Sie erzählten sie ihr. Von der Fahrt durch den Nebel und wie sie sich gestritten hatten wegen dieses fehlenden Glases Meerrettich für ihr traditionelles Weihnachtsessen.

Gerda hatte große Augen bekommen. »Und ihr habt nur ein Glas Meerrettich und eine Gesichtscreme gekauft? Ja, kennt ihr denn die Legende nicht?«

Ulrich klappte der Kinnladen herunter. »Was für eine Legende?«

»Der Supermarkt im Nebel. Der magische Supermarkt. Nie gehört?«

Juliane und Ulrich schüttelten die Köpfe, synchron.

»Was man dort eingekauft hat, geht einem nie wieder aus«, erklärte Gerda ernst. »Allerdings gelangt man nur ein einziges Mal im Leben dorthin – und zwar dann, wenn man am wenigsten darauf gefasst ist.«

Juliane wandte den Kopf. Ihr Blick wanderte über die Regale der angrenzenden Speisekammer, die voll standen mit Dosen, Packungen, Flaschen und Körben voller Obst und Gemüse. »Du hast jedenfalls gut reagiert«, sagte sie.

Auf der Heimfahrt schwiegen sie beide lange, bis Juliane schließlich sagte: »Einkaufslisten, hmm? Speisepläne?«

Ulrich sagte nichts.

»Dieses Weihnachten«, fuhr Juliane fort, »kochen wir auf jeden Fall was anderes als sonst.«

Ulrich räusperte sich. »Und was?«

Ihr Kinn schob sich vor, während sie hinaussah in die kalte, klare Winternacht. »Weiß ich noch nicht. Das entscheiden wir ganz spontan.«

© 2007 Andreas Eschbach

Rain Song

Es war vor langer, langer Zeit. Ich war noch wesentlich jünger und schlanker als heute, und ich weilte in Griechenland, in einer beschaulichen kleinen Ferienanlage. Es war Mai, und das Wetter war herrlich.

Die Ferienanlage war in der Tat so klein und beschaulich, dass man mit den anderen Gästen durchaus in Kontakt kam. Wie viel waren es? Ein Dutzend vielleicht, soweit ich mich erinnere. Man saß abends lange auf der Terrasse beisammen, bei Ouzo und Retsina, Mondlicht und Zikadengezirpe, und redete über Gott und die Welt.

Einer war dabei, der eine Gitarre hatte, und er brachte uns eines Abends alle auf die Beine, um gemeinsam zu singen und zu tanzen. Keinen Sirtaki, sondern indianische Tänze. Behauptete er zumindest. Es waren einfache Melodien und einfache Schritte, und es war gut nachvollziehbar, dass man sich damit in so etwas wie eine Trance hineintanzen kann.

Am nächsten Morgen war der Himmel bewölkt. Das sei nicht ungewöhnlich um diese Jahreszeit, meinte der Leiter der Anlage. Irgendjemand meinte scherzhaft, vielleicht habe man am Abend zuvor versehentlich einen Regentanz getanzt und sich damit den Rest des Urlaubs verdorben.

Ich weiß noch, wie sich meine Augen weiteten, als ich das hörte. Was für eine Idee für eine Geschichte!

Abergläubische Leute machen mich rasend. Ich meine, man hat uns gewarnt, oder? Und nicht nur einmal. Das Wetter hat schon lange verrückt gespielt, und all die Wissenschaftler, die uns in den Ohren gelegen sind von wegen, dass wir zu viele Treibhausgase in die Luft blasen, zu viele Gifte, zu viel Dampf und so weiter. Man konnte es irgendwann doch nicht mehr hören.

Also: Das Klima stand schon lange dicht davor, umzukippen. Und dann ist es eben umgekippt. Darüber sollten all die Leute mal nachdenken, die jetzt hinter mir her sind.

Ich jedenfalls denke viel über all diese Dinge nach. Als Briefträger habe ich eine Menge Zeit zum Nachdenken, wenn ich die nassen Straßen entlangstapfe, während der Regen meine Hosen durchweicht, meine Brille beschlagen lässt und mir unter dem Regenmantel den Rücken runterläuft. Die Gärten stehen alle unter Wasser. Was einmal gepflegter englischer Rasen war, ist nur noch bleiche, schlammige Masse. Vielen Schlammlöchern kann ich ausweichen, aber oft muss ich durch Wasserströme waten, um zu den Briefkästen zu gelangen. Die Briefe sind oft schon durchweicht, wenn ich sie in die angerosteten Schlitze stopfe. Für Pakete gab es bis vor kurzem Schutzsäcke aus Plastik, aber die sind jetzt aus. Es verschickt außerdem kaum noch jemand Pakete.

In den Straßengräben sammeln sich ertrunkene Mäuse und Ratten. Es ist Juli, aber es ist kalt und nass. Jeder, dem ich begegne, sieht aus, als wollte er jeden Moment in Tränen ausbrechen. Wie der Himmel, der nicht aufhört zu weinen.

Ich sage mir, dass ich trotz allem Glück gehabt habe. Das Haus, das ich bewohne, hat meiner Tante gehört, die zeitlebens Angst hatte, die Deutschen könnten den Krieg neu anfangen, und deswegen erstaunliche Vorräte von allem gehortet hat. Ich kann es mir leisten, ein Zimmer fast durchgehend zu heizen, sodass es nahezu schimmelfrei bleibt. Ich schaffe es oft sogar, meine Kleidung wieder trocken zu kriegen, was heutzutage der größte denkbare Luxus ist. Das sage ich mir, wenn ich abends in meinem Zimmer sitze, die Wäscheleinen vor dem Ofen anstarre und dem wütenden Pladdern auf Fensterscheiben und Vordächer zuhöre. Und dem Geräusch, mit dem all das Wasser die Abflussrohre hinabgurgelt.

Leider wird das Brennholz knapp. Danach bleiben noch fünf große Kanister Heizöl. Am längsten werden die Vorräte reichen. Alles in Dosen, was nicht besonders gesund ist – mir sind schon zwei Zähne ausgefallen –, aber wenn man bedenkt, wie unbezahlbar Nahrungsmittel heute sind, ein Segen. Auf den überfluteten Feldern wächst inzwischen nichts mehr, alles, was es noch gibt, stammt aus ein paar Treibhäusern. Für Nahrungsmittel wird gemordet. Die Regierung gibt Bezugsscheine aus, aber sie hat immer weniger zu verteilen. Und ich bin so ungefähr der Letzte, der sich Hoffnung machen dürfte, einen Bezugsschein zu kriegen.

Natürlich war ich nicht immer Briefträger. In meinen besseren Zeiten, in unser aller besseren Zeiten, als die Welt noch in Ordnung war, bekleidete ich den Posten des A&R-Managers bei einer der ganz großen Schallplattenfirmen: ein aufreibender Job, der zu einem nicht geringen Teil darin bestand, sich die Nächte in Kneipen und In-Lokalen um die Ohren zu schlagen auf der Suche nach Bands und Sängern, die genug drauf hatten für eine professionelle Karriere. Ich bekam eine Menge zweitklassiger Sängerinnen ins Bett, die es auf die Tour schaffen wollten, aber zu einer festen Beziehung hat es nie gelangt. Ich hätte auch nicht gewusst, wie ich eine hätte unterbringen sollen in meinem High-Performance-Lebensstil.

Ich war gut in dem Job. Richtig gut. Wenn ich aufzählen würde, wen ich alles entdeckt und unter Vertrag genommen habe: Sie würden leuchtende Augen kriegen.

Ich selber wurde allerdings ziemlich nachdenklich, als ich in einer meiner wenigen ruhigen Minuten einmal alle Namen auflistete und jeweils dazuschrieb, wie viel Geld meine Company mit ihnen verdient hatte. Und mein Gehalt damit verglich.

So war ich bereit für den Sprung, als ich Don Maddison über den Weg lief. Wir machten einen Vertrag, danach kündigte ich und wurde sein Manager. So riskant, wie das jedem vorkam, war es nicht. Ich kannte die Regeln, und die Regeln sagten, das wir beide eine Menge Geld machen würden. Ich war mir da nicht nur sicher – ich wusste es.

Oder wenigstens dachte ich, dass ich es wüsste.

Don war eine neue Art Künstler, ein außergewöhnlicher Musiker, ja, ein Phänomen. Dabei war er weit davon entfernt, ein Teenie-Idol zu sein: Er war um die fünfundvierzig Jahre alt, ein Berg von einem Mann mit Händen so groß wie Schaufeln und einer Stimme so tief und voll, dass Johnny Cash oder Leonard Cohen daneben wie Kastraten geklungen hätten. Und diese unglaubliche Stimme war alles, was er brauchte.

Don war sein Leben lang durch die entlegensten Winkel der Welt gezogen, war zu Gast bei Ureinwohnern und aussterbenden Völkern gewesen und hatte sich deren Lieder und Gesänge beibringen lassen. Er beherrschte buchstäblich Zehntausende von Volksliedern, Stammesgesängen und alten Melodien auswendig. Wann immer er Geld brauchte, um weiterzureisen, stellte er sich einfach in irgendeine Ladenpassage und sang zur Gitarre, stundenlang. Dort entdeckte ich ihn auch, inmitten einer Menschenmenge, die sich um ihn versammelt hatte, ihm geradezu andächtig lauschte. Die vorderen Reihen tanzten und sangen sogar mit.

Ich war an dem Morgen verkatert und schlecht drauf, aber sogar in dem Zustand erkannte ich, was hier passierte. Wenn man so viele Sänger gesehen hat wie ich, dann weiß man, ob jemand Bühnenpräsenz besitzt oder nicht, und dieser Mann hatte sie, mehr als jeder andere. Ich starrte ihn eine ganze Weile an wie ein Maulwurf, der zum ersten Mal einen Sonnenaufgang sieht, während in mir eine ganz neue Vision meines Lebens entstand. Dann bahnte ich mir den Weg bis zu ihm, zerrte ihn ins nächste Café und nahm ihn unter Vertrag. Und ging ins Büro, um meine Kündigung zu schreiben.

Es lief von Anfang an großartig, genau wie ich es mir gedacht hatte. Die Leute hatten die künstlichen Moden der Popwelt schon lange satt gehabt, die ewig gleichen Mätzchen und infantilen Rituale, die Coverversionen von Coverversionen, und sich nach etwas Echtem, Wirklichem, Wahrhaftigem gesehnt. Don Maddison verkörperte genau das, und das Publikum strömte ihm zu wie einem Propheten.

Don sang nicht für die Leute, er sang mit ihnen. Das war sein Ding. Er machte keine Show, er machte viel mehr als das: Er bezog alle, die da waren, mit ein, machte ein Ereignis daraus, verwandelte die Menschen, die als Zuhörer gekommen waren, in Sänger. Er hat nie einen einzigen eigenen Song geschrieben – was hieß, dass wir keine Einkünfte aus Urheberrechten erzielen würden –, aber er konnte jeden beliebigen Raum auf diesem Planeten betreten – sei es einen Konzertsaal, eine verrauchte Kneipe, ein Geheimtreffen der russischen Mafia oder das Enklave einer Papstwahl –, sich ein Tamburin schnappen, zwei oder drei Zeilen eines Liedes in einer nie zuvor gehörten Sprache sprechen und eine simple Melodie summen – und fünf Minuten später sang und tanzte alles mit ihm, klatschte jeder mit den Händen und sang.

Zugegeben, ich war nie dabei, wenn die Kardinäle einen neuen Papst wählten, und auch meine Kontakte mit der russischen Mafia hielten sich erfreulicherweise in Grenzen – aber ich kann es mir nicht anders vorstellen. Don Maddison war, in einem Satz, der größte *Performer*, den die Welt jemals gesehen hatte. Oder, wie mehr als ein Kritiker schrieb: Er konnte zaubern.

Nachdem wir das erste Album draußen hatten, gingen wir auf Tour. USA, Europa, England. Je höher das Album in den Charts kletterte, desto größer wurden die Hallen und Clubs, die wir füllten. Irgendwann reichten Hallen und Clubs nicht mehr. Ich ließ meine Verbindungen spielen und buchte das Wembley Stadion.

Wembley. *Queen* hatten hier gespielt, *U2,* Michael Jackson. *Live Aid* hatte hier stattgefunden. Neunzigtausend Sitzplätze, dazu der Innenraum. Wir verkauften einhundertvierundvierzigtausend Karten innerhalb von fünf Stunden. Das Fernsehen rückte an, um Don Maddison weltberühmt zu machen. Wir hatten die Sterne berührt. Ich machte mir ein bisschen Sorgen, ob er mit einem derart großen Publikum zurechtkommen würde, aber selbst wenn nicht, würde er das Stadion als Superstar verlassen. Ein Superstar mit einem Super-Manager.

Eine Stunde vor Beginn der Show war ich noch *backstage* in meinem Büro und mit diversen Telefonaten beschäftigt, als ein Mann hereinkam. Er sah aus wie ein Penner, aber ich war mir ziemlich sicher, dass sich kein Penner auch nur das billigste Ticket hätte leisten können, deshalb legte ich die Hand über die Sprechmuschel und fragte höflich, was er wolle.

»Ich muss mit Ihnen reden«, stieß er hervor.

Ich roch Alkohol. Ich versprach, zurückzurufen, legte auf und wählte eine andere Nummer. Eine Notnummer, die zwei Sicherheitsleute in Bewegung setzen würde. »In Ordnung«, sagte ich, um den Eindringling in der Zwischenzeit nicht unnötig aufzuregen. »Darf ich fragen, wer Sie sind?«

»Ich bin Medizinmann White Eagle vom Stamm der Lakota«, erklärte er mit wildem Augenrollen. »Ich bin hier, um zu fragen, ob Mister Maddison heute Abend das Regenlied singen wird.« Er trug tatsächlich etwas um den Hals, das wie eine Art indianisches Lederamulett aussah, wie man es auf Fotos von Schamanen manchmal sieht.

»Der *Rain Song* ist Don Maddisons größter Hit«, sagte ich. »Natürlich wird er ihn singen.«

Der Mann schnaubte. »Er hat kein Recht dazu. Das Lied gehört ihm nicht. Das Lied gehört meinem Volk. Und es ist heilig.«

Ich war nicht in der Stimmung, ihn über das internationale Urheberrecht zu belehren und darüber, dass es weltweit anerkannte Übereinkunft ist, jedes kreative Werk, sei es ein Lied, ein Roman oder sonst etwas, siebzig Jahre nach dem Tod seines Urhebers als Bestandteil des kulturellen Erbes der Menschheit zu betrachten, zur freien Verfügung für jedermann. Ich seufzte nur und erwiderte: »Wie ich gerade gesagt habe, es ist sein größter Hit. Die Leute werden ihn nicht gehen lassen, ehe er ihn gesungen hat. Keine Chance.«

Er kam auf mich zu, kam mir ungemütlich nahe. »Sie dürfen das nicht erlauben. Es ist ein heiliges Lied, und es hat Macht. Seine Worte sind Worte göttlicher Macht. Seine Melodie ist heilig. Sie wissen nicht, was geschehen wird, wenn all diese Leute es gemeinsam singen.«

Wie ich schon erwähnte: Abergläubische Leute machen mich rasend. »Quatsch«, sagte ich. »Er hat es auf der Tournee schon mit Tausenden von Leuten gesungen. Und nichts ist passiert.« Ich grinste spöttisch und wiederholte betont: »Nichts.«

Etwas in seinem Gesicht veränderte sich. Er sah mich auf eine Weise an, die mich fast an alles hätte glauben lassen können. Höchste Zeit, dass die Wachleute kamen.

»Nein«, sagte er düster, »weil es nicht der richtige Zeitpunkt war.«

Endlich kamen sie, schnappten ihn bei den Armen und zerrten ihn aus meinem Büro. »Heute Nacht ist Vollmond!«, konnte ich ihn noch schreien hören, während Joe und Bill ihn den Korridor entlang schleppten. »Vollmond ...!«

Es stimmte: Ein voller Mond hing an einem klaren blauen Himmel, und der Abend war so warm und sanft, wie ein Sommerabend nur sein konnte, als Don Maddison auf die Bühne trat und die Menge ihm zujubelte, als wäre es ein Rockkonzert. Einen Augenblick später war es wieder still – einhundertvierundvierzigtausend Leute, die in absoluter Stille zuhörten. Er hatte sie. Und wieder einen Moment später begannen sie alle miteinander zu singen.

Er begann mit dem *Rain Song*. Auf meine dringende Bitte hin, denn ich hatte wirklich Sorge, der verrückte Medizinmann könne mit ein paar Polizisten und einer einstweiligen Verfügung wieder auftauchen, noch ehe das Konzert vorüber war.

Ich stand am Bühnenrand und sah zu. Ich will erst gar nicht versuchen zu beschreiben, wie es war oder wie es sich anfühlte, da zu stehen, das ganze Wembley-Stadion singen zu hören und Hunderttausende von Armen wogen zu sehen wie Gras im Wind – was immer ich darüber sagen würde, klänge nur wie ein armseliges, weit entferntes Echo einer überwältigenden Erfahrung. Alles, was ich sagen will, ist, dass ich da stand und zusah, und während ich zusah, bemerkte ich, dass sich der blaue Himmel mit Wolken sprenkelte.

Zarte weiße Wolken, aber ich wurde ein wenig unruhig. Einhundertvierundvierzigtausend Kehlen sangen den *Rain Song,* und auf einmal wünschte ich mir, ich hätte sie stoppen können. Einhundertvierundvierzigtausend Sänger, die das heilige Lied zum Himmel hinaufschickten. Die die Worte sangen, die Macht hatten.

Es fing zu regnen an, noch ehe das Lied vorüber war.

Das war vor drei Jahren. Seit diesem Tag hat es nie wieder aufgehört zu regnen.

© 2007 Andreas Eschbach

Garten Eden

Einer der häufigsten Fehler, den Anfänger machen, wenn sie Kurzgeschichten schreiben, ist der, viel zu langsam zu beginnen. Da steht der Held erst mal eine Seite lang auf. Die nächste Seite braucht er, um aufs Klo zu gehen, sich zu waschen und rasieren und herauszufinden, welcher Tag ist. Weitere zwei Seiten lang frühstückt er. Dann stellt er fest, dass Aliens die Welt übernehmen wollen, eine fiese Verschwörung mit ihnen im Bunde ist und er, der Held, der Einzige ist, der all das verhindern kann – was er dann auf den restlichen anderthalb Seiten erledigt.

Auch diese Geschichte, eines meiner frühen Werke, hatte zunächst eine Einleitung, von der ich erst Jahre später merkte, dass sie überflüssig war wie ein Kropf. Nicht nur ersatzlos, sondern überdies zum Vorteil der Story streichbar. Denn sie enthielt nur vorgezogen an den Anfang eine Art »Moral von der Geschichte«, und wenn eine Story etwas nicht braucht, dann das.

Mangels Veröffentlichungsmöglichkeit stand sie lange einfach auf meiner Homepage. Was einer Veröffentlichung in papierner Form natürlich zunächst im Wege stand, denn alle, die mich fragten, wollten dann doch lieber was Neues, Exklusives oder jedenfalls nicht allgemein Erhältliches.

Bis eines Tages eine Dame vom Bertelsmann Buchclub anrief und genau diese Geschichte für eine Anthologie wollte.

Und natürlich bekam. So schnupperte der »Garten Eden« den Papierduft erstmals in der 2004 von Iris Grädler herausgegebenen Anthologie »Sommer am Meer und anderswo« im Bertelsmann Buchclub, zusammen mit Kurzgeschichten von Charlotte Link, Patricia Shaw, Diana Gabaldon, Elke Heidenreich, Maeve Binchy, Harlan Coben und anderen.

Die Party nach der offiziellen Hochzeitsfeier war verschwenderisch ausgestattet, und die vielen Leute! Tonak kannte die wenigsten. Das sollten alles seine Verwandten sein? Kaum zu glauben.

»Tonak!« Eine tiefe Männerstimme. Tonak drehte sich um, den Teller in der Hand, den er am Buffettisch zu füllen im Begriff war.

Die gewaltige Gestalt Onkel Perets. »Tonak, mein Junge – du bist groß geworden, seit ich dich das letzte Mal gesehen habe!«

Typisches Verwandtengeschwätz, dachte Tonak. Dasselbe hatte er heute schon mindestens fünf Mal zu hören bekommen, und ihm war immer noch keine geeignete Antwort darauf eingefallen. So sagte er nur: »Hallo, Onkel Peret.«

»Na, wie gefällt es dir bei uns im Amazonas? Du bist das erste Mal hier, nicht wahr?«

»Ja, stimmt.« Tonak sah sich um. Es stimmte, und es stimmte auch wieder nicht. Sein Blick ging über die Terrasse, den weitläufigen Park dahinter, die anderen Wohneinheiten, die sich sanft in die Landschaft schmiegten. »Allerdings habe ich mir das Amazonasgebiet immer ganz anders vorgestellt. Anders als bei uns zu Hause zumindest.«

Onkel Peret lachte. »Ja, ja, dein Vater hat mir schon von deiner Leidenschaft für die alten Abenteuerbücher erzählt. Aber diese Zeiten sind wirklich sehr, sehr lange her. Heute gibt es keine Wilden und keinen Dschungel mehr, und die gefährlichen Krankheiten sind längst ausgerottet. Auch hier hat die Kultur gesiegt, letzten Endes.«

»Ja, sieht so aus.« Sie waren alle so begeistert davon, alle, die er kannte.

»Kennst du eigentlich schon deine Cousine Gham'bia?« Er bedeutete einem schlaksigen Mädchen, herzukommen. »Gham'bia, ich möchte dir deinen Cousin Tonak aus Europa vorstellen. Er ist mit seinen Eltern erst heute angekommen, gerade noch rechtzeitig zum Fest.«

Sie musterte ihn mit einem Gesichtsausdruck, der deutlich verriet, was sie von dieser Art, ein Gespräch anzubahnen, hielt. »Hallo, Tonak.« Sie gab ihm betont artig die Hand.

Tonak war die Situation unbehaglich. »Hallo, Gham'bia.«

»Tja, ich glaube, ich muss jetzt weiter, meinen Pflichten als Gastgeber nachkommen«, meinte Onkel Peret, wie nicht anders zu erwarten gewesen war. »Unterhaltet euch schön, ihr zwei. Wir sehen uns später, Tonak, ihr seid ja noch ein paar Tage hier.«

Er bedachte sie mit einem Lächeln, das wohl harmlos wirken sollte, aber nur sehr künstlich aussah, und verschwand rasch zwischen den anderen Gästen.

Die Sonne war dabei unterzugehen, und Dämmerung senkte sich über die Landschaft. Ein sanfter Wind strich durch die Bäume, fremdartiges Zirpen ertönte von irgendwoher. Auf den Tischen brannten Kerzen in gläsernen Schalen, und Fackeln beleuchteten das Buffet und die Wege.

»Tut mir leid, Tonak, dass ich gerade so pampig war«, sagte Gham'bia. »Es hat nichts mit dir zu tun. Ich hasse es nur, wie er mich dauernd umherkommandiert – tu dies, tu das! O Gott! Und dauernd versucht er, mich zu verkuppeln. Als ob ich wer weiß wie hässlich wäre und trickreich an den Mann gebracht werden müsste.«

»Also hässlich bist du nicht«, entfuhr es Tonak, der fast rot wurde, als ihm die Kühnheit seines spontanen Ausrufs zu Bewusstsein kam. »Entschuldige.«

»Wieso denn, ist doch ein nettes Kompliment«, kicherte das Mädchen belustigt und schlug dann vor: »Magst du ein bisschen mit mir durch den Park spazieren?«

»Ja, gern. Ich muss nur meinen Teller irgendwo hinstellen.«

Als sie die Treppen hinuntergingen, die in den Park führten, betrachtete er sie verstohlen von der Seite. Sie hatte langes schwarzes Haar und ziemlich dunkle, samtene Haut. Vielleicht sechzehn, schätzte er. Sie wirkte irgendwie praktisch und lebenserfahren.

»Was ist das für ein Mann, den deine Schwester geheiratet hat?«, fragte er, mehr aus dem Wunsch heraus, als gewandter Gesprächspartner zu erscheinen, als aus wirklichem Interesse.

»Bjoot?« Sie gluckste. »Diese blasse Type? Dieser zum Erbrechen langweilige Kleiderständer? Dieser Inhaber der einzigen vakuumgefüllten Hirnschale auf diesem Planeten? Er arbeitet in irgendeiner Verteilungsbehörde, und wahrscheinlich rechnet er sich jetzt Karrierechancen aus, weil seine Schwiegermutter im Rat der Regierung sitzt.«

»Du kannst ihn wohl nicht leiden?«

»Ach, merkt man das? Nein, ich kann ihn nicht ausstehen. Der Junge, mit dem Alaina die ganzen Jahre vorher zusammen war, der war wirklich nett. Den hätte sie nehmen sollen. Aber mit dem gab es genetische Probleme; die beiden hätten keine Genehmigung für Kinder bekommen.«

»Deswegen hätte sie ihn aber doch heiraten können.«

»Zufällig ist Alaina verrückt danach, Kinder zu kriegen. Und Bjoot muss, so blöd er auch aussieht, der Träger geradezu fantastischer Gene sein. Mit ihm hat sie die Konzession für zwei Kinder gekriegt.« Gham'bia seufzte. »Jedenfalls hoffe ich, dass sie ihn wenigstens aus diesem Grund geheiratet hat und nicht, weil sie an galoppierender Geschmacksverirrung erkrankt ist.« Sie sah ihn keck von der Seite an. »Und du bist also der Tonak, der die ganzen alten Bücher liest.«

»Jeder scheint hier über mich Bescheid zu wissen«, wunderte sich Tonak. Er wusste nicht so recht, ob er sich geschmeichelt oder unwohl fühlen sollte.

»Ich glaube, meine Mutter und deine Mutter telefonieren ziemlich viel miteinander. Und am Esstisch verkündet sie dann immer die neuesten Nachrichten aus Europa«, erklärte Gham'bia. »Das mit den Büchern finde ich echt interessant. Woher bekommst du die denn? Ich wüsste gar nicht, wo ich hier Bücher auftreiben sollte. Wenn mich etwas interessiert, frage ich es aus der Datenbank ab; das ist doch viel praktischer.«

»Bei uns im Wohnbereichszentrum gibt es eine Bibliothek; dorthin gehe ich immer zum Lesen«, erzählte Tonak.

»Und dort gibt es so alte Bücher? Dreihundert Jahre alt?«

»Ja. Manche sind sogar über vierhundert Jahre alt. Man darf sie nur in einem speziellen Lesesaal lesen, weil sie unerhört wertvoll sind.«

»Ist ja witzig. Ich muss mich glatt mal erkundigen, ob es so was bei uns nicht auch gibt.«

»Bestimmt.«

»Und was für Bücher liest du da? Abenteuerromane, sagt meine Mutter, aber ich kann mir darunter nichts vorstellen.«

Tonak holte tief Luft. »Das sind spannende Erzählungen aus den Zeiten, als die verschiedenen Gegenden der Erde entdeckt und erstmals bereist wurden. Marco Polo ... Jack London ... Robinson Crusoe ... Karl May ... über die Konquistadoren, die Wikinger, die Ritter, die Großwildjäger ...«

»Merkwürdig. Und das gefällt dir?«

»Ja, es ist einfach aufregend. Ich versuche immer, mir vorzustellen, was das für Zeiten gewesen sein müssen, als jemand zu einem anderen Erdteil aufbrechen konnte, über den er so gut wie nichts wusste. Manche zogen los und fanden sagenhafte Schätze, oder unbekannte Völker, oder sie entdeckten Tiere, die bis dahin unbekannt gewesen waren ...«

»Das muss ziemlich gefährlich gewesen sein, oder?«

»Natürlich, das ist ja das Abenteuerliche daran: dass sie sich in Gefahr begaben und sie doch bewältigten, mit ihrer eigenen Kraft und Klugheit. Heutzutage ist das überhaupt nicht mehr möglich. Heute sieht es überall auf der Welt gleich aus, die ganze Erde ist eine Art Parklandschaft geworden, sauber, gepflegt und ungefährlich. Alles Leben läuft nur noch in geregelten Bahnen.«

»Ich glaube, du bist ein ziemlicher Träumer, Cousin«, meinte Gham'bia. »Das war doch klar: Wenn deine Abenteurer ständig ausziehen und die Welt erforschen, muss logischerweise der Tag kommen, an dem alles vollständig erforscht ist. Und so ist das eben heute. Vielleicht gibt es heute keine solchen Gefahren mehr, aber dafür muss niemand mehr hungern oder Angst um sein Leben haben.«

Tonak nickte betrübt. »Ja, sicher. Das weiß ich alles auch. Aber ist das denn das ganze Leben? Dass man zu essen hat und eine Wohnung, eine Arbeit, eine Familie ... und weiter nichts?«

»Das ist doch schon eine ganze Menge«, meinte Gham'bia. »Was willst du denn außerdem noch?«

»Ich weiß nicht«, gab Tonak zu. »Ich habe nur irgendwie das Gefühl, dass das nicht genug ist.«

Gham'bia schüttelte den Kopf in einer Art, die etwas Mütterliches an sich hatte, trotz ihrer Jugend. »Ich glaube, du bist einfach gerade in einer Umbruchphase. Die Schule geht zu Ende, und du weißt noch nicht so recht, was kommt. Wenn du dich erst auf deinem Platz eingelebt hast, wirst du anders über all das denken.«

Eine Umbruchphase? Tonak seufzte innerlich. Wenn das eine Phase war, dann dauerte sie verflixt lange. Schon sein ganzes Leben lang.

Wahrscheinlich stimmte irgendwas mit ihm nicht.

»Liest du eigentlich nur solche alten Abenteuerromane?«, fragte Gham'bia. »Sonst nichts? Vielleicht ist das ein bisschen einseitige Kost.«

Tonak dachte nach. Plagte ihn diese Sehnsucht, weil er so viele dieser Bücher las, oder las er so viele dieser Bücher, weil ihn diese Sehnsucht plagte – woher auch immer sie kommen mochte?

»Ich lese ziemlich viel, das stimmt«, gab er zu. »Und meistens Abenteuerromane. Manchmal auch Zukunftsromane.«

»Zukunftsromane?«, wunderte sich Gham'bia. »Was ist denn das?«

»Das sind Erzählungen, wie sich die Leute früher ihre Zukunft vorstellten – also unsere Zeit heute. Fast alle waren davon überzeugt, dass wir über eine weit entwickelte Raumfahrt verfügen würden. Ich habe viele Romane gelesen, die beschreiben, wie Menschen der Zukunft mit Raumschiffen in die Tiefen des Weltraums vorstoßen, ferne Planeten erkunden und fremden Lebewesen begegnen.«

»So ein Unsinn. Was hätten wir denn davon?«

»Muss man denn immer etwas davon haben?« Tonak zeigte hinauf zum Nachthimmel, dessen funkelnde Sterne ihn auszulachen schienen. »Irgendwo dort draußen ist der Mars, mit seinen endlosen roten Staubwüsten. Der Saturn, mit seinen grandiosen Ringen. Und unermesslich viele weitere Wunder, von denen wir nicht einmal wissen. Wozu das alles, wenn niemals jemand dort oben stehen und das alles sehen soll?«

»Raumfahrt würde die Atmosphäre verschmutzen, und irgendwelche Raketen, die durchs All fliegen, kann man nicht mehr recyclen«, erklärte Gham'bia. »Meine Mutter hat mir das genau erklärt; sie sitzt schließlich auch im Forschungskontrollausschuss der Vereinten Nationen. Wir können uns keine Raumfahrt leisten, nur weil jemand die Ringe des Saturn sehen will.«

»Aber wozu sind wir denn geschaffen, wenn nicht, um alles anzuschauen, was es gibt?«

»Wir sind nicht geschaffen, wir sind entstanden. Und zufällig sind auch die Ringe des Saturn entstanden. Das eine hat nichts mit dem anderen zu tun. Und wenn jemand den Saturn anschauen will, soll er ein Teleskop benutzen.«

Tonak wusste nicht, was er darauf sagen sollte. Alles, was er gelernt und erfahren hatte, bestätigte ihm, dass Gham'bia recht hatte.

Sie hatten den Rundgang über den Parkweg gerade vollendet. »Komm«, forderte Gham'bia ihn auf, »setz dich ein wenig zu uns an den Tisch.«

An dem Tisch herrschte eine ausgelassene Stimmung. Den Löwenanteil der Unterhaltung bestritt eine hochgewachsene blonde Frau mit dem Erzählen von Anekdoten. Das musste Tante Vataia sein. Tonak wusste, dass sie seit einiger Zeit der Regierung von Südbrasilien angehörte und in allerlei wichtigen Gremien mitwirkte.

»... die Bolivianer waren harte Burschen, wirklich hart. Da war harter Widerstand. Bis jemand aus unserer Delegation die geniale Idee hatte, die Berechnungen für die Umweltverträglichkeit des Sonnenkraftwerks auf dem Illampu nachzuprüfen, und siehe da – Fehler über Fehler! Das war der entscheidende Durchbruch. Der nahm den Falken buchstäblich die Waffen aus der Hand.«

»Bolivien!«, warf eine untersetzte ältere Frau ein. »Ich weiß noch, wie entsetzt ich auf meiner ersten Reise dorthin war. Die klotzen ihre Häuser einfach in die Landschaft, und ihre Fabriken gleich daneben. Schrecklich. Wirklich tiefstes zwanzigstes Jahrhundert, möchte man meinen.«

Eine kleine Weckuhr, die Tante Vataia an einer silbernen Kette um den Hals trug, gab einen melodischen Ton von sich. Sie sah auf das Zifferblatt, dann erhob sie sich und klatschte in die Hände. »Liebe Gäste, darf ich kurz um eure Aufmerksamkeit bitten? Die Wetterkontrolle hat für zehn vor elf Regen angekündigt. Wir verlegen die Feier deswegen jetzt nach drinnen. Bitte seid so gut und helft alle, die Sachen hineinzutragen!«

Ein großes und lautstarkes Tischerücken, Stühleschleifen und Schüsseltragen brach los. Unter Gekicher und Geschnatter wurden Türen geöffnet, Vorhänge aufgezogen, Tischdecken zusammengefaltet und Anrichteplatten leergescharrt. Tonak überließ die klirrenden Getränkekisten den anderen und half den Frauen, die Kerzen von den Tischen einzusammeln und nach drinnen zu bringen.

Als er zwei der Kerzen auf eine Vitrine stellte, fiel sein Blick auf einen gerahmten Druck, der darüber an der Wand hing. Es war eine kunstvoll gestaltete Landkarte Südbrasiliens. Sie zeigte die Aufteilung des Landes in Wohnbereiche, Erholungsgebiete, Arbeitsareale und landwirtschaftliche Nutzflächen, die Straßen, Flüsse und Flughäfen. Er wollte sich schon wieder abwenden, als sein Blick an einem weißen Fleck auf dieser Karte hängenblieb, auf dem stand: *Wildnis.*

Ihm war, als setze sein Herz einen Schlag lang aus. Unmöglich konnte Christopher Kolumbus anders empfunden haben, als damals tatsächlich Land am Horizont auftauchte in einer Richtung, in der alle anderen nur das Ende der Weltenscheibe erwartet hatten.

Wildnis!

Gab es also noch Überreste des legendären Amazonas-Dschungels, ungezähmt gebliebene Relikte des ungeheuren Urwalds, der diesen Kontinent einmal überwuchert haben musste?

Er hob mit bebender Hand eine der beiden Kerzen und sah genauer hin. Kein Zweifel. »Wildnis« stand da, und rings um den weiß gebliebenen Fleck auf der Karte menschlichen Einflusses war eine gestrichelte Linie gezogen: die Grenzbefestigungen markierend, mit denen die Zivilisation sich das Ungezähmte, Unheimliche vom Leib hielt. Tonak studierte die Namen der Wohngebiete, die Namen der Straßen und Flüsse. Sein Herz machte einen weiteren Satz – irrte er sich auch nicht? Spielte ihm sein sehnlichster Wunsch auch keinen Streich? Er vergewisserte sich wieder und wieder, aber es schien ihm so, als befänden sie sich hier, in diesem Haus, in unmittelbarer Nähe dieses weißen Flecks, in direkter Nachbarschaft zum Urwald.

Er suchte und fand seine Cousine. »Gham'bia, stimmt das, dass hier ganz in der Nähe die Wildnis beginnt?«

»Der Dschungel?« Sie sah ihn mit großen, verständnislosen Augen an. »Ja, der ist auf der anderen Seite des Flusses. Aber du brauchst dir keine Sorgen zu machen, wir sind hier absolut sicher.«

»Wie kommt man dorthin?«

»Wie meinst du das, wie kommt man dorthin?«

»Wohin muss ich gehen, wenn ich in den Urwald gehen will?«

»In den Urwald?«

»Ja. In den Dschungel. In die Wildnis.«

Völlige Verständnislosigkeit. »Man kann nicht in den Dschungel gehen. Es gibt keinen Weg dorthin. Und selbst wenn es einen gäbe, man braucht eine staatliche Erlaubnis dafür.«

»Ist der Dschungel eingezäunt?«

»Nein, aber es gibt einfach keine Brücke über den Fluss. Tonak, was soll das? Was stellst du mir für komische Fragen?«

Tonak sah sie an. »Vergiss es. Es hat mich nur interessiert.«

Sie musterte ihn von oben bis unten aus ihren unergründlichen schwarzen Augen. »Mach bitte keinen Unsinn, Tonak. Du kennst den Dschungel nur aus Erzählungen, aus Büchern … Es ist wirklich *gefährlich* dort, weißt du?«

»Ja, natürlich. Es hat mich nur interessiert.« Er machte, dass er fortkam, ehe er noch mehr preisgab von dem, was in ihm vorging.

»Es regnet!«, rief jemand. Tonak sah beinahe automatisch auf seine Uhr: zehn vor elf. Pünktlich wie immer. Zuerst nur kleine, glitzernde Punkte auf den großen Glasscheiben und dunkle Flecken auf der Terrasse, dann setzte der Regen ein, weich und gleichmäßig niederpladdernd, so, wie es am besten war für die Pflanzen.

In dieser Nacht fand Tonak keine Ruhe, und das lag nicht nur an dem engen Gästebett. Der Urwald! Ganz in der Nähe! Das letzte Stück ungezähmter Natur auf der ganzen Welt, und er war nur einen Fußmarsch davon entfernt. Er konnte nicht schlafen, wälzte sich wie im Fieber.

Wann würde eine solche Chance einmal wiederkehren in seinem Leben? Das war leicht auszurechnen: nie. Er stand am Ende seiner

Ausbildungszeit, Beruf und Familiengründung warteten auf ihn, und dann ... nichts weiter. Das war es dann.

Tonak schlug die Decke zurück und setzte sich auf. Es war nackter Wahnsinn, was er vorhatte, das wusste er. Aber in ihm war ein Verlangen, ein brennendes Sehnen, das stärker war als er und alle vernünftigen Argumente. Er zog sich rasch und geräuschlos an und schlüpfte aus dem Zimmer.

Das Haus lag dunkel und still. Später sollte er sich daran erinnern, dass er sich nie vorher und nie mehr danach so sehr lebendig gefühlt hatte wie in diesem Moment, als er mit verhaltenem Atem und leise wetzenden Schritten durch die dunklen Korridore schlich.

Er nahm eine der Kerzen, die von der Party übrig geblieben waren, und zündete sie an. In der Küche und im Keller fand er einiges von dem, was er suchte. Dann verließ er das Haus durch eine der Terrassentüren.

Die Nacht war kühler, als er erwartet hatte. Er marschierte entschlossen los, inständig hoffend, dass er sich richtig orientiert hatte. Er stapfte voran, so schnell es ging, und ihm wurde rasch warm.

Er erreichte den Fluss nach ungefähr anderthalb Stunden. Die letzte halbe Stunde hatte er querfeldein gehen müssen, weil kein Weg und keine Straße bis ans Flussufer führte. Schließlich kam er bei den Bäumen an, die das Wasser säumten, stolperte die Böschung hinab und stand am Ufer.

Da floss er, träge glitzernd, ein breiter Flusslauf, der die Zivilisation vor dem letzten Dschungel schützte wie ein Burggraben. Tonak hockte sich hin und steckte die Hand ins Wasser. Es war eiskalt.

Darin besteht das Abenteuer, dachte er. Die Herausforderung anzunehmen. Er begann, sich auszuziehen und seine Kleider in den Plastiksack zu stopfen, in dem er die hastig zusammengesuchte Ausrüstung bei sich trug.

Schließlich war er nackt. Schlotternd knotete er den Beutel zu, wobei er ein kurzes Seil mit einflocht, dessen anderes Ende er um den rechten Oberarm schlang. Er zerrte kräftig an dieser Befestigung, aber sie hielt. Um keinen Preis durfte er diesen Sack verlieren.

Und nun ins Wasser. Er tat zitternd und bebend einen Schritt vor in den Schlamm des Flusses, sodass das Wasser seine Knöchel umspülte. Es war beißend kalt. Noch nie hatte er derartige Kälte am eigenen Leib gespürt. Hätte man ihm das befohlen, was er aus eigenem Entschluss zu tun im Begriff war, er hätte sich mit aller Kraft geweigert. Nun aber stieg ein nie gekanntes Gefühl von Freiheit in ihm auf, einer Freiheit, die auf nichts anderem beruhte als auf seinen eigenen Kräften und Fähigkeiten, eine Freiheit, die ihm niemand geben musste, sondern die schon immer sein Eigen gewesen war und die er jetzt erst, endlich, entdeckt hatte.

Schritt um Schritt watete er weiter in den Fluss hinein, mit zusammengebissenen Zähnen und am ganzen Leib fröstelnd. Der Strom zerrte gewaltig an ihm, als ihm das Wasser bis zu den Oberschenkeln reichte, und als es tiefer und tiefer wurde, musste er schließlich ganz eintauchen, was ihm nicht ohne einen Schrei gelang, und loslassen, sich forttragen lassen von der Strömung.

Er schwamm mit kräftigen, gleichmäßigen Zügen. Die Kälte raubte ihm fast den Atem, umschloss ihn mit erbarmungslosem Griff. Aber er spürte eine animalische Wildheit in sich erwachen, eine rohe Entschlossenheit, das andere Ufer zu erreichen, und wenn es das Letzte sein sollte, was er im Leben tun würde. Diese Kraft setzte sich der Kälte entgegen und ließ ihn weiter kraftvoll ausholen.

Und endlich langte er auf der anderen Seite an, auf einer flachen Sandbank. Keuchend riss er den Beutel auf und zerrte das Handtuch hervor, um sich damit trockenzureiben, die Glieder seines Körpers wieder ins Leben zurückzumassieren. Er hätte jauchzen können. Er hatte es geschafft. Er hatte es tatsächlich geschafft. Triumphierend blickte er zurück auf die Seite, die er hinter sich gelassen hatte, sah vereinzelte Lichtpunkte in weiter, weiter Ferne. Dann drehte er sich um, und da war nur Dunkelheit, reine, finstere Nacht, in der kein Licht außer dem des Mondes existierte. Er hatte es geschafft. Er war ihnen entkommen.

Er war ... *draußen!*

Nachdem er sich wieder angezogen hatte, drang er behutsam in den Wald vor. Fremdartige Gerüche umfingen ihn, süßliche Düfte, ekelerregende Ausdünstungen, der Moder von faulendem Holz. Äste knackten unter seinen Füßen und lösten zischelnde Geräusche irgendwo im Dunkel aus, die ihm Schauder über den Rücken jagten. Ab und zu blieb er stehen und lauschte, am ganzen Körper angespannt. Es war still, bis auf fernes Zirpen und Rascheln. Er konnte den Urwald um sich herum spüren wie einen einzigen riesigen Organismus, und es war ihm, als marschiere er geradewegs in den Schlund eines kolossalen Ungeheuers.

Er begriff, dass es nicht ratsam war, bei völliger Dunkelheit durch einen Dschungel zu stolpern, von dem er nichts wusste. Er kehrte um und suchte einen geschützten Platz am Waldrand. Sein Körper glühte noch immer von dem kalten Wasser, und er fühlte alle Lebenskräfte in sich beben und pulsieren, aber er spürte auch bleierne Müdigkeit aufsteigen, die Müdigkeit eines anstrengenden Transatlantikfluges, eines langen Tages und einer ereignisreichen Nacht. Er legte sich nieder, zwischen Moos und raschelnden Blättern, und schlief auf der Stelle ein.

Als er erwachte, war es hell. Er brauchte einen Moment, bis ihm wieder einfiel, was geschehen war. Wäre er an diesem Morgen in seinem Bett erwacht, er hätte das Erlebte bereitwillig als fantastischen Traum akzeptiert. Aber dies war die Wirklichkeit. Mit einem Schlag war er hellwach.

Die Sonne stand schon recht hoch am Himmel und brannte kraftvoll auf ihn herab. Er sah sich blinzelnd um. Bei Tag wirkte alles weit weniger bedrohlich, fast schon gewöhnlich. Da war der Fluss, den er durchschwommen hatte. Und wenn er sich umdrehte, der Wald mit seiner sinnverwirrenden Vielfalt verschiedener Pflanzen, Bäume, Sträucher und Blüten. Tonak nahm sein Bündel und stand auf. Der Dschungel wartete auf ihn.

Mit dem großen, scharfen Messer, das er aus Tante Vataias Küche entwendet hatte, arbeitete er sich durch das Unterholz vorwärts. Jetzt war der Wald wach. Um ihn herum, unsichtbar im Dickicht, spektakelte und krakeelte es ohrenbetäubend, war unentwegt von irgendwoher ein Schnattern und Gackern, Zischen und Rascheln, Zwitschern und Gurren zu hören. Das grelle Sonnenlicht brach funkelnd durch das Dach der hohen Bäume und zauberte Schatten und Reflexe in unzählbaren Farben auf die Blätter, Blüten und Zweige ringsherum.

Tonak verspürte Hunger, und das in nicht geringem Maß. Er konnte sich kaum erinnern, jemals derart hungrig gewesen zu sein. Sein Blick fiel auf einige Beeren. Sie mochten essbar sein oder das pure Gift, er wusste es nicht. Misstrauisch pflückte er einige der Beeren und roch daran, zerquetschte eine zwischen den Fingern und schnupperte wieder. Sie roch nicht gut, faulig und stechend. Er warf die restlichen Beeren weg und setzte seinen Weg fort.

Er würde nicht umhinkommen, ein Tier zu töten, um es zu essen. Vorsichtshalber hatte er die Schusswaffe mitgenommen, die er im Keller in einer Schublade gefunden hatte und von der er vermutete, dass sie Onkel Peret gehörte. Es würde eine Weile dauern, bis er sich eine eigene Waffe, einen Bogen etwa, gebaut hatte und gelernt, damit umzugehen. Vordringlich musste er eine Stelle finden, an der er ein ständiges Nachtlager errichten konnte und an der ihm frisches Wasser zur Verfügung stand.

Diese Überlegungen machten ihn beinahe trunken vor Ekstase. Nie hätte er zu hoffen gewagt, einmal tatsächlich Abenteuer zu erleben, vergleichbar jenen, von denen er all die Jahre in dem unterirdischen, muffigen Lesesaal unter dem wachsamen Auge des Bibliothekars gelesen hatte. Und nun war es geschehen. Er war hier. Dies war die Erfüllung seines Lebens. Was immer jetzt noch kommen mochte, dies konnte ihm keiner mehr nehmen.

Und dann war da plötzlich das Tier. Eine große Raubkatze, die unvermittelt zwischen den Bäumen stand wie hingezaubert und ihn aus glühenden Augen musterte.

Tonaks Herz schien mit einem Mal groß und pochend seinen gesamten Brustkorb auszufüllen. Blitzartig wurde ihm klar, dass diese Situation gemeint gewesen war, wenn die alten Bücher vom ›Gesetz der Wildnis‹ gesprochen hatten. Einer würde jetzt das Frühstück des anderen werden – es war nur noch nicht ausgemacht, wer.

Die Katze starrte ihn unverwandt und, wie es schien, unschlüssig an, während sie langsam und unhörbar näher kam. Offenbar konnte sie ihr Gegenüber noch weniger einordnen, als dies umgekehrt der Fall war. Tonak griff mit einer langsamen, hoffentlich unauffälligen Bewegung nach dem Revolver in seiner Tasche. Im letzten Moment rechtzeitig fiel ihm ein, die Waffe zu entsichern, dann hob er den Lauf und feuerte.

Das Tier zuckte zusammen und wich fauchend zurück. Tonak schoss erneut, und die Bestie jaulte auf. Es war nicht so leicht, zu töten, wie er sich das vorgestellt hatte. Er hielt den Atem an und zielte zwischen die Augen, und gerade als die Katze zum Sprung ansetzen wollte, drückte er ein drittes Mal ab. Die Raubkatze fiel um wie von einer Axt gefällt.

Mit einem nie zuvor erlebten Gefühl der Befriedigung blickte er auf das tote Tier hinab. Sein Herz schlug ihm immer noch bis zum Hals.

In dem Protokoll der Polizei, das er später unterschreiben musste und aufgrund dessen er angeklagt wurde wegen »unbefugten Eindringens in ein Naturreservat, unerlaubten und artfremden Tötens eines geschützten Tieres und vorsätzlicher Beschädigung staatlichen Eigentums«, erfuhr er, dass sich dieser Kampf im Planquadrat 234/9 zugetragen hatte. Davon wusste er in diesem Augenblick nichts. Er setzte das Messer an, um seiner Beute den Bauch aufzuschlitzen, sie zu zerlegen in essbare Teile. Mitten im Schnitt blieb die Klinge an etwas Metallischem hängen, und als er nachsah, fand er eine kleine implantierte Plakette mit der Aufschrift »*Staatl. Wildnisverwaltung, Inventar-Nr. 32/00072/14200278*«.

© 1994 Andreas Eschbach

Der Amaryllis-Virus

Im April 2002 meldete sich die Redaktion des »Reader's Digest Jugendbuchs« bei mir und wünschte sich eine Kurzgeschichte, und zwar zum Thema »Computer und Internet«.

In meiner Jugend habe ich »Reader's Digest« regalweise gelesen, insofern war ich der Anfrage von vornherein gewogen. Bestrickend war aber, in diesem Zusammenhang zu erfahren, dass besagtes Jugendbuch seit einigen Jahren bei einem anderen Verlag mit anderem Cover auch unter dem Titel »Das Neue Universum« erschien.

Das war nun was. Denn ich meine, dass ich in einem Band eben dieser Reihe die erste Science-Fiction-Geschichte meines Lebens gelesen habe. Sein kann es, denn unter anderem kein Geringerer als Hans Dominik hat SF-Kurzgeschichten veröffentlicht in diesem »Jahrbuch für Haus und Familie«, wie es hieß, als es erstmals 1880 erschien.

Leider wurde die Reihe »Das Neue Universum« genau eine Ausgabe, ehe meine Story erschienen wäre, eingestellt, mit der 119. Ausgabe. So sind Hans Dominik und ich einander doch nicht näher gekommen. Das »Reader's Digest Jugendbuch« dagegen erschien weiter und wird 2009 fünfzigstes Jubiläum begehen.

Sie bemerkte gar nicht, dass er sie anstarrte über den ganzen Schulhof hinweg. Sie redete mit zwei breitschultrigen Kleiderständern aus der Zwölften, Grinsegesichter mit Pullovern in den angesagten Farben, na klar doch, und so was von *cool*. Die fand sie wohl toll, oder?

»Displays von dem Typ sind praktisch überall eingebaut«, quengelte Sven ihm ins Ohr. »In Handys, in Routenplanern, in medizinischen Geräten, in Flachbildschirmen, einfach überall.«

»Sagt dein Vater«, meinte Fabian missgelaunt. Jetzt legte ihr dieser geschleckte Typ den Arm um die Schulter. Und sie ließ es sich gefallen. Grinste sogar. Verdammt.

»Klar. Er sagt, der Fehler in der Displaysoftware existiert seit mindestens sechs Jahren, ohne dass es bisher einer bemerkt hat.« Sven war klein, hatte grauenhaft schiefstehende Zähne und von Computern keine Ahnung. Er spielte Computerspiele und so, aber was im Innern der Maschine abging, wie man programmierte zum Beispiel, davon hatte er keinen Schimmer. Er hielt sich für einen Hacker, weil sein Vater für eine große Computerfirma arbeitete und beim Abendessen gerne Firmengeheimnisse ausplauderte.

»Irre interessant«, murmelte Fabian geistesabwesend.

Sie hieß Amaryllis und ging in die Parallelklasse. Amaryllis Weber, und dabei war ihr Vorname noch nicht einmal das Auffallendste an ihr. Sie hatte lange weißblonde Haare und eine traumhafte Figur und war so was wie der Star der Oberstufe.

Kein Wunder, dass jeder hinter ihr her war.

Kein Wunder, dass sie jemanden wie Fabian Fuller nicht einmal zur Kenntnis nahm.

Fabian hatte bisher nie viel über Mädchen nachgedacht. Was ihn interessierte, waren Computer. Die beherrschte er in- und auswendig. Im Informatikunterricht setzte ihn Herr Klopstock immer an einen PC im Nebenzimmer, wo er nach Herzenslust im Internet surfen oder sonstwas machen durfte, weil dem Lehrer klar war, dass er ihm nichts mehr beibringen konnte und Fabian in seinen Tests noch mit verbundenen Augen volle Punktzahl schreiben würde. Er fragte ihn sogar um Rat, wenn er was nicht wusste, und Klopstock wusste eine Menge nicht, das stand mal fest.

Da war dieses Sportfest gewesen. Leichtathletik irgendwas, Fabian machte sich nichts aus Sport und hatte es vergessen. Befehl vom Rex war jedenfalls, alle schulfrei, ab ins Stadion und klatschen. Sie also hingeschlappt, schwitzen auf der Tribüne, vorn, wo den ganzen Tag kein Schatten hinkommt, und zuschauen, wie gerannt und weitgesprungen und so weiter wurde. Zum Gähnen.

Bis der Hundertmeterlauf der Mädchen begann und Amaryllis Weber auf die Aschenbahn trat. In einem dunkelblauen, absolut hautengen Bodysuit, als wäre Olympiade. Der Anblick war Fabian in die Augen gefahren wie ein Stromstoß und durch den ganzen Körper hinab bis in die Zehenspitzen und zurück, absoluter Overload, Buffer overflow, genereller Systemfehler. Er hatte das Atmen vergessen, glatt aufgehört damit. Manchmal träumte er noch davon. Wie sie da stand und den nackten Arm hob und sich die überirdisch leuchtenden Haare aus der Stirn strich und die Ziellinie anvisierte und voll konzentriert wirkte. Wie sie in die Fußrasten stieg und die Beine beugte und in Startposition ging und einen Moment lang aussah, als sei ihr Trikot nur aufgemalt samt der Startnummer. Und wie sie rannte ...

Er war verknallt. Man konnte es nicht anders sagen. Und er wusste verdammt noch mal nicht, was er machen sollte. Er glotzte sie in den Pausen an und hoffte und wünschte sich, aber er wusste gar nicht, worauf er hoffte und was er sich wünschte, nur dass sie eben merken sollte, dass er ... dass sie ... Es war wirklich zum Verrücktwerden.

Warum gab es für so was eigentlich kein *Users Manual,* keine Website, keine Newsgroup? Nachmittags hockte er an seinem Computer wie immer – er versuchte, mit ein paar Tricks aus seiner Grafikkarte etwas herauszukitzeln, was nicht gehen sollte laut Hersteller, bloß ging es eben doch, wenn man es schlau genug anstellte –, aber anstatt den Sourcecode zu sehen, glotzte er stundenlang vor sich hin und träumte mit offenen Augen. Wünschte, auch cool und groß und so verdammt selbstsicher zu sein wie die Typen, auf die Amaryllis offenbar abfuhr. (Himmel, wie er diese Kerle hasste!) Wie es wäre, einfach zu ihr hinzugehen und ... Nein, das konnte er nicht. Sie würde ihn auslachen. Ihre ganze Clique würde ihn auslachen. Er musste es anders anstellen. Beweisen, dass er cool war. Sie irgendwie beeindrucken. Alle. Besonders Amaryllis.

Dienstags hatten sie Unterricht bis viertel sechs, und auf dem Heimweg traf er eines Tages – Herzschlag! – Amaryllis an der Bushaltestelle. Sie sah frisch geduscht aus, hatte eine Sporttasche dabei und vermutlich gerade trainiert, und sie begrüßte ihn mit »Hallo«.

Völliger Systemstillstand im Prozessor. Blackout im Hirn. Fabian hörte sich »Hallo« erwidern, automatisch, dann fiel ihm nichts mehr ein. Nichts Gescheites, nichts Cooles, nichts Lustiges, einfach gar nichts.

»Ist das dein Lieblingstier?«, fragte Amaryllis und deutete auf sein T-Shirt. »Der Pinguin, meine ich.«

»Was?« Fabian sah an sich herab. »Nein. Das ist das Logo von LI-NUX«, erklärte er und fügte hinzu, weil er aus Erfahrung wusste, dass man das hinzufügen musste: »Das ist ein Betriebssystem. Für Computer.«

Amaryllis nickte. Warum sah sie ihn so durchdringend an? Sie sah unwirklich aus, so, als träume er das alles nur. »Du bist aus der 11A, nicht wahr? Der Typ, der dem Klopstock in Informatik helfen muss.«

»Ja«, sagte Fabian. Beeindruckte sie das etwa? Sah fast so aus. Und da hieß es immer, Mädchen ließe alles, was mit Computern zu tun hat, kalt! Das war seine Chance. Sie war beeindruckt. Das musste er nutzen.

Ein paar unzusammenhängende Gedanken zischten ihm durchs Hirn, Ideen wie, sie nach ihrem Training zu fragen und ob sie gern an einer Olympiade teilnehmen würde oder zu erzählen, dass er sie beim Sportfest laufen gesehen hatte ... Aber passte das, jetzt, wo sie gerade von ihm beeindruckt war?

Jetzt hieß es, cool zu sein. Er langte nach dem Buch in seiner Tasche, setzte sich, klappte es auf und tat, als lese er. Seine Brust wummerte im Megahertz-Takt, und er sah eigentlich nur verschwommene graue Flecken, aber er schaffte es, die Stirn zu furchen und konzentriert auszusehen.

»TCP/IP«, hörte er sie sagen. Sie hatte sich vorgebeugt und las den Buchtitel. »Ist auch was mit Computern, schätze ich?«

»Das ist das Internetprotokoll«, sagte Fabian. »Darüber werden alle Daten weltweit ausgetauscht.«

»Du kennst dich echt gut aus, was?«

»Ja«, sagte Fabian. »Stimmt genau.«

Sie musterte ihn, mit einem irgendwie komischen Blick, nickte und biss sich auf die Lippen. Aber sie sagte nichts mehr, schaute nur umher und wartete, und Fabian tat weiter so, als lese er, aber eigentlich las er immer nur die Kapitelüberschrift: *Communication Protocol.* Das Buch war in Englisch. Englisch konnte er auch echt gut. Er hatte es sich beibringen müssen, um die wirklich interessanten Sachen lesen zu können.

Dann kam ihr Bus, sie nickte ihm nochmal zu, sagte aber nicht »Tschüss« oder so was, gar nichts, stieg nur ein und setzte sich auf die gegenüberliegende Seite und fuhr davon. Fabian sah dem Bus nach und hatte das Gefühl, irgendwas versiebt zu haben.

Und auf einmal wusste er, was er machen würde. Er würde es ihr beweisen. Er würde beweisen, dass er der verdammt noch mal beste Programmierer der Welt war. Er würde den raffiniertesten Computervirus aller Zeiten schreiben. Und würde ihn nach ihr benennen. Amaryllis-Virus. Klang gut.

Fabian hatte sich mit Computerviren bisher nur nebenbei befasst. Natürlich hatte er Material darüber, natürlich kannte er das Grundprinzip. Ein Computervirus ist ein Programm, das sich gewissermaßen heimlich an andere Programme anhängt, wie ein Parasit, und das zunächst vor allem eines tut: sich fortpflanzen. Das heißt, es sucht nach weiteren, noch nicht infizierten Programmen und hängt diesen Kopien seiner selbst an. Erst wenn das erledigt und seine weitere Verbreitung gesichert ist, widmet sich der Computervirus anderen Aufgaben. Manche Viren tun überhaupt nichts. Manche Viren warten bis zu einem bestimmten Datum, um dann eine mehr oder weniger sinnvolle Botschaft auf Bildschirmen erscheinen zu lassen. Und andere Viren schließlich schlagen so schnell wie möglich und so rabiat wie möglich zu – vernichten Daten, blockieren Tastaturen, wüten und zerstören, was ihnen vor die wildgewordenen Bytes kommt.

Fabian wusste, dass seit dem ersten Auftauchen derartiger Programme in den Achtzigerjahren ein ständiger Wettlauf zwischen Virenprogrammierern und den Entwicklern von Virenschutzsoftware im Gange war. Es gab Virenwächterprogramme, die Tausende von Viren an ihrer Programmsignatur erkannten und Alarm schlugen, wenn ihnen eines unterkam. Es gab Firewalls, also Programme, die verhindern sollten, dass Viren aus dem Internet in Computer eindrangen. Es gab ein ganzes Arsenal von Abwehrtechniken.

Und immer wieder Programmierer, die allen ein Schnippchen schlugen.

In den folgenden Wochen durchstöberte Fabian die entlegensten Winkel des Internets, besuchte die obskursten Newsgroups, tauschte, um an Informationen zu kommen, Mails mit Unbekannten, die sich hinter Namen wie *WizardOfOz* oder *CaptainCrackz* verbargen. Er zerlegte kleine Programme, die in so gut wie jedem Computer anzufinden waren, in ihre elementaren Programmschritte, versuchte zu verstehen, wie sie funktionierten, und suchte nach einer Schwachstelle, in die er mit seinem geplanten Supervirus einhaken konnte. Schließlich wurde er ausgerechnet bei dem Programm fündig, das Sven erwähnt hatte: der Firmware des weltweit verbreitetsten LCD-Displays. Sie enthielt eine sogenannte *trapdoor,* eine »Falltüre«, wie man eine geheime, ungeschützte Schnittstelle nennt, die ein Hersteller einbaut, um in Notfällen Zugriff auf das System zu bekommen. Nach und nach schrieb Fabian ein Virenprogramm, das diesen Zugang verwendete, um in die verschiedensten Systeme einzudringen, und das im Stande war, sich über das Internet fortzupflanzen.

Die Weihnachtsferien kamen und damit eine Zeit, in der er endlich durcharbeiten konnte, ohne permanent durch Schule, Tests und ähnliche lästige Dinge unterbrochen zu werden. Mit rotgeränderten Augen hockte er bis in die Morgenstunden vor den Bildschirmen seiner Computer, programmierte, testete, installierte neu, was durcheinandergekommen war, programmierte um und testete abermals. Kurz vor Weihnachten hatte er herausgefunden, wie er die gängigsten Antivirenprogramme täuschen konnte, zumindest einige von ihnen und zumindest einige Zeit. Er ließ sich am Weihnachtsbaum seiner Eltern blicken, freute sich pflichtschuldigst über die beiden Hemden, die ihm seine Mutter, und den Rasierapparat, den ihm sein Vater schenkte – ein Wink mit dem Zaunpfahl, oder was? –, und verschwand so früh wie möglich wieder. Während draußen Silvesterraketen böllerten, brachte er drinnen sein Testnetzwerk zum Durchdrehen. Und kurz vor Ende der Ferien war er fertig. Eine kleine, blaue Diskette enthielt ein kleines, absolut harmlos aussehendes, absolut unaufhaltsames Programm.

Falls er sich nicht verkalkuliert hatte, hieß das.

Die geeignete Stelle, um den Virus zu starten, hatte er schon ausgespäht: die Stadtbücherei im Nachbarstadtteil, wo man gegen geringe Gebühr und ohne dass jemand einen Ausweis sehen wollte einen Internet-PC benutzen konnte, der in einem stillen Eck stand und dessen Diskettenlaufwerk nicht abgesperrt war. Er sah auf die Uhr. Anderthalb Stunden noch, bis die schlossen. Seine Hand zitterte. Kein Wunder, er hatte die letzten Tage praktisch nicht geschlafen und sich nur von Schokomüsli, Cola und Weihnachtskeksen ernährt. Absoluter Tunnelblick. Er schob die Diskette in die Tasche seines neuen Hemdes. Raus damit, und dann nur noch schlafen, schlafen, schlafen.

Es klappte wie im Traum. Er kam hin, und der PC war frei. An der Ausleihtheke eine Aushilfskraft, die nur nickte, nicht mal Geld wollte. Diskette rein, Internetverbindung aufbauen, ab damit. Diskette raus und gehen, ohne dass jemand aufsah.

Es wurde dunkel, als er aus der Bücherei ins Freie trat, eine kühle, gläserne Dämmerung, die sich sanft und unnachgiebig auf die Welt herabsenkte. Die Zweige der Bäume glommen silbern, und die Leute hatten Dampfwolken vor dem Mund. Vor ihm ging eine Frau, die per Handy jemandem zu erklären versuchte, welche Packung er aus der Tiefkühltruhe nehmen und was er damit machen sollte. »Ach, komm, lass es«, rief sie irgendwann entnervt. »Lass es. Ich bin in zwanzig Minuten zu Hause und –«

Sie brach ab, nahm ihr Handy vom Ohr, betrachtete entgeistert das Display, versuchte es nochmal. »Peter?« Keine Antwort, wie es aussah.

Es war, als packe ihn eine kalte Faust ganz tief unten in seinem Bauch, als Fabian begriff, was geschehen war.

Amaryllis Weber war in der Woche nach Silvester mit ihren Eltern zum Skifahren nach Österreich gefahren. Der Freitag sollte der letzte Tag sein, und die Abfahrt kurz vor Sonnenuntergang die letzte Abfahrt des Urlaubs. Die Piste war, wie das ganze Skigebiet, mit modernen Signalanlagen ausgestattet, die vor Lawinen warnten und anzeigten, welche Routen wie stark befahren waren. Amaryllis war auf der Route, die in den letzten Tagen zu ihrer Lieblingsstrecke geworden war, als das Signalsystem plötzlich verrückt spielte. Irritiert von den sich widersprechenden Anzeigen kam ein Pulk älterer Skifahrer ins Straucheln, ein Mann stürzte und überfuhr Amaryllis, wobei ein scharfes Teil seiner Skibindung ihr den Oberschenkel aufschlitzte. Sie spürte einen jähen, scharfen Schmerz, und im nächsten Moment sah sie nur noch den sich verdunkelnden Himmel und wunderte sich, warum ihre Handschuhe eine andere Farbe hatten.

Der Mann rappelte sich aus dem Schnee auf, sah, was er angerichtet hatte, und schrie in einem fort: »O Gott, o Gott!« Ein junger Mann, der den Unfall mitbekommen hatte, zückte sein Handy, doch das fand – ungewöhnlich für ein Skigebiet – kein Netz. »Ich fahre runter und sage der Rettungswacht Bescheid«, versprach er, nachdem er mit wenig Erfolg versucht hatte, die Blutung durch Abbinden des Oberschenkels mit seinem Schal einzudämmen.

Er glitt knirschend davon. Der Himmel nahm die Farbe grauen Stahls an. Der Schnee rings um Amaryllis Bein färbte sich blutrot.

Auf der Heimfahrt blickte Fabian aus dem Bus heraus in hell erleuchtete Büros, in denen Leute diskutierend oder ratlos dreinblickend vor ihren Computern standen. Manche Ampeln funktionierten, andere blinkten nur. Der Verkehr stockte. Die Straßenbahnen standen an den Haltestellen, manchmal zwei hintereinander, und rührten sich nicht von der Stelle. Der Bus fuhr ein Stück über eine Schnellstraße mit einem Verkehrsleitsystem, dessen Anzeigen plötzlich erloschen, um wirren Mustern in rot und gelb zu weichen.

Fabian wagte kaum zu atmen. Das war alles ein schlechter Traum. Bestimmt würde er gleich erwachen. Ganz bestimmt.

Eine Sicherheitsschaltung hatte den Skilift abgeschaltet, sodass der Notarzt auf einen der Helikopter warten musste, die wegen schwerer Verkehrsunfälle alle im Einsatz waren. Als er endlich starten konnte, war es bereits dunkel, und nur dank eines älteren Mannes, der wild gestikulierend in den Lichtkegel des Suchscheinwerfers sprang, gelang es, das verunglückte Mädchen zu finden. Es hatte viel Blut aus einer verletzten Oberschenkelarterie verloren, war bewusstlos, unterkühlt und in kritischem Zustand. Der Notarzt versorgte sie, so schnell es ging, und die Helfer luden sie auf eine Trage.

»Wir bekommen keine Verbindung zum medizinischen System«, rief der Pilot und wies auf einen Computerbildschirm, der verrückt spielte. »Keine Ahnung, welches Krankenhaus Kapazitäten hat.«

»Dann fliegen Sie zum nächstgelegenen«, schrie der Arzt zurück. »Und so schnell wie möglich!«

In der *Tagesschau* kam es als erste Meldung. Ein neuartiger Computervirus, im Stande, fast alle Sicherheitssysteme zu überwinden, breitete sich mit verheerender Geschwindigkeit über die ganze Welt aus und legte nicht nur normale Computer, sondern auch Telefonnetze, Steuerungsanlagen und Telemetriesysteme lahm. Telefone waren gestört, der E-Mail-Verkehr zum Erliegen gekommen, das Arbeiten in den meisten Büros unmöglich. Flugzeuge mussten notlanden, Züge auf offener Strecke stehenbleiben, die Havarie eines großen Rohöltankers war nur durch Glück verhindert worden. Weltweit stellten Börsen den Handel ein und Banken den Zahlungsverkehr. Bargeldautomaten waren außer Betrieb. Es würde in den kommenden Tagen zu Versorgungsengpässen kommen, weil in Lebensmittellagern die Fördertechnik streikte. In vielen Fabriken weltweit stand die Produktion still. Der Schaden belief sich auf Milliarden von Dollar.

Fabian saß da, hörte alles und hatte das Gefühl, bis in die letzte Zelle seines Körpers zu Eis zu werden. Es kam ihm immer noch vor wie ein Traum, und er war so müde, so furchtbar müde, aber er begriff, dass es kein Traum war, sondern die Wirklichkeit. Etwas, das er angerichtet hatte.

Als es später am Abend klingelte und seine Mutter gleich darauf mit flackernder Panik in der Stimme rief: »Fabian? Kommst du bitte?«, da wusste er, dass es nur die Polizei sein konnte, und war beinahe erleichtert.

Das Gesicht eines Mannes, der einen weißen Kittel trug und weiße Haare hatte, war das Erste, was Amaryllis sah, als sie zu sich kam. Es lächelte wohlwollend, das Gesicht. Vielleicht war doch alles nicht so schlimm, wie es sich anfühlte.

»Sie werden es überstehen, Fräulein Weber«, sagte der Mann mit gemütlich klingendem österreichischem Akzent. »Das Blut, das wir Ihnen geben mussten, war bedauerlicherweise nicht ganz genau die richtige Sorte. Unser Labor war komplett ausgefallen, wissen Sie? Oh, die Blutgruppe hat gestimmt, das können wir alten Ärzte gerade noch von Hand. Aber die ganzen anderen Faktoren, die es da zu beachten gibt ... Na ja, wie gesagt, Sie werden es überstehen. Nach so viel Glück, wie Sie trotz allem gehabt haben.«

»Was ist passiert?«

»So genau weiß ich das auch nicht«, sagte der Arzt. »Man könnte allerdings fast glauben, dass es etwas mit Ihnen zu tun hat.« Er zog ein klobiges medizinisches Gerät heran, das mit zwei Kabeln in der Wand steckte, und drehte es so herum, dass sie den Bildschirm sehen konnte.

Amaryllis, ich liebe dich. Fabian war darauf zu lesen, in dicken, klotzigen Buchstaben.

Sie begleiteten ihn bis zur Tür des Krankenzimmers, zwei Beamte in dunklen Mänteln, unter denen sie Pistolen trugen. »Keine Tricks«, sagte der eine, als Fabian die Hand auf die Klinke legte, und die Schwester sagte: »Zehn Minuten. Höchstens.«

Es war ein Einzelzimmer. Amaryllis legte die Zeitschrift weg, in der sie gelesen hatte. »Hallo«, sagte Fabian und nestelte das Papier um die Blumen weg, zu denen Mutter ihm geraten hatte. »Hier. Die habe ich ... die sind für dich.«

»Setz dich doch«, sagte Amaryllis.

»Vielleicht soll ich eine Blumenvase ...?«

»Das macht die Schwester nachher. Setz dich.« Sie nahm ihm den Strauß ab und legte ihn auf das Tischchen neben dem Bett. Sie trug ein hellblaues Nachthemd und einen dünnen weißen Pullover darüber und sah gut aus, abgesehen von dem dicken Verband um das Bein und die Hüfte, den man unter der Bettdecke ahnte, und den Schläuchen und Beuteln am Bett, in die rote und hellgelbe Flüssigkeiten tropften.

Er setzte sich also. »Deine Eltern haben mir gesagt, dass du aus Österreich zurückverlegt worden bist, und da wollte ich ... na ja ... ich wollte dir sagen, dass es mir leidtut. Alles. Das mit dir besonders. Das wollte ich nicht.«

»Und ins Fernsehen, wolltest du das?«

»Auch nicht.«

»Wär ja auch noch schöner gewesen.« Sie zog sich die Decke zurecht. »Was werden sie denn jetzt mit dir machen? Köpfen?«

Fabian betrachtete seine Hände. »So ein berühmter Anwalt aus München will mich verteidigen. Er meint, ich komme vielleicht mit ein paar Jahren davon oder mit Bewährung. Und ich hab Angebote von Computerfirmen, die mich gleich einstellen wollen, ohne Studium und alles.«

»Oh, gratuliere. Dann hat sich's ja gelohnt.«

»Na ja. Mein Gehalt wird vermutlich gepfändet, solange ich lebe«, sagte Fabian. »Da komm ich nicht drumrum. Ich werde nie im Leben über das absolute Existenzminimum rauskommen, egal, was ich anstelle.«

Sie musterte ihn. »Ich schätze, es wäre billiger gewesen, mir eine SMS zu schicken, was? Ich meine, wenn es nur darum gegangen wäre.«

»Ich wollte nur ... Ich ... Hast du es denn überhaupt gelesen?«

»Ich hab's gelesen.«

Fabian betrachtete das matte braunweiße Muster des Bodens. »Wirst du wieder laufen können? Ich meine, Leichtathletik und so?«

»Mit ein bisschen Glück. In einem halben Jahr, sagt der Doc.«

»Gut.« Fabian nickte, ein wenig erleichtert. »Ich weiß nicht, was ich mir bei all dem eigentlich gedacht habe.«

»Nicht?« Sie schien amüsiert. »Kann ich dir sagen. Du wolltest mich beeindrucken. Mir zeigen, dass du ein toller Typ bist. Das hab ich schon verstanden, ich bin ja nicht blöd. Außerdem hat das bis jetzt noch jeder Kerl versucht, den ich je getroffen habe.«

»Aber ich wollte nicht, dass so etwas passiert.«

Die Worte versickerten in einem Moment der Stille. Amaryllis sah ins Leere. »Damals an der Bushaltestelle, warum hast du da eigentlich nicht mit mir geredet? Mann, ich habe extra auf dich gewartet, weißt du das? Ich habe echt alles versucht, um mit dir ins Gespräch zu kommen. Aber du Idiot ziehst dein Buch raus und lässt mich kalt abfahren.«

Fabian war geplättet. »Echt? Du hast gewartet? Auf mich?«

»Meinst du, ich habe nicht bemerkt, wie du mich die ganze Zeit angestarrt hast? Ich wollte wissen, was du für einer bist. Ob du vielleicht anders bist als die anderen.« Sie lachte auf; ein hartes, schmerzerfülltes Lachen. »Aber du warst auch nur so ein Angeber.«

Fabian merkte plötzlich, dass er bis zu diesem Moment insgeheim gehofft hatte, wenigstens noch als zerknirschter Sünder, der sich Asche aufs Haupt häuft, ihr Herz zu gewinnen. Aber die Masche würde nicht ziehen. »Ich hab es echt verschissen, was?«, flüsterte er.

Amaryllis sah ihn an, und ihre dunklen Augen wurden schwarz dabei. »Ich wäre fast gestorben, Fabian. Wegen dir. Das macht mich – wie soll ich sagen? – etwas voreingenommen.«

»Verstehe«, sagte Fabian, und diesmal verstand er wirklich. Einen Computer rebootet man, installiert ihn zur Not neu, und alles beginnt von vorn, egal, was an Systemabstürzen gewesen ist. Doch das Leben geht immer weiter, kein Schritt kann rückgängig gemacht werden, nicht einer, und endgültige Dinge bleiben endgültig. Das war der Unterschied.

© 2002 Andreas Eschbach

Ein Fest der Liebe

Man hat mich schon oft gefragt, ob ich nicht mal eine Weihnachtsgeschichte schreiben wolle. Es muss trotz der zahllosen Erzählungen rund um dieses Thema einen schier unstillbaren Bedarf an weiteren Erzählungen rund um dieses Thema geben.

Aber leider ist Weihnachten ein Feiertag, der bei mir irgendwie keine kreativen Funken schlägt. Deshalb blieb es immer dabei, dass ich – durchaus ehrlichen Herzens – versprach, darüber nachzudenken, mir weiter aber nichts dazu einfiel.

Bis Carsten Polzin vom Piper-Verlag mich das fragte. Der Unterschied war, dass er hinzufügte: »Aber es sollte etwas Schräges sein.«

Schräg.

Nun – damit kann ich etwas anfangen ...

Sie hieß Helena, ließ sich von allen Leuten aber nur Lena nennen, war siebenunddreißig Jahre alt und würde zum ersten Mal Weihnachten allein verbringen.

Das Wetter war so traurig wie diese Aussicht. Nasskalte Tage reihten sich auf das Fest zu. Der Himmel blieb grau und inkontinent, kein Schnee sank, nur die Temperaturen draußen. Hässliche Dinge geschahen. Zweimal fand Lena ein totes Tier am Straßenrand, erst einen überfahrenen Fuchs und am Tag darauf eine zerquetschte Katze. Sie sah eine Amsel, die an dem Kadaver herumpickte, und eine andere Katze, die sich mit glitzerndem Jägerblick näherte, ganz offensichtlich nur an der möglichen Beute interessiert, nicht am Schicksal ihrer Artgenossin.

Fressen oder gefressen werden, das war die Devise in der Welt der Tiere. Von einem Fest der Liebe, erkannte Lena, wussten Tiere nichts.

Um so trostloser zu erleben, dass auch Menschen dieses Fest auf den bloßen Anlass reduzierten, Geld auszugeben und Geschäfte zu machen, obwohl sie es besser hätten wissen können.

So überrumpelte sie ein Makler, indem er es verstand, den Eindruck zu erwecken, er käme von einer Behörde. Ehe Lena recht begriffen hatte, was los war, stand der Mann schon in ihrer Eingangshalle, sah sich um und sagte, sie solle das Haus verkaufen, es sei viel zu groß für sie. »Die vielen Räume! Da sind Sie ja nur am Putzen. Von den anstehenden Reparaturen ganz zu schweigen. An denen zahlen Sie sich tot, und wofür?«

Lena erklärte ihm kühl, das Haus sei seit über hundert Jahren im Besitz ihrer Familie und nichts käme weniger in Frage, als es zu veräußern.

Der Mann hob die Schultern. »Ich kann Ihnen nur sagen, dass solche alten Herrenhäuser heutzutage sehr gesucht sind. Organisationen und Firmen, die einen repräsentativen Sitz wünschen, sind bereit, dafür viel Geld zu zahlen. Sie hätten ausgesorgt, um es plastisch auszudrücken. Überlegen Sie es sich. Sie bekämen leicht anderswo ein schönes kleines Haus oder eine komfortable Wohnung und hätten genug Vermögen übrig, um den Rest Ihres Lebens finanziell unabhängig zu sein.«

»Ich bin noch jung«, sagte Lena.

»Gerade deshalb sage ich es«, erwiderte der Makler und reichte ihr seine Karte. »Hier, für alle Fälle. Sie erreichen mich jederzeit, auch an den Feiertagen.«

Lena nahm die Karte und legte sie, nachdem der Mann gegangen war, auf den großen, staubigen Stapel Werbepost im Flur neben dem Telefon, den zu entsorgen es wirklich höchste Zeit wurde. Gleich nach Weihnachten und noch vor Silvester, schwor sie sich.

Ihr Haus zu verkaufen, was für eine Idee! Ihr Urgroßvater, ein Fabrikant, hatte es erbaut und mit zwei Ehefrauen insgesamt elf Kinder darin großgezogen. Ihr Großvater hatte es noch auf vier Kinder gebracht, wozu fünf Ehen notwendig gewesen waren, und ihr Vater und ihre Mutter schließlich hatten nur ein einziges Kind bekommen: Lena, die ihrerseits kinderlos war und es, wie es aussah, auch bleiben würde.

Doch war das wichtig? Dies war ihr Zuhause, war es immer gewesen. Ihr Schloss. Ihre Burg. Wenn sie die eichene Haustür hinter sich zuzog, kam es ihr immer noch so vor, als zöge sie eine Fallbrücke hoch. Die Zinnen um das Dach herum erschienen ihr seit Kindertagen wie Wehrgänge, die Erker an den Hausecken wie Wachtürme.

Groß war es, ja. Drei Etagen, das Erdgeschoss mit herrschaftlich hohen Decken und einer imposanten Treppe hinauf in die oberen Stockwerke ...

Was hatte es nur auf sich mit diesem verdammten Weihnachten, diesem so raumgreifenden Kalendereintrag, dass es ihr vorkam, als sei das Haus größer und stiller und leerer als sonst? Eine Halluzination, weiter nichts. Vaters Tod hatte schließlich an den tatsächlichen Verhältnissen nichts geändert; dass ihr nach seinem Schlaganfall vor dreieinhalb Jahren keine andere Wahl geblieben war, als ihn in ein Pflegeheim zu geben, war doch die weitaus dramatischere Veränderung der Situation gewesen!

Alle zwei Wochen mindestens hatte Lena ihn besucht. Zwei Stunden mit dem Auto waren das immer gewesen, über schmale Straßen zwischen Kuhweiden und Feldern, vorbei an Höfen, in denen Hühner frei herumliefen. Das Heim selber lag am Rand eines ehrfurchteinflößenden Waldes, aus dem manchmal Rehe traten und mit furchtsamer Neugier die Bauwerke der Menschen musterten. Über die Weihnachtsfeiertage hatte Lena sich dann jeweils in einem Gasthof im Dorf ein Zimmer genommen, immer dasselbe, mit einem Blick auf den Bach hinter dem Haus, an dessen Ufer sich stets ein paar Enten und Gänse zu schaffen machten, selbst im Winter.

Zum Schluss hatte Lena nur noch verfolgen können, wie der Geist ihres Vaters zerfiel, und als schließlich der Anruf der Heimleiterin kam, er sei friedlich eingeschlafen, war es beinah eine Erlösung gewesen. Lena ließ ihn neben ihrer Mutter begraben, deren Tod zwölf Jahre zuvor sie zum Anlass genommen hatte, ihrem Studium der Germanistik den Rücken zu kehren, wieder nach Hause zu ziehen und ihrem Vater den Haushalt zu führen, da er das selbst nicht gekonnt hätte; er hatte noch zu jener Generation gehört, die in haushälterischer Hilflosigkeit gehalten worden war. Ohne Lena wäre ihm damals nur der Weg ins Altersheim geblieben, und sie wusste, dass er ihr für ihren Entschluss dankbar gewesen war, wenngleich er es nie ausgesprochen hatte.

Allerdings hatte sie ihre wissenschaftlichen Ambitionen mit ihrer Rückkehr ins elterliche Haus nicht aufgegeben, es ging eben nur langsamer voran. Nach wie vor schrieb sie, wann immer sie die Zeit dazu fand, an ihrer Magisterarbeit über Friedrich von Hausen, den großen Minnesänger aus dem 12. Jahrhundert. Dessen berühmtestes Lied »Abschied«, das den Kampf zwischen Herz und Leib zum Thema hatte, hing in einer farbenprächtig ausgemalten Fassung über ihrem Schreibtisch, und so manches Mal, wenn sie lange in ihrem Arbeitszimmer hoch unter dem Dach saß, war ihr, als müsse sie in einem früheren Leben selber eine Burgdame gewesen sein. Sie meinte bisweilen, die ferne, schmachtende Stimme eines Ritters zu hören, der zu ihr emporsang: »*Mîn herze und mîn lîp, diu wellent scheiden, diu mit ein ander wâren nu manige zît ...*«

Zweifellos, sagte sie sich, war das eine bessere Zeit gewesen.

Kein Tannenbaum, beschloss Lena nach langem Grübeln. Genau genommen beschloss es sich von selbst, denn Lena hatte noch nie einen Baum für Weihnachten gekauft; das war immer die Aufgabe ihres Vaters gewesen. Es wäre ihr ungehörig erschienen, sich einer Aufgabe zu bemächtigen, die so sehr eine elterliche, väterliche war.

Immerhin hängte sie, einer Tradition ihrer Mutter folgend, Meisenknödel vor das Fenster ihres Arbeitszimmers; ein Weihnachtsgeschenk an die Vogelwelt. Wenn sie über ihren Büchern saß, war es bisweilen eine schöne Abwechslung, von den mittelalterlichen Sagen und Märchen aufzuschauen und zu beobachten, wie sich die Meisen über den Kloß aus Fett und Körnern her machten. Kopfüber krallten sie sich daran, schwangen mit ihm herum, während ihre kleinen Köpfe vor jedem Pick schier endlos oft hierhin und dahin ruckten, ob auch von nirgends Gefahr drohte.

Dieses Jahr kamen fast jeden Tag sechs Blaumeisen, und nach einiger Zeit war Lena, als erkenne sie jedes der Tiere wieder. Die blaugelben kleinen Wesen sahen aus wie aus Wolle gemacht, doch so niedlich ihr Treiben auch war, man kam nicht umhin zu bemerken, dass sie untereinander eine strenge, geradezu erbarmungslose Rangordnung einhielten – eine Rangordnung, die dem größten und stärksten Tier stets den Vorrang einräumte. Erst wenn dieses nicht mehr weiter fressen wollte, durften sich die anderen dem Futterbatzen im grünen Netz nähern. Manchmal duldete einer der Vögel einen Artgenossen auf der anderen Seite der Kugel, doch wenn, dann nicht für lange. Und immer war es der Kleinste und Schwächste, der am Schluss an die Reihe kam, wenn kaum noch etwas übrig war.

Und so waren es seit ein paar Tagen nur noch fünf Meisen, die sich um den Knödel sammelten. Lena musste unwillkürlich seufzen, als ihr aufging, was das bedeutete.

Doch so war das nun mal in der Natur. Tiere kannten keine Gnade, kein Erbarmen, kein Mitgefühl. Lieben, sagte sich Lena, war etwas, das nur Menschen konnten. Und auch die konnten es nicht besonders gut.

Aber sie würde der Versuchung widerstehen, sich dieser trostlosen Stimmung zu ergeben. Auch wenn es traurig war, an einem solchen Fest allein zu sein: Andere hatten es auch nicht leicht oder sogar noch schwerer. Die Bergers von nebenan zum Beispiel, deren damals elfjähriger Sohn vor vier Jahren verschwunden war. Lena hatte das Kind gekannt. Nun, was hieß gekannt? Vom Fenster ihres Zimmers aus hatte sie im nachbarlichen Garten einen Knaben spielen sehen, meistens alleine. Im Sommer hatte er nackt in einem blaugelben Planschbecken gesessen, dessen Wasser offenbar nie ausgewechselt wurde, jedenfalls war es im Lauf der Wochen immer schmutziger geworden. Und nun war er nicht mehr da, war verschwunden – an Weihnachten auch noch, hieß es –, und seine Eltern mussten damit leben, dass nie irgendeine Spur von ihm gefunden worden war.

Sicher musste man, wie meistens in solchen Fällen, vom Schlimmsten ausgehen, also davon, dass der kleine Julius nicht mehr lebte, aber solange man keine Gewissheit hatte, blieb eben doch ein quälender Rest Hoffnung. Lena begegnete den Eltern gelegentlich auf der Straße. Der Vater war ein verbitterter Mann Mitte fünfzig, der seit damals eine

Privatfehde gegen die in seinen Augen unfähige Polizei führte, indem er immer wieder Beschwerden einreichte und jede Zeitungsmeldung über unaufgeklärte Verbrechen zum Anlass für ätzende Leserbriefe nahm, die das Lokalblatt auch stets abdruckte. Seine Frau, dicklich und etwa zehn Jahre jünger, tröstete sich mit einem mageren kleinen Schäferhundmischling, der ihr kurz nach dem Verschwinden Julius' zugelaufen war und den sie seither mit inbrünstiger Liebe umhegte – ja, Lena hatte durchaus den Eindruck, dass diese Frau den Hund im Grunde mehr liebte, als sie ihren Sohn geliebt hatte.

Für die Bergers war Weihnachten jedenfalls bestimmt schlimmer, dachte Lena, und die Einsicht, dass es Menschen gab, die schlechter dran waren als sie selbst, veranlasste sie, an keinem Bettler vorbeizugehen, ohne ihm ein paar Münzen in den Hut oder die Pappschale zu werfen. Ihr schauderte, wenn diese abgehärmten, schlecht gekleideten Menschen ihr mit schwülstigen Worten dankten, und sie fragte sich, wo sie wohl den Weihnachtsabend verbringen würden und unter welchen Umständen. Sie konnte wahrhaft froh sein, dass sie ein gut geheiztes Haus besaß und nichts entbehrte außer menschlicher Gesellschaft.

Und trotzdem ...

Je näher Heiligabend rückte, desto größer wurde die Unruhe, die sie erfüllte. Sie drehte jeden Abend ihre übliche Runde durchs Haus, um zu prüfen, dass alle Türen und Fenster auch wirklich verschlossen waren – und das Haus besaß von beidem eine Menge –, doch vor dem Schlafengehen konnte sie nicht anders, als noch einmal einen zweiten Rundgang zu machen. Dass dieser stets erbrachte, dass das Haus tatsächlich im Rahmen des Möglichen verrammelt und verriegelt war, änderte nichts an diesem Zwang.

Vielleicht, überlegte Lena, musste sie im neuen Jahr doch einmal psychologische Hilfe suchen.

Diese zwanghaften Rundgänge waren vermutlich Ausdruck ihres Unbewussten, einer uneingestandenen Angst, vielleicht sogar eines Wunsches, es möge jemand kommen, es möge jemand in ihr Leben eindringen ... Das war ihr klar; sie hatte etliche Bücher darüber gelesen. Das Problem war nur, dass das Lesen von Büchern wenig half gegen solche Ängste. Nichts eigentlich. Dabei konnte sie sich schon denken, dass ein Psychologe ihr auch nichts anderes raten würde als das, was sie sich selber immer wieder sagte: dass sie ihr Leben ändern musste, das schon viel zu früh in ein viel zu festes Gleis geraten war.

Aber wie stellte man das an? Sie hatte keine Ahnung. Also kamen die Ängste, logisch.

Und sie kamen in Wellen. Am schlimmsten war es eben immer um Weihnachten herum. Die letzten Jahre hatte sie, wenn sie von den Besuchen bei ihrem Vater zurückgekehrt war, manchmal das Gefühl geplagt, es sei in ihrer Abwesenheit jemand im Haus gewesen. Jemand, der nichts gestohlen und keine Spuren hinterlassen hatte, was natürlich nicht für einen Einbrecher aus dem wirklichen Leben sprach. Es war ihr vorgekommen, als fehlten Lebensmittel – doch war sie in Dingen des täglichen Lebens kein so systematischer Mensch, dass sich dieser Verdacht irgendwie hätte bestätigen lassen. Einmal hatte sie bei ihrer Rückkehr einen aufgedrehten Heizkörper vorgefunden, worüber sie sich sehr erschreckt hatte, bis ihr eingefallen war, dass sie ihn wahrscheinlich selbst geöffnet und dann vergessen hatte vor ihrer Abfahrt.

Das war ihr alles klar, und sie nahm sich das mit dem Psychologen fest vor, während sie an Heiligabend bei Einbruch der Dämmerung den zweiten, überflüssigen Rundgang absolvierte. Sie suchte danach sogar ein paar Nummern aus dem Telefonbuch heraus und legte den Zettel zwischen die entsprechenden Seiten ihres Kalenders.

Und machte, sicherheitshalber, noch einen dritten Rundgang.

Diesmal kam ihr die Idee, auch die nach innen führenden Türen der einzelnen Kellerräume abzuschließen. Den Heizkeller. Die Waschküche. Die Werkstatt, in der das Werkzeug ihres Vaters verstaubte. Den Keller mit den uralten Schlafzimmerschränken, in denen die Kleider ihrer Mutter und die Anzüge ihres Vaters hingen, die wegzuwerfen sie bisher nicht über sich gebracht hatte. Den Keller, in dem die Tiefkühltruhe stand und das Weinregal, das inzwischen ohnehin so gut wie leer war.

Als alles verriegelt war, fühlte sie sich besser. Sie stieg die Kellertreppe wieder hinauf, bereitete sich in der Küche das Abendessen, etwas festlicher als gewöhnlich, weil Heiligabend war, aber wiederum auch nicht so festlich, dass die Abwesenheit eines Gegenübers sich schmerzlich bemerkbar machen würde. Nach dem Essen sah sie sich einen Film im Fernsehen an, dann ging sie schlafen. Es gelang ihr, den Drang, noch einen allerletzten Rundgang zu machen, niederzukämpfen und ins Bett zu gehen. Es war bestimmt besser, derartigen Impulsen nicht nachzugeben, sagte sie sich und schloss die Augen.

Sie erwachte mitten in der Nacht, überzeugt, dass es ein Geräusch im Haus gewesen war, das sie geweckt hatte.

Aufrecht im Bett sitzend, umgeben von wogender Dunkelheit, die Hand auf dem Lichtschalter, lauschte sie. Nichts. Ein Auto in der Straße, ein Knacken im Gebälk, rätselhaft, aber vertraut. Ansonsten Stille. Natürlich. Ein dummer Traum.

Lena seufzte und schaltete das Licht ein. Nein, das ging zu weit. Sie konnte nicht am heiligen Abend einen Psychotherapeuten anrufen. Schon gar nicht mitten in der Nacht.

Die Telefonseelsorge vielleicht? Dort war bestimmt jemand zu erreichen. Auch an Weihnachten. An Weihnachten erst recht.

Zum ersten Mal fragte Lena sich, ob alles so enden würde, dass sie sich in eine psychiatrische Klinik einweisen lassen musste. Der Gedanke krampfte ihr das Herz zusammen.

Bitte nicht, dachte sie, ein banges Gebet an eine namenlose Schicksalsmacht, *lass mein Leben nicht so verfahren enden.*

In diesem Augenblick hörte sie das Geräusch wieder.

Es kam aus dem Keller. Es hörte sich an, als werfe sich jemand gegen eine der Innentüren, die sie verschlossen hatte.

»Gott im Himmel«, murmelte Lena. Also war es doch keine Einbildung gewesen. Also war sie doch kein Fall für die Psychiatrie. Obwohl sie das in diesem Moment beinahe vorgezogen hätte.

Was jetzt? Polizei. Sie musste die Polizei anrufen. Jemand war in ihrem Keller, mitten in der Nacht. Das würde ja wohl Grund genug sein.

Schnell. Das Telefon stand unten im Flur. Ein uraltes Modell, weil ihr Vater nichts von den modernen, herumtragbaren Geräten gehalten hatte. Schnell, ehe etwas geschah, das sich zwischen sie und das Telefon stellte.

Lena schlüpfte aus dem Bett, hatte keine Zeit für Pantoffeln, hastete auf nackten Füßen hinaus und die Treppe hinunter. 112. Das war die Notrufnummer.

Die Hand auf dem Hörer verharrte sie. Stille. Auf einmal war sie sich nicht mehr sicher, ob sie dieses Geräusch wirklich gehört hatte. Was, wenn es nur Einbildung gewesen war? Sie konnte doch nicht die Polizei rufen, und dann war da nichts.

Sie hielt den Atem an. Stille. Dröhnende, ohrenbetäubende Stille. Lena ließ den Hörer los.

Das Geräusch war aus dem Keller gekommen. Wenn sie alle Peinlichkeit vermeiden wollte, blieb ihr nichts anderes übrig, als dort nachzusehen. Sie schluckte.

Vielleicht genügte es ja, am oberen Ende der Kellertreppe stehenzubleiben und zu horchen. Bestimmt genügte das. Ein Geräusch, das im Stande gewesen war, sie oben im Schlafzimmer zu wecken, würde von da aus zweifellos zu hören sein.

Sie drehte den Schlüssel, leise, öffnete die Tür. Lauschte.

Ja. Da war ein Geräusch.

Jemand weinte.

Es klang nicht nur harmlos, es klang entsetzlich hilfebedürftig. So, als ob jemand, der klein und schwach war, Schmerzen litt.

Was natürlich ein Trick sein konnte. Eine Falle.

Aber nachsehen musste sie, daran führte kein Weg vorbei. Lena eilte so leise wie möglich ins Wohnzimmer, zu dem mächtigen offenen Kamin, der zuletzt angeheizt gewesen war, als Vater noch im Haus gelebt hatte, nahm geräuschlos den hundert Jahre alten Schürhaken aus Schmiedeeisen vom Gestell und kehrte damit zur Kellertreppe zurück.

Ihr Herz pochte so laut, dass sie meinte, es als Echo von den Kellerwänden widerhallen zu hören. Doch das Weinen und Stöhnen war keine Einbildung. Es kam von der Tür, die zur Waschküche führte.

Die Waschküche, die eine Tür in den Garten besaß. Unter dem Türspalt schimmerte Licht.

Was ging hier vor sich?

Den Schürhaken fest umklammert, lauschte Lena an der Tür. Das Stöhnen kam in Abständen, und es klang wie das Stöhnen eines Kindes. Was um alles in der Welt machte ein stöhnendes Kind an Heiligabend in ihrer Waschküche?

Auf einmal ertrug Lena all diese Fragen nicht mehr, die sich in ihrem Kopf jagten und überschlugen. Sie hob den Schürhaken mit der einen Hand, bereit, zuzuschlagen, drehte mit der anderen in einer heftigen, ungeduldigen Bewegung den Schlüssel und riss die Tür auf.

Der Korb mit der Schmutzwäsche war umgestoßen. Auf dem traurigen Haufen aus Slips und Handtüchern lag ein Junge von vierzehn oder fünfzehn Jahren, in einer seltsam verkrümmten Haltung, das Gesicht verzerrt, am ganzen Körper zitternd.

Was kein Wunder war, denn es war kalt, und er war splitternackt.

»Wer bist du?«, stieß Lena hervor.

Der Junge antwortete nicht. Er machte auch keinerlei Anstalten, seine Blöße zu bedecken. Lena sah auf sein Geschlecht, das zwar von dunklem Haar umrahmt war, aber trotzdem so klein und niedlich aussah wie das eines Puttenengels auf einem Barockgemälde.

Es gehörte sich nicht, *darauf* zu starren. Sie hob den Blick und begegnete dem seinen.

Und erkannte ihn.

»Julius?«

Der verschwundene Sohn der Bergers …? Sie verstand überhaupt nichts mehr.

Er sagte immer noch nichts, aber sein Gesicht spannte sich an, wie unter einer alle Kräfte fordernden Anstrengung.

»Was machst du?«

Da war ihr Blick auf seine Füße gefallen, o Gott, seine Füße, oder was immer das war, und ein Schrei stieg in ihr hoch, blieb ihr in der Kehle stecken, wollte hinaus … Das waren keine Füße, keine menschlichen zumindest, das waren die Hinterbeine eines Tiers, längliche, fellbedeckte Läufe mit Krallen! Der Schrei drang nach außen, aber nur in Form eines erstickten Keuchens.

»Gleich«, stöhnte der Junge. Julius. »Die Füße brauchen immer am längsten.«

Was? Wovon redete er?

»Einen Moment noch –«

Wie gelähmt stand Lena da und sah zu, wie sich die Läufe verformten, langsam und zäh, wie das Fell dünner wurde, durchscheinender, und wie es schließlich verschwand und nur Haut zurückließ, wie sich die Krallen zu Zehennägeln umbildeten und die langgezogenen Hinterbeine zu menschlichen Füßen wurden. Julius ächzte während dieses gespenstischen Prozesses leise; was da vor sich ging, schien nicht nur anstrengend, sondern auch schmerzhaft zu sein.

»Kann ich bitte etwas zum Anziehen haben?«, flüsterte der Junge schließlich. »Mir ist kalt.«

»Was?« Lena war, als erwache sie aus einem schlechten Traum, nur um zu sehen, dass es kein Traum gewesen war. »Zum Anziehen …?« Sie fuhr sich mit der Hand durch das Haar. »Ich weiß nicht, was ich dir da … welche Größe und so … für einen Jungen …«

Julius zog die Beine an sich, rollte sich zusammen. Zu mehr schien er im Augenblick nicht in der Lage zu sein. »Im Raum nebenan. Dort, wo all die Schränke stehen … Also, in der untersten Schublade ganz rechts, da müsste ein grauer Trainingsanzug liegen.«

Lena starrte ihn an, außerstande, sich zu bewegen.

»Den habe ich die letzten Male immer getragen«, hauchte der Junge verlegen.

Die letzten Male?, fuhr es ihr durch den Kopf. Also doch. Sie hatte sich nichts eingebildet. Es war beinahe eine Erleichterung, das zu hören.

»Warte«, sagte Lena.

Sie ging hinaus, öffnete die Tür zum Nebenraum, machte Licht. Tatsächlich, in der Schublade lag ein dicker grauer Trainingsanzug, der einst ihrem Vater gehört hatte. Er roch muffig, aber er war warm, einigermaßen jedenfalls. Darunter lagen dicke, handgestrickte Socken, die Lena ebenfalls herausnahm.

Als sie damit in die Waschküche zurückkehrte, stand Julius da und wartete. Er schien seine Nacktheit überhaupt nicht zu bemerken, so, als habe er vergessen, was es damit auf sich hatte, nackt zu sein.

Sie reichte ihm die Sachen. »Hier. Und jetzt würde ich gern erfahren, was hier los ist.«

Er schlüpfte in die Hose. »An Weihnachten muss ich immer Mensch werden. An Heiligabend kurz vor Mitternacht geht es los, und irgendwann am nächsten Morgen ist es wieder vorbei.« Er warf ihr einen scheuen Blick zu, griff nach den Socken. »Ich bin die letzten Jahre immer hier im Haus gewesen, während Sie nicht da waren. Tut mir leid.«

»Und wie bist du hereingekommen?«

»Ich wusste, dass Sie Ihren Reserveschlüssel in der kleinen blauen Vase auf dem Fensterbrett im Anbau aufbewahren.« Er streifte das Oberteil über. »Ich hab Sie mal beobachtet, als ich noch klein war. Von einem der Bäume aus.«

Lena nickte, in Gedanken ganz woanders. »Du sagst, an Weihnachten musst du Mensch werden ... Was heißt das? Was bist du das restliche Jahr über?«

Er zögerte. Dabei wusste sie schon, was er antworten würde.

»Da bin ich ein Hund«, sagte er.

Ein Fluch, durchfuhr sie die Erkenntnis. *Ein Fluch lastet auf ihm, genau wie in den Märchen. Und heute Nacht ist die Gelegenheit, den Bann zu brechen.*

Lena sah sich blinzelnd um, betrachtete die Kellertür, den Schlüssel, der nun von innen steckte, die Waschmaschine, die auf dem Betonboden verstreute Schmutzwäsche, die kahlen Wände, die nach dem Krieg das letzte Mal gestrichen worden waren. »Wir müssen nicht hier unten in der Kälte herumstehen«, sagte sie. »Gehen wir nach oben. Möchtest du etwas essen?«

»Ja, gern«, sagte Julius.

Sie stiegen die Treppe hoch, und Lenas Gedanken nahmen Fahrt auf. Das Schicksal des Jungen hing jetzt von ihr ab, höchstwahrscheinlich zumindest. Sie durfte keinen Fehler machen, musste richtig entscheiden ... Die plötzliche Last der Verantwortung nahm ihr fast den Atem.

»Was möchtest du?«, fragte sie, als sie die Küche betraten. Hier war es angenehmer als im Keller, aber auch nicht gerade gemütlich. Lena drehte die Heizung auf, obwohl sie wusste, dass das nichts nützen würde, weil es schon spät war und der Kessel nur noch auf Nachttemperatur lief.

»Etwas Warmes«, bat der Junge und fügte mit unüberhörbarer Begeisterung in der Stimme hinzu: »Etwas mit Schokolade.«

Das also hatte er vermisst. Natürlich. Was bekam ein Hund zu fressen? Fleisch, aus der Dose. Kalt.

»Etwas Warmes mit Schokolade«, wiederholte Lena. »Soll ich dir einen Kakao machen?«

»Das wäre prima«, nickte Julius.

Sie nahm eine Kasserolle vom Haken, entzündete die Gasflamme, holte Milch aus dem Kühlschrank. Ihre Gedanken rotierten derweil weiter. Wie war ein Bann zu brechen? Sie brauchte einen Hinweis, irgendeine Spur ...

Kakaopulver war noch da, zum Glück.

»Die letzten Male – letztes Weihnachten und die Weihnachten davor – wusstest du da, dass ich nicht zu Hause war?«, fragte sie, während sie die Milch rührte.

»Ja«, sagte er.

»Woher?«

»Ein Hund weiß so was.«

Aha. »Und diesmal?«

»Ich wusste nicht, wo ich sonst hin sollte. Ich wollte ganz leise sein, im Keller bleiben ...«

»Verstehe.« Sie steckte einen Finger in den Kakao. Heiß genug. Sie füllte alles in eine große Tasse und stellte sie ihm hin. »Erzähl doch mal. Wie ist das alles gekommen?«

Er griff mit beiden Händen nach der Tasse. »Was?«

»Dass du zum Hund geworden bist.«

»Genau weiß ich das auch nicht ... Es war an Weihnachten. Ich denke, deswegen fällt die Zeit, in der ich Mensch werden muss, immer auf Heiligabend.« Er trank, immer noch mit beiden Händen. Es wirkte ungeschickt, so, als wäre er den Gebrauch seiner Hände nicht mehr gewöhnt.

Immerhin hat er den Schlüssel ins Schloss bekommen, dachte Lena. »Was ist passiert?«

»Ach, es war ein ganz blöder Anlass. Ich hatte mir einen MP3-Player zu Weihnachten gewünscht, und zwar wirklich gewünscht, ganz fest. Ich meine, es hätte ja irgendeiner sein können, auch ein ganz billiger; alle in der Schule hatten so ein Teil, bloß ich nicht, das war wirklich nicht mehr witzig, verstehen Sie? Jedenfalls habe ich meiner Mutter damit monatelang in den Ohren gelegen, hab es wirklich bei jeder Gelegenheit gesagt, und ich dachte, vielleicht hört sie diesmal auf mich …« Sein Gesicht verschloss sich, sein Blick schien in eine weit entfernte Vergangenheit zu entgleiten. »Mutter hat sich damals immer um den Hund von Frau Bose gekümmert – das ist eine Freundin von ihr, die oft verreisen muss, geschäftlich und so. Meine Mutter war ganz vernarrt in dieses Viech, und ausgerechnet diesmal war die Töle das erste Mal über Weihnachten da, fast den ganzen Dezember über. Und als ich dann unter dem Weihnachtsbaum saß, meine Mutter mit dem Hund spielte und redete, die ganze Zeit, echt … und ich mein Geschenk auspackte und es nur ein blödes *Hemd* war … da bin ich ausgerastet.«

Er atmete schwer, schien den dampfenden Becher in seinen Händen vergessen zu haben.

Lena sagte nichts.

»Es war nicht, weil ich nicht bekommen hatte, was ich mir gewünscht hatte, verstehen Sie? Es war, dass meine Mutter sich nicht einmal daran *erinnerte,* was ich mir gewünscht hatte. Ich hatte mindestens seit September jeden verdammten Tag auf sie eingeredet, und sie hatte nicht mal mitbekommen, *dass* ich mir was gewünscht hatte!«

Lena nickte sachte. »Und dann?«

»Ich hab das Hemd liegen lassen und bin auf mein Zimmer gegangen. Aber die Wut ist angeschwollen und angeschwollen, weil es *immer* so war, verstehen Sie, *immer,* und am Ende ist irgendwas in mir … *geplatzt.* Ich bin abgehauen. Raus. Mitten in der Nacht. Es war sternklar, das weiß ich noch, und kalt, und ich bin einfach nur durch die Straßen gelaufen und gelaufen ...« Er sah sie an, mit einem Blick, in dem sich Schmerz spiegelte. Nein, mehr als Schmerz – Entsetzen. »Irgendwann war ich auf dem Hermannsberg. Den nennt man auch Hexenberg, wussten Sie das?«

»Hexenberg?« Das hatte Lena nicht gewusst. Aber irgendwie überraschte es sie nicht.

Julius atmete immer noch schwer, brachte eine ganze Weile nichts heraus. »Ich war ... Ich weiß nicht. Ich habe die ganze Zeit nur gedacht: ›Ich möchte ein Hund sein. Ich möchte ein Hund sein. Wäre ich ein Hund, dann würde sich meine Mutter auch um mich kümmern.‹ Immer wieder dieser Gedanke, wie ein glühendes Eisen, das in mir herum und herum wühlte ...«

Er starrte ins Leere, minutenlang. Dann brach die Starre, er seufzte, erinnerte sich wieder an den Kakao in seinen Händen und führte die Tasse an den Mund, für einen ungeheuren Schluck.

»Und dann?«, fragte Lena schließlich.

Julius zuckte mit den Schultern. »Keine Ahnung. Von da an konnte ich es. Ich bin irgendwann zu mir gekommen, und erst mal hab ich nur gemerkt, dass irgendwas anders ist. Ich hab 'ne Weile gebraucht, ehe ich kapiert hatte, dass ich auf einmal ein Hund war.«

»Das muss ein ziemlicher Schock gewesen sein.«

Er sah sie erstaunt an. »Ein Schock? Nein, überhaupt nicht. Es war okay. Ich hab nicht groß drüber nachgedacht ... Man denkt ganz anders, wenn man ein Hund ist, wissen Sie? Mir war einfach kalt, ich wollte irgendwohin, wo es mir besser gehen würde, und dann bin ich nach Hause gelaufen. Ich wusste nicht einmal mehr, dass man klingelt, ich hab einfach an der Tür gekratzt und gejault, bis mir meine Mutter aufgemacht hat ... Sie hat sich gefreut, das habe ich gemerkt. Der andere Hund war schon fort, und sie hat mir zu fressen gegeben und so weiter ... Es war gut, ganz einfach. Es ging mir gut, und mehr wollte ich nicht. Ich erinnere mich, dass eine seltsame Unruhe im Haus herrschte, die mich nervös gemacht hat – ich hab damals nicht begriffen, dass es war, weil sie nach mir suchten; so was begreift man nicht als Hund.« Julius zuckte mit den Schultern. »Ich bin einfach geblieben, weil es mir dort gut ging. Ganz einfach.«

Lena spürte eine Gänsehaut über den Rücken laufen. »Bis es wieder Weihnachten wurde.«

»Ja.«

»Hast du gewusst, was dann passieren würde?«

Der Junge schüttelte den Kopf. »Da war bloß so eine ... Unruhe. Ich bin raus, instinktiv, hab mich im Gebüsch versteckt, mich gefürchtet, ja. Bis ich dann ...« Er hob den Becher mit einer heftigen Bewegung an die Lippen, trank ihn leer und stellte ihn hart auf den Tisch zurück.

Das knallende Geräusch schien lange nachzuhallen.

»Willst du noch etwas?«, fragte Lena.

Er zögerte. »Könnte ich bitte vielleicht ein ... Rührei haben?« Der Ton, in dem er es sagte, schnitt Lena ins Herz. Es klang so mutlos, als sei ihm noch nie irgendein Wunsch erfüllt worden, den er geäußert hatte.

Bis auf den, ein Hund zu sein.

»Rührei.« Lena öffnete den Kühlschrank. Ein Glück, es waren mehr als genug Eier da. »Kein Problem. Hast du großen Hunger?«

»Riesenhunger.«

»Alles klar.«

Sie setzte eine Pfanne aufs Feuer, ließ Butter darin zerlaufen. »Das klingt wie aus einem Märchen«, sagte sie so beiläufig und nebenbei wie möglich. »Der verzauberte Junge, der nur an einem Tag im Jahr seine menschliche Gestalt wiedererlangt.«

»Hmm«, machte Julius hinter ihrem Rücken.

»Hast du eine Idee, was diesen Zauberbann wieder aufheben könnte?« In Märchen war das einfach. Da tauchte immer jemand auf, der erklärte, wie das Spiel lief. Man erfuhr den Grund dafür, dass jemand verzaubert worden war, und welch schier unmögliche Aufgabe es zu erfüllen galt, damit der Fluch wieder von ihm genommen wurde.

Sie drehte das Gas herunter, schlug drei Eier in die Pfanne und begann, die Masse zu verrühren. Von Julius kam keine Antwort. Sie drehte sich um und sah in ein verwundertes Gesicht.

»Was für ein Zauberbann?«, fragte er.

»Na ja. Was immer es ist, das dich zwingt, als Hund zu leben.«

»Es zwingt mich doch niemand.«

Es roch angebrannt. Lena wandte sich hastig wieder dem Herd zu, drehte das Gas ab, kratzte die gebräunte Schicht vom Boden der Pfanne. Dann gab sie alles auf einen Teller und legte eine Scheibe Brot dazu.

»Du hast gesagt, dass du das ganze Jahr über als Hund bei deinen Eltern wohnst, bis auf Heiligabend, wo du für ein paar Stunden wieder Mensch wirst«, sagte sie, als sie ihm den Teller hinstellte. »Das ist nicht gerade normal.«

Er nahm die Gabel, die sie ihm reichte, und begann gierig zu essen. »Stimmt. Das kann nicht jeder.«

Lena blinzelte verwirrt. »Was?«

»Sich in einen Hund verwandeln.«

Er aß weiter, hieb mit der Gabel auf die weißgelbe Masse vor sich ein, schaufelte sie in sich hinein, ohne zu bemerken, wie Lena sich setzen musste, weil ihre Knie nachzugeben drohten, als sie begriff.

»Das kannst du?«, flüsterte sie schließlich in die stumme Kälte zwischen den Esslauten.

»Außer an Heiligabend«, nickte Julius mit vollem Mund. »Mensch, Hund – wie ich will. Hin und her. Es ist bloß ziemlich anstrengend, deswegen bleibe ich ein Hund.«

»Freiwillig.«

»Ist doch viel besser.« Er kaute. Derb, schmatzend. »Als Hund muss man nichts tun, nichts werden, nichts vortäuschen – man lebt einfach. Man kann so sein, wie man ist, ohne dass einer an einem rummeckert. Wenn ich früher mal was gesagt hab, dass ich irgendjemanden nicht leiden kann zum Beispiel – gleich hieß es, das darf ich nicht sagen, das sei ungezogen, ich sei ein schlechter Mensch und so weiter. Wenn man ein Mensch ist und nicht so denkt und redet, wie es die andern von einem erwarten, dann ist man immer der Arsch. Dann heißt es gleich, etwas stimmt nicht mit einem. Sobald man sagt, was man wirklich denkt, dann kann einen keiner mehr leiden. Als Hund« – Julius riss ein Stück Brot entzwei, um den leergegessenen Teller bis zu den Rändern auszuwischen – »knurrst du einfach jeden an, den du nicht leiden kannst, und dann hat *der* ein Problem, nicht du. Du bist ja ein Hund; kein Mensch erwartet von einem Hund, dass er höflich ist, sich verstellt oder einem nach dem Mund redet. Als Hund darf man genau so sein, wie man eben ist, und wenn einer damit nicht zurechtkommt, kann's einem scheißegal sein. Man kriegt sein Fressen trotzdem.«

Lena starrte ihn an. »Du bleibst *freiwillig ein Tier* ...?«

»Das ist echt viel besser«, versicherte ihr der Junge. »Meine Mutter liebt mich erst, seit ich ein Hund bin.«

Liebe. Natürlich. Das war der Schlüssel.

Was auch sonst? Lena nickte unwillkürlich. Letzten Endes verhielt es sich doch wie in den Märchen. Mit dem einzigen Unterschied, dass der Fluch in der Lieblosigkeit von Julius' Mutter lag, was vielleicht noch schlimmer war als der Bannspruch eines bösen Magiers ...

War es das? Rief das Schicksal sie wieder einmal, so, wie es sie damals zurück nach Hause gerufen hatte, sich um ihren Vater zu kümmern? Rief es sie diesmal, diesem Jungen beizustehen? Ihm ins Gewissen zu reden? Ihm klarzumachen, dass es eine Sünde war, freiwillig als Tier zu leben, wenn man als Mensch geboren war?

»Julius.« Sie sah ihm ernst in die Augen, die groß und dunkel waren, fast wie Hundeaugen. »Du bist ein Mensch. Du kannst doch nicht freiwillig das Dasein einer niedrigeren Lebensform wählen!«

Der Junge schüttelte den Kopf. »Ist gar kein Problem, ehrlich. Umgekehrt geht es wahrscheinlich nicht, denk ich, aber ich – ich hab die freie Auswahl.«

Die Leichtfertigkeit, mit der er das sagte, machte Lena sprachlos. »Aber ... aber *fehlt* dir denn da nicht was? Ich meine ...« Sie hob die Hände, betrachtete sie, spreizte die Finger. »Das zum Beispiel. Als Hund hast du nur *Pfoten*. Du kannst nichts greifen, kannst vielleicht gerade mal eine Türklinke drücken ... In deinem Alter will man doch am Computer spielen, oder? Man will ein Handy haben, man will ... was weiß ich, mit Freunden ins Kino gehen ... Das entgeht dir alles. Das ganze Leben.«

Sein Blick hatte sich verdüstert. »Ich hätte ohnehin kein Handy gekriegt.«

Auf ihn einzureden würde nicht genügen, erkannte Lena. Das Schicksal verlangte mehr von ihr, als ihm Ratschläge zu geben. Genau wie es damals nicht damit getan gewesen wäre, Vater ein Kochbuch zu schenken oder ihm zu erklären, wie man Nudeln kochte.

Was, wenn sie Julius anbot, künftig bei ihr zu leben? Freilich, in der Nachbarschaft seiner Eltern würde das nicht gehen, aber wenn sie das Haus verkaufte und sie gemeinsam fortgingen, irgendwohin, wo man sie nicht kannte, wo man sie einfach für Mutter und Sohn halten würde ...?

»Wissen Sie«, drängte es den Jungen zu erklären, »man *denkt* ganz anders, wenn man ein Tier ist. Nicht wie ein Mensch. Eigentlich«, korrigierte er sich mit einem heftigen Kopfschütteln, »denkt man überhaupt nicht. Das ist schwer zu beschreiben – es ist, als wäre da gar nichts zwischen einem und der Welt. Man *ist* einfach. Man fühlt. Man hat Gefühle, aber man macht sich keine Sorgen. Man weiß nicht mal, was das ist, Sorgen. Es gibt nur den Moment. Man rennt oder man ruht sich aus, je nachdem, wie einem zu Mute ist, man beobachtet, man riecht ... Mann, was man als Hund *riecht!* Das ist überhaupt nicht zu beschreiben. Das Riechen haut einen um ... Wobei, eigentlich auch wieder nicht – als Hund kommt es mir überhaupt nicht ungewöhnlich vor, nur jetzt, wenn ich daran denke ... Es ist wirklich nicht zu beschreiben. Das muss man erlebt haben. Alles hat seinen ganz eigenen Geruch, man kann alles voneinander unterscheiden, und alles ist stark und gewaltig ... Manche Düfte sind so groß wie Gemälde, lassen einem das Herz rasen, regen einen auf ...« Er rieb sich die Nase, die menschliche, unzulängliche. »Wenn da eine Hündin ist, zum Beispiel, die läufig ist. Man denkt nicht, ›Oh, die ist läufig‹ oder so. Man denkt gar nichts, aber man muss ihr einfach nachlaufen ... Es kommt mir seltsam vor, wenn ich das so erzähle, weil, also, wenn ich jetzt an Hündinnen denke, dann finde ich es eher abartig, dass ich ...« Er räusperte sich. »Aber wenn ich ein Hund bin ... Man *will* es einfach. Nein, man *muss*. Das ist völlig unkompliziert. Man rennt ihr nach, weil einen dieser Geruch ... fasziniert, man holt sie ein, und irgendwie ist alles klar und geregelt, instinktiv, sie weiß, wie es läuft, man selber weiß es auch ... Man gibt ihr zu verstehen, dass man will, und sie gibt einem zu verstehen, dass sie auch will ... und dann tut man es. Ganz einfach.«

Lena hatte sich zurückgelehnt, verschränkte die Arme, spürte ein kaltes, fast schmerzhaftes Kribbeln im Gesicht und im Hals. So, als wollte etwas in ihr zu Stein werden.

Wie er das sagte! Dieser Unterton in seiner Stimme. Sie wünschte, er würde aufhören, so zu reden, aber sie brachte kein Wort heraus. Sie musste an Marcus denken, an den nicht mehr zu denken ihr jahrelang gelungen war, so lange, dass sie sich sicher gewesen war, ihn endgültig vergessen zu haben. Marcus, der manchmal auch diesen Klang in der Stimme gehabt hatte. Kirchenmusiker war er gewesen, hatte keinen Sonntag den Gottesdienst verpasst, wohlerzogen und höflich hatte er gewirkt ...

»Wissen Sie, was das Beste dabei ist?«, fuhr Julian fort. Sie sah seine Augen glitzern, hörte diesen Klang in seiner Stimme immer deutlicher. »Dass man hinterher keine Schuldgefühle hat. Überhaupt keine. Man tut es, und fertig.«

Marcus war entsetzt gewesen, als sie ihm erklärt hatte, dass sie ihn nicht heiraten würde, dass sie auch aufhören wollte, ihn zu treffen. Er hatte nicht verstehen können, dass sie es nicht mehr ertrug, wie er sich ihr mit gierigem Blick näherte, dass sie es nicht mehr ertrug, wie er sie lüstern berührte, dass sie es nicht mehr ertrug, wie er mit seinem ... *Ding* in sie stieß, kein Haar anders als Tiere es taten.

»Früher ... also, ehe ich ein Hund geworden bin ... da war ich mal in ein Mädchen verliebt.« Die Hände des Jungen zeichneten Kreise auf die Tischplatte. »Das war ziemlich ... Ich weiß auch nicht. Ich hab schlecht geschlafen, mich dauernd bei ihrem Haus herumgedrückt, um sie zu sehen, einfach nur zu sehen, wissen Sie? Ich wusste gar nicht, was ich eigentlich wollte.«

Marcus hatte sie heiraten wollen, um keine Schuldgefühle mehr haben zu müssen, wenn er es tat. Wenn sie verheiratet gewesen wären, wäre es nicht einmal mehr Sünde für ihn gewesen. Alle Welt hätte dann gewusst, dass sie es taten, und es hätte so ausgesehen, als sei sie einverstanden, als *wolle* sie es womöglich.

»Ein Junge aus meiner Klasse, Dirk, hat mir dann alles erklärt ... Mit Küssen und Sex und so. Eigentlich wollte ich aber bloß mal mit ihr reden. Herausfinden, was für ein Mensch sie eigentlich ist. Ihre Hand hätte ich gerne mal gehalten.« Er rieb sich etwas aus dem Auge. »Da ist aber nichts draus geworden.«

Lena merkte, dass sie begonnen hatte, mit dem Oberkörper zu wippen, vor und zurück, immer vor und zurück. Sie blickte den Jungen nicht an dabei. Wahrscheinlich sah es eigenartig aus, aber sie konnte nicht damit aufhören.

Mîn herze und mîn lîp, diu wellent scheiden ...

»Nächstes Jahr«, sagte sie mühsam, »musst du dir einen anderen Unterschlupf suchen.«

Sie hörte ihn erschrocken einatmen. »Was?«

»Ich muss das Haus verkaufen. Es ist zu groß für mich alleine, verstehst du? Ich werde wegziehen. In eine andere Stadt. Der neue Eigentümer wird eine andere Kellertür einbauen, eine moderne, aus Stahl. Wahrscheinlich auch eine Alarmanlage.«

Sie hörte ihn mit den Fingernägeln über die Tischplatte fahren. »Schade«, sagte er ratlos.

Lena stand ruckartig auf, trat an den Herd, befingerte den Stiel der Kasserolle. »Willst du noch etwas trinken?«

»Nein, danke.«

»Etwas essen?

»Danke, auch nicht.«

»So ein bisschen Rührei ist nicht viel.«

»Ich bin eigentlich satt. Ich hatte nur Appetit auf was anderes als sonst.«

Ihr schauderte. Sie würde nicht darüber nachdenken, wovon er satt war. »Ich bin schrecklich müde. Ich werde ins Bett gehen. Du kommst ja allein zurecht. Wie die letzten Jahre auch.«

Er räusperte sich und sagte dann leise: »Ja. Ich komm zurecht.«

»Dann gute Nacht.«

»Gute Nacht.«

Lena verließ die Küche, stieg die Treppe hinauf, fühlte nichts. Es war gut, nichts zu fühlen. Sie schloss die Tür ihres Schlafzimmers hinter sich ab, zweimal, schlüpfte unter die Decke, machte das Licht aus und lauschte noch eine Weile, ohne etwas zu hören.

Dann schlief sie ein.

Am nächsten Morgen war das Haus so verlassen wie immer. Sie fand die Kellertür ordentlich verschlossen vor, den Reserveschlüssel an seinem Platz. Wie hätte ein sich in einen Hund verwandelnder Junge das bewerkstelligen sollen? Lena beschloss, alles nur geträumt zu haben.

Dann machte sie sich daran, das Geschirr zu spülen. Eine Tasse mit Kakaoresten, ein mit Ei und Fett verschmierter Teller, eine Pfanne, Besteck. Nicht darüber nachdenken. Es gab nur den Moment. Kein Nachdenken, keine Sorgen, keine Schuldgefühle.

Die Liebe der Jeng

Eine sehr alte Geschichte. Ich habe sie in den späten 80ern geschrieben und wieder hervorgekramt, als Jean-Marc Ligny mich um einen Beitrag für seine Anthologie »Cosmic Erotica« bat. Ein wenig überarbeitet, erschien sie 1999 auf Französisch das erste Mal.

Keim der Grundidee war die Beobachtung, dass Sex ja keineswegs immer nur etwas Schönes ist, sondern dass wir einander im Sex und mit dem Sex oft auch weh tun. Was, so die Frage, wäre, wenn Wesen schon von der Natur aus so gebaut wären, dass sie überhaupt nur die Vergewaltigung kennen – sprich, dass der Geschlechtsakt unweigerlich immer für den einen höchste Freude und für den anderen höchste Pein wäre? Und was, wenn diese Rollen wechseln könnten?

Chi'thlox spürte die Hitze in sich. Der Anblick des reifen Lerng ließ ihn zittern vor Verlangen. *Du bist schön.* Er schwebte näher, sah atemlos, wie der Lerng regungslos verharrte, wie seine Sehflächen bebten, verhießen, dass es wieder geschehen würde. *So schön.* Chi'thlox berührte ihn, behutsam, kostete die weichen Konturen des vollen, reifen Körpers. *Du bist vollendet.* Er glitt noch dichter heran, liebkoste die zarte Haut am Ansatz des Rückenpanzers, und so trieben sie gemeinsam dahin durch die wogenden Wipfel des unermesslichen Waldes, der die Welt war, über sich nur die graugrünen Himmelsnebel. *Zeig mir, dass du es willst, Lerng.*

Langsam bewegte sich der andere Jeng, drehte ihm den Rücken zu. *Ja, zeig es mir.* Chi'thlox erbebte bei dem Anblick, den die makellose Nahtlinie der Rückenpanzer bot und darunter, am Ende der Naht, die dunkle, verheißungsvolle Öffnung der *Shing*. *Noch nie habe ich jemanden gesehen, der schöner war als du.* Er umklammerte die Rückenplatten des Lerng, schob sich in die richtige Position, spürte seinen aufgerichteten Bauchstachel heiß und prall pulsieren, als die pochende Spitze sanft auf der feuchten Membran aufsetzte.

Es ist fast schade um dich.

Damit rammte er ihm den Bauchstachel in die *Shing*, tief hinein, mit einer einzigen, harten Bewegung, so, wie es am besten war, und der Sturm unbeschreiblicher Lust ließ ihn alles um sich herum vergessen. Vergessen war das Wissen, dass sein Vergnügen Schmerz bedeutete für den anderen. Alles, was er wahrnahm, waren die süßen Kontraktionen seiner Stachelmuskeln, war das heiße, fordernde Strömen in den fremden Leib. Er bemerkte nur am Rande, wie der Lerng sich krümmte und wand vor Pein, hörte kaum seine Schreie, und sie bedeuteten nichts. Es gab nur Lust, das Universum war Lust.

Dann ließ es nach und war vorbei. Chi'thlox zerrte seinen Stachel aus dem Leib des anderen, gab ihn frei, spreizte wohlig die Flanken und glitt in die Höhe, während der Lerng in dunstene Tiefen flüchtete. Keine Eile. Er schwebte reglos, spürte der Süße nach, die noch in ihm war, fühlte das Pochen seines ermattenden Organs. So weit der Blick reichte, wogte das silbern glänzende Meer der Pflanzen unter dem ewig dunstverhangenen graugrünen Firmament. Eines der helleren Himmelslichter versank gerade am Horizont, und der schnurgerade Rand der Weltenscheibe glänzte geheimnisvoll. Was für ein Wohlgefühl. Was für ein wunderbarer Tag.

Chi'thlox!

Ein anderer Jeng kam aus der Tiefe auf ihn zugeschossen. Chi'thlox ging in Kampfhaltung, bis er die Stammestätowierungen des anderen erkennen konnte, die ihn ebenfalls als Thlox auswiesen.

Es war Nere'thlox. Sein Bauchstachel war halb aufgerichtet und leicht angeschwollen, und Chi'thlox bemühte sich, es nicht zu bemerken. Es war ungehörig, den Stachel eines Stammesbruders zu betrachten, der in der Hitze war.

Sei gegrüßt, Nere'thlox.

Nere'thlox umkreiste ihn aufgeregt. *Oh, Chi'thlox, du hast ashigt!*

Ja, gerade eben.

Wer war es?

Einer vom Stamm der Lerng. Der schönste Jeng, den ich je gesehen habe. Er war bestimmt noch reifer als unser Ältester.

Nere'thlox ließ sich etwas absinken. Es war unübersehbar, dass er neidisch war.

Du hast immer so ein Glück. Kannst du mir nicht auch mal etwas lassen? Du hast doch schon so oft ashigt.

Ja, und stell dir vor: Ich kann gar nicht genug davon kriegen!

Damit ließ sich Chi'thlox spielerisch hinabstürzen, bis er zwischen den Pflanzen verschwand. Nere'thlox sandte ihm irgendetwas Unfreundliches hinterher, folgte ihm aber nicht, sondern zog weiter, in Richtung auf die Nester der Irh.

Chi'thlox glitt gemächlich durch den silbernen Dunst des Halbdunkels zwischen den Stämmen und Haarwedeln der Pflanzen, die aus unergründlichen Tiefen bis hier herauf wuchsen, wo die Jeng lebten. Luftplankton wehte ihm entgegen, und er sättigte sich.

Schließlich tauchten die Nester der Thlox aus dem Dickicht auf. Einige Stammesbrüder grüßten ihn, aber er gesellte sich nicht zu ihnen, sondern flog direkt zu seiner Nestkugel. Er war müde. Er zog den Dornenverschluss vor das Schlupfloch, reinigte seinen Bauchstachel und begab sich zur Ruhe.

Der Versammlungsplatz war der Ort, an dem die Thlox einander Geschichten erzählten; Begebenheiten von Streifzügen durch den Wald oder die alten Legenden von den Geheimnissen der Tiefe, aus der die Pflanzen kamen und in die ein Jeng erst zu gelangen vermochte, wenn er tot war. Doch als Chi'thlox an diesem Morgen am Versammlungsplatz eintraf, herrschte dort nur allgemeine Aufregung. Einer der Ältesten wurde vermisst, und alle machten sich große Sorgen, denn in der Nähe der Thlox-Nester war ein Jeng vom Stamm der Diak gesehen worden, der herumstreunte und in der Hitze war.

Wir müssen ihn suchen. Si'thlox, der Zweitälteste, teilte Gruppen ein, und auch Chi'thlox wurde einer Gruppe zugeteilt, ehe er recht verstanden hatte, was los war.

Als die Gruppen ausschwärmten, hatte Chi'thlox große Mühe mitzuhalten, denn sein Bauchstachel tat noch weh von seinem *Ashig* mit dem Lerng, und während die anderen elegant in alle Richtungen davonstoben, konnte er sich nur unbeholfen bewegen. Die Thlox seiner Gruppe, allesamt viel jünger als er und völlig aufgeregt, bemerkten nicht einmal, dass er zurückblieb. Verdrießlich gab Chi'thlox schließlich auf und machte kehrt.

Und da war er plötzlich.

Der Diak.

Jung, schnell und stark. Und unübersehbar in der Hitze.

Ein heißer Schreck durchfuhr Chi'thlox, und er hielt inne, unfähig, sich zu bewegen. Sein Blick wurde wie magisch von dem großen, geschwollenen Bauchstachel des Diak angezogen, und er hatte fast den Eindruck, ihn pochen zu sehen. Unzählige Male hatte er über diesen Moment nachgedacht, wann es geschehen und was er dann tun würde, und war so sicher gewesen, jedem anderen Jeng entkommen zu können. Aber jetzt war er wie gelähmt. Wie ging die Redensart? *Wenn du dem begegnest, der dein Schicksal ist, dann weißt du es.*

Der Diak glitt langsam näher. In seinen Sehfeldern schimmerte das Begehren.

Regungslos ließ Chi'thlox zu, dass der Diak ihn berührte, ihm über die Fühler strich, sanft die Hautfalte unter dem Panzer erkundete. Ein eigentümliches Prickeln ging von diesen Berührungen aus.

Anderen bin ich entkommen, dachte Chi'thlox. Diesem nicht. Dieser ist meine Bestimmung.

Ein Schauder überlief ihn. Plötzlich *wünschte* er sich, dass es geschehen sollte. Ja – es sollte so sein. Ja. Ja.

Schwerfällig wälzte er sich herum, bot dem Diak den Rücken dar, erwartete bebend dessen Griff um die Kanten seines Rückenpanzers. Etwas Hartes, Großes berührte seine *Shing,* und eine fast narkotisierende Lähmung kroch von dort unter die Panzerblätter.

Ich liebe dich, Thlox.

Chi'thlox schrie auf. Ein Hieb spaltete ihn in zwei Hälften, ein Strahl glutflüssigen Feuers durchbohrte ihn, und der Schmerz zerriss die ganze Welt. Noch nie hatte er annähernd so Furchtbares empfunden. Er flehte, er wand sich, er tobte und er winselte, aber der Griff seines Peinigers war fest und unnachgiebig. Er versuchte zu entkommen, zu fliehen, schrie um Hilfe, während ihm jedes Organ im Körper zerfetzt wurde, doch irgendwann erlahmten seine Kräfte, und sein Schreien erstarb. Er verlor erst das Bewusstsein, als der Diak von ihm abließ und ihn achtlos in die Tiefe warf, eine einzige offene Wunde.

Er kam dort zu sich, wo ein Jeng nicht mehr tiefer gelangen kann. Das Innere seines Körpers brannte, als er sich auf den mühsamen Weg zurück nach oben machte, zurück zu den Nestern. Mehrmals wurde ihm schwindlig, und er musste innehalten.

Seine Gedanken waren wie in Wolken gehüllt. Er hatte nur den Wunsch, sich in sein Nest zu verkriechen und Ruhe zu finden, bis der Schmerz nachließ. Nur Ruhe ...

Aber als er endlich aus den dunklen Tiefen emporgelangt war, begegnete ihm Nere'thlox, der natürlich sofort erkannte, dass Chi'thlox *shir* war.

Der Diak?

Was konnte er entgegnen? Was, das nicht unschicklich gewesen wäre? So begnügte er sich mit Zustimmung und glitt an dem jungen Thlox vorüber.

Später, viel später, als der Schmerz einer dumpfen Taubheit gewichen war, brachten ihm einige des Stammes Nahrung. Si'thlox war darunter.

Chi'thlox, ich soll dir von der Versammlung ausrichten, dass wir nun, da du deine Bestimmung gefunden hast, alle sehr stolz sind auf dich. Es gibt Zeiten der Freude im Leben – wer wüsste das besser als du? –, und genauso muss es Zeiten des Schmerzes geben. Aber wenn der Schmerz vorbeigeht, wirst du deine Bestimmung erfüllen und das Ziel erreichen, das unser aller letztes Ziel ist.

Chi'thlox dankte ihm, wie es der Sitte entsprach, und war froh, als sie ihn wieder verließen.

Bald konnte er die Kinder spüren, die in seinem Leib heranwuchsen. Erst zählte er fünf, dann aber fand er noch eine sechste, kleinere Auswölbung.

In dem Maße, wie sie wuchsen, wurde er immer schwerer. Zuerst gelangte er nicht mehr über die Wipfel hinaus, später musste er sein Nest aufgeben und in ein tiefergelegenes umziehen.

Die übrigen Thlox begegneten ihm mit Respekt. Sie versorgten ihn mit Nahrung und besuchten ihn, um ihm die Geschichten vom Versammlungsplatz zu erzählen, den er nun nicht mehr zu erreichen im Stande war. Er spürte, dass einige ihn am liebsten gefragt hätten, wie er sich fühle, wenn das nicht ein grober Verstoß gegen die Sitten gewesen wäre und eine Beleidigung für ihn. Nur – er hätte er es ihnen so *gern* erzählt. Ihnen geschildert, wie es *wirklich* war. Alle achteten ihn als einen Jeng, der seine Bestimmung erfüllte, der das Ziel seines Lebens erreicht hatte – aber er fühlte sich überhaupt nicht so, wie von ihm erwartet wurde. Er hätte sein Ziel viel lieber noch eine Weile verfehlt, wäre seiner Bestimmung viel lieber noch etwas ausgewichen. Wenn er träumte, dann davon, noch einmal über den Wipfeln zu schweben, noch einmal den Tanz der Himmelslichter im unermesslichen Dunst zu verfolgen.

Irgendwann wurde er zu schwer für alle Nester, und er musste hinab in die Tiefe, wo das Gebärlager war. Das befand sich in Abgründen, die einem Jeng, der nicht *shir* war, unzugänglich blieb, und so gab es nur Erzählungen darüber.

Er war entsetzt, als er dort ankam. Mit dem, was er gehört hatte, konnte dieser Platz nichts zu tun haben. Das Gebärlager war klein und schmutzig, und er musste es erst mühsam an einigen Stellen flicken, ehe er eine stabile Ruhestatt fand. Er war auch nicht mehr im Stande, sich andere Nahrung als Luftplankton zu beschaffen, dazu war er zu schwerfällig und unbeweglich geworden. Die letzte Zeit schließlich lag er nur noch da und wartete.

Den Vorgang der Geburt bemerkte er kaum. Plötzlich waren da sechs kleine, verschrumpelte Wesen, die wenig Ähnlichkeit mit Jengs hatten, und stritten um die Plätze an seinen Saugleisten. Er ließ es geschehen. Er konnte ohnehin nichts anderes tun als dazuliegen und sich aussaugen zu lassen.

Das ist also das Geheimnis des Lebens, dachte er, seine Bestimmung und sein Ziel. Merkwürdig. Eigentlich müsste ich jetzt doch verstehen; es hieß doch, ich hätte das Ziel erreicht.

Die Kinder wuchsen und blähten sich auf, und irgendwann schoss das erste davon, in die Höhe. Die Übrigen folgten in kurzen Abständen.

Chi'thlox blieb zurück, und er begriff, dass er niemals wieder schweben würde. Er spürte, wie sein ausgemergelter Körper schwerer und schwerer wurde und wie das Gebärlager langsam unter ihm nachgab.

Aus der Tiefe kommen wir, in die Tiefe kehren wir zurück.
Ich verstehe jetzt …

© 1990 Andreas Eschbach

Das fliegende Auge

Eines Vormittags rief eine Berliner Zeitung an. Amerikanische Forscher (in der Tradition Frankensteins, wie mir scheint) hatten gerade eine Verschaltung zwischen dem Auge einer Katze und einem Computerbildschirm realisiert, und zu dieser Meldung wolle man gerne eine SF-Geschichte bringen. Man bräuchte sie aber ganz schnell. Noch am selben Tag, um genau zu sein. Ob ich das Unmögliche möglich machen könne?

Manchmal reizen mich solche Herausforderungen, und an diesem Tag war es so. Ich handelte Zeit bis um 16 Uhr aus, ließ alles liegen und stehen und durchstöberte mein Notizbuch nach einer Idee, aus der sich etwas Passendes machen ließe. Es dauerte keine zehn Minuten, bis ich fündig wurde. An die Arbeit! Innerhalb weniger Stunden entstand der Text, wurde überarbeitet, saubergefeilt und rundgeschliffen und sehr, sehr rechtzeitig per Mail abgeschickt.

Leider hatte besagte Berliner Zeitung nicht nur kein Vertrauen in mich, sondern auch keine Manieren. Auf mein Mail kam die Antwort, es täte ihnen leid, sie hätten nach dem Telefonat mit mir einen anderen SF-Autor angerufen, und der hätte schon was Fertiges gehabt. Und das brächten sie jetzt. Auch wenn es, ehrlich gesagt, nicht ganz zum Thema passe.

Hätte man mir ja auch eher sagen können, oder?

Andererseits gäbe es diese Geschichte dann nicht.

Mister President, meine Damen und Herren, ich will die Zeit des Anflugs nutzen, um die technischen Hintergründe dieses Projekts genauer zu erläutern. Wie Sie sich vielleicht erinnern – es ging damals durch die Presse –, ist es Ende 1999 in Berkeley Wissenschaftlern erstmals gelungen, die Augen einer Katze so an einen Computer anzuschließen, dass auf dem Bildschirm erschien, was diese Augen sahen. Kurze Zeit später – wie soll ich sagen? – fanden die wichtigsten Mitglieder dieses Forscherteams das Angebot attraktiv, von Berkeley nach Langley zu wechseln und die Ergebnisse ihrer Arbeit nicht mehr zu publizieren, im Austausch für die Gewissheit, ihrem Land und der Freiheit zu dienen – und für eine Menge Geld, natürlich. Im Jahr darauf funktionierte das, was mit Katzenaugen geglückt war, auch mit den Augen von Vögeln, und 2001 waren die zugehörigen Sender klein und leicht genug, um sie den Tieren auch einzupflanzen. Sie erinnern sich an die Aufnahmen aus Muammar Ghaddafis Garten? Ein Falke, den wir ihm über einen Mittelsmann zukommen ließen. Ein schönes Tier. Und Sie wissen ja, wie diese Orientalen sind – vernarrt in Falken und Hengste und all solches Zeug.

Hmm, ja. Das ist leider wahr – man hatte vergessen, die Ohren des Tieres anzuschließen. Wir konnten Ghaddafi bei zahlreichen Gesprächen beobachten, aber nichts hören. Ja, korrekt; das führte zu einem überraschenden Wechsel an der Spitze des CIA. Nein, wir haben natürlich Lippenleser eingesetzt, auch solche, die des Arabischen mächtig sind, aber diese Schnauzbärte ... Aussichtslos.

So, wir sehen nun Peking, meine Damen und Herren, aus etwa fünfzig Metern Höhe. Das Auge einer Fliege an einen Computer anzuschließen, ich kann es Ihnen versichern, ist eine technische Meisterleistung. Wie Sie vielleicht wissen, hat eine Fliege, wie alle Insekten, Facettenaugen, die völlig anders funktionieren als die Augen von Säugetieren oder Vögeln. Eine Vielzahl von einzelnen starren Augen, nicht wahr, die eine Vielzahl von einzelnen Bildern liefern ... Aber da sie alle an einen Computer angeschlossen sind, kann man mit entsprechender Software die Informationen der einzelnen Facetten zu einem Gesamtbild umrechnen, das uns Menschen verständlich ist.

Ja, richtig, das ist das, was Sie hier auf dem Bildschirm sehen, Herr Verteidigungsminister. Peking, wie es eine Fliege sieht. Das, was wir gerade überfliegen, müsste der T'ien-T'an-Park sein, dieses Gebäude da unten die Gebetshalle für gute Ernten ... Stammt natürlich noch aus der Zeit vor der Revolution. Dort vorne sieht man schon das große Mao-Standbild, wir sind also tatsächlich im Ch'ung-Wen-

Distrikt ... Achten Sie auf das niedrige gelbe Gebäude schräg dahinter, ungefähr in Bildmitte, das ist der Sitz des chinesischen Ministerpräsidenten. Wir halten direkt darauf zu.

Wie bitte? Ja, selbstverständlich, wir können die Fliege steuern. Sonst würden wir wahrscheinlich im nächsten Misthaufen landen, nicht wahr, ha ha? Dirigieren ist das bessere Wort, ja. Kleine elektrische Impulse, die die Flugrichtung beeinflussen. Es funktioniert ziemlich gut – jedenfalls haben die Jungs eine Menge erstklassiger Aufnahmen aus Damenumkleideräumen ... Oh, Verzeihung, Frau Außenminister.

Wie auch immer, diese Fliege ist vor einigen Tagen von einem ferngelenkten Miniatur-U-Boot an der nordchinesischen Küste ausgesetzt worden und hat sich in langen Flugetappen Richtung Peking bewegt. Die Funksignale sind natürlich verschlüsselt und werden per Satellit ... Die Energie? Ja, Sie haben recht. Das ginge nicht, wenn wir der Fliege auch noch eine Batterie hätten aufbürden müssen; damit wäre sie auch nicht weit gekommen. Nein, die elektrischen Anschlüsse im Körper der Fliege beziehen ihre Energie direkt aus den Zellen, über einen elektrochemischen Prozess, den ich, ehrlich gesagt, nicht verstanden habe. Der Professor kann Ihnen das nachher sicher besser erklären als ich. Nein, billiger ist es auf keinen Fall. Die Umrüstung dieser Fliege hat ungefähr fünfzehn Millionen US-Dollar gekostet. Wobei man berücksichtigen muss, dass sich dieser Betrag reduzieren wird, sobald wir über das Prototyp-Stadium hinaus sind. Ich sage das, weil der Herr Staatssekretär hier einen Moment blass wurde ... Nichts für ungut, Jim!

So – das müsste das Fenster zum Büro des Ministerpräsidenten sein. Wir lassen die Fliege auf der Fensterscheibe landen, sodass wir hineinschauen können. Hervorragend. Punktlandung. Die Fliege dreht sich einmal auf der Stelle, damit unsere Jungs in der Steuerung sich in Ruhe umschauen können. Ich schätze mal, sie werden die Lüftungsklappe dort oben nehmen ... Richtig. Sicherheitshalber bleibt die Fliege am Boden, beziehungsweise an der Scheibe, weil ... fünfzehn Millionen Dollar, dafür kann man eine Menge Cadillacs kaufen, nicht wahr?

Ah! Fliegengitter! Das ist jetzt natürlich ein Hindernis. Aber ich schätze, jeder von Ihnen kennt das – man glaubt, man hat das ganze Haus abgedichtet, und trotzdem kommen die Biester irgendwie rein. Ja, und was soll ich sagen: Seit wir mit der Fliege durch die Gegend schwirren, wissen wir auch, warum. Wie die das machen. Sehen Sie, hier hat das Fliegengitter im Fenster des chinesischen Ministerpräsidenten eine Lücke. Die haben nicht wir gefunden, die hat die Fliege selber gefunden. Die Burschen aus der Steuerzentrale haben ihr nur das dringende Bedürfnis eingegeben, in den Raum dahinter zu gelangen, und siehe da, unsere Fliege findet einen Weg. Und drin sind wir!

Das ist der besondere Vorteil dieses Verfahrens – dass das Tier lebt. Es ist kein Roboter, kein ferngesteuertes Flugobjekt – es ist ein Lebewesen, das wir lediglich dorthin lenken, wo wir es haben wollen. Alles andere macht es selber. Es fliegt, es versorgt sich mit Nahrung – um all das müssen wir uns nicht kümmern.

So, Ladys und Gentlemen, das ist jetzt der Anflug auf den Schreibtisch. Nein, nein, das ist keine Aufzeichnung, das ist alles live. Natürlich laufen Recorder mit, außerdem sitzen Agenten mit hervorragenden Kenntnissen des Chinesischen im Nebenraum ... Wie bitte? Ja, ich glaube, Sie haben recht – die zweite Person ist der Verteidigungsminister! Gut möglich, dass die Papiere auf dem Tisch geheime militärische Unterlagen sind. Sehen Sie nun, wie wunderbar das ist? Eine unscheinbare, absolut unverdächtige Fliege ist unser Auge und unser Ohr. Bitte sehen Sie mir meine Begeisterung nach. Ein harmloses Insekt, nicht der Rede wert, krabbelt am Rand des Tisches, an dem diese beiden Männer sitzen, und sie kommen nicht im Traum auf die Idee, dass sie belauscht und beobachtet werden. Eine kleine Schmeißfliege, die ein besserer Agent ist, als James Bond es je ...

Oh!

Das ist jetzt natürlich ziemlich ... wie soll ich sagen? Bitte – einen Moment ... Kann ich eben mal kurz telefonieren? Sicher gibt es dafür einen Grund ...

Hi, George? Was ist los? Ihr habt den Funkkontakt verloren.

Nein? Aber hier ist alles tot. Der Bildschirm zeigt nur noch Schneegestöber, und ich glaube nicht, dass es im Sommer in Peking ...

Wie? Nein, das habe ich jetzt nicht verstanden. Was hat das letzte Bild damit zu tun? Ihr habt es analysiert, ja, und? Was ist darauf zu sehen?

Ah. Die *Peking Rundschau* …?

© 1999 Andreas Eschbach

Die Fußballfans von Ross 780

Im März 2003 meldete sich zu meinem Erstaunen niemand Geringeres als das Organisationskomitee der Fußball-WM 2006. Ob ich mir vorstellen könne, eine kurze Science-Fiction-Story zum Thema Fußball zu verfassen?

Das schier Unglaubliche daran war, dass mir zu dem Zeitpunkt tatsächlich gerade seit einigen Wochen eine diffuse Idee im Kopf herumspukte, die mit fußballspielenden Außerirdischen zu tun hatte. Und es kann nur so sein, dass da die letzte WM 2002 noch nachwirkte, denn normalerweise bin ich alles andere als ein Fußballfan. Mich erwischt es immer nur, wenn WM ist, und selbst da braucht es ordentlich Anlauf.

Jedenfalls waltete offensichtlich das Schicksal, und da soll man sich sowieso besser nicht querstellen, und so schrieb ich »Die Fußballfans von Ross 780«. Die Story erschien im September 2004 auf Seite 94 der »Imagebroschüre ›Die Welt zu Gast bei Freunden^{TM}*‹«, die ansonsten – neben den unmittelbar auf die WM-Vorbereitung bezogenen Artikeln – noch weitere Texte enthielt von Autoren wie Henry A. Kissinger, Roger Moore und Luciano De Crescenzo. Illustre Gesellschaft also.*

Für Sammler war das eine echte Herausforderung, denn besagte »Imagebroschüre« gab es nirgends zu kaufen. Soweit ich verstanden habe, bekamen sie nur Leute, die in irgendeiner Weise mit der Organisation der Fußballweltmeisterschaft 2006 in Deutschland zu tun hatten oder die dafür gewonnen werden sollten. (Ich bekam immerhin 2 Belegexemplare.)

Deswegen habe ich damals auf meiner Homepage versprochen, dass diese Story irgendwann auch mal woanders erscheinen würde: Und hier ist sie nun. Nicht mehr ganz aktuell, denn meines Wissens sind die Fußballfans von Ross 780 nicht aufgetaucht, als im Sommer 2006 ganz Deutschland feierte – aber wer weiß? Vielleicht kommen sie ja das nächste Mal ...

Sie duften nach Zimt. Ihre eigene Sprache hört sich an wie Vogelgezwitscher auf halber Geschwindigkeit, und die meisten von ihnen verwechseln hoffnungslos die Vokale, wenn sie sich in einem irdischen Idiom versuchen. Alle vier Jahre sind sie plötzlich wieder da, hocken scharenweise in den Straßencafés und trinken *z'ip'shuit,* lauwarmes Wasser mit zwei Tropfen Kaffee darin, und wenn man sich dazusetzt, verwickeln sie einen, ehe man es sich versieht, in Diskussionen über *Obseits* und *Teerdifferanz, Mattelstörmer* und *Lunksaußen.* Spätestens dann weiß man, dass wieder eine Fußballweltmeisterschaft bevorsteht.

Ich war vielleicht fünf oder sechs, jedenfalls noch ein Kind, als ich sie das erste Mal gesehen habe. Ich saß mit meinem Großvater im QCE von Frankfurt nach Straßburg, und am Vierertisch neben uns saßen welche. »Du brauchst keine Angst zu haben«, erklärte mir Großvater auf meine geflüsterte Frage leise, »das sind Endoraner. Vom Planeten Endora.« Zu der Zeit war, was ich natürlich nicht wusste, in Frankfurt gerade das erste europäische Landeterminal für endoranische Raumschiffe errichtet worden.

Bestimmt habe ich sie die ganze Fahrt über angestarrt. Damals kamen sie mir noch groß vor, obwohl sie einem erwachsenen Menschen meist nur gerade bis zur Brust reichen. Ich staunte über ihre enormen Köpfe und die großen – ich meine, die wirklich *riesigen* – schwarzen Augen. Und wie sie mit ihren mageren Armen und den langen, spinnendünnen Fingern an den Händen gestikulierten beim Reden! (Dass es sechs Finger an jeder Hand sind, fiel mir damals noch nicht auf.) Und sie lasen Fußballzeitungen. Einer von ihnen – vielleicht auch *eine,* so genau weiß man das bei Endoranern ja nie – sprach ein bisschen Deutsch und fragte mich freundlich, wer meiner Meinung nach Fußballweltmeister würde.

»Deutschland«, erklärte ich im Brustton kindlicher Überzeugung. Sie nickten alle, lächelten und schienen sehr ernst zu nehmen, was ich sagte. Und ich weiß noch, wie ich mich wunderte, dass Wesen, die aus dem Weltall kamen, von einem furchtbar weit entfernten fremden Planeten, sich ausgerechnet für *Fußball* interessierten.

Mein Großvater hat mir erzählt, wie es war, als sie das erste Mal die

Erde besuchten. Er ist nämlich dabei gewesen an jenem denkwürdigen Tag, er und fünfzigtausend andere, damals, während der Weltmeisterschaft 2006, als mitten im Spiel Frankreich gegen Südkorea urplötzlich dieses riesige Raumschiff über dem Westfalenstadion auftauchte. In der 56. Spielminute, heißt es in den Büchern lapidar.

Das löste natürlich erst einmal Entsetzen aus. Aliens! Extraterrestrische Intelligenzen! Wesen von einem anderen Stern, der Menschheit offensichtlich technisch haushoch überlegen! Alle hatten Angst. Was um alles in der Welt wollten sie? Uns angreifen? Die Erde erobern? Die Menschheit vernichten oder versklaven?

Wie sich herausstellte, war alles, was sie wollten, Fußball zu spielen.

Der Planet Endora umkreist, wie heutzutage jedes Kind weiß, die im Sternbild Wassermann gelegene Sonne *Ross 780* in 15,34 Lichtjahren Entfernung. Es dauerte also genau 15 Jahre, 4 Monate und ein paar Tage, bis die ersten Fernsehsendungen, die hier auf der Erde ausgestrahlt worden sind, Endora erreichten und dort aufgefangen wurden. Sie tüftelten bald heraus, was die Signale zu bedeuten hatten und wie man sie zu Bild und Ton zusammensetzte, und verfolgten dann das irdische Fernsehprogramm mit zunächst eher verhaltenem Interesse.

Bis sie eines Tages ihre erste Fußballweltmeisterschaft zu sehen bekamen: Mexiko 1970, die erste vollständig per Satellit in alle Welt – und natürlich auch in den Weltraum – übertragene Fußball-WM der Geschichte. So um das Jahr 1985 erreichten die Funkwellen von damals Endora, und aus irgendeinem Grund, den, glaube ich, keiner so richtig versteht, nicht einmal die Endoraner selber, brach daraufhin dort die absolute Fußballbegeisterung aus. Die Aliens begannen zu kicken, und als sie herausshatten, wie das ging, gründeten sie Mannschaften und fingen an, eigene Meisterschaften auszutragen.

Trotzdem blieben ihre Idole die menschlichen Fußballspieler, die sie aus den Übertragungen kannten – Pelé, Franz Beckenbauer, Cubillas, Gerd Müller, Rivelino und so weiter.

Der Witz ist nämlich: Die Endoraner sind zwar verrückt nach Fußball – aber sie können's nicht wirklich gut. Und sie sind klug genug, das selber zu wissen.

Das hat einfach biologische Gründe. Die Endoraner haben eine weitgehend andere Entstehungsgeschichte und sind folglich ganz anders gebaut als wir Menschen. Sie sind geschickter als wir, aber nicht so stark. Wenn es darum geht, zu rennen, sind sie unglaublich spurtstark, um nach spätestens zwanzig Metern außer Puste zu kommen. Sie verlieren leicht die räumliche Orientierung. Ein Kopfball ist für sie ein Ding der Unmöglichkeit, weil sie nicht die Muskulatur besitzen, die man dazu bräuchte.

Logisch, dass sie den Fußball nicht selber erfunden haben.

Rätselhaft, dass sie trotzdem so einen Narren daran gefressen haben. Sie nennen es *n'ikk"d'jub,* was mein Endoranisch-Lexikon übersetzt als *vergnügliches Ballspiel.*

Diese Wesen also schwebten 2006 über dem Dortmunder Westfalenstadion und schickten aus ihrem Raumschiff heraus ein Fax (ich habe mich immer gefragt, wer letztendlich die Telefongebühren dafür bezahlt hat) an die FIFA, in dem sie sich vorstellten und höflich anfragten, ob es denkbar wäre, dass ihre Auswahlmannschaft sich an der Fußballweltmeisterschaft beteiligte.

Die nächsten vier Jahre vergingen mit allerlei Aktivitäten, wie sie ein Erstkontakt mit fremden Wesen von einem fremden Stern nun einmal so mit sich bringt. Die Wissenschaftler waren aus dem Häuschen, die Raumfahrtingenieure hatten Depressionen und die Politiker Zustände. Jedenfalls sagt mein Großvater das, und obwohl er gelegentlich zu Übertreibungen neigte, glaube ich, dass das eine Zeit gewesen sein muss, der man nicht anders als mit Übertreibungen beikommt, wenn man von ihr erzählen will.

Jedenfalls, unter allem anderen befasste sich die FIFA eingehend mit dem Anliegen der Endoraner. Man beriet sich mit Medizinern, menschlichen wie endoranischen, führte Bewegungsstudien und Testspiele durch und so weiter auf der Suche nach Regeländerungen, die dafür sorgen würden, dass ein Spiel zwischen einer irdischen Nationalmannschaft und der endoranischen Auswahl nicht mit sterbenslangweiligen 100:0 ausging. Man experimentierte mit anderen Bällen, kleineren Toren und so fort, und führte schließlich die Zusatzregel ein, die bis heute gilt, dass nämlich die endoranische Mannschaft mit 13 Spielern antritt.

Chancengleichheit schafft das nicht wirklich. In den Weltmeisterschaften seither ist die Equipe von Endora noch nie über die Vorrunde hinausgekommen, eigentlich auch noch nie über den letzten Gruppenplatz. Die Endoraner brauchen sich nicht an den Qualifikationen zu beteiligen, werden heutzutage aber ausgelost wie alle anderen auch und sind aus verständlichen Gründen sehr beliebt als Gruppenmitglieder.

Im Jahr 2010, der ersten sozusagen intergalaktischen Fußballmeisterschaft, wurde es allerdings noch so arrangiert, dass die erste gültige Begegnung zwischen Endora und dem Mutterland des Fußballs, England, stattfand. Das war das ohne Frage meistgesehene Fußballspiel aller Zeiten, und es endete mit wenig überraschenden 9:0 Toren für die Engländer.

Zur allgemeinen Verblüffung machte das den Endoranern nicht das Geringste aus. Sie feierten ihre Mannschaft mit ansteckender Ausgelassenheit, und nach den Vorrundenspielen hockten sie immer noch im Publikum, schwenkten Fahnen ihrer Favoriten, bemalten sich die großäugigen Gesichter, stimmten fremdartige Gesänge an (von denen, was wenige wissen, heute übrigens mindestens zwei zum Standardrepertoire in Stadien gehören, selbst bei Bundesligaspielen und ohne dass auch nur ein Endoraner anwesend ist), tanzten in den Straßen, na ja, und damals stellte sich dann auch heraus, dass man Endoraner mit Alkohol in keiner Weise beeindrucken kann.

Seither gehören sie zu einer Fußball-WM wie das Endspiel oder der Pokal.

Großvater meinte auch, dass das alles eigentlich auf einem Missverständnis beruht. Weil sie uns zuerst so erschreckend fremd vorkamen und so furchtbar beeindruckende Raumschiffe besaßen, dachten wir, wir müssten sie mitspielen lassen. Aber das hätten wir nicht müssen. Sie wären auch mit einem Kontingent Eintrittskarten und einem Freundschaftsspiel dann und wann zufrieden gewesen.

Heute kennen wir sie besser. *Sish'nilli'go,* jener endoranische Spieler, der das erste und für lange Zeit einzige Tor für Endora geschossen hat, sitzt heute im FIFA-Gremium, aber er ist eben nur einer und wäre leicht zu überstimmen. Würde die FIFA beschließen, die Endoraner künftig durch die Qualifikationsrunden zu schicken – was in der Praxis hieße, sie von den Weltmeisterschaften auszuschließen –, die Endoraner würden »*Schadi!*« sagen, aber unverdrossen weiterhin Autogramme sammeln und Fußballzeitungen kaufen.

Warum also lassen wir sie trotzdem weiter mitmachen? Warum haben wir sie gern dabei, diese glatzköpfigen, großäugigen Gestalten mit der perlmuttfarben schimmernden Haut?

Bestimmt nicht, weil wir so leicht gegen sie gewinnen. Und der Grund, der meistens genannt wird – dass wir die Endoraner um so vieles beneiden, dass wir auch gerne solche tollen Raumschiffe hätten und so weiter, und dass es uns deshalb in der Seele gut tut, immer wieder zu erleben, dass es wenigstens eine Sache gibt, in der wir besser sind als sie, und sei es nur Fußball –, ich glaube nicht, dass das wirklich die Erklärung ist.

Mein Großvater sagte einmal: »Sie jubeln für ihre Mannschaft, obwohl sie immer verliert. Es genügt ihnen schon, dass sie dabei sind. Sie kommen aus unfassbaren Sternentiefen und sind uns fremder als irgendein Lebewesen auf Erden, aber ihre Fröhlichkeit ist ansteckend. Egal wie ein Match läuft, es macht mehr Spaß, wenn man mit einem Haufen Endoraner auf der Tribüne sitzt. Ich behaupte, wir mögen es, sie dabei zu haben, weil sie uns immer daran erinnern, dass Fußball ein Spiel ist und sein Ziel Freude.«

Ich glaube, Großvater hatte recht.

Es riecht wieder nach Zimt in den Straßen. Vor den Hotels hängen jene endoranischen Schriftsymbole, die besagen, dass Zimmer mit Schlafstangen und endoranische Küche verfügbar sind. Man hört es allenthalben zirpen in den U-Bahnen.

Es verspricht, wieder eine wunderbare Fußballweltmeisterschaft zu werden.

© 2003 Andreas Eschbach

Zeit ist Geld

Vielleicht ist es kein Zufall, dass mir die Idee für diesen Text – ich zögere, ihn als Kurzgeschichte zu bezeichnen – ausgerechnet im Herbst des Jahres 1994 kam. Damals lief meine eigene Firma auf Hochtouren, Zeit für Schlaf und dergleichen war knapp, an Schreiben war fast nicht mehr zu denken. Ich erfuhr am eigenen Leib, dass man in der modernen Arbeitswelt entweder viel Zeit, aber kein Geld, oder aber viel Geld, aber keine Zeit hat. Wäre mir damals eine derartige Anzeige begegnet – ich hätte mir die Telefonnummer aufgeschrieben, glaube ich ...

Ich habe immer gehofft, dass mir eine Idee kommt, wie ich eine wirkliche Geschichte daraus machen könnte. Aber inzwischen bin ich zu der Überzeugung gekommen, dass das nicht mehr passieren wird – der Text will wohl so veröffentlicht werden, wie er mir schon im Oktober 1994 in die Tastatur geflossen ist. Also. Hier ist er, zum ersten Mal im Druck.

Leiden Sie unter Zeitnot? Das muss nicht sein. Denn zusätzliche Zeit kann man jetzt kaufen.

Bedenken Sie, welch ungeahnte Möglichkeiten Ihnen ein Tag von 25 oder mehr Stunden eröffnet! In zusätzlichen Tagesstunden können Sie mehr arbeiten: So kommen Sie schneller voran als andere. Zusätzliche Nachtstunden erlauben Ihnen ein unbeschwertes geselliges Leben, ohne dass Sie auf ausreichend Schlaf verzichten müssten.

Für jeden erschwinglich, für jeden unentbehrlich: einzelne zusätzliche Minuten – beispielsweise, um im Notfall einen Zug noch rechtzeitig zu erwischen und sich so Ärger durch verpasste Anschlussverbindungen und verpasste Geschäftstermine zu ersparen.

Minuten erhalten Sie auch im Abonnement. Verlängern Sie Ihre tägliche Mittagspause problemlos um eine Viertelstunde oder mehr, essen Sie entspannter, leben Sie gesünder.

Nutzen Sie unsere Rabatte auf ganze Tage, und verlängern Sie schöne Wochenenden mit Familie oder Freunden. Ist ein wichtiges Projekt im Verzug? Zusätzliche Tage helfen Ihnen, den Termin doch noch einzuhalten. Stellen Sie sich nur vor, Sie hätten einen zusätzlichen Tag zum Packen vor einem Umzug oder einer großen Reise – welche Erleichterung! Ein gutes Buch zu kaufen und dazu gleich die Zeit, es zu lesen – kein unerfüllbarer Traum mehr!

Selbstverständlich können Sie auch größere Zeitabschnitte erwerben. Kurieren Sie eine Erkrankung in Ruhe aus, oder lassen Sie eine notwendige Operation durchführen, ohne auch nur einen Tag im Betrieb zu fehlen. Verlängern Sie einen schönen Sommer oder eine prachtvolle Skisaison doch einfach. Fügen Sie den wertvollen Jahren Ihrer Jugend Monate oder Jahre voller Energie und Spannkraft hinzu, und erreichen Sie so Ihre ehrgeizigen beruflichen Ziele noch in einem Alter, in dem Sie sie auch genießen können. (Erkundigen Sie sich nach unseren günstigen Ratenzahlungskonditionen für Berufseinsteiger). Dehnen Sie Ihre »besten Jahre« nach Belieben aus. Oder sparen Sie mit geringen monatlichen Beiträgen ein Vermögen an, das es Ihnen erlaubt, Ihrem Lebensabend kostbare Monate und Jahre hinzuzufügen und mitzuerleben, wie Ihre Enkelkinder heranwachsen. Zugleich erhöhen Sie die Rentabilität Ihrer Rentenbeiträge durch verlängerten Bezug.

Vertrauen Sie dem Weltmarktführer für Zeithandel. Rufen Sie unsere kostenlose Bestell-Hotline an, schicken Sie uns ein Fax, oder besuchen Sie uns im Internet.

Wissen Sie nichts mit Ihrer Zeit anzufangen? Müssen Sie öfter Stunden, Abende, ganze Tage »totschlagen« mit Vergnügungen aller Art, Alkohol oder Drogen? Schluss damit – machen Sie ab jetzt Ihre nutzlose Zeit zu Geld!

Wir kaufen jederzeit: einsame Abende, langweilige Tage, öde Wochen, traurige Monate, sinnlose Jahre. Wir bieten garantierte Höchstpreise. Vergleichen Sie – gut möglich, dass der Verkauf Ihrer Tagesstunden für Sie lukrativer ist als selber zu arbeiten. Wäre das nicht verlockend? Sie stehen morgens auf, haben sofort Feierabend – und mehr verdient als in Ihrem bisherigen Job!

Jederzeit interessiert sind wir am Ankauf von Nachtstunden, gerne auch einzeln. Wenn Sie ohne Probleme morgens ein, zwei Stunden länger schlafen können – verkaufen Sie doch die Stunden um Mitternacht. Mal ehrlich: Von denen bekommen Sie ohnehin nie etwas mit.

Sind Ihre Wochenenden, stressiger als Ihr Job? Nichts als Streit mit der Familie? Das muss nicht länger sein. Schonen Sie Ihre Nerven, verkaufen Sie Ihre Wochenenden und verwöhnen Sie stattdessen die Menschen, die Ihnen nahestehen, mit wertvollen Geschenken.

Wozu Wochen und Monate in Jahreszeiten verbringen, die Ihnen nicht gefallen, die Sie deprimieren oder anfällig werden lassen für Erkältungen? Weg damit, und her mit gutem Geld dafür!

Finden Sie Ihr ganzes Leben sinnlos? Dann verkaufen Sie es uns. Es ist so einfach: Wir ermitteln Ihre restliche statistische Lebenserwartung und unterbreiten Ihnen ein lukratives Angebot. Sie entscheiden frei, ob Sie es annehmen. Wenn ja, endet Ihr Leben sofort und schmerzlos, und Ihre Hinterbliebenen erhalten eine stattliche Summe ausbezahlt – mehr als aus einer normalen Lebensversicherung, ohne peinliche Fragen und ohne rechtliches Risiko.

Vertrauen Sie dem Weltmarktführer für Zeithandel. Rufen Sie einfach unsere kostenlose Servicenummer an. Das Beratungsgespräch ist kostenlos und verpflichtet Sie zu nichts.

© 2000 Andreas Eschbach

Unerlaubte Werbung

Mein Freund Rainer Wekwerth war, als er noch unter dem Namen David Kenlock publizierte, von seinem Verlag gebeten worden, eine Anthologie rund um Aberglaube, schwarze Magie und dergleichen herauszugeben. »Andreas«, sagte er also eines Abends über einem blutigen Steak zu mir, »ich will von dir eine Story zum Thema Voodoo.« Und wenn Rainer so etwas zu einem sagt, gibt es keine Widerrede.

Nun ist Voodoo nicht gerade mein Hobby. Ich griff also erst mal zu Lexikon und Internet, um mich ein wenig schlau zu machen. Anregende Details fanden sich reichlich, doch sie wollten sich nicht zu einer Geschichte formen.

Erst beim Friseur kam mir die zündende Idee ...

*Die Geschichte erschien im Dezember 2002 in der Anthologie »Alte Götter sterben nicht«. Ich muss immer an sie denken, wenn ich den Abschnitt **Nebenwirkungen** auf dem Beipackzettel eines Medikaments lese. Ich frage mich dann immer, ob sie nicht irgendwo ein bisschen wahr ist ...*

Natürlich redet man mit den Leuten. Klar. Ich meine, gut, bei manchen weiß man, die wollen nicht reden, die wollen nur die Haare geschnitten bekommen und fertig; da hält man den Mund. Aber sonst quatscht man eben über das Wetter oder was im Ort so los ist, und wenn man sich ein bisschen besser kennt, auch mal über Politik. Andere erzählen einem ihre ganze Lebensgeschichte. Da frage ich mich dann, ob ich eigentlich Friseur bin oder ein Psychotherapeut, der nebenher Haare schneidet.

Wie dieser Arzt, der Anfang letzten Jahres in den Laden kam. Stellt sich gleich mit Doktortitel vor, will Waschen, Schneiden und Föhnen, und schon beim Shamponieren erzählt er, dass er gerade eine Praxis im Ort eröffnet hat, eine Fachpraxis für Schmerztherapie. Na ja, was fang ich damit an? Ich nickte und meinte, gut, und fragte halt, wie er darauf käme, dass sich so was trägt. Ich meine, wenn man mal nachzählt, wie viel Allgemeinärzte hier schon sitzen. Ganz schlecht sind die ja auch nicht.

Ja, meinte er, seine Spezialität sei, dass er jahrelang in der ganzen Welt unterwegs war, in Zentralafrika, im Amazonas, auf Neuguinea, Haiti und weiß der Himmel wo sonst noch, dass er immer unter Eingeborenen gelebt und deren Medizinmännern ihre Geheimnisse abgelauscht hat, sich hat einweihen lassen in uralte Heiltraditionen, und so weiter. Das alles wollte er mit moderner Medizin kombinieren und auf diese Weise zur letzten Zuflucht für alle werden, denen sonst niemand helfen konnte. »Was glauben Sie«, sagte er, »wie viele Leute sich Jahre und Jahrzehnte mit Schmerzen plagen, ohne dass ein Arzt auch nur den Grund dafür herausfindet, von Heilung gar nicht zu reden? Da gibt es viel zu tun, glauben Sie mir.«

»Ach so«, machte ich und war froh, einigermaßen gesund zu sein. Abgesehen davon, dass ich nicht mehr der Jüngste bin und der einzige Herrenfriseur im Laden. Da tun einem abends die Füße schon rechtschaffen weh.

Jedenfalls, am Schluss gab er ordentlich Trinkgeld, zu viel, als dass es unverdächtig gewesen wäre, und tatsächlich zieht er einen Stapel Prospekte von seiner Praxis aus der Tasche und fragt, ob ich die bei mir auslegen wolle.

»Ungern«, sagte ich. »Das dürfen Sie nicht persönlich nehmen. Aber wenn ich damit anfange, kommt über kurz oder lang jeder Verein und Handwerksmeister im Ort, und ich muss anbauen, um alles unterzubringen.«

»Klar«, nickte er. »Ich meinte auch nicht umsonst.« Er klappte einen von den Prospekten auf und zeigte auf eine eingestempelte Nummer. »Das ist ein Gutschein für zwanzig Prozent Rabatt auf die Erstuntersuchung. Wenn jemand damit ankommt, sehe ich anhand der Nummer, dass er den Prospekt von Ihnen hat, und Sie kriegen eine Prämie.«

So klang das natürlich schon anders. Er erklärte, wie viel er mir zahlen würde, und ehrlich gesagt, so rasend viel verdient man mit Haareschneiden nicht, als dass man eine Gelegenheit, nebenher was reinzukriegen, leichten Herzens ablehnt. Bei all den Steuern und Abgaben heutzutage muss man flexibel sein, um über die Runden zu kommen. Kurz und gut, ich war einverstanden.

Drei Wochen später kam er wieder. Ein paar Leute hatten einen Prospekt mitgenommen, aber noch keiner davon hatte sich bei ihm in der Praxis blicken lassen. Behauptete er zumindest. »Kennen Sie eigentlich Ihre Kunden mit Namen?«

»Mehr oder weniger«, sagte ich.

»Ich hätte nämlich eine Bitte. Eine etwas ungewöhnliche Bitte, um es gleich zu sagen.«

Ich hörte mir erst mal an, was er wollte. Nämlich, dass ich jedes Mal, wenn ich jemandem die Haare schnitt, ein Büschel davon für ihn beiseiteschaffte. Er würde mir kleine Röhrchen geben, aus Plexiglas und luftdicht verschließbar, dazu selbstklebende Etiketten, auf die ich den Namen schreiben sollte. Und für jede einzelne Probe gab es satt Geld, egal ob der Betreffende je zu ihm in die Praxis kam oder nicht.

»Hmm«, machte ich. Ich meine, man wird skeptisch, wenn man so was hört, oder?

»Sie fragen sich, was ich mit den Haarproben anfange.« Er sah mich im Spiegel an, lächelte, bis ich nickte, und erklärte mir dann die Hintergründe. »Schauen Sie, man weiß heute, dass viele, wenn nicht die meisten der unklaren Schmerzen von einer Belastung durch Umweltgifte herrühren. Schwermetalle, Pestizide und was heutzutage sonst noch so alles in der Luft und im Wasser ist. Trotzdem kümmert sich praktisch kein Arzt darum, weil man aufwendige und langwierige Tests machen muss, um so was nachzuweisen, und die zahlt keine Krankenkasse. Also verschreibt man lieber ein Schmerzmittel und fertig. Bloß ist damit niemandem geholfen. Damit kuriert man bloß an den Symptomen herum.«

Ich ließ mir das durch den Kopf gehen und sagte, ich sähe noch nicht, was das mit Haarproben meiner Kunden zu tun hätte.

»In Haaren kann man alles nachweisen, was sich in so einem Körper ansammelt. Sie erinnern sich doch an die Geschichte mit diesem Fußballtrainer, der angeblich kokainsüchtig war? Da hat man auch eine Haarprobe genommen. Und genau wie Drogen kann man in Haaren Blei, Cadmium, DDT und so weiter nachweisen. Alles, was man für die Schmerztherapie wissen muss.«

»Aber Sie können doch einfach den Leuten, die in Ihre Praxis kommen, eine Haarsträhne abschneiden. Da brauchen Sie doch mich nicht dazu.«

»Im Prinzip ja. Bloß, einen umfassenden Scan hier in Deutschland machen zu lassen ist schlicht unbezahlbar. Mein Trick ist, dass ich Kontakt zu einem Labor in der Ukraine habe, die solche Analysen genauso gut erstellen, aber zu einem Bruchteil dessen, was es hierzulande kosten würde. Nur brauche ich da entsprechenden zeitlichen Vorlauf – allein der Postweg ist ein Albtraum. Das würde zu lange dauern für jemanden, der mit akuten Schmerzen zu mir kommt, verstehen Sie? Deshalb will ich das vorher erledigen. Und es ist um so vieles billiger, dass es sich selbst dann noch lohnt, wenn ich von zwanzig Analysen neunzehn nie brauche.«

Ich überlegte, während ich ihm den Nacken rasierte. »Sie wollen also, wenn jemand zu Ihnen in die Praxis kommt, schon einen fertigen Befund in der Schublade haben?«

»Genau.«

»Ist das denn legal?«

Er verzog das Gesicht. »Na ja. So richtig verboten ist es nicht, aber ich glaube, man hängt es besser nicht an die große Glocke.«

Ich verstand, was er meinte. Mein Sohn stand damals mit seinem Jurastudium kurz vor dem Abschluss, und was er so erzählt hat im Lauf der Jahre war oft ziemlich haarsträubend, wenn ich das mal so sagen darf.

Jedenfalls, ich machte es. Er ließ mir einen ordentlichen Vorrat an Röhrchen da, und ich entwickelte eine unauffällige Methode, die Proben einzusammeln: Beim Zusammenfegen der Haare, wenn ich am Schluss mit der Schaufel komme, halte ich eines der Probenröhrchen in der Hand, stopfe nebenbei ein ordentliches Büschel hinein, und dann, zack, den Stopfen drauf und das Ding in der Tasche verschwinden lassen. Danach ging ich immer kurz nach hinten, pappte das Namensschild dran und tat es in eine Schublade, zu der nur ich den Schlüssel habe.

Es war auf jeden Fall das bessere Geschäft. Er zahlte sofort bei Abholung, und ohne Belege. Und steuerfrei ist Geld ja glatt das Doppelte wert heutzutage, bei all den Steuern und Abgaben. Jedenfalls, innerhalb kürzester Zeit stand zu Hause einer von diesen riesigen Fernsehern mit Plasmabildschirm und der passende DVD-Player dazu, und meine Frau staunte nicht schlecht, wie oft ich sie plötzlich zum Essen ausführte.

Keine zwei Wochen übrigens, nachdem ich damit angefangen hatte, Haarproben zu sammeln, klagte das erste Mal jemand über Schmerzen in der Schulter, ein Werbegrafiker, den ich öfters an jemanden empfohlen habe, wenn ich's recht überlege, und der sich nie auch nur bei mir bedankt hat, von anderem ganz zu schweigen. Da war mein Medizinmann schon ein anderes Kaliber. Jedenfalls, ich drückte ihm einen von den Prospekten in die Hand und erzählte ihm von Schwermetallen und Naturheilkunde, natürlich ohne zu erwähnen, was sonst noch so lief. Er schaute zuerst skeptisch, doch ein paar Tage später kam er extra vorbei, um mir zu sagen, wie sagenhaft ihm der Arzt geholfen habe. Ganz billig schien es nicht gewesen zu sein, und die Krankenkassen zahlen diese Art Therapie wohl nicht, aber wenn man vor Schmerzen nicht schlafen kann, drückt man gern ein paar Hunderter ab für eine Behandlung, die hilft. »Wie Zauberei«, meinte er. Er konnte nicht mal genau sagen, was der Arzt eigentlich gemacht hatte, bloß dass die Schmerzen am nächsten Tag restlos weg gewesen waren.

Das gefiel mir. Bis dahin hatte ich insgeheim ein bisschen das Gefühl gehabt, etwas zu machen, das nicht hasenrein ist, wenn Sie verstehen, was ich meine. Weil diese Heimlichtuerei dabei war. Aber nachdem der Werbegrafiker so begeistert war, verflogen alle meine Bedenken, zumal er nicht der Einzige blieb. Dass der neue Arzt im Ort in Sachen Schmerzen eine Kapazität ersten Ranges war, sprach sich herum wie ein Lauffeuer. Ich sah zu, dass ich meine Prospekte unters Volk brachte, weil, die Geschichte mit den Gutscheinen sollte ja auch noch einmal Scheinchen in die Kasse spülen. Im Lauf der Zeit sah man erst, wie viele Leute sich mit undefinierbaren Schmerzen plagen, unglaublich. Es kam mir vor, als sei plötzlich eine Seuche ausgebrochen.

Was mir, im Nachhinein betrachtet, etwas zu denken hätte geben können, war, dass manche, bei denen die Therapie gut angeschlagen hatte, erzählten, dass die Wirkung bald nachließ, sodass aus der ganzen Angelegenheit eine Art Dauertherapie wurde. Es traf keine Armen, vielleicht kümmerte es mich deshalb nicht weiter. Ich war jedenfalls voll motiviert. Meine Angestellten wunderten sich zwar, dass der Chef plötzlich selber fegt, also eigentlich Lehrlingsarbeit macht, aber natürlich beschwerten sie sich nicht. Ich tat, als hätte ich auf einmal den Sauberkeitsfimmel, und dehnte das auch auf den Damensalon aus. Meine Frau hatte mich eine Weile im Verdacht, dass ich das nur täte, um das eine oder andere Auge in außereheliche Gefilde zu werfen, aber das konnte ich ihr zum Glück wieder ausreden. Und es brachte eine Verdoppelung meines Einzugsgebietes. Mein Medizinmann war begeistert.

So lief das dahin, alle waren zufrieden, und meine größte Sorge war, wie ich meiner Frau beibringen konnte, dass ich mich auf meine alten Tage noch einmal in ein Motorrad verguckt hatte, eine sündhaft schöne Harley zu einem genauso sündhaften Preis. Schon seltsam, wie das geht mit dem Geld. Egal wie viel man davon hat, es findet sich immer etwas, für das es gerade nicht mehr reicht, oder?

Anfang des Jahres stellte ich eine neue Friseuse ein, Thérésa, die aus Haiti stammt und bis dahin bei dem Friseur neben dem amerikanischen Luftwaffenstützpunkt gearbeitet hatte, der aus Altersgründen zum Jahresende zumachte. Sie kannte sich mit diesen ganzen Kraushaarfrisuren aus, was nicht ganz unwichtig war bei den neuen Kunden, die den Weg bis in meinen Laden fanden, denn meine anderen Mädels hätten sich da schwergetan. Ich mich auch, anbei bemerkt. Aber dank Thérésa war das kein Problem, ich konnte mich aufs Auffegen beschränken und dem Dottore den Tipp geben, seinen Prospekt auch auf Englisch zu drucken.

Therésa kennen Sie ja mittlerweile auch. Ist ein fröhliches Naturell, wenn man bedenkt, was sie alles mitgemacht hat im Leben – Flucht als junges Mädchen, Vater ermordet; wenn sie von ihrer Kindheit auf Haiti erzählt, sträuben sich einem zuverlässig die Nackenhaare. Wahrscheinlich tut sie's deshalb so selten. Aber sie hat sich gut durchgebracht, und entsprechend pfiffig ist sie.

Kein Wunder, dass sie bemerkt hat, was ich trieb.

Ich nahm sie beiseite, weil es unnötig war, dass die anderen was davon mitbekamen – nichts für ungut, sind alles ordentliche Mädels, aber da hätte ich es auch gleich in die Zeitung setzen können –, und erklärte ihr die Sache mit den Haaranalysen und dem Doktor und den Naturheilverfahren.

Sie kriegte Augen so groß wie Suppentassen, als ich erwähnte, dass der Doktor unter anderem auch auf Haiti gewesen ist. Wobei ich das eigentlich nur erzählte, weil ich sie beruhigen wollte. »Voodoo«, sagte sie, und wenn ich mich recht entsinne, bebte ihre Unterlippe dabei. »Er macht Voodoo.«

»Kann schon sein«, sagte ich ahnungslos, »so im Detail hat er es mir nicht erklärt ...«

Sie unterbrach mich. »Sie verstehen nicht. Voodoo ist keine Heilmethode. Voodoo ist Zauberei. Haitianische Zauberei.«

Ich wollte so was sagen wie, dass so manches, was den Leuten früher wie Zauberei vorgekommen ist, im Lichte moderner Wissenschaft seine natürliche Erklärung findet, aber sie hatte in dem Moment etwas an sich, das mich verunsicherte. Also fragte ich, wie sie das meinte.

»Wenn ein Voodoo-Zauberer etwas vom Körper eines anderen Menschen besitzt, Haare oder Fußnägel zum Beispiel, kann er Macht über diesen Menschen gewinnen«, sagte sie. Sie erklärte mir auch, wie das geht. Dazu fertigt der Zauberer eine Puppe an, die für den betreffenden Menschen steht. Sie muss demjenigen nicht mal ähneln, es geht nur darum, dass sie seine Haare oder Nägel oder was auch immer enthält, dass sie die für den jeweiligen Zauber richtige Farbe hat und dass man die Zauberformeln spricht, die die Verbindung herstellen. Diese Puppe heißt Ouanga. Um jemandem Schmerz zuzufügen – oder ihn zu töten –, muss der Ouanga schwarz sein. Wenn der Zauberer sich in Trance versetzt und dem Ouanga eine Nadel in, sagen wir, den Bauch sticht, dann kriegt der Betreffende Bauchkrämpfe, oder ihm wird kotzübel, je nachdem. Sticht er der Puppe in den Nacken, ist ein verspannter Rücken noch das Harmloseste. Und ein Stich ins Herz der Puppe tötet den Betreffenden.

»Ihr Doktor heilt die Leute nicht, er verzaubert sie. Erst macht er ihnen die Schmerzen, und wenn sie zu ihm kommen und für eine Behandlung zahlen, löst er den Zauber wieder«, sagte sie.

Ich musste daran denken, wie alles begonnen hatte. Dass die Leute sich über Schmerzen beklagt hatten, das war tatsächlich erst losgegangen, nachdem ich dem Doktor die ersten Haarproben gegeben hatte. Trotzdem schüttelte ich den Kopf. Wenn einem jemand so was erzählt, fühlt man sich ja irgendwie verpflichtet, skeptisch zu sein, oder? »Therésa«, sagte ich, »nicht dass ich was gegen die Sitten und Gebräuche Ihrer Heimat sagen will, aber das ist einfach Aberglaube. Ich meine, wie soll das funktionieren?«

»Es funktioniert«, sagte sie. »Glauben Sie mir.«

»Nein. Das ist Unsinn.«

Sie sah mich an. Überlegte. »Mein Großvater war noch ein Voodoo-Meister«, sagte sie dann. »Ich habe gesehen, wie er es gemacht hat. Und ich hätte damals nicht fliehen können, wenn er die Männer, die uns verfolgt haben, nicht verzaubert hätte. Ich wäre nicht hier, verstehen Sie?«

Wie sie das sagte, das jagte mir einen Schauder über den Rücken. Ich weiß nicht mehr, was ich antwortete, aber jedenfalls schaute ich das Probenröhrchen in meiner Hand an und warf es dann in den Müll. Und bat sie, niemandem etwas davon zu erzählen.

In den Tagen darauf ging ich in die Stadtbibliothek und blätterte in ein paar Büchern zum Thema. So richtig gute Bücher gibt's dazu nicht, aber ich fand jedenfalls nichts, das dem, was Therésa erzählt hatte, widersprochen hätte.

Als mein Sohn am Wochenende zum Essen kam, brachte ich das Gespräch darauf, möglichst unauffällig natürlich und allgemein gehalten, aber ich glaube, es war gut, dass er im Prüfungsstress steckte, sonst wäre es ihm trotzdem komisch vorgekommen. Er meinte jedenfalls, es gäbe im Strafgesetzbuch eigens einen Paragrafen, dass Praktiken wie Totbeten, Verzaubern und so was nicht strafbar sind. Ich habe vergessen, welche Nummer der Paragraf hat, aber es heißt abergläubischer Tötungsversuch, glaube ich.

Ich schlief plötzlich schlecht, das kann ich Ihnen sagen. Wenn ich durchs Wohnzimmer ging und den riesigen Fernseher da stehen sah, bezahlt vom Schwarzgeld eines Schwarzmagiers, wurde mir ganz anders. Im Geiste sah ich einen großen, geheimen Kellerraum voller Aktenschränke mit kleinen Schubladen, auf jeder Schublade stand außen ein Name, und innen lag ein schwarzer Ouanga. Ich sah den Arzt vor mir, wie er den Keller aufschließt, eine Liste in der Hand mit den Namen der Patienten, die an dem Tag da gewesen sind, und wie er der Reihe nach deren Schubfächer öffnet und die Nadeln aus ihren Ouangas zieht, um ihnen die Schmerzen zu nehmen. Und in meiner Vorstellung hatte er eine zweite Liste dabei, die ihm sein Computer ausgedruckt hatte, Namen von Patienten, die schon lange nicht mehr da gewesen waren und die mal wieder Schmerzen haben mussten, damit sie wiederkamen und für eine weitere Behandlung zahlten. Ich malte mir aus, wie er über deren Ouangas finstere Zauberformeln flüsterte und dann seine Nadeln hineinstieß, in Schultern, in Nacken, in Bäuche und Unterleiber, in Beine oder Ellbogen ...

Und dann schüttelte ich immer den Kopf und sagte mir, dass das Blödsinn war, nichts als dummer Aberglaube.

Aber ich kriegte die Idee nicht aus dem Schädel.

Und meine Frau meinte irgendwann, ich würde plötzlich mehr trinken als sonst. Sie wissen schon, ein kleiner Schlummertrunk vor dem Zubettgehen. Oder auch zwei, und nicht ganz so kleine, und nicht erst vor dem Zubettgehen.

Jedenfalls, irgendwann hatte ich den Einfall, wie ich diese wilde Theorie überprüfen konnte.

Sie kennen ja den Witz, dass man immer zu dem Friseur gehen soll, der am schlechtesten frisiert ist. Man kann sich nun mal nicht selber die Haare schneiden, das ist Tatsache. Deshalb frisieren sich Friseure gegenseitig. Weil ich hier im Laden der einzige Herrenfriseur bin, gehe ich immer zu einem Kollegen, der draußen in der Siedlung einen kleinen Laden mit seiner Frau zusammen hat. Und er kommt zu mir. Und als er das nächste Mal kam, bewahrte ich eine Probe von seinem Haar auf, an einer besonderen Stelle in meiner Schublade.

Und dann gab es eine Kundin, die regelmäßig kam und auch immer viel Geld daließ, die wir aber trotzdem alle aus tiefster Seele hassten, weil sie ein widerliches Aas war. Wenn sie anrief, um einen Termin auszumachen, und es darum ging, von wem sie frisiert werden wollte, hatte sie früher immer gesagt: »Hauptsache, nicht von der, die mich das letzte Mal verunstaltet hat.« Und seit Theresa bei uns arbeitete, fügte sie hinzu: »Und nicht von dieser Negerin, wenn ich bitten darf.« Sie verstehen? Diese Art von Kotzbrocken war sie.

Von ihr nahm ich bei nächster Gelegenheit auch eine Haarprobe.

Und als ich die Namensetiketten aufklebte, vertauschte ich die beiden Röhrchen.

Pünktlich drei Wochen, nachdem ich die Proben abgegeben hatte, klagten beide über Schmerzen im Rücken, mein Kollege aus der Siedlung und die dumme Kuh. Ihm riet ich, sich orthopädische Schuhe anzuschaffen. Der dusseligen Kuh gab ich den Prospekt der Praxis für Schmerztherapie.

Sie muss auch hingegangen sein, und nicht nur einmal, denn sie rief irgendwann an und beschwerte sich, wie viel Geld sie für diese Behandlungen ausgegeben hätte, und nichts täten sie helfen. Das Letzte, was ich gehört habe, ist, dass sie in irgendeiner Fachklinik liegt und sich fortwährend am Rücken operieren lässt. Ich meine, gut, sie war ein Aas, aber es gibt Grenzen, oder? Am liebsten hätte ich dem Doktor als Nächstes ein Büschel seiner eigenen Haare untergejubelt, damit er sich mal kräftig selber piesackt, bloß fiel mir dabei auf, dass er schon ewig nicht mehr zum Haareschneiden zu mir kam. Seltsam, oder?

Kurz darauf fuhr ich zu meinem Kollegen aus der Siedlung, einerseits, weil mein Haarschnitt überfällig war, hauptsächlich aber, weil ich mich vergewissern wollte, wie es ihm ging, und siehe da, dem ging es blendend. Er bedankte sich für den Tipp mit den orthopädischen Schuhen, die Schmerzen seien weg wie nie gewesen. Und dann sagte er, während er mir die Nackenpartie stutzte: »Übrigens, wie das Leben so spielt. Seit neuestem kommt ein Arzt zu mir, der auf Schmerztherapie spezialisiert ist.«

Ich sagte »Ach, wirklich?«. Da war er also abgeblieben, mein Zauberdoktor.

»Ja. Arbeitet mit chemischen Haaranalysen. Hat mich gebeten, die Haare meiner Kunden für ihn zu sammeln, damit er die in einem Institut in der Ukraine vorab untersuchen lassen kann, nur für den Fall, dass mal einer zu ihm kommt. Er zahlt sogar was dafür, und nicht wenig. Ich meine, ich kann mir kaum vorstellen, dass sich das lohnen soll, aber das ist ja sein Problem letzten Endes.«

Ich schaute an mir herunter, sah meinen Haaren nach, die am Frisierumhang abwärts rutschten und sich rund um den Sessel am Boden versammelten, und murmelte irgendwas, ich weiß nicht mehr, was. So also lief das. Ich sah sie schon büschelweise in ein schwarzes Ouanga eingearbeitet, konnte den kommenden Nadelstich, der mir unerträgliche Schmerzen bescheren würde, förmlich kommen fühlen. Ausgetrickst. All das schöne Geld, das er mir bezahlt hatte, würde er mir jetzt nach und nach fein wieder abknöpfen, und ich würde froh sein können, wenn es dabei blieb.

Ungefähr um diese Zeit machte unser Sohn seinen Abschluss, war also endlich richtiger Rechtsanwalt, und es ging drum, ob er eine eigene Kanzlei eröffnen sollte oder erst mal woanders einsteigen.

»Ich kann dir einen Werbegrafiker empfehlen«, meinte ich, weil ich es kaum erwarten konnte, einen Rechtsanwalt in der Familie zu wissen. Womöglich würde ich ihn demnächst brauchen. »Für Prospekte und Anzeigen und solchen Kram, meine ich.«

Sie hätten sehen sollen, wie er mich angeschaut hat. Wie man einen Deppen anschaut, ehrlich. Mitleidig. Ich hasse so was. »Ach Vater«, sagte er. »Rechtsanwälte dürfen doch keine Werbung machen. Ein Schild an der Tür, ein Eintrag in den Gelben Seiten, das ist es schon.«

»Keine Werbung?« Ich konnte es nicht fassen. Ich meine, ich kann mir gar nicht vorstellen, wie ein Geschäft auf diese Weise in Gang kommen soll, oder?

»Unerlaubte Werbung ist ein Grund, die Zulassung sofort und unwiderruflich zu verlieren«, erklärte er mir. »Das ist nicht nur bei Rechtsanwälten so, auch bei Ärzten zum Beispiel. Wusstest du das nicht?«

So, nun schauen wir mal. Warten Sie, ich hole den Spiegel, damit Sie sich von hinten sehen ... Gut so? Danke. Wenn Sie das Haar so herüber kämmen, übrigens, und ein bisschen Haarspray drauftun, dann fallen die lichten Stellen praktisch nicht mehr auf. Nur als Tipp, meine ich.

Übrigens ist die Praxis für Schmerztherapie kurz danach von Amts wegen geschlossen worden. Nicht, weil jemand irgendwelchen Voodoo-Praktiken auf die Schliche gekommen ist, nein. Das hätten Sie in der Zeitung gelesen, glaube ich. Nein, der Grund war völlig banal: unerlaubte Werbung. Irgendjemand hat anscheinend ein paar Prospekte an die zuständigen Stellen geschickt, und die haben kurzen Prozess gemacht. Es ist nie herausgekommen, wer es war. Aber Tatsache ist nun mal, Ärzte dürfen keine Werbung für ihre Praxis machen, die über ein Schild an der Tür hinausgeht, und selbst wie das aussehen darf, ist genau vorgeschrieben. Da sind die gnadenlos.

Ach, eins noch. Ich hoffe, Sie finden das nicht aufdringlich, aber der Laden ist gerade so schön leer, wir sind unter uns, da dachte ich, ich spreche es mal an. Wissen Sie, es gibt nämlich nicht nur schwarze Ouangas. Rote Ouangas zum Beispiel nimmt man für Liebeszauber. Alles, was man braucht, sind ein paar Haare der betreffenden Person und die richtigen Zaubersprüche, und schon passieren die unglaublichsten Sachen.

Ich meine, Sie interessieren sich doch für die hübsche Tochter unseres Bürgermeisters, das sieht ein Blinder mit Krückstock. Und da wollte ich nur erwähnen, dass sie regelmäßig zum Haareschneiden herkommt. Und dass Therésa die ganzen Zaubersprüche kennt, habe ich ja erzählt. Es ist eine ungewöhnliche Dienstleistung, klar, und wir bieten sie auch nur unseren besten Kunden an. Aber die Zeiten sind hart, die Steuern und Abgaben hoch – da muss man flexibel sein.

© 2002 Andreas Eschbach

Survival-Training

Über die Entstehungsgeschichte der folgenden Story habe ich im Zusammenhang mit dem »Goethepfennig« bereits einiges erzählt. Hier nur noch ein paar Anmerkungen zum Grundgedanken der Erzählung.

Immer wieder – meistens zu Jahreswechseln und bei runden Jahreszahlen wird es quasi unvermeidbar – belästigen uns sogenannte »Experten« mit ihren Voraussagen darüber, wie wir in einigen Jahren oder Jahrzehnten angeblich leben werden, und in der Regel bestehen diese »Voraussagen« in einfachen Fortschreibungen momentaner Trends oder Moden. Ein Mythos, der seit Aufkommen der Personal Computer umhergeistert, ist der vom »total vernetzten Haus«, von »intelligenten Kühlschränken« und dergleichen.

Soweit man weiß, lebt bis jetzt nur eine Familie in so einem Ding – Bill und Melinda Gates und ihre Kinder –, und ich wette, dass von den für die allseitige Umsorgung installierten Gerätschaften inzwischen die meisten wieder ausgestöpselt sind.

Weil sie einfach **nerven** *…*

»Survival-Training?« Maren hatte das Kissen hinter sich hochgeschoben und sah aus, als läge sie schon Stunden wach. »Das klingt beunruhigend, muss ich sagen.«

Tim schlug schlaftrunken die Decke zurück. »Ich hab's dir doch erklärt. Das ist so eine Art Motivationstraining. Soll das Team zusammenschweißen und so Zeug.«

»Und wenn dir etwas passiert?«

»Da sind Trainer dabei. Fachleute. Die machen das nicht zum ersten Mal. Solche Trainings boomen zurzeit, das hat Henrik aus sicherer Quelle. Kein Grund zur Sorge.« Damit gab er sich einen Ruck, schaffte es in die Vertikale und schlurfte ins Bad.

»Herr Scheuermann«, sagte die Toilette, während Tim in wohliger Gedankenleere sein Wasser ließ, *»Ihr Urin zeigt Anzeichen eines Diabetes im Frühstadium. Soll ich einen Termin bei Ihrem Hausarzt für Sie vereinbaren?«*

Nun war Tim wach, mit einem Schlag. Himmel, ging *das* wieder los? »Nein!«, rief er aus. Mit seinem Urin war alles in Ordnung; wegen dieser Fehlalarme hatte er schon zwei Nachmittage beim Arzt verschwendet.

»Der nächste mögliche Termin wäre 10 Uhr 40 am kommenden Donnerstag. Soll ich zusagen?«

»Verdammt, nein!« Am Donnerstagvormittag war Meeting zu den Entwicklungen auf den afrikanischen Märkten; das hatte er bloß vergessen, im Kalender einzutragen.

»Ich habe den Termin vereinbart und in Ihrer Agenda vermerkt.«

»Blöder Kasten.« Tim drückte den Spülknopf, der zugleich die Selbstreinigung und Desinfektion der nanotechnisch bearbeiteten, absolut schmutzabweisenden Schüssel veranlasste. Die Toilette war ein Sonderangebot gewesen, aber es hatte von Anfang an Kompatibilitätsprobleme gegeben. Man hatte ihm hoch und heilig versprochen, dass mit dem neuesten Firmware-Update alle Probleme beseitigt sein würden – ja, Pustekuchen.

Halbnackt wie er war tappte er hinüber ins Arbeitszimmer, zog seinen *Personal Assistant* aus der Ladestation und schaltete ihn ein. *Sie haben 35 wartende Nachrichten, darunter 1 dringende von Jason (Australien),* stand auf dem Startschirm. Das hatte alles Zeit, obwohl er sich fragte, was ausgerechnet Jason Dringendes haben mochte. Er ging auf den Kalender, suchte den Termin bei Dr. Sporn heraus und gab den Befehl, ihn zu stornieren. Während die Verbindung aufgebaut wurde, sah er aus dem Fenster. Es würde heute sonnig und warm werden. Das Survival-Training fand draußen statt, so viel hatte man ihnen verraten.

Die Panne mit der Toilette kam Tim auf einmal vor wie ein böses Omen.

Endlich hatten sich der PA und der Rechner der Arztpraxis darauf geeinigt, den Termin zu streichen. Tim blockierte gleich den Donnerstag für das Afrika-Meeting. Das Stichwort Afrika veranlasste die eingebaute Künstliche Intelligenz, aus den Besprechungsprotokollen den Hinweis zu extrahieren, dass man es ihm aufs Auge gedrückt hatte, die Wirtschaftsfachleute aus Nairobi vom Flughafen abzuholen. »Danke«, murmelte Tim. Das hätte er jetzt völlig verschwitzt. Schon ein Segen, dass es diese Geräte gab. Er vermerkte in seiner To-do-Liste, sich noch einmal um das Problem mit der Toilette zu kümmern.

Als er zum Frühstück herunterkam, stand der Bote mit den Lebensmitteln in der Tür, die das Küchensystem bestellt hatte. Tim sah auf einen Blick, dass in der Kiste wieder zwölf der überteuerten, ungesunden süßen Fruchtdesserts lagen, von denen sich sein Sohn am liebsten ausschließlich ernährt hätte. Tim fischte eine der knallroten Packungen heraus. »Ich habe den Kühlschrank so eingestellt, dass er dieses Zeug nicht mehr bestellen soll. Sven, warst du das?«

Der tat, als könne er sich unmöglich von seinem Carry-Pad losreißen. »*Nullo*. Wahrscheinlich hast du wieder mal nicht richtig abgespeichert.«

»So, meinst du?« Wahrscheinlich war es eher wieder mal Zeit, das Admin-Passwort für die Küche zu ändern.

Der Mann im Overall reichte Tim hüstelnd ein Faltblatt. »Sie sollten sich allmählich was wegen des Upgrades überlegen. Das jetzige System wird nur noch bis Ende August unterstützt.«

Tim nahm den Prospekt. Er war aufwendig gemacht, mit sich bewegenden Druckbildern, und bot die für die künftige Übertagbelieferung erforderlichen Kühlschränke an. Die musste man in die Außenwand einbauen lassen, damit sie durch den Boten von außen geöffnet und beschickt werden konnten.

»Wie soll das gehen?«, zischte Maren ihm zu. »Wir brauchen den Kühlschrank in der Küche, nicht im Flur!«

»Himmel, ja«, gab Tim zurück. »Was willst du machen? Das Haus ist zehn Jahre alt, da ist eben nicht alles kompatibel. Im schlimmsten Fall haben wir künftig halt zwei Kühlschränke, so dramatisch ist das auch nicht.« Er nickte dem Boten zu. »Wir lassen es uns durch den Kopf gehen.«

Das Frühstück fand unter dräuenden Wolken statt, gerade so, als sei es die persönliche Schuld von Tim Scheuermann, dass als letzter der Lebensmittelkonzerne, zu denen ihr Haushaltssystem kompatibel war, nun auch *FoodNet* die personalintensiven morgendlichen Belieferungen der Haushalte einstellte. Tim war froh, als er aus dem Haus war.

Das Betriebssystem des Autos brauchte auch jeden Morgen länger zum Hochfahren. Oder war er nervös? Ja, das mit dem Survivaltraining beunruhigte ihn. Weil man so gar nicht wusste, was auf einen zukam.

Endlich konnte er den angegebenen Treffpunkt aus seinem PA ans Navigationssystem überspielen. *»Bitte starten und an der nächsten Kreuzung links abbiegen.«* Der tägliche Spruch zum Tage, da es von ihrem Wohnblock aus nur diesen einen Weg gab.

Auf der Ringstraße war schon jede Menge los. Tim ließ den Wagen sich ins Selbstfahrsystem einklinken und rief die wartenden Mitteilungen ab, die von Jason zuerst. Der hatte Stress mit den *n5-Optionen*, dem neuesten Schrei am Kapitalmarkt – Optionen auf Optionen auf Optionen und so weiter; ein wahnwitzig empfindlicher Markt, der schon ins Zittern kam, wenn ein wichtiger Industrieboss die linke statt der rechten Augenbraue hob. Tim diktierte eine Mitteilung an Estelle Jourdan, Peter de Hoof anzuweisen, bei Dana Chamberlain die Firmendaten abzurufen, die Jason brauchte. Trotz aller Vernetzung kam man eben immer noch nicht ohne solche informellen Kontakte aus.

»Bitte Handsteuerung übernehmen und an der nächsten Ausfahrt abfahren.« Aha, Neuland. Obwohl er seit seiner Geburt in dieser Stadt lebte, war er in diesem Teil noch nie gewesen. Ein altes Gewerbegebiet, wie es aussah; ein bisschen heruntergekommen. »Die nächste Einfahrt rechts nehmen. Sie haben Ihr Ziel erreicht.«

Die Einfahrt führte auf ein Grundstück, das hauptsächlich aus Parkplatz und dürrem Rasen bestand. Eine Art Büro lehnte windschief am Zaun, und weiter hinten standen eine Menge blauer Plastikboxen, die aussahen wie Umkleidekabinen. Das war alles.

Die meisten der anderen waren schon da. Ben belaberte mal wieder die Frauen von der Devisenabteilung. Breitbeinig, die Hände in den

Hüften stand er da, und Tim hätte jede Wette gehalten, dass er anzügliche Witze erzählte. Henrik musste eben erst angekommen sein, er saß noch im Auto und telefonierte hektisch.

Gerade als man anfing, sich zu fragen, wie das weitergehen sollte, trat ein Mann aus dem Bürocontainer. Er war von beeindruckender Statur, hatte streichholzkurze Haare und Hunderte kleiner Fältchen im Gesicht von der Art, wie man sie mit modernen Mitteln eigentlich problemlos wegbekommen hätte. Aber sie verliehen ihm ein rustikales Aussehen, und das war, überlegte Tim, in seinem Job sicher nützlich.

»Mein Name ist Johannes. Ich heiße Sie zu Ihrem heutigen Survival-Training willkommen«, sagte er mit ruhiger, irgendwie kampferprobt klingender Stimme. Er trug eine olivfarbene Montur, die Tim an Safari-Filme denken ließ. Und ohne großes Herumgerede erteilte er gleich die erste Anweisung: alles abzulegen, was sie mit der Zivilisation verbinde.

»Alles? Was heißt ›alles‹?«, wollte jemand – Ben – wissen. »Werden wir nackt durch die Wälder streifen?« Die Frauen sahen pikiert drein, die Männer lachten.

Johannes ließ sich nicht aus der Ruhe bringen. »»Alles««, erläuterte er, »heißt erstens: keine elektronischen Geräte. Keine PAs, Voice Commander, Thinking Rings, Monitorbrillen, Earplugs und so weiter. Zweitens: keine Kreditkarten, nichts, was einen Identity Chip trägt, kein Bargeld. Drittens: kein Kleidungsstück, das sich ins Internet einklinkt. Keine Jacken mit GPS-Sensor. Keine Unterwäsche, die Blutdruck und EKG an eine medizinische Überwachung meldet ...«

»Aber die werden denken, ich bin tot!«, entfuhr es Henrik.

Tim sah ihn überrascht an; er hatte nicht gewusst, dass sein Kollege sich schon dauerüberwachen ließ. Er war noch ein bisschen jung dafür, oder?

Johannes blieb unbeeindruckt. »Sie melden sich einfach ab. Genau so, wie Sie es abends vor dem Schlafengehen machen.«

»Da melde ich mich nur auf den Schlafanzug um.« Henrik sah mit roten Flecken im Gesicht in die Runde. »Ihr braucht nicht so zu gucken. Mit Schlafapnoe ist nicht zu spaßen.«

»Sie werden während unseres Trainings keine Gefahr laufen, an Schlafapnoe zu sterben«, erklärte Johannes ungerührt. Er wies auf die Kabinen. »In Ihren Umkleidekabinen finden Sie ausreichend Wechselwäsche vor. Legen Sie die genannten Dinge in die bereitstehende Box. Diese lässt sich abschließen, nehmen Sie den Schlüssel an sich. Am Schluss erhalten Sie alles zurück.«

»Und unsere Autos?«

»Sie werden mit einem Bus hierher zurückgebracht.« Damit schien für Johannes das Nötige gesagt zu sein. Ein Kopfnicken, dann zog er sich wieder in seinen Verschlag zurück.

Das fing ja gut an. Tim musste unwillkürlich schlucken. So hatte er sich das allerdings nicht vorgestellt. Den anderen ging es genauso, den beklommenen Blicken nach zu urteilen, die sie einander zuwarfen.

Aber daran führte nun wohl kein Weg vorbei. Man konnte nur hoffen, dass dieser Johannes wusste, was er tat. Und dass er gut versichert war, für alle Fälle ...

An den Umkleidekabinen klebten Namensschilder; jeder hatte seine eigene. Tim war zu Mute, als hätte man ihm befohlen, sich nackt auszuziehen. Den PA ablegen, mit allen seinen Daten ... Er vergewisserte sich, dass der Zugriffsschutz aktiviert war, ehe er ihn aus der Hand gab. Dann das Ohrhörerset. Musik war also verpönt beim Survival. Der Armreif mit dem Stresssensor, den Maren ihm zum Geburtstag geschenkt hatte, fiel sicher auch unter den Bann. Es wunderte Tim kein bisschen, dass alle drei Warnleuchten rot blinkten.

Die bereitliegende Kleidung war laut Garantiesiegel der Wäscherei gereinigt, desinfiziert und allergiegeprüft. Sie hatte genau Tims Größe, was man ja wohl erwarten konnte. Trotzdem hätte er am liebsten seine eigenen Sachen anbehalten. In die meisten davon war allerdings ein Einmal-Notruf-Streifen eingewebt, wie in fast allem, was man heutzutage kaufte. Und sein *Timed-Color*-Hemd, das im Lauf des Tages mehrmals in sanften Übergängen die Farbe wechselte, war sicher auch unerwünscht.

Als Tim wieder ins Freie trat, sah er, dass vier ebenfalls in Oliv gekleidete Männer und Frauen sie mit Scannern erwarteten. Wer noch ein Signal von sich gab, wurde zurückgeschickt. Henrik zum Beispiel. »Es ist nur ein Diabetes-Sensor, zum Teufel«, rief er dabei mit hochrotem Kopf. »Der funkt nicht! Nirgendwohin!«

Ben hatte die Kontrolle schon passiert, stand auf dem Sammelplatz und reckte und streckte sich, als Tim ankam. »Starkes Gefühl«, meinte er. »Man kommt sich fast vor wie ein wildes Tier. So ... unzivilisiert.«

Tim war alles andere als stark zu Mute. Im Gegenteil, ohne seine gewohnte Ausstattung fühlte er sich ... *verletzlich*, das war das Wort. Sich vorzustellen, dass er völlig abgeschnitten war von der Welt! Keine Nachricht, keine Mitteilung würde ihn erreichen, egal wie wichtig und eilig ... Es war beinahe wie taub sein. Als habe man ihm ein Sinnesorgan amputiert.

Beruhigend wenigstens, dass es den anderen genauso zu gehen schien. Henrik passierte die Kontrolle beim zweiten Mal und blaffte den wartenden Johannes an: »Alles ziemlich leichtsinnig, würde ich sagen. Ich meine, die Regierung könnte stürzen, und wir würden es nicht mal mitkriegen. Ist doch so, oder?«

Johannes hob kaum die Augenbraue. »Kann etwas wichtig sein, von dem man nichts mitkriegt?«

Henrik stutzte, dann wandte er sich kopfschüttelnd ab. »Ein Witzbold«, grollte er. »Wir sind verflucht noch mal in den Händen eines Witzbolds.«

Schließlich waren alle so weit, wenn auch die meisten noch reichlich belämmert dreinblickten. Johannes erklärte die Aufgabe, die zu bewältigen war: Sie sollten sich gemeinsam zu einem Sammelpunkt durchschlagen. Zu Fuß. Und mit nichts weiter ausgestattet als mit etwas, das er »Stadtplan« nannte – ein Blatt Papier, auf das sinnverwirrend viele Linien gedruckt waren, angeblich ein Abbild der Umgebung. Alles drängte sich um Liz, der er das Papier überreicht hatte, um einen Blick darauf zu werfen.

»Denken Sie es sich als Navigationssystem für den Handbetrieb«, riet Johannes und winkte einen seiner Assistenten heran, einen untersetzten Mann mit schwarzen Locken und einem Vollmondgesicht. »Das ist Markus. Er wird Sie begleiten, Ihnen in Notfällen aus der

Patsche helfen, sich ansonsten aber zurückhalten. Es ist schließlich *Ihr* Training.« So etwas wie ein Lächeln huschte über seine Züge. »Viel Spaß.«

Damit ließ er sie alleine, und bis auf Markus verdrückten sich auch die übrigen Assistenten.

»Na, das werden wir ja wohl hinkriegen«, meinte Liz streitlustig und hielt das Papier in die Höhe. »Das ist eine Draufsicht, würde ich sagen. Als würde man von einem Satelliten aus hinunterschauen und die Straßen und so weiter abzeichnen.«

Pjotr, der Analyst mit dem wallenden Haupthaar, deutete auf ein rotes Kreuz. »Dann sind wir sicher hier.«

»Genau«, sagte Ben und zeigte auf ein blaues Dreieck. »Und da müssen wir hin. Ganz einfach.«

Ganz so einfach war es dann aber doch nicht, denn das hieß, dass sie austüfteln mussten, durch welche Straßen sie gehen und wo sie in andere abbiegen würden. So etwas hatte noch keiner von ihnen je im Leben gemacht.

»Was ist eigentlich das da?«, fragte eine Frau, die erst seit kurzem in der Investmentabteilung arbeitete und deren Namen Tim nicht kannte. Sie deutete auf ein großes, in Grüntönen gehaltenes Vieleck mitten auf dem Papier.

»Das ist das ehemalige Schwerindustriegebiet«, erklärte Markus. »Da wurde vor dreißig Jahren alles abgerissen; seither ist es Brachlandschaft und Vogelschutzgebiet. Aber man kann es durchqueren.«

Tim runzelte die Stirn. »Davon habe ich noch nie etwas gehört.«

Der Assistent nickte bereitwillig. »Die Navigationssysteme umfahren das Gelände alle weiträumig. Wegen des Naturschutzes, verstehen Sie? Auch in den Medien werden solche Gebiete deswegen so gut wie nie erwähnt.«

Tim besah sich den Plan noch einmal. »Aber das ist ziemlich groß, oder?«

»Ja. Es war ein eigener Stadtteil.«

Gespenstisch, auf diese Weise zu erfahren, dass es mitten in der Stadt, die er als seine Heimatstadt betrachtete, eine Art Wildnis gab, von deren Vorhandensein er nie etwas geahnt hatte. Klar, die Ringstraßen führten darum herum, deshalb hießen sie so ... Trotzdem. Ihn schauderte.

Nachdem die Entscheidung, ob es von der Einfahrt aus nach rechts oder links ging, getroffen war, marschierten sie los. Die Insassen vorbeifahrender Autos warfen ihnen verwunderte Blicke zu. Kein Wunder, niemand sonst bewegte sich hier zu Fuß.

Die anfänglichen Witzeleien verstummten bald. Sie hatten mehr als genug damit zu tun, die Augen offen zu halten und wachsam zu sein für die Gefahren, die ihnen drohen mochten. Dass dieser Markus sie begleitete, war nicht so richtig beruhigend. Er sah herzlich ahnungslos aus, wie ein halbes Kind. Und er schien nicht einmal ein Telefon zu haben. Wie er ihnen in einem Notfall helfen wollte, wusste keiner.

Die Umgebung war voller fremdartiger Geräusche. Die Bäume bewegten ihre Äste und rauschten dabei auf eine fast unheimliche Weise. Immer wieder hörte man pfeifende Laute, die, wie sie entdeckten, von kleinen, fliegenden Tieren stammten.

»Das sind Vögel«, erklärte Ben fachmännisch. »Habe ich erst neulich was darüber im Internet gelesen.«

»Können die uns etwas tun?«, wandte sich eine Frau an Markus.

Der lächelte milde. »Wieso denken Sie, dass die Ihnen etwas tun können?«

»Na ja, sie ... sind vorne am Kopf spitzig, nicht wahr?«

Markus zögerte, schien zu überlegen, was er darauf antworten sollte oder durfte. Schließlich sagte er nur: »Sie brauchen keine Angst zu haben.«

Nach etwa einer Stunde – genau konnte man es nicht sagen, weil niemand eine Uhr trug – klagten die ersten über Hunger und vor allem Durst. Doch die Erwartung, dass sich der Veranstalter für ihre Verpflegung verantwortlich fühlen würde, wurde von Markus kühl enttäuscht. »Dies ist ein Survival-Training. Das heißt, wenn ein Problem entsteht, müssen Sie es auf eigene Faust lösen. Ich bin nur dazu da, zu verhindern, dass jemand zu Schaden kommt.«

Pjotr fragte entrüstet nach: »Und was soll das heißen?«

»Wenn Sie Hunger haben, dann suchen Sie sich etwas zu essen«, präzisierte Markus bereitwillig. »Und wenn Sie Durst haben, suchen Sie etwas zu trinken.«

Zwei Dutzend Augenpaare sahen ihn entsetzt an. Fassungsloses Murren lief durch die Gruppe wie Brandung über einen Strand.

»Ein schlaues Geschäftskonzept«, hörte Tim Henrik murmeln. »Sie lassen die Leute auch noch dafür zahlen, dass sie ihnen *nichts* bieten. Ich muss herausfinden, ob man von denen nicht Aktien kaufen kann.«

Tim wurde sich dessen bewusst, dass seine Hand wie automatisch nach dem PA greifen wollte. Anzugeben, was man suchte, und sich von seinem *Personal Assistant* den Weg dorthin zeigen zu lassen – das war das Normalste der Welt. Aber ohne PA natürlich unmöglich.

Was für eine entsetzliche Situation!

Henrik war es, der schließlich auf ein großes Lagergebäude mit Flachdach wies. »Da! Das ist ein Depotmarkt! Die haben einen Lagerverkauf; das weiß ich von meinem Bruder. Der holt seine Lebensmittel selber.«

Einige rümpften die Nase. Tim fragte sich, was mit Henriks Familie los war, dass sein Bruder sich nur wegen der paar Prozente Rabatt ab Lager versorgte ... Aber sie hatten alle Durst, also setzten sie sich in Bewegung. Man hörte die Regalroboter drinnen summen, wenn man näher kam, und ab und zu schoss ein automatischer Elektrowagen aus der Ausfahrt.

Und da war der Eingang zum Lagerverkauf. Doch die Türen rührten sich nicht.

»Klar«, stieß Henrik hervor. »Weil keiner von uns eine Kreditkarte dabei hat.« Er musterte die Sensoren über der Tür feindselig, die mitleidlos nur auf die Funkechos von Identity Chips reagierten.

»Und was machen wir jetzt?«, rief eine der Frauen. »Himmel, ich sterbe vor Durst!«

»Lasst uns Markus fragen, was wir tun sollen«, schlug Liz vor. »Das ist so eine Situation, in der er uns helfen muss.«

Die anderen nickten. »Ja. Es bleibt uns nichts anderes übrig.«

Markus wies nur auf einen Brunnen, der keine fünfzig Meter weit entfernt stand. Aus einem Metallrohr ergoss sich ein dünner Wasserstrahl in ein Becken aus Stein. Es war nicht der erste Brunnen, an dem sie vorbeigekommen waren, aber Tim war davon ausgegangen, dass er nur dafür gedacht war, sich die Hände zu waschen.

»*Wasser?*« Henrik fielen fast die Augen heraus. »Wir sollen *Wasser* trinken?«

Markus neigte den Kopf zur Seite. »Wasser ist Hauptbestandteil aller Getränke und darüber hinaus das, was den Durst stillt. Alles andere sind nur Geschmacksstoffe.«

»Ich weiß nicht ...«, murmelte eine der Frauen angewidert.

»Es handelt sich um Trinkwasser«, ergänzte Markus.

Ben war es, der schließlich vortrat, entschlossen die Ärmel hochkrempelte und rief: »Los, Leute! Das wird jetzt einfach ausprobiert!« Er marschierte auf den Brunnen zu, beugte sich über den plätschernden, silbernen Strahl. »Wenn ich draufgehe, verklagt sie!« Er zögerte, musste erst überlegen, wie er es machen sollte. Schließlich bildete er mit den Händen eine Art Schale und ließ das Wasser hineinlaufen. Sie hielten den Atem an, als er davon trank. Und noch einmal, mehr. »Hey!«, rief er. »Gar nicht so schlecht. Das müsst ihr probieren.«

Nicht alle konnten sich überwinden, aber Tim nahm schließlich doch einen Schluck. Kühl schmeckte es, irgendwie nach nichts und trotzdem gut. Eigenartig.

Kurz darauf ging es hinein in das ... von Wildpflanzen überwucherte Gebiet. *Brache?* Hier lag überhaupt nichts brach. Wohin man sah, blühte es in allen Farben und Formen, wimmelte es von Vögeln und Krabbelgetier. Sie folgten Wegen, die nicht einmal asphaltiert waren, von höherwertiger Ausstattung ganz zu schweigen. Sie gingen einer hinter dem anderen, auf nackter, festgetretener Erde. Fortwährend kamen kleine Tiere angeflogen. Ranken streiften sie, die von Bäumen herunterhingen. Bisweilen wehten derart intensive Gerüche heran, dass es ihnen Tränen in die Augen trieb.

Und heiß war es. Die Sonne brannte herab, von einem blauen, wolkenlosen Himmel, und veranlasste ihre Körper zu so planloser Transpiration, dass sie über den nächsten Brunnen herfielen wie die Selbstmörder.

Henrik fühlte sich immer wieder den Puls. »Das tut mir alles nicht gut«, erklärte er ein ums andere Mal. »Ich müsste eigentlich gleich für heute Abend einen Arzttermin ausmachen.« Und setzte mit erbittertem Schnauben hinzu: »Aber wie denn, ohne Anschluss, verdammt?«

Tim hörte nur mit halbem Ohr zu. Er sorgte sich wegen der Sache mit Jason. Er hätte was darum gegeben, einen Blick auf seine Nachrichtenliste werfen zu können. Wenn das mit den Firmendaten von der Chamberlain schiefgegangen war, konnte das die Firma Millionen kosten. Er ärgerte sich, nicht wenigstens Bescheid gesagt zu haben, dass er mehrere Stunden offline sein würde. Andererseits hatte er ja kaum ahnen können, was das hier für Formen annehmen sollte. Beim Umziehen wäre die Gelegenheit gewesen, Jason noch eine Nachricht zu schicken. Bloß hatte er nicht daran gedacht.

Und dann kam es zu ersten Verlusten.

Ausgerechnet Ben.

Eben war er noch da gewesen, hatte gute Laune verbreitet, die Stimmungskanone gespielt, die Moral der Truppe hochgehalten. Und dann auf einmal – weg.

»Was sollen wir jetzt tun?«, fragten sie Markus.

Der schien die Tragweite des Vorfalls überhaupt nicht zu begreifen. »Was wollen Sie denn tun?«, fragte er bloß.

Liz organisierte eine Suchaktion, unter der Maßgabe, dass jeder mit jedem in Sichtkontakt blieb. Das brachte nicht viel, außer dass sie noch mehr schwitzten und mehrere Leute von Tieren gestochen wurden. Tim geriet an eine Pflanze mit dunkelgrünen, pelzigen Blättern, deren Berührung brannte wie verrückt.

»Die verkaufen uns doch für blöd«, meinte Henrik schließlich, als sie sich berieten und Markus abseitsstand. »Das ist deren Geschäftsprinzip, Leute. Der Junge schaut seelenruhig zu, wie wir uns einen abbrechen, aber überlegt mal: Die können es sich nicht erlauben, dass bei ihren irren Spielchen einer draufgeht. Die wären im Nu weg vom Markt. Also wette ich hundert zu eins, dass hier noch mehr von diesen sogenannten Assistenten rumschleichen, Und die haben Ben längst in Sicherheit gebracht.«

Das fand Tim schlau gedacht, und so stimmte er auch dafür, die Suche abzubrechen und sich stattdessen vollends zum Zielpunkt durchzuschlagen.

Die Sonne stand schon im Zenit, als sie endlich ankamen. Doch zu ihrem Entsetzen war von Ben keine Spur zu sehen.

Stattdessen erwartete sie Johannes mit einem klimatisierten Elektrobus. Ihre Verlustmeldung war ihm nur ein Schulterzucken wert, und als Liz heftig dagegen protestierte, ohne Ben loszufahren, sagte er bloß: »Wir werden uns um ihn kümmern. Sobald wir ihn gefunden haben, kommt er nach.«

Die Rückfahrt verlief in tiefem Schweigen. Sie waren alle deprimiert und erschöpft. Erst nachdem sie sich umgezogen und endlich ihre Geräte wieder hatten – Tims PA zeigte 63 wartende Nachrichten an, zum Glück nichts Brandeiliges, soweit er beim raschen Durchblättern sah –, kehrte zumindest ein Hauch von Zuversicht zurück. »Sie werden sich die Ärsche aufreißen, um ihn zu finden, ist doch klar«, gab Henrik die Parole aus. »Weil andernfalls *wir* ihnen die Ärsche aufreißen.« Trotzdem war an diesem Nachmittag nicht mehr an geregelte Arbeit zu denken. Sie saßen ewig in der Kantine beisammen, hechelten alles wieder und wieder durch, und selbst der Chef, dessen Idee das Training gewesen war, zeigte sich bestürzt über den Verlust.

Doch gegen halb vier trudelte Ben dann tatsächlich ein. Er grinste schief, ließ sich feiern. »Verlaufen«, sagte er, als man ihn fragte, was passiert sei. »Kann vorkommen in der Wildnis.« Der Chef kam und schüttelte ihm die Hand, sichtlich erleichtert über seine Rückkehr.

Die Wahrheit erzählte er Tim erst, als der Rummel abgeflaut war und sie in ihrem Büro unter sich waren. »Da waren ein paar Hütten. Klein, aus Ziegeln, ein Dach drauf, nichts Besonderes. Schimmerten zwischen den Bäumen durch, kaum zu erkennen. Ich wollte bloß sehen, was das ist, das war alles. Ich habe mich also seitwärts in die Büsche geschlagen und ...« Er holte tief Luft, rollte mit den Augen. »Nie im Leben hätte ich gedacht, dass da Menschen wohnen. Aber es war fast ein kleines Dorf. Und jetzt halt dich fest: Die leben da wie vor hundert Jahren. Echt. Kein einziger Computer. Strom nur aus Steckdosen.

Telefon nur am Kabel! Zuletzt hab ich so was als Kind im Museum gesehen.«

Tim kniff die Augen zusammen. »Du verscheißerst mich, oder?«

»Nein, ich schwör's dir. Ehrlich. Das muss so eine Art Sekte sein. Ich hab mit denen gesprochen. Die nennen ihre paar Hütten eine *Offline-Siedlung*, und angeblich gibt es Hunderte davon, praktisch in jeder Stadt.« Ben fuhr sich durchs Haar. »Einen Moment lang hab ich das sogar fast geglaubt.«

»Und dann?«

»Dann hab ich gemacht, dass ich wegkam. Ich meine, weiß man, wozu solche Leute fähig sind? Na ja. Danach bin ich durch die Gegend geirrt. Bis einer von den Assistenten aufgetaucht ist.« Er schüttelte sich, als müsse er einen Albtraum loswerden. »Eins sag ich dir: Nie wieder mach ich so einen Quatsch mit. Wir hätten uns alle 'nen schönen Tag im Synthobad machen können oder im Virtual Dome oder sonstwo, aber nein ... Survivaltraining! Ich bitte dich!«

* * *

Abends stand Tim am Fenster und dachte an den Tag zurück. Was für ein Abenteuer! Ihn schauderte immer noch ein bisschen. Zum Glück hatte sich herausgestellt, dass mit den Daten für Jason alles klar gegangen war, und auch sonst war ihre Abwesenheit ohne katastrophale Folgen geblieben. Sein PA hatte in der Zeit, in der er unbeschäftigt gewesen war, Angebote für Zweiwegekühlschränke eingeholt, sie auch gleich bei der Prüfagentur, mit der Tims Firma einen Vertrag hatte, auf Verlässlichkeit gecheckt und ein Gerät ausfindig gemacht, das voll kompatibel war und dazu dreißig Prozent billiger als die Angebote von *FoodNet*. Tim war erst verblüfft gewesen über diese Eigeninitiative des Geräts, bis ihm gedämmert hatte, dass der PA am Morgen den Artikelcode des Faltblattes gescannt haben musste.

Bloß das mit der Toilette klappte immer noch nicht. Er würde bis auf Weiteres nur unten aufs Klo gehen, weil das blöde Ding oben bei jedem Pinkeln sturheil einen Arzttermin für ihn ausmachte.

Es hatte zu regnen begonnen. Tim hörte, wie sich die Dachfenster im Schlafzimmer schlossen, und sah, wie draußen auf der Straße ein *MechAssist,* ein Roboter, der einer alten Frau die Tasche trug, einen Regenschirm über ihr entfaltete.

Sven kam herein, unterbrach Tims Gedanken mit der aufgeregten Verkündigung, er habe für einen neuen Science-Fiction-Film, der ab heute für die Netze freigeschaltet wurde, den Access-Code bekommen – irgend so eine Werbeaktion, wie sie an Schulen immer häufiger wurden –, und ob er den im Wohnzimmer auf der Bildwand ansehen dürfe? »Der soll endgültig *gaua* sein, mit Mutantenmenschen und so!«

Was war das wieder für ein Modewort, *gaua?* »Und Schulaufgaben?«

»Alles fertig und im File. *Asta basta.*«

»Gut, von mir aus. Aber nicht so laut, dass das Haus wackelt.«

Schwupps, weg war er. Gleich darauf hörte man die Bildwand angehen, sonore Stimmen, Musik und Geräusche, die durch die Räume hallten. Sicher würde sich Maren gleich über die Lautstärke beschweren.

Tim dachte an die Menschen, die jetzt, in diesem Moment, in den Offline-Siedlungen lebten. Angeblich. Wenn Ben ihm nicht einen Bären aufgebunden hatte, was freilich genauso unvorstellbar war wie, dass jemand freiwillig so lebte, wie sie es heute ein paar Stunden lang durchgestanden hatten. Wie vor hundert Jahren? Das war leicht gesagt, aber man machte sich kaum eine Vorstellung davon, was das bedeutete. Im Prinzip jeden Tag Survivaltraining. Was für ein schauerlicher Gedanke.

Die Klimaanlage schaltete hoch. Die neuen Lüfter klangen wie Meeresrauschen, ein japanisches Patent. Sie mischten der gefilterten und ionisierten Luft Düfte bei, kaum wahrnehmbar und sorgfältig so kombiniert und dosiert, dass Wohlbefinden und Entspannung gefördert wurden.

Am besten, er vergaß das alles. Den heutigen Tag, und den Quatsch mit den Offline-Siedlungen auch.

© 2005 Andreas Eschbach

Der Albtraummann

Ein Mann, der an einer nach dem gegenwärtigen Stand der Medizin unheilbaren Krankheit leidet und sich deswegen einfrieren lässt, in der Hoffnung, in einer besseren Zukunft aufgetaut und geheilt zu werden, ist ein Standardmotiv der Science-Fiction.

Dem aufmerksamen Beobachter wird nicht entgangen sein, dass ich es liebe, wenn ich zu einem scheinbar ausgelutschten Standardmotiv der Science-Fiction einen neuen Dreh finde. So auch hier: Der hoffnungsvolle Zukunftsreisende erwacht in einer fantastischen neuen Welt – hinter der ein beispielloser Albtraum lauert ...

Geschrieben habe ich sie, weil mich Jacques Chambon darum bat, und zwar, wenn ich mich recht entsinne, auf der Rückfahrt von St. Malo, wo ich zu dem Literaturfestival »Étonnants voyageurs« eingeladen war, das jedes Jahr stattfindet, jedes Jahr mit einem anderen Schwerpunkt, und 1999 war der Schwerpunkt eben die Science-Fiction. Jacques Chambon war – leider muss man »war« sagen, denn er ist im Jahr 2003 völlig überraschend gestorben – als Herausgeber einer der zentralen Gestalten der französischen SF-Szene.

Sie erschien, von Claire Duval ins Französische übersetzt, im Jahr 2000 in der von Jacques Chambon und Robert Silverberg (mit dem er viele Jahre lang befreundet war) herausgegebenen Anthologie »Destination 3001«. Es war geplant, dass diese Anthologie auch in den USA erscheinen sollte; dazu kam es jedoch aus irgendwelchen Gründen dann doch nicht.

Wieder eine Kurzgeschichte, die im Ausland zuerst veröffentlicht wurde. In Deutschland war sie kurze Zeit später für eine Anthologie bei Heyne vorgesehen; doch zu der Zeit machte der Heyne-Verlag eine schwierige Phase durch, und unter anderem wurde diese Anthologie gecancelt. In der Zwischenzeit erschien die Geschichte im Dezember 2003 in der spanischen

Zeitschrift GIGAMESH und stellte damit meine erste Veröffentlichung auf Spanisch dar.
    Hier nun – endlich! – die deutsche Erstveröffentlichung.

Geschafft! Großer Gott, er hatte es geschafft. Alles auf eine Karte gesetzt und gewonnen, gewonnen, bei Gott, alles gewonnen. Dem Tod ein Schnippchen geschlagen, wie noch keiner ihm eines geschlagen hatte. Und so leicht war es gewesen, so einfach, wie er es nie zu hoffen gewagt hätte. Er erinnerte sich an den Moment, in dem sich die aluminiumschimmernde Maske auf sein Gesicht gesenkt hatte, als sei es gerade eben gewesen, sah noch die kalten weißen Nebel des flüssigen Stickstoffs aufwallen, roch noch die Chemikalien, hörte noch das Zischen der Anlage ... spürte noch die erbärmliche Angst, weil er es nicht wirklich geglaubt hatte, weil er sich sicher gewesen war, das Verlöschen seines Bewusstseins würde endgültig sein.

Eine Erleichterung, eine Verzückung stieg in ihm auf, die ihn schier zerreißen wollte. Er hatte den Sprung über den Abgrund der Zeit geschafft, tausend Jahre überwunden mit einem Augenzwinkern. Das, was er sah, ließ keinen Zweifel daran. Er sah in ein weites Tal, sah silberne Städte, die in den Wolken schwebten, Myriaden von Lichtern, umhergleitende Luftfahrzeuge von unfassbarer Eleganz. Er sah eine von Leben überschäumende Natur, ebenmäßig und harmonisch wie ein reines Kunstwerk, und alles war so weit, so gewaltig, dass er nicht fassen konnte, dass dies noch die Erde sein sollte und nicht ein Planet so groß wie eine Sonne.

Und natürlich war er geheilt. Er sah an sich herab. Nackt stand er vor dieser riesigen Scheibe aus unsichtbarem Glas, die nicht beschlug von seinem Atem, auf der seine Finger keine Spuren hinterließen, die nur kühl und glatt anzufühlen war. Er hatte ganz vergessen, dass er nackt erwacht war in diesem riesigen Raum, groß wie eine Turnhalle und vornehm wie ein Museum, mit Wänden und Böden aus erlesenem Marmor. Die Matratze in der Mitte des Raumes wirkte unscheinbar von hier. Erst hatte er nichts gesehen, hatte sich nur blind über den Bauch getastet und sie nicht mehr gefunden, die Metastasen, die dabei gewesen waren aufzubrechen und seinem Leben ein Ende zu setzen. *Ich bin geheilt!*, hatte er gedacht und es im nächsten Augenblick vergessen, als sein Blick sich geklärt und er gesehen hatte, wo er war.

Er war mehr als geheilt, stellte er nun fest. Auch die Fettpolster an seinen Hüften waren verschwunden. Er sah Muskeln, wo er noch nie welche besessen hatte. Er sah besser aus als je zuvor.

Zeit, sich die Welt genauer anzusehen, in der er angekommen war.

Als hätte er mit diesem Gedanken etwas ausgelöst, öffnete sich eine Tür, und drei Frauen kamen herein, kichernd und gackernd und offenbar völlig ausgelassener Stimmung. Er erschrak ein wenig. Sein erster Impuls war, zu der Matratze zu laufen und seine Blöße mit der dünnen Decke zu verhüllen, aber dann blieb er doch einfach stehen, wo er war. Die Frauen waren nicht so gekleidet, als lege man in dieser Epoche gesteigerten Wert auf Sitte und Anstand. An seiner Nacktheit nahmen sie keinen Anstoß, im Gegenteil, sie umringten ihn lachend, berührten sein Gesicht, seine Schultern, neckten ihn, schienen sich königlich zu amüsieren. Eine von ihnen fasste sogar nach seinem Geschlecht und lachte hell auf, als sie seine unwillkürliche körperliche Reaktion bemerkte. Die auch mit dem Anblick zu tun hatte, den sie ihm boten, denn was aus der Ferne wie Kleider ausgesehen hatte, waren dünne, durchsichtige Schleier, und die Körper, die sie mehr betonten als verhüllten, waren nichts weniger als vollkommen.

»W'bis duh?«, fragte eine von ihnen, und ihm wurde bewusst, dass es keine fremde Sprache war, die sie sprachen, sondern ein verwaschenes, verschliffenes Englisch.

»Adison«, sagte er. »Mein Name ist Jim Adison.«

»Adison«, wiederholte sie und lächelte. Lächelte hinreißend.

War er, durchzuckte ihn heiß der Verdacht, in einer Zukunft gelandet, in der es nur noch Frauen gab, alle Männer ausgestorben waren? Hatten sie ihn womöglich zu ihrem Vergnügen aufgetaut?

In diesem Augenblick erscholl über ihren Köpfen ein lauter Ruf, eine dunkle, kräftige Stimme, die etwas rief, das er nicht verstand. Hoch über ihnen, auf einer Galerie, die Adison bis jetzt überhaupt noch nicht bemerkt hatte, stand ein Mann, in eine majestätische Robe gekleidet, Würde und Autorität ausstrahlend. Er berührte eine dunkle Erhebung des Geländers, und auf kaum fassbare Weise und blitzschnell zerfloss das Metall vor dem Mann, tropfte in silbrigen Tropfen herab wie Quecksilber, um gleich darauf zu glänzenden, frei in der Luft schwebenden Treppenstufen zu erstarren.

»Seid nicht so ... ungeduldig«, mahnte der Mann, während er langsam die unglaubliche Treppe herabschritt. Etwas Fremdes, Einstudiertes klang in seiner Stimme mit. »Er ist gerade erst erwacht. Er muss sich erst zurechtfinden. Er hat sehr lange geschlafen. Sehr, sehr lange. Tausend Jahre.« Er fügte ein paar Sätze in dem abgenutzten Englisch hinzu, die Adison nicht verstand, die die Frauen aber dazu veranlassten, mit schmollenden Gesichtern von ihm abzulassen und murrend abzuziehen.

»Es ist also wahr?«, fragte Adison. »Ich habe tausend Jahre überwunden?«

Der Mann sah ihn an, nickte. »Nach der alten Zeitrechnung schreiben wir das Jahr Dreitausend. Ungefähr.« Er deutete eine Art Verbeugung an. »Mein Name ist Waanu.«

»Adison. Mein Name ist ...«

»Jim Adison. Das stand auf deinem Kühltank.«

»Mein Kühltank, ja ...« Schimmerndes Metall, er erinnerte sich. Schimmernd wie diese frei schwebenden Stufen. Er trat unter die Treppe, berührte eine von ihnen. Sie ließ sich nicht einen Millimeter verschieben, gab keinen Laut von sich, wenn man dagegenklopfte. »Hat es so lange gedauert, bis meine Krankheit heilbar war? Tausend Jahre. Ich bin doch geheilt, oder?«

»Natürlich.« Ein schmales Lächeln. Waanu hatte silbergraues Haar, aber ein Gesicht ohne Falten. Unmöglich, sein Alter zu schätzen. »Die moderne Technik muss dir wie Zauberei vorkommen, vermute ich.« Er machte irgendetwas, eine wie beiläufige Bewegung, und die Treppe zerstob zu einem Schwarm glitzernder Kugeln, die emporschossen wie Funken einer Explosion und sich wieder zu dem ursprünglichen Geländer vereinten. »Wie gefällt es dir hier?«

»Gut. Fantastisch. Ich meine ... ich bin am Leben. Das ist mehr, als ich zu hoffen gewagt hatte!«

»Gefällt dir der Marmor?«, fragte Waanu und schritt auf die Rückwand des riesigen Raumes zu. »Marmor ist gerade Mode. Du weißt, was Marmor ist? Das muss es zu deiner Zeit auch schon gegeben haben.«

»Ja. Sicher. Hübsch, ja. Allerdings ein bisschen – wie soll ich sagen ...?«

Waanu berührte einen kleinen silbernen Knopf an der Wand, und aller Marmor verschwand, verwandelte sich in rauen, angerosteten Stahl. »Letzte Saison war es Stahl. Nicht mein Geschmack. Magst du vielleicht lieber Holz?« Der Stahl wich einer grandiosen Täfelung aus hellem Holz. »Subatomare Programmierung«, meinte Waanu, als erkläre das alles.

»Unglaublich«, entfuhr es Adison. »Das ist wirklich ...«

»Soll ich das Holz lassen?«

»Ja. Ja, das Holz ist wunderschön.«

»Du wirst vielleicht Kleidung tragen wollen. Dort hinten findest du eine Einrichtung, die Kleidung zur Verfügung stellt. Wenn du ein Kleidungsstück nicht mehr tragen willst, wirfst du es in den Vernichter daneben.«

»In den Vernichter«, wiederholte Adison. »Verstehe.«

»Vielleicht willst du noch ein wenig ruhen. Wenn du uns suchst, wir sind unten im Garten.«

»Im Garten, verstehe.« Adison nickte. Da Waanu sich zum Gehen wandte, fragte er hastig: »Und was ist, wenn ich ... Hunger bekomme? Oder, na ja, das Gegenteil?«

»Hast du Hunger?« Waanu schien verwundert, fast erschrocken.

»Nein, aber das ist ja nur eine Frage der Zeit, oder?«

»Das sollte es nicht sein. Die Luft ist gesättigt mit Nährgas.«

»Nährgas!? Und was ist mit ...?« Adison hielt inne. »Okay. Ich kann's mir schon denken. Erzähl mir mehr über diese Welt. Gibt es Raumschiffe? Besiedeln wir andere Planeten?« Ein Gedanke wie ein jäher Abgrund durchzuckte ihn. »Sind wir überhaupt noch auf der Erde?«

Waanu schien wenig Lust zu haben, darüber zu reden. »Ja. Wir sind auf der Erde. Und wir siedeln in der ganzen Galaxis, auf anderen Planeten, auf Sonnen ...«

»Auf *Sonnen?!*«

»Ich verstehe von diesen Dingen nicht sehr viel. Ruh dich aus, und dann leiste uns Gesellschaft.« Ohne im Mindesten anzüglich zu wirken, gerade so, als spreche er über die denkbar alltäglichsten Dinge, fügte er hinzu: »Die Frauen sind sehr gespannt darauf, mit einem Mann aus der Vergangenheit zu schlafen.«

Dies kann nicht das Jahr 3000 sein. Das war das Mantra seiner ersten Tage und Wochen, sein Morgengebet und seine Abendandacht. *Dies muss das Paradies sein.* Er stieg von einem Bett ins andere, kroch von einer Frau zur nächsten, vergaß Sitte und Anstand, erschöpfte sich hemmungslos und wurde umschwärmt dafür.

»Wie alt bist du eigentlich?«, fragte er eines Morgens, als er neben Elea aufwachte, die ihm von allen am besten gefiel.

Elea sah ihn an, als wisse sie nicht, wovon er rede. »Wozu willst du das wissen?«

»Es interessiert mich eben.« Sie sah aus wie zwanzig, aber sie benahm sich nicht so. Hatten die Menschen des vierten Jahrtausends die ewige Jugend gefunden? Die Unsterblichkeit womöglich?

»Denk nicht so viel an die Vergangenheit oder die Zukunft«, sagte Elea und legte die Hand auf seine Brust. »Du denkst überhaupt so seltsam viel. Heute ist heute, jetzt ist jetzt. Liebe mich, anstatt nutzlose Fragen zu stellen.«

Adison setzte sich auf. »Wir Neandertaler denken nun mal viel«, stieß er hervor und erkannte, dass dies doch nicht das Paradies sein konnte, denn im Paradies würde man nicht alle Wünsche erfüllt bekommen und danach unzufrieden erwachen.

Dies war das Jahr 3000, und es gab keine Pflichten mehr. Man musste nicht mehr arbeiten, um zu leben, nicht einmal essen oder trinken oder sich entleeren – man konnte einfach tun, was man wollte.

Adison fragte sich, wie er das auf die Dauer aushalten sollte.

Er begann, lange, einsame Spaziergänge zu unternehmen. Es war schwierig, sich nicht zu verlaufen, denn die Bäume in dem riesigen Park, in dem sie lebten – tatsächlich erreichte er niemals ein Ende, einen Zaun oder eine Mauer –, sahen einander alle sehr ähnlich, waren makellose, wunderschöne Bäume, zweifellos geklont oder wie immer man das inzwischen nannte, und eine Weggabelung sah aus wie jede andere. Ab und zu glitten Fluggeräte vorbei, und er sah zahlreiche Passagiere durch die großen Fenster, aber er bekam nie Kontakt mit einem von ihnen. Auch in den schwebenden Städten sah man das Leben wimmeln, und bisweilen, wenn er weit hinausging, sah er am Horizont leuchtende Gebilde den Himmel erklimmen, die Raumschiffe sein mussten.

»Vielleicht später einmal«, sagte Waanu auf seine Frage, ob er einmal mit so einem Raumschiff mitfliegen könne.

»Was heißt das, ›später‹?«, wollte Adison wissen.

»Später eben«, erwiderte Waanu, legte den Arm um Lisere und verschwand mit ihr im nächsten Gemach.

Es mochten etwa zwanzig oder fünfundzwanzig Männer und Frauen sein, die hier lose zusammenlebten, in diesem Park, in diesen sinnverwirrenden, den Gesetzen der Schwerkraft spottenden Gebäuden. Nicht mit jedem von ihnen kam er in Kontakt; viele der Männer tauchten nur flüchtig auf und verschwanden bald wieder, mit bizarren, summenden Fluggeräten meistens. Und wenn sie da waren, hockten sie mit ein paar der Frauen zusammen, unterhielten sich mit ihnen in dem für Adison kaum verständlichen Kauderwelsch und äugten höchstens ab und zu misstrauisch zu ihm herüber.

»Was tun sie?«, wollte Adison wissen. »Wohin gehen sie? Ich weiß nicht einmal, wie sie heißen.«

»Sie haben wichtige Dinge zu tun«, sagte Nykis und schmiegte sich an ihn. »Mach dir keine Gedanken darüber.«

Als er einige Rundwege erforscht hatte, begann er zu laufen. Selbst das Laufen war nicht mehr so, wie er es gekannt hatte. Es fiel zu leicht. Es strengte an, natürlich, aber er bekam keinen Muskelkater, es schmerzte nicht, es war einfach nicht mehr wie früher. Vermutlich hatten sie auch das in den Griff bekommen inzwischen.

Auf einer dieser Runden war es, im Dämmerlicht der golden untergehenden Sonne, dass er von ferne eine Gestalt zu Gesicht bekam, die aus dieser Umgebung herausstach wie ein Schrei aus einer Symphonie. Schwarz gekleidet war er, ein buckliger Mann mit einem hässlichen Gesicht, und stand in einiger Entfernung am Wegesrand. Adison blieb stehen und musterte den Unbekannten, konnte kaum glauben, was er sah. Der Mann winkte ihm zu, bedeutete ihm, näher zu kommen.

Doch Adison drehte um und lief den Weg zurück, den er gekommen war. Als er sich noch einmal umdrehte, war der schwarze Mann verschwunden.

»Er kann dir nichts tun«, sagte Waanu, als er ihn danach fragte. »Du darfst ihm nur niemals gestatten, dich zu berühren. Dann kann er dir nichts anhaben. Am besten, du sprichst überhaupt nicht mit ihm.«

»Aber wer *ist* er? Wieso läuft er so abgerissen herum? Wieso sieht er so seltsam aus?«

»Das ist eine gute Frage«, nickte Waanu. »Ich hatte gehofft, er würde nicht hier auftauchen.«

Sie zeigten ihm die Spiele, mit denen sie die Tage verbrachten – einfache Ballspiele im Freien, Brettspiele, deren Regeln so kompliziert waren, dass er sie nicht begriff, Versteckspiele, bei denen er sich in den Gebäuden verlief und regelmäßig auf Gänge und Räume stieß, von denen er hätte schwören können, sie noch nie gesehen zu haben. Bei einem dieser Spiele verteilten sie sich im Park, versteckten sich hinter Bäumen und Büschen, und da begegnete er dem Unheimlichen wieder. Keine zehn Schritt von ihm entfernt stand er plötzlich da wie aus dem Boden gewachsen, schwarz und unheimlich, mit knotigen, verschobenen Gesichtszügen.

»Adison«, sagte der schwarze Mann und streckte die Hand aus.

Adison wich zurück, stolperte im Rückwärtsgehen über eine Wurzel, stürzte und wurde entdeckt. Elea war es, die sich mit triumphierendem Lachen über ihn beugte, noch außer Atem. »Ich hab dich!«

Er sah auf, deutete auf die Stelle, wo die schwarze Gestalt gestanden hatte. »Er war wieder da«, sagte er. »Der hässliche schwarze Mann. Elea – wer ist das?«

Sie musterte ihn mit ihren großen, vollkommenen Augen. Trauer schimmerte darin, eine tiefe, unstillbare Trauer. »Wir nennen ihn den Albtraummann«, sagte sie. »Er will, dass du ihm gestattest, dich zu berühren. Wenn er dich einmal berührt hat, kann er dir jederzeit seine Albträume schicken.«

»Seine Albträume? Warum will er mir seine Albträume schicken?«

»Ich weiß es nicht. Und wenn es einen Grund gibt, will ich ihn nicht wissen.«

Aber Adison wollte ihn wissen, diesen Grund. Er wollte wissen, was es mit dem Albtraummann auf sich hatte, und sei es nur, weil das die einzige wirkliche Herausforderung war in dieser friedlichen, glücklichen, paradiesischen Welt. Er begann wieder mit seinen einsamen Rundläufen, rannte durch die Dämmerung des Abends und des Morgens und hielt Ausschau nach der schwarzen Gestalt. Er suchte die entlegensten Verstecke, spähte hinter Büsche und Sträucher. Irgendwann fing er an, ihn zu rufen, wenn er weit weg war von den Gebäuden, die nadelspitz schräg in den Himmel ragten, atemberaubend wie Geschmeide aus Jade und Jaspiz.

Doch er fand den Albtraummann nicht. Stattdessen stellte er fest, dass es außer Schmetterlingen keine Tiere mehr gab, nicht einmal Mücken oder Ameisen.

Schließlich, eines Tages, verlief er sich, rannte einen Pfad entlang, den er zu kennen glaubte, doch die Gabelung, auf die er wartete, kam nicht, kam schließlich auf der anderen Seite und führte ihn in eine Gegend, die er noch nie gesehen hatte und die auf erschreckende Weise *leer* war. Es gab keine Bäume mehr, keine Büsche, nicht einmal die schwebenden Städte waren mehr zu sehen oder die Lichtspuren der Raumschiffe. Es gab nur flaches Land ringsum, einen mageren Rasen und diesen schmalen Weg, der schnurgerade von Horizont zu Horizont zu laufen schien.

Er blieb stehen, schaute zurück. Da war noch das kleine Wäldchen des Parks, so weit hinter ihm, als sei er zehn Stunden gelaufen, ohne es zu merken.

»Adison ...«

Er fuhr herum, und da stand er, der Albtraummann. So nah wie noch nie, aber diesmal streckte er die Hand nicht aus. Er stand einfach da auf dem Weg, in schwarze Lumpen gehüllt, die nach Unaussprechlichem stanken.

»Wer bist du?«, fragte Adison. »Wie bist du hierhergekommen?«

Ein paar wässrige Augen betrachteten ihn. Der Mann war alt, unglaublich alt in dieser Welt allgegenwärtiger Jugend und Kraft. »Du weißt doch, wer ich bin, Jim Adison. Und du hast doch gesehen, dass ich auftauchen und verschwinden kann, wo und wann ich will. Sie nennen mich den Albtraummann, deine neuen Freunde, und verschweigen dir meinen richtigen Namen.« Nun streckte er die Hand aus, zum Gruß. »Mein Name«, sagte er, »ist Cohanur.«

Adison zuckte zurück. »Darauf falle ich nicht herein.«

»Sie haben dir gesagt, ich würde versuchen, dich zu berühren, nicht wahr?« Cohanur lächelte ein schiefes, zahnlückiges Lächeln. »Sie denken, sie wissen Bescheid. Aber sie wissen nichts, gar nichts. Sie träumen nur.«

»Was willst du von mir?«, fragte Adison.

Zu seiner Überraschung lachte Cohanur laut auf. »Ich?«, rief er. »Die Frage ist doch, was *du* willst! Du hast nach mir gerufen, hast du das vergessen? Du hast mich gesucht. Du hast auf mich gewartet. Also, hier bin ich. Sag mir, was du von mir willst.«

Adison sah den Unheimlichen an, spürte sein Herz bang schlagen und fühlte sich, als sei er plötzlich zu Porzellan geworden. Als könne er jeden Moment zerspringen. »Woher weißt du das? Dass ich nach dir gesucht habe?«

»Weil ich alles weiß, was geschieht. In dieser Welt, mein Freund, bin ich ein Magier.«

»Ein Magier. Im Jahr 3000.«

Cohanur lachte wieder, laut, schief und auf bizarre Weise beinahe verzweifelt. »Du glaubst mir nicht? Sieh her.« Und zu Adisons Entsetzen nahm er seinen eigenen, lachenden Kopf ab, hielt ihn sich vor die Brust, warf ihn in die Höhe, immer noch lachend, fing ihn auf und setzte ihn an seinen angestammten Platz zurück. Im nächsten Moment nahm Cohanur mit dem rechten Arm seinen linken ab, setzte ihn wieder an, wiederholte das Spiel auf der anderen Seite. Dann verwandelte er sich, nahm innerhalb weniger Augenblicke die Gestalt von Waanu, von Elea und von allen anderen an, die Adison kannte, um am Schluss in einem Funkenregen ins Nichts zu zerstieben.

Ein paar der Funken trafen Adison vor die Brust, glitten an seinem Gewand hinab und lösten sich auf.

»Nun?«, fragte eine Stimme aus dem Nichts. »Beeindruckt dich das?«

Adison nickte. »Ja.«

Cohanur nahm wieder Gestalt an, so übergangslos, wie man das Licht einschaltet. »Nun, mein Freund, sag mir, was du von mir willst. Warum du mich gerufen hast.«

»Ich wollte wissen, wer du bist. Warum du hier herumläufst, in diesem ... merkwürdigen Aufzug. Warum du die Leute in Angst und Schrecken versetzt.«

»Ich versetze sie nicht in Angst und Schrecken. Ich erinnere sie nur an etwas, an das sie nicht erinnert werden wollen«, sagte Cohanur und entblößte wieder seine faulen, lückenhaften Zähne. »Die Wahrheit.«

»Die Wahrheit? Was für eine Wahrheit soll das sein?«

»Das willst du wissen, nicht wahr? Ich weiß, dass du das wissen willst. Die Wahrheit. Die Frage ist nur, wie sehr willst du es?« Cohanur trat heran, bis sein Körpergeruch schier unerträglich wurde. »Die Wahrheit, mein Freund aus der Vergangenheit, ist schrecklich. Was ich wissen wollte, war, ob du im Stande bist, dich ihr zu stellen. Deshalb habe ich dich beobachtet.«

Adison spürte, wie seine Kinnladen sich verkrampften. »Du redest Unsinn.«

»Stimmt. Es ist Unsinn, darüber zu reden. Was immer ich erzählen würde, es bliebe wirkungslos. Nein, mehr als das ist nötig. Es ist nötig, dass du dich mir anvertraust. Ich muss dich mit mir nehmen.« Die wässrigen Augen musterten ihn. Die faltigen Augensäcke zuckten. »Nun, was ist – willst du die Wahrheit kennenlernen?«

»Das ist doch ein Trick«, erwiderte Adison.

»Was ist ein Trick? Was ist Wahrheit?« Cohanur begann, um ihn herumzugehen. »Du siehst so aus, als könntest du die Wahrheit ertragen. Ja, du siehst so aus ...«

»Und? Als Nächstes muss ich dir erlauben, mich zu berühren, schätze ich.«

Cohanur lachte. »Du glaubst ihnen immer noch ...! Nein, das ist nicht nötig. Sag einfach ja, das genügt.« Er hob mahnend den Finger. »Und überlege dir, ob es dir wirklich lieber wäre, wenn ich ginge und du nie wieder von mir hörst, dein ganzes restliches Leben lang nicht. Überleg es dir gut.«

Adison sah den gnomenhaften Mann an, sein schiefes Gesicht, die lauernden Augen, deren Blick ihn anzusaugen schien. Kein Entkommen schien es zu geben, keine andere Wahl. Unmöglich, dieses Angebot abzuschlagen, das Rätsel ungelöst zu lassen für alle Zeiten. Unmöglich, nein zu sagen.

Doch da war dieser modrige Geruch, nach Verliesen, nach Zerfall, nach verrottenden Abfällen. Cohanur war der Versucher. Der Dämon. Unmöglich, ihm ein Ja zu geben.

Adison stand, starrte, wusste nicht, was tun. Der Blick. Der Gestank. Mit einem Schrei wandte er sich ab, begann zu laufen, zu rennen. *Als wäre der Teufel hinter seiner unsterblichen Seele her.* Früher hatte man so gesagt, in der alten Welt, in der alten Zeit, an die er sich kaum noch erinnerte. Er rannte, keuchte, und plötzlich waren ringsum wieder Bäume, tauchten Büsche und Sträucher auf, nahm der Weg Kurven, die er vorher nicht gehabt hatte. Nur weg. Zu viel gewagt. Zu viel riskiert. Er sah nicht einmal mehr zurück. Bestimmt war Cohanur verschwunden, aber vielleicht auch nicht, und er hatte Angst vor diesem Blick. *Und davor, zur Salzsäule zu erstarren.*

Erst als er die Nähe der Gebäude erreicht hatte, wagte er es, den Schritt zu verlangsamen. Niemand war hinter ihm her. Alles war in Ordnung. Die Sonne sank über den Hügeln im Westen herab, ihr Licht ließ die fliegenden Städte in der Ferne bernsteinfarben aufleuchten. Auf dem von funkelnden Springbrunnen eingerahmten Vorplatz stiegen ein paar Männer in ein Fluggerät, das dicht über dem Boden schwebte, eine Hand voll Frauen winkten ihnen zum Abschied. Alles war, wie es sein sollte.

Adison nahm einen der hinteren Eingänge, um niemandem zu begegnen. Das Antischwerkraftfeld trug ihn durch einen gläsernen Schacht zu seinem Wohnraum empor. Er warf seine Kleidung in den Vernichter, ließ sich in der Dusche von vibrierenden, heißen Wassernebeln reinigen und schlüpfte in neue Gewänder.

Als er an sein Bett trat, fand er auf dem Kopfkissen einen unscheinbaren kleinen Zettel. Darauf stand, in schiefen, hässlichen Buchstaben: *»Mach dich bereit!«*

Adison starrte die Schrift an. Sie schien auf dem Papier förmlich zu tanzen, zu vibrieren vor böser Kraft. Er knüllte den Zettel zusammen, zerpresste ihn in der Faust, sah sich um. Hier konnte er nicht bleiben.

Er rannte hinaus, die Rampe hinab, zu Eleas Räumen, hoffend, dass sie da war und dass sie allein war.

Er fand sie, selbstvergessen zu einer seltsamen Musik tanzend, die mitten in der Luft entstand, von nirgendwo und überall zu kommen schien und zu erstickender Stille erstarb, als sie innehielt und ihn fragend ansah.

»Hier«, sagte er und faltete den Zettel auseinander. »Das lag auf meinem Bett.«

Elea betrachtete, was er ihr zeigte. Der fragende Ausdruck in ihren Augen veranlasste ihn, sich den Zettel selber noch einmal anzuschauen. Er war leer. Die Schrift war verschwunden.

»Hier stand ›*Mach dich bereit*‹«, sagte Adison. »Ich wollte wissen, ob es sein kann, dass der Zettel von Cohanur stammt.«

Sie sah ihn erschrocken an. »Du hast Cohanur getroffen?«

»Ja. Heute Nachmittag.«

Elea wich zurück. »Hat er dich berührt?«

»Nein.«

»Bist du sicher?«

»Ja. Nein.« Da waren diese Funken gewesen, oder? Adison knüllte den Zettel wieder zusammen und warf ihn wütend davon. »Nein, ich bin nicht sicher. Ich habe nicht darauf geachtet.«

»Adison«, rief Elea und umschlang ihn mit ihren Armen. »Adison – die Albträume, die Cohanur dir schicken kann, sind keine Träume, wie du sie kennst. Es sind furchtbare, furchtbare Erlebnisse, die dir so wirklich erscheinen, dass dir dein ganzes Leben dagegen wie ein Traum vorkommt. Sie vergiften deinen Geist. Sie verbrennen deinen Verstand. Sie zermalmen dein Herz, Adison.«

»Er hat mich nicht angefasst«, sagte Adison und löste sich aus ihrer Umarmung. »Trotzdem – kann ich bei dir bleiben heute Nacht?« Elea nickte. Zum Glück, denn er fühlte sich müde. Verdammt müde. »Ich würde mich am liebsten gleich hinlegen ...« Er setzte sich auf ihr Bett, sah zu ihr hoch.

Dann brandete Schwärze rings um ihn empor und verschlang ihn ins Nichts.

Ihm war kalt. Etwas Nasses drückte auf seinen Bauch. Rauer Stoff umschlang seinen Körper. Und sein Kopf schmerzte, als müsse er platzen.

»Was ...?«

Die Schleier vor seinen Augen wichen, Tränen, oder Schleim, er sah olivgrüne Wände, von denen der Putz bröckelte. Und sein Kopf schmerzte, schmerzte so furchtbar ...

»Was ist ...?«

Er bekam die Hände hoch, sah sie an, bleiche, entsetzliche Hände, nass, schmierig, voller Falten und Runzeln, fasste sich an den Kopf, der schmerzte, und tastete – harte, metallene Stifte auf einem kahlgeschorenen Schädel. Was war das? Was war geschehen?

Ein Gesicht tauchte auf. Cohanur.

»Die Schmerzen werden gleich nachlassen«, sagte der hässliche Mann. »Der Übergang ist nicht ganz einfach.«

»Wo ...?« Seine Kehle fühlte sich an wie narkotisiert, er hatte das Gefühl zu grunzen. »Wo bin ich?«

»Du bist«, sagte Cohanur, »erwacht.«

Er schloss die Augen, fiel zurück in sein eigenes Keuchen, wartete, bis die Wellen des Schmerzes abebbten. Schließlich konnte er die Augen wieder öffnen. Cohanur war immer noch da, streckte die magere Hand aus und half ihm, sich aufzusetzen.

Er sah an sich herunter. Wie sah er bloß aus? Wie eine Wasserleiche, die zufällig noch lebte. Wie eine Mumie bei der Einbalsamierung. Sein Körper war in etwas gehüllt, das aus verstaubten Säcken gemacht zu sein schien, und er war über und über eingeschmiert mit einer weißen, talgigen Paste. Die Liegestatt, auf der er saß, war ein modriges Feldbett, und das, was da am Kopfende stand, dieser hellgraue, summende Kasten mit Schlitzen, in denen dicke Staubwürste festhingen ...

»Ein Computer«, bestätigte Cohanur. Er hob eine Haube hoch, die verdammt so aussah, als passe sie zu den Kontaktstiften, die er vorhin auf seinem Schädel ertastet hatte. »Du warst an einen Computer angeschlossen. Die Welt, in der du gelebt hast, war nur virtuell.«

»Was? Aber ... ich war doch eingefroren, oder? Man hat mich aufgetaut?«

»Ja. Du warst eingefroren. Man hat dich reanimiert. Aber man ließ dich in der virtuellen Welt erwachen.«

»In der virtuellen Welt ...?« Adison sah sich schwerfällig um. Der Boden war uneben, fleckig, zerschrammt. Das Licht, das von irgendwoher kam, flackerte unmerklich. Alles war so hässlich wie Cohanur selber. »Elea hat mich vor dir gewarnt«, sagte er und fasste den Mann in seiner dunklen Kluft ins Auge. »Sie hat gesagt, dass deine Albträume täuschend echt wirken. Aber das hier sieht alles aus wie du – hässlich, heruntergekommen, widerwärtig. Das verrät dich.«

Ein Zucken setzte sich in Cohanurs linkem Auge fest. »Glaubst du? Sei nicht dumm. Wie war denn die Welt beschaffen, die du immer noch für die wirkliche hältst? Riesige Räume. Atemberaubende Gebäude. Schwebende Städte, wie großartig. Wände aus Marmor, die man in Wände aus Holz oder Glas oder Jade verwandeln kann. War das subatomare Manipulation? Unfug – simple Computergrafik. Es gibt kein Nährgas – du wurdest hier künstlich ernährt, und auch die Abfallprodukte deiner Verdauung wurden abgeleitet. Die Kapazität des Computersystems hätte nicht ausgereicht, auch noch Nahrungsmittel in der nötigen Detailtreue darzustellen. Deswegen sahen die Bäume aus wie geklont – weil es nur eine Hand voll Varianten gibt. Deswegen gab es keine Vögel, keine Tiere, kein Laub auf den Wegen. Das hätte das System überfordert.«

»Die Tiere können ausgestorben sein. Die Bäume können tatsächlich geklont sein. Ich glaube dir nicht. Das war kein Computerspiel. Es war alles wirklich, was ich erlebt habe.«

»Was glaubst du denn – seit du eingefroren wurdest, haben wir die Technik natürlich weiterentwickelt. Enorm weiterentwickelt.« Cohanurs Blick wanderte in eine ungewisse Ferne. »Zuletzt haben wir fast nichts anderes mehr getan.«

»Was ist mit Sex?«, fragte Adison. »Ich hatte Sex. Jede Menge Sex. Wie willst du das erklären?«

Cohanur sah ihn wieder an, winkte ab. »Ach was. Eine direkte Verbindung zwischen deinem Thalamus und dem des anderen, das ist die einfachste Sache der Welt.«

»Den anderen?« Adison horchte auf. »Es gibt also andere?«

»Natürlich. Komm, sieh sie dir an.«

Cohanur half ihm, aufzustehen, und obwohl es ihm unangenehm war, musste er sich von ihm stützen lassen. Sie wankten ein paar Schritte bis zu einem grauen Vorhang, den der Mann mit der freien Hand beiseitezog.

Zuerst erkannte Adison überhaupt nichts, und als ihm klar wurde, was er sah, wurde ein Brechreiz schier übermächtig. Es war ein bleicher, aufgedunsener Leib, vage erkenntlich als der einer Frau, der da auf einer Liege lag wie verdorbener Hefeteig. Die Bänder und Tücher, mit denen sie umwickelt gewesen war, klafften auf, enthüllten knotige Brüste und verfaulende Finger, die geschlossenen Augenlider waren verschwollen und vereitert, der halb offene Mund vertrocknet. Und doch zuckte es in diesem Leib, erschauerten die deformierten Fleischmassen von wilden Träumen. Sie lebte, lebte in der Illusionswelt, die ihr die Haube auf dem haarlosen Kopf vermittelte.

»Du kennst sie«, sagte Cohanur. »In der Welt, aus der ich dich geholt habe, trägt sie den Namen Nykis.«

»Nykis!«

»Jemanden wie sie«, fuhr Cohanur fort, »kann man natürlich nie mehr aufwecken. Sie muss in der virtuellen Welt leben, bis ihr Körper endlich versagt.«

Adison musste sich abwenden. Nykis, großer Gott. Er hatte mit dieser Frau geschlafen, besser gesagt, mit ihrem schlanken, ebenmäßigen virtuellen Bild, einer rothaarigen Schönheit, verlockend wie eine Göttin.

»Soll ich dir Elea zeigen?«, fragte Cohanur. »Oder Waanu? Willst du dich davon überzeugen, dass Lisere in Wirklichkeit ein Mann ist?«

Adison schüttelte den Kopf. »Nein. Nein, lass mich. Was soll das alles? Wieso bin ich hier? Angenommen, es stimmt, was du mir sagst – wozu hat man mich dann aufgetaut?«

»Sie wollten Gesellschaft. Die, mit denen du zu tun hattest. Es war ihnen langweilig geworden mit den anderen, und sie wünschten sich jemand Neues.« Cohanur machte eine Handbewegung, die niedrige Halle voller grauer Vorhänge, in der sie standen, umfassend. »Es sind nicht mehr viele Menschen übrig, und es werden keine mehr geboren. Die Eingefrorenen aufzutauen war der einzige Weg, noch ein bisschen Abwechslung zu bekommen.«

Ein furchtbarer Verdacht kam ihm. Adison sah an sich herunter, da, wo es sich nass anfühlte unter den Binden über seinem Bauch. Er schob sie beiseite und sah mit einem elendem Gefühl die Geschwüre, die durch seine Bauchdecke brachen. »Ich bin nicht geheilt«, sagte er. »Man hat mich aufgetaut, und ich bin immer noch todkrank.«

»Ja«, nickte Cohanur. »Und wir schreiben auch nicht das Jahr 3000. Ich weiß nicht mehr genau, welches Jahr wir haben, aber es müsste so um 2100 herum sein.«

»Also habe ich nur hundert Jahre übersprungen statt tausend.«

»Komm. Ich will dir zeigen, was du übersprungen hast.«

Adison schleppte sich, mit Cohanurs Hilfe, eine frostkalte, stinkende Treppe hoch in einen kleinen Raum, in dem ein Bett stand, ein Tisch und ein Stuhl, auf den Cohanur ihn setzte. »Hier wohne ich«, sagte er.

Adison sah sich mit Grauen um. In einem Eck waren große, von

Rostflecken übersäte Konservendosen aufeinandergestapelt. Aus einem Rost im Boden unter dem Tisch kam warme Luft, die nach Maschinenöl roch. Die gegenüberliegende Wand schimmelte.

Cohanur machte sich an einer Kurbel in der Wand zu schaffen. »Wir haben es nicht geschafft, weißt du? Wir wussten schon vor hundert Jahren, dass es nicht so weitergehen konnte, aber wir haben es nicht geschafft, etwas zu ändern. Bis es zu spät war. Bis uns alles überrollt hat.« Mit der Kurbel hob er die stählerne Abdeckung, die vor dem einzigen Fenster im Raum herabgelassen war, und Adison konnte hinaussehen.

Entsetzen stieg in ihm auf, das ihn schier zerreißen wollte. Die schlimmsten Prophezeiungen, die er in seinem alten Leben gehört hatte, waren Wirklichkeit geworden. Das, was er sah, ließ keinen Zweifel daran. Er sah ein weites, totes Tal, sah Sand und Steine und schlierige, giftfarbene Pfützen, sah dunkel kochende Wolken, über einen unbarmherzig flirrenden Himmel ziehend, von dem eine unmenschliche Sonne herabbrannte mit mörderischer Kraft. Er sah eine Landschaft des Todes, düster und hoffnungslos wie ein Gemälde der Hölle, und alles war so fremd, so feindlich, dass er nicht fassen konnte, dass dies noch die Erde sein sollte.

»Wir haben irgendwann aufgegeben. Die virtuellen Welten waren keine Lösung, aber eine Fluchtmöglichkeit. Immer mehr Leute haben sie der Realität vorgezogen. Sie waren es müde zu kämpfen, gegen das Unausweichliche anzurennen. Die Technik wurde fortentwickelt. In den virtuellen Welten wurde immer mehr möglich, in der realen Welt immer weniger. Irgendwann gab es die ersten, die ganz ›umsiedelten‹, wie man das nannte – die sich mit Computersystemen verbanden in der Absicht, sich ihr restliches Leben lang nicht mehr auszuklinken.« Cohanurs Stimme wurde dünn und flach. »Und hier sind wir nun. Vielleicht sind wir die letzten Menschen, vielleicht gibt es irgendwo noch welche, es spielt keine Rolle. Die meisten haben vergessen, dass sie in einer künstlichen Welt leben, und ich gehe zwischen ihren nutzlosen, träumenden Leibern umher und warte darauf, dass einer von ihnen stirbt. Ich schaue ihnen zu, wie sie verlöschen, und räume fort, was übrig bleibt. So vergeht die Zeit, ich zähle nicht mehr die Tage oder Jahre, ich warte nur und versuche zu verstehen, was das nun alles sollte mit uns Menschen. Wozu wir existiert haben. Wozu wir auf diesem Planeten entstanden sind und gelebt haben, um ihn genauso tot zurückzulassen, wie es der Rest des Universums auch ist.«

Er schwieg.

»Warum hast du mir das gezeigt?«, fragte Adison. Seine Lippen fühlten sich verdorrt an, er glaubte den Geschmack von Schimmel und Urin auf der Zunge zu spüren. »Wozu? Ich kann doch auch nichts mehr daran ändern. Warum hast du mich nicht einfach gelassen, wo ich war?«

Cohanur beugte sich zu ihm herab, und zum ersten Mal erkannte Adison ein Gefühl in dessen Augen: Sehnsucht. Verzweiflung. »Du wirst sterben, Jim Adison«, sagte der hässliche Mann. »Es ist unausweichlich. Ich habe dich befreit, damit du im Bewusstsein der Wahrheit sterben kannst.«

»Ist das alles?«

»Das ist die einzige Hoffnung, die uns bleibt: dass auch diese Wirklichkeit Illusion ist und der Tod nichts weiter als ein Erwachen – ein Erwachen in eine Welt, die wahrhaftig ist und vollkommen.«

Adison wich zurück, vor seinem Geruch, seinem Atem, seiner Nähe. »Und wenn die nächste Welt noch schlimmer ist als diese?«

»Wie könnte eine Welt noch schlimmer sein als diese?«

»Wieso setzt du deinem Leben nicht selbst ein Ende, wenn du dir so sicher bist?«

Cohanur zögerte. »Ich sehe ihnen zu, wie sie sterben, gefangen in der virtuellen Welt. Man sieht nicht, was geschieht. Aber du bist wach. Bitte lass mich zusehen, wenn du stirbst. Vielleicht erhasche ich einen Blick darauf, wohin es dabei geht.«

Adison sah an sich herab, betrachtete die Geschwüre, vor denen er einst geflohen war. »Ich nehme an, es hat keinen Sinn, dich zu fragen, ob du mich wieder einfrieren kannst.«

»Nicht den geringsten. Die Geräte dazu existieren nicht mehr. Und selbst wenn – die Energie der Kühlanlagen wird versiegen, und niemand wird da sein, dich ordnungsgemäß wiederzubeleben.«

Adison nickte. Das hatte er erwartet. Er stand mühsam auf, hielt sich am Tisch fest. »Dann bring mich hinunter«, sagte er. »Schließ mich wieder ans System an.«

»Nein. Geh nicht.«

»Vielleicht kann ich es auch selbst tun.«

Cohanur packte ihn bei den Schultern. »Du belügst dich. Du flüchtest nur vor dem Unausweichlichen, ist dir das nicht klar?«

Adison schob ihn von sich fort. »Lass mich in Ruhe. Schließ mich wieder an das System an, und komm nie wieder in meine Nähe.«

Der alte Mann in den schwarzen, zerrissenen Kleidern schien ein Stück zu schrumpfen. »Gut«, sagte er dann. »Wie du willst.«

Er erwachte, gehalten, geborgen. Das Licht in seinen Augen brannte. Er langte mit tränenden Augen um sich, fühlte weiches Fleisch, samtenen Stoff, erkannte Elea, die ihn hielt.

»Bin ich wach?«, fragte er.

»Ja«, sagte sie.

Er zog sie zu sich herab, fuhr ihr durchs Haar, roch daran, den Duft nach Sandelholz und Meereswinden, atmete, spürte seine Lungen, seine Brust sich heben und senken. Er küsste sie, versank in der Süße ihrer Lippen, verschlang ihre Zunge, spürte lebendige Leidenschaft im ganzen Körper aufwallen wie Blasen in Wasser kurz vor dem Sieden.

»Wie lange habe ich geschlafen?«, wollte er wissen, als sie sich wieder losließen.

»Die ganze Nacht, und den Morgen über …« Elea sah ihn forschend an. »Du hast geträumt. Es war Cohanur, nicht wahr?«

»Ich erinnere mich an einen Traum«, sagte er. »Einen schrecklichen Traum. Das Schrecklichste war, dass ich im Traum glaubte, wach zu sein.« Adison schüttelte den Kopf. »Und jetzt? Bin ich jetzt wach, oder träume ich? Träume ich wieder, wach zu sein? Ich weiß es nicht. Ich meine, eines von beiden muss ein Traum gewesen sein, und das andere …«

»Adison«, sagte Elea. »Komm zu dir. Sieh mich an. Es war nur ein Albtraum, den Cohanur dir geschickt hat.«

Er sah sie an, ihre dunklen Augen, ihre reine Haut, ihr elfenhaftes Haar. »Ja«, sagte er. »Du hast recht. Es war ein Albtraum. Und er war wirklich schrecklich, seelenzermalmend schrecklich, genau wie du es gesagt hast. Aber es war nur ein Traum, der mir nichts antun kann ...«
Er holte tief Luft, reine, kühle Luft, und blinzelte empor in die herrlich blaue Himmelskuppel, ins Licht der Sonne, die strahlte wie das Leben selbst.

© 1999 Andreas Eschbach

Das Wort

Die folgende Story beruht auf einer kleine Idee, die wiederum geboren ist aus einer Verärgerung über all den Schindluder, der – vornehmlich in dem Land, in dem 90% aller Anwälte dieses Planeten leben, den USA – mit dem Urheberrecht getrieben wird. Eine der wenigen Geschichten, die ich einfach so niedergeschrieben habe, ohne Anfrage, Auftrag oder sonstigen konkreten Anlass. Sie lag sozusagen noch in der Schublade, als ein Fanzine anfragte, ob ich noch etwas in der Schublade hätte.

Derartige Anfragen sind übrigens längst zwecklos: Meine Schublade ist leer und wird anderweitig genutzt. Alle Sachen, die ich früher geschrieben und inzwischen noch nicht veröffentlicht habe, verwahre ich andernorts mit dem Ziel, zu verhindern, dass es jemals zu einer Veröffentlichung kommt. Denn dazu taugen sie nicht.

Vor einigen Jahren hat ein gewisser Dr. George Raider aus Austin, Minnesota ein neues Wort geschaffen, ein Wort, auf das, wie man wohl sagen darf, die Menschheit geradezu gewartet hat. Es erforderte beträchtliche Anstrengung, dieses Wort zu erdenken: Tatsächlich gab Dr. Raider, nachdem ihm die erste vage Idee dazu gekommen war und er die Notwendigkeit verspürte, ihr nachzugehen, eine Karriere als Anwalt für Urheberrechtsfragen auf, um noch einmal zu studieren, Philosophie und Linguistik diesmal, an der Universität von Iowa. Im Rahmen seiner Abschlussarbeit schuf er schließlich jenes Wort, das unmittelbar nach Veröffentlichung zu einem unverzichtbaren Bestandteil unseres Sprachschatzes wurde. Ich nehme an, Sie wissen, von welchem Wort ich rede. Wenn nicht, dann tut es mir leid, denn ich darf es hier nicht benutzen, nicht einmal entfernt umschreiben. Denn Dr. Raider, der ursprünglich wie gesagt Fachanwalt für Urheberrecht war, konnte in einem aufsehenerregenden Prozess vor höchsten Instanzen (von dem Sie aber *bestimmt* gehört haben!) die Anerkennung erstreiten, dass dieses mühevoll geschaffene Wort seine geistige Leistung und demzufolge auch sein geistiges Eigentum ist. Seither muss, wer es in irgendeiner Weise geschäftlich verwenden will, eine Lizenzgebühr an die Verwertungsgesellschaft Raider & Ark, New York, entrichten, die sich nach der Art der Verwendung, der Zahl der hergestellten Kopien und so weiter richtet. Im Fall dieses Essays wären dies 3 Cent pro gedrucktem Exemplar gewesen, was schon bei geringen Auflagen die Höhe meines Honorars dafür überschritten hätte. Eine Umschreibung des Wortes hätte noch mit 1,02 Cent zu Buche geschlagen. Lediglich die Formulierung »*das Wort, das Dr. Raider geschaffen hat*« darf nach höchstrichterlichem Urteil provisionsfrei benutzt werden. Belassen wir es also dabei.

Wobei man sagen muss, dass diese Verwertungsgesellschaft gut organisiert ist. Auf eine entsprechende Anfrage hin erhält man umgehend ein gut verständliches Formular zugefaxt, das man ausgefüllt zurückschickt, worauf man binnen einer Stunde seine Lizenz in Händen hält, mit genauen Angaben über Gebühr und Kontoverbindung und mit der Lizenznummer, die dem entsprechenden Text als Fußnote anzufügen ist. Online, per Internet, soll es noch schneller gehen, hört man. Nicht ganz so einfach wie früher freilich, als es genügt hat, die genaue Schreibweise eines Wortes im Wörterbuch nachzuschlagen, aber immerhin. In den meisten Fällen gibt es schlimmere Dinge, die das Verfassen eines Textes behindern – Streit mit den Kindern, klingelnde Telefone, akute Arbeitsunlust –, als der Vorgang der Lizenzierung. Und das Wort, ich bestreite es gar nicht, ist sein Geld wert. Marcel Proust hat mitunter Tage verbracht mit der Suche nach dem richtigen Wort, dem »*mot juste*« – man rechne das einmal in Arbeitszeit um!

Nach dem Urteil in Sachen Dr. Raiders Wort traten freilich, wie nicht anders zu erwarten war, zahllose mehr oder weniger fantasievolle Geschäftemacher, Abzocker und Trittbrettfahrer auf den Plan. Einer wollte die Rechte an den großen Markennamen in ähnlicher Weise handhaben, aber die entsprechenden Firmen erkannten glücklicherweise, dass sie dann ihre Abteilungen für Öffentlichkeitsarbeit auch gleich hätten schließen können, und so wurde nichts daraus. Ein anderer versuchte es mit den Namen großer Schauspieler, was aber auch nicht recht klappte – es gibt lediglich einen Schauspieler, über den man im Staate Kalifornien nichts mehr schreiben darf, ohne Lizenzgebühr für die Verwendung seines Namens zu bezahlen. Aber da von diesem Schauspieler ohnehin kaum noch die Rede ist, dürfte das entsprechende Aufkommen nicht nennenswert sein und die neue Regelung überdies dafür sorgen, dass der Mann endgültig in Vergessenheit gerät. Übrigens gibt es einen Namensvetter, einen Immobilienmakler in Santa Barbara. Eine Zeit lang sah es so aus, als müsse der Lizenzgebühren abführen jedes Mal, wenn er einen Kaufvertrag mit seinem eigenen Namen unterzeichnet, bis ein lebenserfahrener Richter schließlich ein Einsehen hatte.

Weniger lebenserfahren nach meinem Dafürhalten und dem zahlreicher Kommentatoren war dagegen ein Richter im Bundesstaat New York, aber dort gibt es bekanntlich seit jeher die bizarrsten Urteile. Nachdem alle Versuche, die Rechte an Worten wie »und«, »ich«, »aber« oder »*Lizenzgebühr*« zu erhalten, abgeschmettert worden waren, hatte man dem in Indien gebürtigen Programmierer Rabindranath John Selima wenig Chancen eingeräumt, sich mit dem Argument, sein Vorfahre hätte vor Jahrtausenden die Null erfunden, das geistige Eigentum an dieser Ziffer zu sichern. Aber, oh wundersame Wege der amerikanischen Justiz, seit einem halben Jahr kostet im Staate New York jede gedruckte Null einen tausendstel Cent, und Selima verdient doppelt: Er war nämlich der Erste, der mit Programmen auf den Markt kam, die mit römischen Zahlen arbeiten, also ohne Null auskommen. Seine Firma bietet auch entsprechende Umsteigerkurse für Börsenmakler an, und wie man hört, ist in Wall Street das Interesse groß. An der Börse von Chicago wird noch hämisch gelacht, aber abwarten – Insider schließen nicht aus, dass das Urteil auch auf nationaler Ebene Gültigkeit erlangt. So macht man aus Nichts Geld, nehme ich an.

A propos Computerprogramme – mittlerweile gibt es eine neue Version eines bekannten Textverarbeitungsprogramms, die im Stande ist, einen verfassten Text automatisch nach lizenzrechtlich geschützten

Worten zu durchsuchen, per Internet die entsprechenden Lizenzen zu beantragen, die Lizenznummern in den Text einzufügen und, bei entsprechender Konfiguration, die anfallenden Lizenzgebühren selbsttätig zu überweisen. Die anderen Hersteller wollen folgen, aber der erste Hersteller hat schon ein Patent auf diese Idee und wird wohl Lizenzgebühren von ihnen dafür verlangen.

Was an den Gerüchten dran ist, die Katholische Kirche wolle in Zukunft Bibelzitate kostenpflichtig machen, weiß ich nicht. Da werden die anderen Kirchen ein Wörtchen mitreden wollen, nehme ich an. Ein Ende der Entwicklung ist jedenfalls noch nicht in Sicht.

Dabei, fiel mir neulich ein, gibt es für dieses ganze absurde Dilemma im Grunde eine höchst einfache Lösung. Um sie allerdings zu beschreiben, müsste ich das Wort verwenden, das Dr. Raider erfunden hat, und das kann ich mir, wie gesagt, nicht leisten. Vielleicht, sobald der Patentantrag auf meine Idee angenommen ist. Mal sehen. Verfolgen Sie einfach diese Kolumne.

© 1999 Andreas Eschbach

Mutters Blumen

Die folgende Story war ein Experiment. Ich wollte eine ungeheure globale Katastrophe aus einer extrem eingeschränkten individuellen Sicht schildern – aus der Sicht eines Menschen, der gar nicht versteht, was eigentlich passiert. Erst der Leser soll begreifen, was geschehen ist – und geschehen wird ...

Die Blumen sehen alle krank aus. Schlapp und faltig hängen die Blütenblätter herum und haben braune Stellen an den Rändern. Die grünen Blätter sind bleich wie Käse. Er stellt erschrocken die Gießkanne hin, rennt zum Kalender und schaut, aber heute ist Mittwoch, erst Mittwoch! Er rennt zurück zur Fensterbank und könnte fast heulen. Er hat doch alles richtig gemacht, genau so, wie Mama es auf die kleinen Zettel geschrieben hat an jedem Topf. Er ist so stolz, dass er lesen kann, was da steht: »Montag, Mittwoch, Freitag« steht an dem Topf, in dem die Blume mit den großen violetten Blüten ist, und »jeden Tag« an dem großen Topf mit der Blume, die überhaupt keine Blüten hat, nur viele lange grüne Blätter und Stengel, und »nicht gießen« steht an den Töpfen mit den stacheligen Blumen.

Au weia, au weia! Er schüttelt wild die Hände, rennt jammernd weg von den Blumen und gleich wieder hin. Heulen könnte er, wirklich heulen. Früher hätte er wirklich geheult, aber er ist jetzt groß, ein erwachsener Mann, der sein Geld verdient. Und der auf Arbeit muss. Er schaut auf die Uhr. Wenn der große Zeiger auf den Strich vor dem Strich ganz oben ist, dann ist es Zeit, zur Straßenbahnhaltestelle zu gehen.

»Hermann, pass auf meine Blumen auf«, hat Mama gesagt. »Das kannst du doch, oder?« Und er hat großspurig »Ja, klar« gesagt – au, au, au. Jetzt heult er wirklich fast ein kleines bisschen. Er hat sich ganz arg angestrengt, so klug wie möglich zu werden. Er kann die Uhr ablesen. Er kann alleine auf Arbeit fahren. Er kann sogar ein bisschen lesen. Mama hat sich so auf die Reise gefreut, die Reise mit dem großen Schiff nach Afrika. Sie hat versprochen, ihm auch etwas mitzubringen. Er weiß nicht viel über Afrika, aber gehört hat er schon davon. Das ist ein Land, weit weg, in dem Menschen mit schwarzer Haut leben. Solche Menschen hat er hier in der Stadt auch schon gesehen, und er wäre gern mitgefahren, um zu sehen, wie es da ist in Afrika. Aber er muss ja auf Arbeit, und deswegen ist Mama allein gefahren. Und überhaupt ist er alt genug, eine Woche auf sich selber aufzupassen, hat Mama gesagt.

Aber die Blumen! Er hat jeden Morgen dran gedacht. Und nicht zu viel und nicht zu wenig gegossen, sondern genau wie Mama es ihm gezeigt hat. Er schaut wieder auf die Uhr. Der große Zeiger ist schon auf dem zweiten Strich vor ganz oben; er muss sich anziehen.

Mama wird ganz schön enttäuscht sein von ihm. Das mag er gar nicht, wenn sie enttäuscht ist, weil sie dann ein totes Lächeln bekommt und das wirkliche Lächeln drunter wegstirbt. Dann seufzt sie leise und sagt so Sachen wie »Oh, Hermann ...« und geht ans Fenster und schaut hinaus und sieht dabei irgendwie sehnsüchtig aus. So, als wünscht sie sich in dem Moment, dass es ihn gar nicht gibt.

Aber es hilft nichts, er muss los. Er packt seine Aktentasche unter den Arm und vergewissert sich, ehe er die Tür zuzieht, dass er den Hausschlüssel um den Hals hängen hat. In der Aktentasche hat er nur sein Vesper, das er sich selber gemacht hat, aber es gefällt ihm, die Tasche unter dem Arm zu tragen, weil er dann so richtig das Gefühl hat, auf Arbeit zu gehen und erwachsen zu sein wie die anderen Leute in der Straßenbahn, die auch Aktentaschen tragen und auch auf Arbeit gehen. Bloß dass die klüger sind als er und schwierigere Sachen machen, mit Computern vielleicht. Wie Ludwig, der Werkstattleiter. Sein Chef. Der hat einen Computer in seinem Büro, und vor dem sitzt er viel, schaut auf den Bildschirm und macht irgendwas.

Heute ist er irgendwie traurig, als er an der Haltestelle steht mit den anderen. Manche schauen ihn komisch an, aber das ist er gewohnt. Das macht ihm schon gar nichts mehr. Nicht einmal die hübsche Frau ist heute da, die sonst immer da ist. Er steigt immer in den gleichen Wagen wie sie, sodass er sie während der Fahrt anschauen kann. Er weiß auch nicht, wieso eigentlich.

Heute bekommt er einen Sitzplatz, und ihm gegenüber sitzt ein Mann, der Zeitung liest. Hermann erkennt die Zeitung; die gleiche Zeitung liest Ludwig auch. Sie hat riesige Wörter überall, die rot unterstrichen sind, und meistens Bilder von nackten Frauen drin, die sich Hermann manchmal heimlich anschaut, und dann bekommt er immer so ein eigenartiges Gefühl.

Der Mann liest die Rückseite. Hermann versucht, die Worte auf der Vorderseite zu lesen. »Wissenschaftler« steht da. Er weiß, was ein Wissenschaftler ist: ein furchtbar kluger Mensch, der in einem Labor arbeitet und alle möglichen Sachen erforscht. Das hat er im Fernsehen oft gesehen. »Wissenschaftler setzt Todes-Gen frei.« Das versteht er nicht. Er versteht meistens nicht, was gemeint ist, wenn er etwas in der Zeitung liest. Er überlegt, was wohl ein Todes-Gen ist.

Am Bahnhof steigt die hübsche Frau immer aus, aber heute nicht. Er muss noch vier Stationen weiterfahren. Das kann er zählen, und außerdem sieht er schon von weitem das kleine Zeitschriftenhäuschen mit dem roten Dach, das an der Haltestelle steht, an der er aussteigen muss.

Auf Arbeit ist es wie immer. Er sagt »Guten Tag« zur alten Frau Steidlitz, die an einem Tisch neben der Tür sitzt und aufschreibt, wer alles kommt und um wie viel Uhr, zieht seinen Anorak aus und hängt ihn an seinen Haken und geht dann an seinen Platz. Dort stehen schon ein paar graue Plastikkästen, wie jeden Morgen. In einem Kasten sind Briefumschläge, in einem anderen gefaltete Briefe, in einem dritten bunte kleine Prospekte.

Er muss immer einen Brief und einen Prospekt nehmen und in einen Umschlag stecken, und zwar so, dass die Adresse in dem durchsichtigen Fenster vorne zu sehen ist. Das kann er wirklich gut. Ludwig lobt ihn immer und sagt, dass er das prima macht. Ludwig ist groß und stark und hat einen wilden Bart, und Hermann stellt sich manchmal vor, dass sein Papa auch so ausgesehen hat. Aber er weiß es nicht, weil Papa fortgegangen ist, als er noch klein war.

Als sie ihr Vesperbrot essen, fragt er Iris, die am Platz neben ihm sitzt und immer Glückspfennige auf Briefe klebt, wegen den Blumen. Iris ist dick und hat schwarze Stoppelhaare und schaut ihn mit ihren kurzsichtigen Augen durch ihre Brille hindurch an, und das sieht jedes Mal aus, als müsse sie überlegen, wer er ist.

»Du musst Pflanzendünger gießen«, sagt sie. »Der ist in einer großen grünen Flasche. Nicht bloß Wasser.«

Ludwig sitzt in seinem Büro und hört Radio. Das macht er sonst nie; sonst sitzt er immer bei ihnen und macht Späßchen mit ihnen.

»Aber meine Mama hat nur gesagt, dass ich Wasser gießen muss.«

»Nein. Wenn du Wasser gießt, dann haben sie was zu trinken, aber nichts zu essen.«

Das leuchtet ihm ein. Aber warum hat ihm Mama das nicht gesagt? Vielleicht hat sie es gesagt, und er hat es vergessen. Manchmal vergisst er Sachen, weil er eben dumm ist.

Ludwig kommt aus seinem Büro und geht zu Frau Steidlitz hinüber, und Hermann hört, wie er sagt: »Das Virus ist jetzt auch in Südamerika aufgetaucht und in Australien. Wirklich überall. Und der Wissenschaftler ist immer noch verschwunden.«

»Unglaublich«, sagt Frau Steidlitz und wackelt mit dem Kopf.

Hermann versteht nicht, wovon die beiden reden, aber er gesellt sich dazu und sagt: »Wenn ich klug wäre, dann wäre ich auch gern ein Wissenschaftler.«

Frau Steidlitz drückt ihm ein bisschen den Arm – das mag er – und sagt: »Ja, Hermann, du wärst sicher ein anständiger Wissenschaftler. Nicht so einer.«

Hermann versteht nicht, was sie damit meint, aber er sagt nichts, sondern freut sich bloß, dass sie ihn ein bisschen drückt. Frau Steidlitz kann ihn gut leiden, und er sie auch.

Wenn er abends heimkommt, ist er immer ziemlich müde. Er setzt sich dann als Erstes auf die Couch und schaltet den Fernseher ein für die Kinderstunde. Er weiß, dass er eigentlich zu groß ist für Kinderstunde, aber sie gefällt ihm. Und später am Abend kommen bloß noch Sachen, die er nicht versteht oder die ihm Angst machen.

Aber heute kommt gar keine Kinderstunde, nur Nachrichten.

»... den dringenden Appell, den Lebensmittelhandel aufrechtzuerhalten und keine sinnlosen Vorräte zu horten ...«

Im anderen Programm kommen auch bloß Nachrichten. Die versteht er sowieso nie, deshalb schaltet er wieder aus.

Die Blumen fallen ihm wieder ein. Die violetten Blütenblätter fallen schon ab, und die grünen Blätter sehen welk und trocken aus. Er zieht sich noch einmal die Schuhe an und geht tapfer hinüber zum Supermarkt. Der Supermarkt macht ihm Angst; da sind immer so viele Leute, die haben es immer furchtbar eilig und schubsen ihn umher, und zwischen den Regalen kann man sich glatt verlaufen. Manchmal geht er mit Mama, aber da schiebt er immer bloß den Wagen.

Heute sind besonders viele Leute da, so viele wie noch nie. Hui, und wie die ihre Wagen vollgeladen haben! Alle sind ganz aufgeregt; drängeln und schimpfen und sehen aus, als hätten sie Angst.

Er will am liebsten umkehren, aber er denkt an die Blumen und dass er Mama versprochen hat, auf sie aufzupassen. Er geht alle Regale ab und findet schließlich grüne Flaschen, auf denen »Pflanzendünger« geschrieben steht. Als er damit an der Kasse ist, schaut ihn die Kassiererin merkwürdig an, und die Leute ringsumher lachen ihn aus. Er macht ein grimmiges Gesicht und schaut nicht hin, bezahlt und geht dann einfach.

Auf dem Heimweg sieht er, dass die Bäume in der Straße alle schon ihre Blätter verlieren, als ob Herbst wäre. Aber es kann nicht schon Herbst sein, denn er hat erst Geburtstag gehabt, kurz bevor Mama fortgefahren ist, und Mama sagt immer: »An deinem Geburtstag fängt der Sommer an, Hermann.« Und dass der Herbst erst lang nach dem Sommer kommt, das weiß ja wirklich jeder.

Er gießt etwas von dem Pflanzendünger aus der Flasche in alle Blumentöpfe und wartet. Die Blumen rühren sich nicht, sehen aus wie völlig erschöpft. Er gießt noch einmal etwas von dem Dünger in jeden Blumentopf, bis die Flasche leer ist, und setzt sich wieder auf die Couch.

Es kommt immer noch keine Kinderstunde, aber jetzt ist es ihm egal. Er wird so lange warten, bis die Kinderstunde kommt.

»… bestätigt, dass das vor zwei Tagen versehentlich freigesetzte, gentechnisch veränderte Virus ausschließlich Pflanzen befällt. Es zersetzt den grünen Pflanzenfarbstoff Chlorophyll und gilt als Auslöser des weltweiten Pflanzensterbens.«

Auf der Fensterbank raschelt es. Die ganzen violetten Blütenblätter fallen ab; es sieht aus wie violetter Schnee. Er mag gar nicht hinsehen. Mama wird ihn schimpfen, wird sagen, dass auf ihn kein Verlass ist und dass man ihn nicht allein lassen kann. Vielleicht wird sie sogar weinen, weil sie ihre Blumen so gemocht hat.

»New York«, sagt die Frau im Fernsehen. »Die UNO hat eine Sondersitzung einberufen, um Konsequenzen und Gegenmaßnahmen zu beraten. Der Generalsekretär erklärte, wie die Lösung der Krise aussehen könne, wisse zur Stunde noch niemand. Er betonte jedoch, dass sie schnell gefunden werden müsse, ehe der Sauerstoff der Erdatmosphäre …«

New York ist eine große Stadt mit riesigen Hochhäusern, so hoch, dass sie an den Wolken kratzen. Das hat ihm Ludwig einmal erzählt. Er stellt sich vor, dass die Häuser die Wolken aufritzen und dass es dann regnet. Regen muss sein, weil sonst auf den Feldern nichts wächst. Wo es nicht regnet, muss man selber gießen, und jetzt muss er wirklich weinen, weil er wieder an Mamas Blumen denken muss. Er hat doch alles richtig gemacht! Hat alles ganz genau so gemacht, wie Mama es gesagt hat, ganz genau so! Und trotzdem so was!

© 1995 Andreas Eschbach

Eine unberührte Welt

Kommen wir zum Finale. Auch die folgende Geschichte verdankt ihre Entstehung der Anfrage eines französischen Herausgebers. In diesem Fall war es Stéphan Nicot, der Herausgeber des bedeutendsten französischen SF-Magazins »GALAXIES«, der mich ansprach mit der Bitte um einen Beitrag für eine Anthologie mit Science-Fiction-Detektivgeschichten.

Ich bin eigentlich kein großer Leser von Krimis, erst recht bin ich keiner von denen, die nach zehn Minuten »Tatort« schon wissen, wer es war und warum und welche falschen Fährten noch kommen (ich wünschte allerdings, ich wäre es!). Entsprechend liegt mir auch das Schreiben von Krimis nicht.

In diesem Fall war es glücklicherweise so, dass ich in meinen Notizbüchern auf eine Idee stieß, die mich schon lange anlächelte, von der ich aber überzeugt war, dass sie keinen ganzen Roman tragen würde – die sich aber, wie mir beim Wieder-Lesen einfiel, als richtige Detektivgeschichte erzählen ließ! Ab da war es dann einfach.

Die Geschichte erschien, wieder einmal übersetzt von der unvergleichlichen Claire Duval, im April 2002 in der Anthologie »Détectives de l'Impossible«. Auf Deutsch erschien sie erstmals im Dezember desselben Jahres in dem österreichischen Literaturmagazin VOLLTEXT: Hat man mir zumindest gesagt, ein Belegexemplar erreichte mich leider nie.

An Bord eines Auswandererschiffes gibt es auch Jobs, die nicht im offiziellen Stellenplan stehen. Wim Freese war offiziell Klimatechniker – ein wichtiger und ehrbarer Beruf in einem Raumschiff, das einen Flug von 34 Jahren Dauer mit begrenzten Vorräten an Luft und Wasser überstehen soll –, aber sein eigentlicher Job war der einer Wühlmaus, eines Ermittlers, eines Ohrs und Auges, eines Beschaffers von was auch immer. Sein Name war der heiße Tipp, den man bekommen konnte, wenn man in Schwierigkeiten war und sich nach jemandem umhörte, der einem helfen konnte, an den Regeln vorbei, wenn es sein musste. Wenn man etwas brauchte, das es nicht gab. Wenn man etwas suchte, das nicht zu finden war.

Etwas – oder jemanden ...

»Eine Frau?«, vergewisserte sich Wim Freese.

»Nicht einfach eine Frau«, sagte Pavlov. »*Die* Frau.« Er drehte an der Fenstersteuerung. »Ich kann sie nicht vergessen, verstehst du?« Die Blenden fuhren zurück, das Licht in der Kammer erlosch, und die sternendurchsetzte Leere draußen wurde sichtbar und ließ einen die Enge des Aussichtsraums weniger bedrängend empfinden. »Zumindest will ich wissen, wer sie war.«

»Ist mir schon klar, was du willst.« Freese zog sein Memopad heraus, hauchte den zerkratzten Schirm an und polierte ihn mit dem Ärmel. Er zückte den Stift. »Also nochmal. Getroffen hast du sie am vierten, etwa zwei Stunden nach Schichtbeginn?«

»Genau. Ich war hinten in der Hydroponik A, da arbeitet man immer allein, und es ist eine verwachsene Ecke. Uneinsehbar, würde ich sagen. Und heiß, wegen der Strahler.« Pavlov atmete, als laste die Erinnerung auf seiner Brust. »Ich hatte gerade mein Oberteil ausgezogen und war am Zurechtschneiden, da steht sie plötzlich vor mir. Nackt. Und mit einem Blick ... Sie sagt nichts, streckt nur die Hand aus, berührt mich ...« Er schluckte schwer.

»Wie sah sie aus?« Mal ein bisschen Nüchternheit reinbringen. Immerhin, für den Auftrag würde er einen guten Preis aushandeln können, das stand fest.

»Schön wie eine Göttin. Unglaublich schön.«

»Haarfarbe? Körpergröße? Brustumfang?« Freese sah hinaus und ertappte sich dabei, Ausschau zu halten nach sich bewegenden Lichtpunkten. Doch man würde die Kundschaftersonden, die demnächst zurückerwartet wurden, nicht sehen können.

»Blond. Große Augen mit langen Wimpern. Große Brüste. Schlanke Taille. Lange Beine.«

Freese klopfte ungeduldig mit dem Stift gegen das Memopad. »Geht's nicht ein bisschen genauer? Das ist eine Beschreibung, die ungefähr auf zehntausend Frauen an Bord zutreffen würde.«

»Nein«, schüttelte Pavlov inbrünstig den Kopf. »So eine Frau hast du an Bord noch nicht gesehen. Ich schwör's.«

Freese deutete hinaus zu den gleichgültig glimmenden Sternen. »Von da draußen wird sie ja wohl kaum gekommen sein. Denk mal nach. Irgendwelche besonderen Merkmale, abgesehen von ihrer göttlichen Schönheit?«

Pavlov dachte nach. »Sie hat nichts gesagt, aber als sie gekommen ist, hat sie was gestöhnt, das wie *oh my god* klang. Ich würde sagen, ihre Muttersprache ist Englisch.«

»Na, das ist doch schon mal was.« Freese notierte das zufrieden. Die weitaus meisten Kolonisten an Bord stammten aus Kontinentaleuropa. Diese Information und nachher eine kleine Sitzung mit dem Gesichtssimulator, und das Problem würde sich auf eine simple Datenbankabfrage reduzieren. Was er natürlich für sich behielt. »Sonst noch etwas?«

»Ja. Ich glaube, sie hatte keinen Chip.«

»Alle Frauen haben den Chip.«

»Du hast mich gefragt, oder? Ich habe keinen Chip bemerkt.«

»Du warst ja auch mit anderem beschäftigt.«

Pavlov sah ihn missmutig an. »Ich habe jeden Quadratzentimeter ihrer Haut ... gesehen. Sie hatte keinen Chip. Sie hatte nicht einmal eine Narbe.«

»Hmm.« Freese notierte das und setzte ein Fragezeichen dahinter. Der Chip steuerte die Fruchtbarkeit, und er war Vorschrift. Aber bei manchen, vor allem bei jungen Frauen verheilte der Schnitt, durch den er eingepflanzt wurde, so gut, dass man ihn in der Tat kaum bemerkte. Vielleicht war das ein zusätzlicher Hinweis. »Wie alt war sie denn?«

»Ich schätze, fünfundzwanzig.«

Freese ließ Memopad und Stift seufzend sinken. »Verarschen kann ich mich alleine.«

»Ich schwöre es beim Grab meines Vaters«, versicherte Pavlov. »Fünfundzwanzig. Plus minus drei Jahre.«

»Es gibt keine fünfundzwanzigjährigen Frauen an Bord, das weißt du so gut wie ich.« Beim Start des Schiffes waren alle Kolonisten zwischen einundzwanzig und dreißig Jahren alt gewesen. Heute waren sie in den Vierzigern, abgesehen von den während der Reise geborenen Kindern, von denen nur eine äußerst überschaubare Anzahl älter als vierzehn war. »Es wird eine von den Bordgeborenen gewesen sein. Eine auf erwachsen geschminkte Sechzehnjährige.«

»Hätte ich dich gebraucht, wenn es so wäre?«, fragte Pavlov unlustig.

»Mmh«, machte Freese. Das war freilich eine berechtigte Frage. Auf die die Antwort ›Nein‹ lautete. Er ließ die Blenden wieder zufahren und musterte Pavlov aufmerksam im pissgelben Licht der altersschwachen Leuchtelemente. »Schon mal überlegt, ob es ein Traum gewesen ist?«

Pavlov zerrte ärgerlich am Halsausschnitt seines Overalls und entblößte einen in allen Farben schillernden Bluterguss. Bissspuren waren zu erkennen. »Schon mal einen Traum gehabt, der so was zurücklässt?«

Freese überlegte. Die einzige andere Erklärung, die ihm einfiel, war eigentlich zu fantastisch, um wahr zu sein. Aber es war eben die einzige andere Erklärung. »Das wird nicht leicht«, seufzte er. »Mit anderen Worten, teuer.«

Pavlov griff in die Tasche und holte ein Sammelsurium verschiedener Plastikmarken mit holografischen Prägungen hervor. »Das ist alles, was ich habe. Zwei Kleidergutscheine, hundertzwanzig Narko-Punkte und zehn Ruhetagsmarken.«

Scheiße, der Typ konnte nicht mal verhandeln. »Nicht viel«, sagte Freese, obwohl es natürlich eine Menge war. *Zehn Ruhetage!*

»Was? Für das verschwundene Halsband von Patrizia wolltest du nur einen Kleidergutschein und fünfzig Narko-Punkte!«

»Da hat sie dir was Falsches erzählt.« Vor allem hatte sie den sexuellen Bestandteil ihrer Abmachung verschwiegen. Freese schob das Memopad ein. »Außerdem war das ein leichter Auftrag, und das hier wird richtig schwierig. Sagen wir, die Kleiderpunkte und die Ruhetage als Anzahlung, und zweihundert Narko-Punkte, wenn ich die Frau gefunden habe.« Aus Narko-Punkten machte er sich ohnehin nichts, weil er weder Alkohol noch sonstige Drogen mochte; die Punkte waren nur gut zum Handeln. Aber von Ruhetagen konnte er nicht genug bekommen: ganze Tage in einem schallgedämpften, zwanzig Quadratmeter großen Einzelzimmer mit einer Frischluftzufuhr, die wie Meeresrauschen klang – die beste Annäherung an das Paradies, die an Bord zu haben war.

»Also gut«, meinte Pavlov und trennte sich von seinen Schätzen. Es musste eine wahrhaft beeindruckende Frau gewesen sein.

Die einzige andere Erklärung war, dass die Gerüchte, die seit Jahren kursierten, doch mehr waren als Gerüchte: dass beim Start eine Gruppe illegaler Kolonisten an Bord gelangt war, die sich seither in einem Unterschlupf im Maschinensektor versteckt hielt. Wenn die damals Kinder dabeigehabt hatten – und eine Menge Leute hatten versucht, mit ihren Kindern von der Erde zu entkommen –, dann waren diese Kinder inzwischen über zwanzig, und Pavlovs Geschichte konnte stimmen.

Freese lag auf seinem Bett, die oberste Koje zum Glück, hatte die Hände hinter dem Kopf verschränkt und die Zimmerdecke dicht vor dem Gesicht und versuchte nachzudenken, wenn es schon mit dem Schlafen nicht klappen wollte. Die Luft war mal wieder zum Schneiden dick, und der dicke Pete unten hatte die Decke über den Kopf gezogen, rubbelte sich einen herunter und stöhnte so vernehmlich dabei, dass es doch jeder mitbekam.

Was natürlich sorgfaltig bedacht sein wollte, war, wie er mit einer solchen Entdeckung umgehen würde, gesetzt den Fall, er stieß auf etwas Derartiges. Zweifellos würde das etwas sein, das einen dazu verpflichtete, dem Kommandanten Meldung zu erstatten. Was wiederum die Gefahr unangenehmer Fragen heraufbeschwor, die er so beantworten zu wissen musste, dass seine halblegalen Praktiken und Tauschgeschäfte nicht ruchbar wurden. Alles nicht so einfach.

Pete stieß endlich seinen finalen Quieklaut aus und wurde still. Der Duft von Sperma breitete sich aus. Einen Moment lang war nichts zu hören als das immerwährende, alles durchdringende Summen der Maschinen, jener dunkle, leise Ton von weit her, der vor zwanzig Jahren begonnen hatte und seither nicht verklungen war.

»Du solltest es mal mit 'ner Frau versuchen, Pete«, sagte Ricardo, der das Mittelbett gegenüber bewohnte. »Hat echt was.«

Pete schlug schnaubend die Decke zurück. »Wenn ich deine Ratschläge hören will, werd ich's dich wissen lassen, okay?«

Es gab eigentlich nur zwei denkbare Bereiche, in denen sich eventuelle blinde Passagiere aufhalten konnten: die Maschinensektion oder die Materialgondeln. Letztere enthielten alles, was dereinst für den Aufbau der Kolonie an Geräten und Grundausstattung erforderlich sein würde, doch während des Fluges waren sie vom Wohntrakt aus unzugänglich. Man hätte einen Raumanzug anziehen und etwa zweihundert Meter Kletterpartie über dünnes, nicht für Kletterpartien gedachtes Rohrgestänge hinter sich bringen müssen, und das scheiterte schon daran, dass die wenigen Raumanzüge vom stellvertretenden Kommandanten höchstpersönlich verwaltet wurden. Abgesehen davon, dass die Materialgondeln bis auf den letzten Kubikzentimeter gefüllt waren. Um darin zwanzig Jahre zu überleben, hätten die blinden Passagiere etliche Mähdrescher, Sägemaschinen und Saatguttonnen über Bord werden müssen, und dass man ihnen das dereinst nicht verzeihen würde, konnten sie sich ja wohl ausrechnen.

»Wisst ihr«, begann Pete mit jammervoller Stimme, »ich wünschte wirklich, ich wäre auf der Erde geblieben.«

»Geht *das* wieder los«, knurrte Ricardo.

»Ich werde vierundsechzig sein, wenn ich meinen Fuß wieder auf den Boden eines Planeten setze. *Vierundsechzig!* Was hat mich bloß getrieben, in dieses verdammte Raumschiff zu steigen? Ich weiß es wirklich nicht.«

»Darf ich deinem Gedächtnis auf die Sprünge helfen?«, bot Ricardo an. »Könnte es etwas mit der Kriegsgefahr zu tun gehabt haben? Mit Umweltverschmutzung und Übervölkerung? Hast du dich möglicherweise sogar um diesen Platz beworben, eine Million Auswahltests absolviert und Luftsprünge gemacht, als die Zulassung kam?«

Leonhard, der das Bett gegenüber Wim hatte, wälzte sich herum und knurrte unüberhörbar: »Verdammt, könnt ihr das bitte bei Tag diskutieren? Es gibt Leute hier, die schlafen wollen. Und vergesst nicht, ich bin in dem Team, das die Kundschaftersonden einfangen muss. Hängt einiges ab davon, dass ich ausgeschlafen bin, okay?«

Die anderen murrten trotzdem, und die Luft war noch immer zum Schneiden dick. Wim Freese erwog, eine seiner Ruhetagsmarken gleich morgen einzulösen, einfach um in Ruhe nachdenken zu können.

Natürlich durfte man vor lauter Hirngespinsten nicht die Grundlagenarbeit vernachlässigen. War die Frau, deren Gesichtsskizze er in einem verborgenen Winkel seines Memopads abgelegt hatte, im Verwaltungssystem gespeichert oder nicht? Was ließ sich aus der Information machen, dass ihre Chipnarbe praktisch unsichtbar war? Alles Fragen, die sich einfach beantworten ließen, wenn man Zugriff auf das System hatte.

So kam es, dass Freese am nächsten Tag in voller Schutzmontur in eine der Verwaltungsstellen stürmte, mit dem Analysegerät fuchtelte und rief: »Schnell, alles raus! Wir haben eine Faulgasblase im System, die jeden Moment eindringen kann!«

Die Frauen und Männer sprangen bleich von ihren Plätzen auf, ließen sich widerstandslos hinausdrängen. »Anstieg!«, schrie Freese, um sie noch mehr zu motivieren. »Schließen Sie die Türen von außen! Lassen Sie niemanden herein, ehe ich nicht Entwarnung gebe!«

Als er allein im Raum war, nahm er den Kopfschutz und die Handschuhe ab, setzte sich vor eines der Terminals und zückte sein Memopad. Gespannt tippte er die Zugangscodes für gesicherte Bereiche ein, die ihm jemand gegen monatliche Rationen an Narko-Punkten regelmäßig zukommen ließ, und war im System.

Der reine Gesichtsabgleich brachte, wie es typisch für diese Art Abfragen war, nichts Brauchbares, aber dafür erwies sich die medizinische Datenbank als ergiebig: Er fand eine erstaunliche Zahl von Frauen, deren Chipnarbe als *kaum sichtbar* klassifiziert war. Zwar ähnelte keine davon der Gesuchten auch nur ansatzweise, trotzdem überspielte er die Daten in sein Memopad, um Pavlov die Bilder zeigen zu können.

Dann zog er seinen Schutzanzug wieder an und strich eine winzige Spur Buttersäure auf die Gitter der Belüftungsrohre. Er öffnete die Tür und erklärte den Wartenden, die die Nase rümpften ob der Düfte, die ihn begleiteten: »Keine Gefahr mehr. Die Luft ist rein. Na ja, fast jedenfalls.«

Flüchtig dachte er darüber nach, wie oft er diesen Trick schon angewandt hatte. Das winzige Fläschchen würde vermutlich bis zur Landung reichen, und zweifellos war es eine gute Idee gewesen, es damals mit an Bord zu schmuggeln. Mittlerweile glaubten sogar die meisten der Klimatechniker, dass es so etwas wie Faulgasblasen gab.

»Nein«, sagte Pavlov beim Durchsehen der Bilder. »Nein. Auch nicht. Nein. Nie im Leben. Nicht mal ähnlich.«

Also hieß es weitermachen. Hinab in die Maschinenräume. Bis zu den Einspritzelementen der Triebwerke kam man, jenseits dessen erreichte die Strahlung ohnehin lebensgefährliche Werte. Schon der Aufenthalt zwischen den Fusionsreaktoren und Recyclinganlagen musste zeitlich begrenzt werden, da man beim Bau des Schiffes dem Maschinenraum natürlich nicht dieselbe Strahlenabschirmung zugestanden hatte wie dem Wohnbereich. Schwer vorstellbar, dass hier eine geheime Kolonie existieren sollte. Wo denn? Die Leute hätten einen eigenen, strahlengeschützten Wohnbereich gebraucht, und selbst wenn man die Frage außer Acht ließ, wie sie das hätten bewerkstelligen wollen, hätte das Ding einfach Ausmaße haben müssen, die man nicht einmal in den äußerst unübersichtlichen Maschinenräumen übersehen würde. Doch obwohl Wim seine gesamte Freiwache dafür opferte, in die entlegensten und schmierigsten Winkel der Maschinenräume zu kriechen, fand er nicht den Ansatz einer Spur. Er war mehr als frustriert, als er duschen ging.

Die Dusche, das waren sich drängelnde nackte nasse Männerkörper, Dampfschwaden, Hitze und das Geräusch plätschernden Wassers. Es roch nach Seife und Schweiß und käsigen Füßen, und die Handtücher, in zwanzig Jahren Flug zehntausende Male gewaschen, waren nur noch bretthart Fetzen. Trotzdem war es eine Umgebung, in der Wim schon manche gute Idee gekommen war. Er fragte sich gerade, was er übersehen haben konnte, als er einen Gesprächsfetzen aufschnappte.

»... mir erst danach gesagt, dass sie mich regelrecht ausgeguckt hat, über das Überwachungssystem ...«

Wim Freese hielt in der Bewegung des Einseifens inne und glotzte hoch, suchte das Videoauge, das klein und schwarz und knopfartig an der Decke hing, hier genauso wie überall. Das *Surveillance System*, natürlich! Die Unbekannte musste in den Archiven des allgegenwärtigen Überwachungssystems erfasst sein. Warum war er nicht eher auf diese Idee gekommen?

Dann fiel ihm ein, wer das System betreute, und ihm war klar, warum er nicht eher auf diese Idee gekommen war. Verdrängung nannte man das wohl.

Joana Treben war ungefähr das Gegenteil von dem, was Wim Freese an einer Frau gefiel. Sie hatte keinen wahrnehmbaren Busen, ein überaus ausladendes Gesäß und in den letzten Jahren an burschikoser Stämmigkeit noch einige Kilo zugelegt. Kaum zu glauben, dass sie am Anfang der Reise eine Zeit lang eine Affäre gehabt hatten. Kaum zu fassen, dass Joana mittlerweile ausgerechnet das *Surveillance System* leitete.

»Eine Frau?«, fragte sie mit mehr als nur einem Anflug von Eifersucht in der Stimme, nachdem er ihr sein Anliegen vorgetragen hatte.

»Nicht für mich«, wiederholte er. »Es ist ein, ähm, Auftrag.«

Joana nickte. »Schon klar. Du und deine Nebenjobs.«

»Man muss sehen, wo man bleibt.«

»Hast du nicht Angst, dass du eines Tages einmal etwas findest, was du lieber nicht gefunden hättest?« Als er nicht antwortete, zuckte sie mit ihren breiten Schultern. »Also, offiziell darf ich dir natürlich keinerlei Auskünfte geben. Das System untersteht allein dem Kommandanten und seinem Stellvertreter.«

»Und inoffiziell?«

»Musst du mir einen guten Grund liefern, meine Position zu riskieren.«

Wim seufzte. Das würde ihn in Teufels Küche bringen, er ahnte es, trotzdem schlug er vor: »Um der alten Zeiten willen?«

Das schien ihr zu gefallen. Sie musterte ihn mit rätselvollem Lächeln. »Na so was. Das hätte ich doch kaum zu hoffen gewagt.«

»Habe ich gerade etwas Verfängliches gesagt?«, fragte er und wusste genau, dass er gerade etwas Verfängliches gesagt hatte.

»Komm, Wim. Ich kenne dich. Du hast unter Garantie ein hübsches Polster an Ruhetagsmarken, habe ich recht? Du und ich und eine Nacht im *chambre separée,* um der alten Zeiten willen, und ich werde zu Wachs in deinen Händen«, erklärte sie mit lüsternem Augenaufschlag.

Also opferte er eine der Ruhetagsmarken seines Honorars und gab sich redlich Mühe, ihren Erwartungen zu entsprechen. Sie hatte immer noch jenen Geruch, der ihn, wie ihm wieder einfiel, einst angezogen hatte. Das machte es leichter, beinahe angenehm, und tatsächlich gewährte sie ihm am nächsten Tag Zugang zum Archiv, half ihm sogar bei der Suche nach der Unbekannten und wirkte bei alldem ganz weich und sanftmütig.

Sie fanden sie auf Anhieb.

»Merkwürdig«, meinte Joana. »Schau dir die Zeitangaben an. Sie taucht auf, stromert einen Tag lang im Schiff herum und ist dann wieder für Wochen verschwunden.«

»Und man sieht sie nie arbeiten«, nickte Wim. »Sie ist immer nur unterwegs. Und wie sie sich umsieht! Als ob sie jemanden sucht.« In dem grauen Overall und mitten im ewigen Gedränge der Gänge wirkte sie seltsam alterslos. Wim kaute an seiner Unterlippe. »Wie weit reicht das Archiv zurück?«

Es reichte drei Monate zurück. Als sie es komplett durchsuchten, entdeckten sie auch Aufnahmen der Begegnung zwischen Pavlov und der Unbekannten. »Ist er das? Dein Auftraggeber?«, wollte Joana wissen und betrachtete die Bilder eingehend. »Die nimmt ihn ganz schön ran. Junge, Junge.«

»Du musst grade reden«, meinte Wim.

Pavlov war allerdings nicht der Einzige gewesen, den die Unbekannte beglückt hatte. Sie fanden zahlreiche weitere Aufnahmen diverser Stelldicheins, im Grunde immer mit demselben Typ Mann: groß, breitschultrig, dunkelhaarig und muskulös. Wim überspielte eine repräsentative Auswahl von Bildern in sein Memopad und war froh, den Hauptanteil seiner Bezahlung bereits erhalten zu haben. Pavlov würde nicht gefallen, was er ihm da zu zeigen hatte.

Sie entdeckten noch mehr. Sie fanden eine Aufnahme, die zeigte, wie die Unbekannte aus der Kabine des stellvertretenden Kommandanten kam.

Joana grinste. »Da drin hat das System zwar keine Augen, aber ich schätze, ich komme auch so drauf, was sie gewollt hat.«

Wim grinste nicht. »Eben«, sagte er. »Die Kommandantenkabinen sind die einzigen Orte im Schiff, die das System nicht einsehen kann. Und die Unbekannte muss ja irgendwo sein in den Wochen, in denen sie nirgends auftaucht, oder?« Er schüttelte den Kopf. »Ist das widerlich.«

Joana runzelte die Brauen. »Ich glaube, ich konnte dir gerade nicht ganz folgen.«

»Ich versuche, eine Alternative zu finden zu der Vorstellung, dass unser stellvertretender Kommandant eine heimliche Geliebte versteckt hält. Aber irgendwie will mir keine andere Erklärung einfallen. Verdammt, sie kann höchstens sechs Jahre alt gewesen sein, als er sie an Bord geschmuggelt hat, verstehst du? Er muss sie sich regelrecht herangezogen haben.«

Der stellvertretende Kommandant war ein kleiner, knochiger, wenig sympathischer Mann und so ziemlich in jeder Beziehung das Gegenteil des Kommandanten. Der war inzwischen zur Vaterfigur herangereift, allseits geachtet und ständig präsent, während man seinen Stellvertreter so gut wie nie zu Gesicht bekam.

Anlässlich der Verkündung der Ergebnisse, die die Kundschaftersonden geliefert hatten, waren ausnahmsweise beide Kommandanten im Kontrollzentrum anwesend. Beide trugen überaus ernste Gesichter zur Schau. Den Kolonisten, die praktisch ausnahmslos vor den Schirmen des Komunikationssystems versammelt zusahen, schwante Übles.

»Wie Sie wissen«, sagte der Kommandant, »sind vor einigen Tagen die beiden Kundschaftersonden zurückgekehrt, die wir vor sieben Jahren ausgesandt haben. Die Mission verlief vollkommen nach Plan. Die Sonden haben den Zielstern erreicht, alle geplanten Messungen durchgeführt und konnten wohlbehalten geborgen werden.« Man wartete auf das gewohnte warmherzige Lächeln, doch es blieb aus. Stattdessen fuhr der Kommandant fort: »Leider ist das die einzige gute Nachricht, die ich habe.«

Eine Pause. Fünfzigtausend Kolonisten, zusammengepfercht in schmalen Gängen und winzigen Kabinen, hielten den Atem an.

»Die Messungen zeigen zweifelsfrei, dass unser Zielstern, der zweite Planet des Sterns 47 Uma, nicht bewohnbar ist«, erklärte der stellvertretende Kommandant mit grimmig gefurchter Stirn. »Seine Oberfläche ist vollkommen tot und hochradioaktiv. Warum die Fernmessungen, die von der Erde aus mit Hilfe des Hoyle-Teleskops gemacht worden sind, dies nicht gezeigt, sondern im Gegenteil Lebensspuren ergeben haben, ist im Augenblick unerklärlich. Die einzige Hypothese derzeit lautet, dass dieser Planet von intelligenten Wesen bewohnt gewesen sein könnte, die sich erst vor kurzem selbst ausgelöscht haben.«

Fünfzigtausend Kolonisten in kaninchenstallartigen Aufenthaltsräumen und kaum mehr als schulterbreiten Gängen erschauderten.

Der Kommandant ergriff wieder das Wort. »Da die übrigen Planeten von 47 Uma aufgrund ihrer Sonnenentfernung allesamt ebenfalls nicht als neue Heimat in Frage kommen, hat es keinen Sinn, diesen Stern anzufliegen. Das Bremsmanöver, dessen Beginn für nächsten Monat geplant war, wird also entfallen. Stattdessen fliegen wir weiter.« Er deutete auf die Sternkarte. »Unser Flugziel wurde von Anfang an so gewählt, dass wir auf eine derartige Erkenntnis angemessen zu reagieren im Stande sind. Wir werden unseren Kurs geringfügig ändern und den Stern HD-89744 ansteuern, der ebenfalls von einem höchstwahrscheinlich bewohnbaren Planeten umkreist wird.«

Fünfzigtausend Kolonisten wagten noch nicht, aufzuatmen.

»Allerdings«, fügte der Kommandant kummervoll hinzu, »verlängert sich damit die Dauer unserer Reise von 34 auf voraussichtlich 102

Jahre. Das heißt, selbst wenn alles gut geht, werden erst unsere Kindeskinder wieder die Scholle eines Planeten betreten.« Er sah ihnen allen fest ins Kameraauge, allen fünfzigtausend Kolonisten. »Wir mussten mit so etwas rechnen, als wir an Bord dieses Schiffes gingen. Trotzdem schmerzt es, dass der Notfall nun tatsächlich eingetreten ist. Ich bitte Sie alle, jetzt den Mut nicht sinken zu lassen. Lassen Sie uns diese Herausforderung gemeinsam meistern, unseren Nachfahren zuliebe – und um unserer Würde als Menschen willen.«

Fünfzigtausend Kolonisten seufzten abgrundtief. Die meisten fluchten auch, unter Gebrauch der derbsten Flüche, die ihnen geläufig waren. An diesem Abend erreichte die Abgabe von Narko-Punkten einen neuen Höchststand.

Einer der Kolonisten hatte keine Zeit, zu seufzen. Wim Freese hatte die garantierte Abwesenheit beider Kommandanten benutzt, um in die Kabine des stellvertretenden einzudringen. Was natürlich in höchstem Grade illegal war und auch technisch nicht einfach, doch Wim besaß erstens die notwendigen Gerätschaften, um selbst ein Fingerabdruckschloss ohne Spuren und insbesondere ohne den richtigen Fingerabdruck zu öffnen, und wurde zweitens von der grimmigen Entschlossenheit getrieben, einen nicht nur rätselhaften, sondern darüber hinaus vermutlich in höchstem Maße unmoralischen Sachverhalt aufzuklären, koste es, was es wolle.

Zu seiner Enttäuschung fand er die Räume des stellvertretenden Kommandanten leer und verlassen. Niemand war da, insbesondere keine schöne Frau. Die Räume sahen darüber hinaus auch nicht so aus, als walte darin weiblicher Einfluss, sie sahen im Gegenteil geradezu unbewohnt aus. Was kaum zu fassen war, wenn man bedachte, dass der Stellvertretende sich den größten Teil seiner Zeit hier aufhielt.

Wim öffnete Schränke und Schubladen. Manche der Fächer waren regelrecht leer, was an Bord zumindest ungewöhnlich war. Das Bett war aufgeschlagen, fühlte sich aber klamm an, so, als habe schon lange niemand mehr darin geschlafen. Wim schritt die beiden Wohnräume ab, spähte immer wieder in die gleichen Ecken und Winkel, bis er sich eingestand, dass er es hauptsächlich deswegen tat, weil er der unvermeidlich scheinenden Konsequenz seiner Beobachtung ausweichen wollte: dass die Unbekannte, wenn sie hier nicht war, nur in der Kabine des Kommandanten sein konnte. Des allseits geachteten, ehrenwerten Kommandanten. Seine Kabine war die einzige weitere unbeobachtbare Zone im Schiff.

»Hast du nicht Angst, dass du eines Tages einmal etwas findest, was du lieber nicht gefunden hättest?«, hatte Joana gefragt. Sah ganz so aus, als sei es so weit.

Er wollte gerade gehen, als seine angesichts der Situation aufs Schärfste gespitzten Ohren einen sehr weit entfernten, sehr fremdartigen Laut vernahmen. Eine Art metallisches Schaben oder Kratzen. Einen Lidschlag später stand er in einem der Kleiderschränke zwischen muffig riechenden Uniformoveralls und spähte mit angehaltenem Atem durch den winzigen Spalt, den die Schiebetür offenstand. Dieses Versteck hatte er sich gleich nach dem Hereinkommen ausgeguckt; von hier aus hatte er den Eingang im Blick, zudem war es nah genug, um selbst für den Fall eine Chance auf Entkommen zu bieten, dass der Stellvertretende wider Erwarten zurückkommen sollte. Wenn er danach erst ins Bad ging, etwa. Er durfte nur nicht als Erstes an den Kleiderschrank wollen.

Wim beobachtete die Tür. Nichts rührte sich. Von dem Geräusch war natürlich auch nichts mehr zu hören; nicht in diesem schallgedämpften Versteck. Vielleicht hatte er sich das sowieso nur eingebildet. Überreizte Nerven und so.

Minuten vergingen.

Dann hörte Wim plötzlich jemanden singen.

Eine Frau. Trällerte vor sich hin, schien auf und ab zu gehen dabei.

Er konnte nicht anders, er musste hinaus aus seinem Versteck und sich vergewissern, dass das keine Halluzination war. Es war unmöglich. Woher sollte plötzlich eine Frau kommen? Und wie, vor allem? Er hatte die einzige Zugangstür keine Sekunde aus den Augen gelassen.

Es war keine Halluzination. Es war die Unbekannte. Sie erschrak fast zu Tode, als Wim in der Tür des Schlafzimmers auftauchte.

Hinter ihr fehlte eine Paneele in der Rückwand, jener Wand, die laut offiziellem Bauplan des Schiffes unmittelbar an die Außenwandung grenzte. Und hinter dieser Öffnung war ein matt beleuchteter, schmaler Gang zu sehen, der in die Unendlichkeit zu führen schien.

Sie weigerte sich, seine Fragen zu beantworten. Sie schrie herum, rief nach dem Stellvertretenden, versuchte durch den Gang zu flüchten, aber sie war nur eine junge Frau, und Wim war ein im Nahkampf erfahrener Mann. Er hätte lieber eine beeindruckende Waffe in der Hand gehabt, als sie zu packen und ihr den Arm schraubstockartig auf den Rücken zu drehen, bis sie wimmerte vor Schmerz, aber es gab keine Waffen an Bord außer den Elektroschockstäben, die den Ordnungskräften vorbehalten waren. Also tat er es und schob sie vor sich her, durch diesen absolut irrealen Gang, den es eigentlich überhaupt nicht geben durfte.

Es war ein schmaler, unbequemer Schacht aus geriffelten Metallelementen, auf denen man nur mühsam vorankam. Wim erkannte das Geräusch wieder, das er gehört hatte: Er machte es jetzt selber. Eine leichte Biegung nach rechts gab es, und schließlich, mindestens hundert Meter weiter, kamen sie an eine schwere Stahltür mit Panzerverriegelung, die offenstand und außen in großen Lettern die Bezeichnung FDE-102 trug.

»Die Nummer unseres Schiffes?!«, fiel es Wim wieder ein. *Vergessen Sie nicht, auf allen Dokumenten die Nummer Ihres Fluges anzugeben,* hatte es in den Bewerbungsunterlagen immer geheißen. »Was hat das zu bedeuten?«

»Na was wohl?«, meinte die Frau verächtlich.

Auf der anderen Seite der Stahltür erstreckte sich ein breiter Gang, in dem eine gelbliche Notbeleuchtung glomm. Ihre Schritte hallten. Neben der Tür lehnte ein Fahrrad an der Wand. Endlos, alles. Alle hundert Meter ein weiteres Stahlschott, rechts und links jeweils, die Nummern fortlaufend – FDE-103, FDE-104 ...

»Was ist das? Wo sind wir hier?«, schrie Wim die Frau an, doch sie verzog nur das Gesicht.

Da kamen plötzlich Lichter von beiden Seiten, Fahrzeuge, Männer darauf, die sie umstellten, Waffen auf sie richteten. Einer trat auf die Frau zu, streckte die Hand aus und sagte: »Schluss mit diesen Ausflügen, Miss Vane. Geben Sie mir den gestohlenen Schlüssel.«

Sie händigte ihm eine schmale Karte aus, mit der er zu der offenstehenden Tür ging, sie zuzog und verriegelte. »Was soll das?«, protestierte Wim, worauf der Mann ihn ansah und sagte: »Sie werden nicht mehr zurückkehren, tut mir leid. Ihre Reise ist zu Ende.«

Sie packten sie beide auf ihre klobigen, unkomfortablen Fahrzeuge. Es ging kreuz und quer durch diesen und ähnliche Gänge, bis ein breites Stahltor vor ihnen auffuhr und sie in eine Helligkeit gelangten, die Wim die Tränen in die Augen trieb. Es dauerte eine Weile, bis er etwas sah, und als er dann etwas sah, war ihm, als müsse sein Herz stehenbleiben.

Sie waren auf der Oberfläche eines Planeten.

Sanfte Wiesen und Wälder. Wolken am blauen Himmel, der Vollmond dahinter.

Nicht irgendein Planet. Die Erde.

»Sie werden einsehen, dass wir Sie unmöglich zurückkehren lassen dürfen«, sagte der grauhaarige Mann, der Wim in einem bequemen Ledersessel gegenübersaß und eine schlanke Zigarre rauchte. Hinter ihm ging der Blick weit hinaus über ein bewaldetes Tal, herbstlich gefärbtes Laub und in der Ferne kreisende Raubvögel. Wim konnte sich kaum auf den Mann konzentrieren, so schmerzhaft schön war es, das alles zu sehen.

»Wie bin ich hierhergekommen?«, fragte er flüsternd. »Ich war in einem Raumschiff. Millionen von Kilometern entfernt von hier. Wie kommt es, dass ich hier sitze?«

»Sagen Sie bloß nicht, dass Sie sich nicht längst alles zusammengereimt haben. So schwer ist das doch nicht. Sie waren in einem Raumschiff, ja, aber es war nicht Millionen Kilometer entfernt im Weltraum, sondern steht in einer künstlich geschaffenen Höhle. Und eigentlich ist es nicht wirklich ein Raumschiff, sondern einfach ein großer Metallbehälter für Menschen.«

Wim starrte ihn an, weigerte zu verstehen, suchte nach einer anderen Erklärung für alles und fand keine.

»Die ... Sterne!?«

»Virtuelle Realität. Computer. Holografische Projektionen.«

»Das Vakuum außerhalb des Schiffes?«

»Ist echt. Die Schiffe sind tatsächlich autark. Sonst würden die Menschen darin das Ökosystem der Erde ja weiterhin belasten.«

»Aber ... der Flug im Shuttle?!«

»Simulatoren. So ähnliche Geräte standen in Disneyland und anderen Freizeitparks und gaukelten Besuchern rasante Flüge durch die Welt berühmter Kinofilme vor – auf computergesteuerten Stelzen stehend und Beschleunigungseffekte durch simples Kippen des Fahrzeugs vortäuschend.«

»Wie viele dieser ... Auswanderraumschiffe gibt es?«

»Genug für die Hälfte der Menschheit. Rechnen Sie es sich aus.«

»Und die andere Hälfte?«

»Lebt in Bunkern und glaubt, einen Atomkrieg überlebt zu haben. Im Grunde dasselbe.«

»Aber ... jemand muss das alles gebaut haben. Tausende von Leuten müssen das gewesen sein.«

»Die, die die Bunker gebaut haben, durften auswandern. Die Kavernen für die angeblichen Raumschiffe galten als Startrampen; wer daran mitgearbeitet hat, sitzt in Bunkern. Und die Leute, die Bescheid wussten, gehören zu uns – wie Ihr stellvertretender Kommandant – oder sind, na ja ...« Der Mann streifte die Asche seiner Zigarre ab. »Wir hätten alle liebend gern wirklich fortgeschickt. Aber die Technik war nicht so weit, wird es vielleicht niemals sein. Die Abgründe zwischen den Sternen sind zu groß.«

Wim fühlte abgrundtiefes Entsetzen in sich aufklaffen. »Aber ... warum? Warum das alles?«

Der Mann deutete hinter sich. »Schauen Sie hinaus, da haben Sie die Antwort. Die Erde muss sich regenerieren. Sich erholen von allem, was die Menschen ihr angetan haben. Denken Sie von der Erde als *Gaia*, als Göttin. *Gaia* brauchte Ruhe.« Er lächelte. »Übrigens erstaunlich, mit welcher Geschwindigkeit sie sich erholt. Es gibt kaum noch Straßen, auf denen man fahren kann. Der Wald erobert die Städte zurück, überwuchert Industrieanlagen, lässt Brücken einstürzen. In wenigen Jahrzehnten wird es sein, als hätte es uns Menschen nie gegeben.«

Wim schwindelte. Trotzdem fiel es ihm noch ein. »Was war das mit dieser Frau?«, fragte er.

»Miss Vane? Oh, sie hat versucht, ein kleines Problem in Eigeninitiative zu lösen.« Er zögerte. »Es liegt wohl an den künstlichen Hormonen, die sich über Jahrzehnte in der Umwelt angereichert haben. Die meisten von uns – von uns Männern, meine ich – sind unfruchtbar geworden. Vielleicht kein Zufall. Wir schätzen, dass, bis Gaia sich erholt hat – in einigen Generationen –, keine Menschen mehr auf ihr leben werden.« Er zuckte die Schultern. »Ich denke, einige der Siedler werden die Zeit überstehen. Die besten unter ihnen. Sie werden eines Tages den Weg an die Oberfläche schaffen und vorfinden, was sie gesucht haben: eine unberührte Welt.«

© 2001 Andreas Eschbach